Mark Fahnert
LIED DES ZORNS

Mark Fahnert

LIED
DES
ZORNS

Thriller

PIPER

Mehr über unsere Autoren und Bücher:
www.piper.de

Wenn Ihnen dieser Thriller gefallen hat, schreiben Sie uns unter Nennung des Titels »Lied des Zorns« an *empfehlungen@piper.de*, und wir empfehlen Ihnen gerne vergleichbare Bücher.

Originalausgabe
ISBN 978-3-492-06211-4
© Piper Verlag GmbH, München 2019
Dieses Werk wurde vermittelt durch die
AVA international GmbH Autoren- und Verlagsagentur
www.ava-international.de
Satz: Satz für Satz, Wangen im Allgäu
Gesetzt aus der Freight
Druck und Bindung: CPI books GmbH, Leck
Printed in Germany

Für meine Familie
Für Katrin und Emily

Dieser Roman ist ein fiktionales Werk und bildet keineswegs die Realität ab. Jegliche Ähnlichkeit mit aktuellen Ereignissen und lebenden oder toten Personen wäre rein zufällig.

PROLOG

Im Thalys, 12:26 Uhr MESZ

KHALED HAJ MOHAMAD hatte in seinem Leben nur noch eine Sache zu erledigen. Bei diesem Gedanken zog sich sein Magen zusammen. Er schmeckte bittere Galle auf der Zunge. Es ist das Richtige, beruhigte er sich. Es muss getan werden. Khaled wischte sich mit den Händen übers Gesicht. Die Haut fühlte sich seltsam taub an, als würde er eine Maske tragen. Die Maske eines einfachen Reisenden. Er blickte sich im Großraumabteil um. Die Frau, die ihm in der Vierergruppe gegenübersaß, hatte sich tief in die roten Polster des Sitzes gedrückt. Sie hatte die Augen geschlossen und atmete gleichmäßig. Auf der anderen Seite des Mittelgangs starrten die Reisenden entweder auf ihre Mobiltelefone oder nach draußen.

Ich werde sie aufwecken. Ich werde alle aufwecken.

Khaled beugte sich vor und holte die Kopfhörer aus der braunen Ledertasche zwischen seinen Füßen. Auf dem Handy suchte er sich ein Musikstück aus, lehnte sich im Sitz zurück und schloss die Augen. Er lauschte der melancholischen Männerstimme. A cappella, wie alle Naschids. Das Lied erzählte vom wunderschönen Heimatland der Muslime. Von den klaren Flüssen, den majestätischen Bergen. Es erzählte vom Leid der Menschen, von den ermordeten Kindern. Von den Bombenangriffen. Vom Krieg.

Und das Lied erzählte noch von etwas anderem: *Siehst du, was die Ungläubigen uns angetan haben? Siehst du, was sie tun? Spürst du den Schmerz in deinem Herzen, die Wut in deinem Bauch? Steh auf, Krieger des wahren Gottes. Steh auf!*

Ich stehe auf.

Plötzlich spürte Khaled eine Berührung. Er öffnete die Augen und blickte in ein jugendliches Gesicht. Der Mann trug Schirmmütze und Uniform.

Ich bin ein einfacher Reisender, dachte Khaled und atmete durch. Ruhig bleiben. Er schaltete das Naschid ab und zog die Kopfhörer von den Ohren.

»Le billet, s'il vous plaît«, sagte der Schaffner.

Was hat er gesagt? Khaleds Mund wurde trocken. In seiner Brust brannte eine unangenehme Hitze. Was ist, wenn er etwas bemerkt hat? Ich sehe doch aus wie ein Student. Oder wie ein einfacher Reisender.

»Le billet, s'il vous plaît.«

Am Klang der Worte erahnte Khaled, dass der Schaffner noch mal das Gleiche gesagt hatte.

Er weiß nicht, was ich vorhabe, entschied Khaled. Meine Verkleidung ist gut.

»Donnez-moi votre billet, s'il vous plaît.« Die Stimme des Schaffners klang nun genervt.

Khaled zuckte mit den Schultern.

Der Schaffner blies die Wangen auf. »Ticket. Billet. Fahrschein.«

Ticket? Khaled nickte. Er holte den Koran aus der Ledertasche. Den Fahrschein hatte er zwischen die Seiten gesteckt. Er reichte dem Schaffner das Papier. Dieser nickte kurz und gab es Khaled zurück. »Bon voyage.«

Khaled blickte aus dem Fenster. Die Landschaft verschwamm in der Geschwindigkeit des Thalys. Was für eine schnelllebige Zeit. Wie können diese Menschen nur so leben?

Allah hat so viel erschaffen, doch niemand beachtet die Schönheit. Nichts ist von Dauer. Khaled fühlte sich, als ob er da war und gleichzeitig schon wieder weg. Sein und Verschwinden. Ein Stück Holz in einem reißenden Strom. Unaufhaltsam auf den gewaltigen Wasserfall zutreibend. Er wird zerschellen und kann nichts dagegen tun.

War es das, was ihm vorherbestimmt war? Hatte Allah für ihn diesen Weg geplant? Allahu akbar. Gott ist groß. Und wer war er, dass er solche Fragen stellte? Der Weg war zu gehen. Khaled musste ihm nur folgen. Das Gute an Schienen ist, dass man nicht so leicht vom Weg abkommen kann. Und er durfte nicht vom Weg abkommen. Er musste standhaft bleiben, den Weg bis zum Ende gehen. Khaled schluckte. Der Speichel blieb ihm im Hals stecken. Die Flasche neben ihm auf dem Sitz war bereits leer. Er würde durstig ins Paradies einziehen müssen. Aber dort wird es Wasser im Überfluss geben. Und Jungfrauen. Ganz für ihn allein.

Das jedenfalls hatte Abu Kais versprochen. Doch jetzt muteten diese Worte wie Fantastereien an. Wie aus einer anderen Welt. Das Bild eines unvollendeten Fußballtores kam Khaled in den Sinn. Es sollte auf dem staubigen Platz schon längst die verbeulten Blechdosen ersetzt haben, doch es stand immer noch in seiner Werkstatt. Er hatte es nach der Arbeit für die Kinder seines Dorfes gezimmert. Weiß gestrichene Pfosten, nur das Netz fehlte noch. Nicht ganz perfekt, denn nur Allah beherrschte Perfektion. Das Netz hatte er nicht mehr fertig bekommen.

Er strich sich durch die Haare. Seine Hände zitterten.

Ein Gong ertönte, gefolgt von einem Rauschen und der rauchigen Frauenstimme, die schon die letzten Bahnhöfe angesagt hatte. Ein wohliger Schauder huschte über Khaleds Haut. Wie sie wohl aussieht? Vor seinem inneren Auge formte sich das Bild einer Frau, und je länger er über dieses Bild nachdachte, desto mehr ähnelte es Saida, seiner großen Liebe. Er starrte auf seine Hände. Sie wird es nie erfahren.

Allah erschuf die Erde und dann die Engel. Ganz zum Schluss erschuf er den Menschen. Ihm erteilte er eine ganz besondere Aufgabe: Der Mensch muss auf die Erde und ihre Bewohner aufpassen. Er soll sich die Schönheit und Vollkommenheit immer wieder bewusst machen. Und Allah erschuf die Frau, damit der Mann sich jeden Tag an der Schönheit und Vollkommenheit der Schöpfung erfreuen kann. Doch wahre Schönheit ist dort, wohin das Herz einen trägt.

»Bientôt, nous atteindrons la gare centrale de Cologne. Merci d'avoir voyagé avec Thalys«, drang aus dem Lautsprecher. »In Kürze erreichen wir Köln Hauptbahnhof. Wir danken Ihnen, dass Sie mit dem Thalys gereist sind.«

Khaled schloss fest die Augen und atmete tief ein. So lange, bis er glaubte, ersticken zu müssen. Ein Kribbeln huschte über seine Schultern, breitete sich über die Brust in den Bauch aus. Das Gefühl von tausend Hornissen im Magen ließ Khaled zusammenzucken. Es ist egal. Alles ist egal.

Gleich ist es so weit.

Er beugte sich vor, sein Blick fand den alten Koffer, den er unter dem Sitz verstaut hatte. Blauer Kunststoff. Verziert mit Aufklebern von Städten und Sehenswürdigkeiten. Orte, die er niemals besucht hatte. Die er niemals besuchen würde.

Das Kribbeln wurde unerträglich. Er konnte nicht mehr sitzen. Beim Aufstehen stieß er mit dem Knie gegen die Beine der Frau, die ihm gegenübersaß. Sie schreckte hoch. Khaled hob entschuldigend die Hände.

»Eadhar«, sagte er. Entschuldigung.

»Nichts passiert«, sagte die Frau auf Arabisch.

»Sie können ...?« Khaled überschlug in Sekundenschnelle in Gedanken, was er auf der Reise alles gesagt hatte. Habe ich mich verraten? Aber dann wäre sie schon längst ... Das Naschid!

Zu laut? Nein. Und selbst wenn, jetzt ist es egal. Niemand wird mich aufhalten. Sein und Verschwinden. Zwei Pole, die mit voller Wucht zusammenstoßen würden. Zur gleichen Zeit am selben Ort.

»Wundert es Sie, dass ich Arabisch kann?«

Khaled schüttelte den Kopf. Er hatte keine Lust, sich zu unterhalten.

Sie runzelte die Stirn. »Geht es Ihnen nicht gut? Sie schwitzen ja.«

Khaled wischte sich mit der Hand über die Stirn. Trotz der kalten Luft, die von der Klimaanlage ins Abteil geblasen wurde, glänzte seine Handfläche im Licht.

Er versuchte ein Lächeln. »Vielleicht habe ich was Falsches gegessen?«

»Soll ich den Schaffner rufen?«

»Nein, nein. Alles in Ordnung. Ich mache mich nur kurz frisch.« In der Ledertasche fand er eine Parfümflasche. Abu Kais hatte wirklich an alles gedacht. Khaled sprühte die Handflächen ein und betupfte dann seine Wangen. Das Parfüm kühlte die Haut. Es roch nach Zedernholz und Olive, nach gegerbtem Leder mit einem Hauch Rose. Ein erdiger Geruch.

Heimat. Khaled dachte an Syrien, dachte an sein Dorf, das von den Ungläubigen zerstört worden war. Und dann spürte er die Wut, die sich in seinem Körper ausbreitete und sich in feste Entschlossenheit verwandelte. Ich will gut riechen, wenn ich ins Paradies einziehe.

Die Frau beäugte ihn. »Ist wirklich alles in Ordnung?«

Nein, ist es nicht. Khaled ließ die Hand in die Hosentasche gleiten und fühlte das Metallröhrchen. Der Zünder. Das Metall hatte die Wärme seines Körpers angenommen.

Khaled nickte und drehte sich von der Frau weg. Sie hatte etwas bemerkt. Ganz sicher. Ein Blick aus dem Fenster verriet, dass sie kurz davor waren, in den Bahnhof einzufahren.

Mehrere Gleise nebeneinander und ein gewölbtes Dach, daneben die zwei Türme der Kathedrale. Khaled hatte sich die Silhouette eingeprägt. Wenn der Zug hielt, sollte es geschehen. Nur noch wenige Sekunden. Khaleds Lippen bebten. Seine feste Entschlossenheit bekam Risse. Angst sickerte heraus. Todesangst. Ich werde sterben. »Sei mir gnädig, Allah, und sieh, was ich für dich tue. Welches Opfer ich für dich bringe«, murmelte Khaled tonlos. »Gleich werde ich im Paradies sein. Inschallah.«

Mit dem Daumen strich er über den Auslöser, dann hielt er inne. Sein Herz blieb stehen. Khaled schloss die Augen. Jetzt!

»Was machst du da?« Die helle Stimme eines kleinen Mädchens drang durch den Nebel zu Khaled durch. Gedanklich hatte er die Brücke vom Diesseits zum Jenseits beinahe überquert. Nur noch ein paar Schritte. Dann bin ich in der Ewigkeit. Dann zählt nichts mehr. Keine Wut, kein Hass, keine menschliche Emotion. Nur noch die Liebe zu Allah.

Khaled musste sich anstrengen, die Augen zu öffnen. Es fühlte sich an, als wäre sein Bewusstsein schon mit der Ewigkeit verwoben. Das Mädchen war höchstens acht Jahre alt. Sie trug ein dunkelblaues Kleid mit glitzernden Schneeflocken darauf. Und Minnie-Maus-Ohren auf dem Kopf.

Eine kleine Prinzessin. Ihr Lächeln stach Khaled ins Herz. Er senkte den Blick zu Boden. Der Zünder in der Hand fühlte sich plötzlich falsch an.

Kann es Allahs Wille sein, ein Kind zu ermorden?

Khaled blickte wieder in das Gesicht der kleinen Prinzessin.

Wäre meine und Saidas Tochter auch so schön gewesen? Plötzlich hatte er ein brennendes Gefühl in den Augen. Nein, sie wäre viel schöner gewesen. So wunderschön wie ihre Mutter. Und ich hätte sie beschützt, weil Allah will, dass die Menschen die Schönheit und Vollkommenheit der Schöpfung schützen.

Das Mädchen lächelte immer noch.

»Shukran djazilan«, sagte Khaled. Herzlichen Dank.
Er lächelte zurück.

Das Gute an Schienen ist, dass man nicht vom Weg abkommen kann. Aber es gibt auch Weichen.

SIEBEN TAGE ZUVOR

»Wer durch die Ausführung von Terroranschlägen tötet, hegt Gefühle der Verachtung für die Menschheit und manifestiert Hoffnungslosigkeit gegenüber dem Leben und der Zukunft.«

Johannes Paul II. (1920–2005)

1

Stockholm, 19:48 Uhr MESZ

DAS AUTOTELEFON klingelte. Ihr Chef rief auf der abhörsicheren Leitung an. Bevor Saskia Meinert das Gespräch annahm, schaltete sie den Spoofjammer ein, der ihr GPS-Signal zusätzlich verschleierte. Heimlichkeit gehörte zu ihrem Job, sie war ihre Lebensversicherung.

»Ich wollte hören, ob bei Ihnen alles in Ordnung ist«, sagte André Böhm.

»Sie brauchen sich keine Sorgen zu machen. Ich treffe mich nicht das erste Mal mit einer Kontaktperson.«

»Darum geht es nicht. Einsätze außerhalb der Bundesrepublik sind immer gefährlich, und außerdem ... es sind besondere Umstände.«

»Die ich im Griff habe.«

»Sicher?«

Er sorgt sich wirklich. Saskia unterdrückte ein Grinsen. »Völlig sicher«, erwiderte sie. »Ich bin gleich am Zielort.«

»Viel Glück.«

»Werde ich nicht brauchen, aber danke.« Sie beendete das Gespräch und lenkte den Ford auf die Djurgårdsbron. Kurz vor dem Wegweiser zum Vasa-Museum sah sie den Mann. Er lehnte gegen den knorrigen Stamm eines Baums und tat so, als würde er den Stadtplan studieren. Saskia hielt vor dem Zebrastreifen an und ließ eine Gruppe lärmender Kinder die Straße überqueren. Die Lehrerin nickte ihr kurz zu.

Ihr blieb wenig Zeit, um den Mann genauer zu betrachten. Schwarze Haare, durchtrainierte Statur, dunkle Lederjacke, Jeans, schwarze Stiefel. Kampfstiefel. Das erkannte sie sofort. Die trugen Spezialeinheiten auf der ganzen Welt. Säurefeste Sohle. Extrahoher Schaft, für einen besseren Stand und zum Schutz der Knöchel. Sie blickte dem Mann ins Gesicht und sah seinen eiskalten Blick.

Hinter ihr hupte es. Sie schreckte auf und schaute in den Rückspiegel. Ein Bus, der weiterwollte. Die Kinder hatten die Straße längst überquert. Saskia hob zur Entschuldigung die Hand und beschleunigte. Im Vorbeifahren schaute sie noch einmal zu dem Mann hinüber. Er lächelte ihr zu. Es war ein schiefes Lächeln, kalt und ohne Emotion. Wie ein Versprechen: Ich komme dich holen.

Sie fuhr noch einige Meter weiter, bevor sie den Ford am Straßenrand parkte und ausstieg. Wie konnten die mich finden? Der Mann war wegen ihr hier. Natürlich. Doch an dem Baumstamm stand nun niemand mehr. Habe ich mich getäuscht? Natürlich nicht. Touristen tragen keine Kampfstiefel. Sie presste die Lippen aufeinander. Warum hatte er sich gezeigt? Das war gegen jede Regel. Die Schatten zeigen sich nicht, es sei denn, sie können das Ziel ausschalten. Instinktiv blickte sie zu den Dächern hoch, suchte nach einer verräterischen Reflexion, nach dem roten Aufblitzen eines Laservisiers. Da war nichts. Trotzdem suchte sie weiter. Es muss eine Warnung gewesen sein. Sonst wäre es nicht so auffällig gewesen. Leute wie die machen keine Fehler.

Dieser Gedanke schnürte ihr die Kehle zu.

Plötzlich war da eine Berührung an ihrem Rücken. Saskia wirbelte herum, die Hände halb erhoben, die Finger ausgestreckt und angespannt. Der breitschultrige Mann machte einen Schritt nach hinten. »Sachte, sachte. Ich wollte dich nur überraschen. Ehrlich.«

»Dogan.« Sie entspannte sich.

»Hast du den Teufel höchstpersönlich gesehen? Du bist so blass um die Nase. Nicht, dass es dir nicht steht.«

»Ich habe für Witze keine Zeit. Da war jemand.«

Dogans Gesichtszüge verhärteten sich. »Bist du sicher?«

Saskia nickte. »Woher wissen die, wo ich bin?«

»Viele Möglichkeiten gibt es nicht.«

Er hatte recht. Ihr Termin war geheim. Es musste einen Maulwurf geben. Saskia blickte auf die Armbanduhr. Noch zehn Minuten.

»Mach du dein Ding. Ich kümmere mich um diesen Jemand«, sagte Dogan. »Und mach dir keine Sorgen. Solange du sie siehst, wollen sie dir nur Angst einjagen.«

»Da bin ich aber beruhigt.« Saskia spürte, wie sich Druck in ihrer Brust aufbaute. Das hatten sie geschafft. Sie hatte Angst.

Dogan zwinkerte ihr zu, ein Lächeln huschte über seine Lippen. »Wie sieht dein Verfolger aus?«

»Lederjacke, Jeans, Kampfstiefel. Durchtrainiert. Kaukasisches Aussehen. Vielleicht Tschetschene. Oder Georgier. Jedenfalls aus der Ecke.«

»So genau kannst du das bestimmen? Es könnte doch auch ein Türke gewesen sein, oder?«

Sie schüttelte den Kopf. »Ich sehe den Unterschied zwischen einem Türken und einem Tschetschenen.«

»Und? Was bin ich?«

»Kurde.«

»Woher weißt du das?«

»Steht in deiner Personalakte. Und wenn du dich nicht beeilst, wirst du mir hinterher nicht vorwerfen können, dass ich einen Tschetschenen nicht von einem Aserbaidschaner unterscheiden kann.«

Dogan grinste. »Und wo hat der Typ gestanden?«

»Zweihundert Meter entfernt.« Sie zeigte in Richtung Vasa-Museum.

Ein knappes Nicken, dann setzte sich Dogan in Bewegung. Saskia schaute auf die Uhr. Noch acht Minuten. Hoffentlich lohnte sich das hier. Als sie wieder zur Straße blickte, war Dogan verschwunden. Wie ausradiert. Ein Grinsen huschte über ihr Gesicht. Er war ihr eigener Schatten. Bewege dich so, als würdest du einen Verfolger abschütteln wollen. Bewege dich unvorhersehbar. Sei effizient und schnell. Aber unauffällig. Sie hatte diese Techniken Tausende Mal geübt. Die Ausbilder hatten ihr diese Techniken mindestens doppelt so viele Mal eingebläut. Und trotzdem war sie darüber verwundert, wie schnell Dogan verschwunden war. Er war extrem gut. Saskia wusste nicht mehr genau, wie sich Sicherheit anfühlte. Dafür hatte sie den falschen Beruf. Aber in diesem Moment fühlte sie etwas, das möglicherweise dem Gefühl von Sicherheit ziemlich nahe kam. Sie wusste aber auch, dass dieses Gefühl trügerisch sein konnte.

Tödlich.

Sie erreichte die Cirkus Arena. Ein imposantes Gebäude mit rotem Kuppeldach und gelber Fassade. Die Front wurde von den riesigen Sprossenfenstern dominiert. Auf den breiten Stufen, die zum Eingang führten, standen Frauen in Abendkleidern und Männer in Anzügen. Sie redeten in verschiedenen Sprachen durcheinander. Russisch. Französisch. Deutsch. Saskia erklomm die Stufen und blieb vor einer Klapptafel stehen. Darauf war das Porträt eines grauhaarigen Mannes mit seriösem Blick zu sehen. Professor Liebknecht. Darunter der Titel: *Terroristen sind Soldaten. Warum die westlichen Mächte den Terror nicht als Verbrechen, sondern als Krieg verstehen müssen.* Er stellte heute sein neues Buch vor. Ungewöhnlich, fand Saskia, aber Liebknecht hatte sicher seine Gründe, warum er die Premierenlesung als Deutscher in Schweden arrangiert hatte. Sie ging zum Eingang. Ein Mann in blauer Pagenuniform hielt ihr die Tür auf. Dahinter lag ein Saal mit gläserner Kuppel.

»Ihre Eintrittskarte bitte«, sagte die kleine Frau auf Englisch.

»Selbstverständlich.« Saskia griff in ihre Handtasche und zeigte der Frau die bunt bedruckte Pappe.

»Ich wünsche Ihnen einen schönen Abend.« Saskia folgte den Wegweisern zum Zuschauerraum. Rote Sessel. Dunkles Holz. Die Bühne. Hier wurde sonst *Don Giovanni* oder *Carmen* aufgeführt. Liebknecht hatte es wirklich geschafft.

Der Zuschauerraum füllte sich. Das Geschwätz vermischte sich zu einem unverständlichen Brei. Wie Buchstabensuppe.

Ihr Mobiltelefon brummte. Dogan hatte ihr eine Telegram-Nachricht geschickt.

In der Sonne ist kein Schatten mehr.

Das bedeutete, dass er den Mann nicht mehr lokalisieren konnte. Was nicht bedeutete, dass der nicht noch in der Nähe war. Und wenn er hier ist? Ihr Blick huschte über die Zuschauerreihen. Er würde mit der Lederjacke und den Kampfstiefeln in der feinen Gesellschaft auffallen.

Der letzte Gong ertönte. Kurz darauf wurde das Licht gedimmt. Scheinwerfer zogen die Aufmerksamkeit zur Bühne. Der Zuschauerraum lag nur noch im Halbdunkel. Und wenn es zwei sind? Einer, der draußen auffällt, um mir meinen Schutzengel zu nehmen, und der andere hier drin? Zwischen den Anzugträgern? Saskia waren mehrere Fälle bekannt, bei denen die Zielperson in der Öffentlichkeit ausgeschaltet worden war. Im Halbdunkel eines Kinos oder während einer Theateraufführung. Wenn die Aufmerksamkeit aller auf der Bühne war. So wie jetzt. Solche Mordanschläge hatten eine besondere Würze. Sie zeigten dem Feind, dass man überall zuschlagen konnte und er niemals in Sicherheit war, nicht mal unter Zeugen. Und schon gar nicht in der Öffentlichkeit.

Saskia drehte sich um. Hinter ihr saß ein älteres Ehepaar. Vielleicht um die siebzig. Außerdem ein junger Mann mit Hornbrille und eine Frau in Saskias Alter. Das ältere Ehepaar schloss sie als mögliche Angreifer aus. Bleiben nur der Nerd und die frustrierte Mittdreißigerin.

Es wurde still im Zuschauerraum. Gelegentlich war ein Räuspern zu hören. Sie wandte sich zur Bühne. Ein kleiner Mann im grauen Anzug ging zum Rednerpult, legte einen Papierstapel vor sich und klopfte gegen das Mikrofon. Das Geräusch wurde von den Lautsprechern im ganzen Zuschauerraum verteilt. Er drückte auf ein Gerät. Das Cover von Liebknechts Buch wurde auf die Leinwand projiziert. Jetzt hörte sogar das gelegentliche Räuspern auf.

»Guten Tag, meine Damen und Herren. Auch wenn Sie sicher wissen, wer ich bin, möchte ich mich trotzdem vorstellen. Zum einen hat meine Mutter mich gut erzogen, und zum anderen, und das ist ein sehr egoistischer Zug von mir, komme ich so in den Redefluss. So bekämpfe ich das Lampenfieber, müssen Sie wissen.« Er machte eine kleine Redepause. »Mein Name ist Karl Liebknecht, und ich möchte Ihnen heute exklusiv mein neues Buch vorstellen: *Terroristen sind Soldaten.* ›Eine kühne Behauptung‹, werden Sie sagen. ›Politisch nicht korrekt‹, werden Sie schreien. ›Woher nimmt er die Arroganz?‹, werden Sie denken. Alles richtig.« Liebknecht hob die Hände, als würde er mit einer Waffe bedroht. »Aber gerade in der heutigen Zeit muss es Menschen geben, die sich trauen, die Wahrheit auszusprechen. Es muss Menschen geben, die den steinigen Weg gehen. Zur Sicherheit der freien Bürgerinnen und Bürger unserer westlichen Nationen. Und glauben Sie mir, es werden nicht Ihre gewählten Volksvertreter sein, die diesen Weg gehen. Es werden die Journalisten und Sachbuchautoren sein. Menschen wie ich.«

Was wusste Saskia über Professor Liebknecht? Achtundsiebzig. Deutscher. Unverheiratet. Heimlichen Liebschaften mit verheirateten Frauen nicht abgeneigt. Ein Minuspunkt als Quelle, weil er dadurch erpressbar war. Aber auch eine Möglichkeit, an ihn anzudocken. In Heidelberg geboren. Stammt aus einer Beamtenfamilie. Einzelkind. Studierte Journalismus in London und Washington. Promovierte in Mailand. Arbeitete als Auslandskorrespondent für renommierte Nachrichtenagenturen. Zuletzt angestellt bei EuNeWW. European News World Wide, dem aktuellen Zentrum der medialen Macht. Spricht neben Deutsch fließend Arabisch, Russisch, Englisch, Italienisch und Spanisch. Sechs Sprachen. Liebknecht hatte schon vor der Flüchtlingskrise 2015 davor gewarnt, dass sich auf diesem Weg unkontrolliert Terroristen in Europa einnisten könnten. Er hatte aber auch davor gewarnt, dass rechte Kräfte mit dieser Krise Politik machen könnten. Liebknecht hatte mit dieser Weissagung recht behalten.

»Aber wie konnte es dazu kommen?«, fragte der Professor laut ins Mikrofon.

Saskia spürte, wie sich Unbehagen in ihr ausbreitete. Liebknecht war hochintelligent. In ihren Akten wurde er *Zielperson Onestone* genannt. Es war schon schwierig genug gewesen, verdeckt an ihn heranzutreten. Und noch schwieriger, die Legende aufrechtzuerhalten, bis er davon überzeugt war, seine Informationen gefahrlos weitergeben zu können. Saskia durfte jetzt keinen Fehler machen. Sie konzentrierte sich wieder auf das, was auf der Bühne geschah. Das Unbehagen musste warten.

Sie hatte nur diese eine Chance.

»Wie konnte der internationale Terrorismus zu einer so großen Bedrohung werden? Zum Schreckgespenst unserer Zeit?«

Der Beamer projizierte das Bild eines Mannes mit schwarzem Bart, weißem Turban und Camouflagejacke auf die Leinwand. Der Mann hatte mahnend den Zeigefinger erhoben.

»Kennen Sie diesen Mann noch?« Wieder eine kurze Pause. »Ich verrate Ihnen nicht, wer das ist, denn ich bin sicher, Sie wissen es längst. Er ist verantwortlich für den Terroranschlag auf das Word Trade Center am 11. September 2001. Ein Wendepunkt. Davor und danach gab es viele terroristische Anschläge. Und es wird auch in Zukunft weitere geben, aber Nine-Eleven stach brutal in das Herz der westlichen Zivilisation. Sie glauben mir nicht? Machen wir einen Test.« Das Bild auf der Leinwand zeigte nun den zerstörten Innenraum eines Zugwaggons. »Am 07. Juli 2005 gab es eine Serie von Selbstmordanschlägen auf die Londoner U-Bahn. Hierbei kamen sechsundfünfzig Menschen ums Leben, mehr als siebenhundert Personen wurden zum Teil schwer verletzt. Zu diesem Zeitpunkt fand der G-8-Gipfel in Schottland statt. Der Anschlag ging später als Seven-Seven in die Geschichte ein. Das sind alles Umstände, die dazu geeignet wären, dieses Ereignis in unsere Köpfe einzubrennen. Aber jetzt kommt meine Frage: Was haben Sie an diesem Tag gemacht?«

Liebknecht lief auf der Bühne auf und ab. Offensichtlich wartete er, bis es im Zuschauerraum unruhig wurde, dann stellte er sich wieder ans Rednerpult.

»Sehen Sie? Sie wissen es nicht. Ich weiß es auch nicht mehr. Aber wo waren Sie am 11. September 2001? Ich weiß es noch genau. Ich war zu Hause in Bonn. Ein Bekannter klingelte. Er sagte, dass Amerika mit Raketen angegriffen worden sei. Als ich den Fernseher einschaltete, stürzte das zweite Flugzeug gerade in den Südturm. Ich war fassungslos.«

Auf der Leinwand erschien das bekannte Bild der zwei brennenden Türme.

»Dieser Angriff, und ich sage bewusst Angriff und nicht Terroranschlag, ist nur mit dem Attentat auf John F. Kennedy am 22. November 1963 in Dallas vergleichbar. Noch lebende Zeitzeugen wissen bis heute, was sie an diesem Tag gemacht haben.« Liebknecht breitete die Arme aus. »Sie werden mir also zustimmen, dass der Angriff auf das World Trade Center eine Zäsur der Zeitgeschichte war. Ein Wendepunkt. Der internationale Terrorismus rückte stärker in das Bewusstsein der Menschen. Aber was ist das, Terrorismus? Gibt es eine einheitliche Definition? Was müssen wir tun, um den Terrorismus zu bekämpfen? Kann ich überhaupt etwas bekämpfen, das ich nicht verstehe?« Wieder eine dieser schweren Pausen. »Bevor ich Ihnen Auszüge aus meinem Buch vorlese, möchte ich mit Ihnen eine Reise in die Vergangenheit machen. Zu den Ursprüngen des Terrorismus. Ich möchte, dass Sie wissen, wovon wir reden.«

Der Projektor zeigte ein anderes Bild. Eine Guillotine. Saskia runzelte die Stirn. Was hatte eine Guillotine mit Terrorismus zu tun?

»Sie fragen sich, was eine Guillotine mit unserem Thema zu tun hat, richtig? Um ehrlich zu sein ...« Liebknecht blickte zur Leinwand hoch. »Keine Ahnung ... Doch, natürlich. Natürlich hat das etwas mit unserem Thema zu tun. An was erinnert Sie die Guillotine? Richtig. An die Französische Revolution von 1789 bis 1799. Und wer ist einer der bekanntesten Protagonisten dieser Zeit?« Das Bild wechselte und zeigte das gezeichnete Porträt eines Mannes. Saskia dachte zuerst, das Bild zeige Mozart. Die hellen Haare, die Frisur. »Das, meine Damen und Herren, ist Maximilien de Robespierre. Dieser Mann deklarierte 1793 ein *Regime de la Terreur*. Eine Schreckensherrschaft. Jeder, der verdächtig war, Gegner der Revolution zu sein, wurde hingerichtet. Ganz nebenbei, es erwischte auch Robespierre. Aber warum erzähle ich Ihnen das? Ganz einfach: Dies ist das erste Mal, dass wir belegbar dem Begriff Terror begegnen. Vorher gab es dieses Wort nicht, jedenfalls nicht belegt.«

Auf der Leinwand wechselte das Bild. Nun waren wieder die brennenden Türme des World Trade Centers zu sehen.

»Was haben Robespierre und sein *Regime de la Terreur* mit dem Angriff auf das World Trade Center zu tun?« Liebknecht räusperte sich. »Rein gar nichts. Dennoch ist es wert, dieser Sache etwas mehr Aufmerksamkeit zu widmen, als man für den Konsum eines YouTube-Videos benötigt.« Liebknecht zeigte auf das projizierte Bild. »Das *Regime de la Terreur* war straff organisiert und hatte ein großes Ziel, nämlich die Schaffung einer neuen Gesellschaftsform. Kennen Sie das? Wahrscheinlich, denn diese Grundzüge zeichnen auch moderne islamistische Terrorzellen aus. Man findet dies auch bei den Itschkeriern, bei der PKK oder beim Nationalistischen Untergrund und ähnlichen Gruppierungen.«

Saskias Nackenhärchen stellten sich auf. Sie spürte etwas. Eine Bewegung. Einen Luftzug. Sie wirbelte herum und starrte den jungen Mann mit der Brille an. Der hob abwehrend die Hände.

»Przepraszam«, flüsterte er. »Sorry.«

Saskias Herz raste. Sie leckte sich mit der Zungenspitze über die Oberlippe. Ihr Atem kam stoßweise. Der Mann beugte sich nach vorne und hob das Papier auf, das vor ihm auf dem Boden lag.

Beruhige dich, mahnte sie sich. Dem ist nur ein Blatt runtergefallen. Sie werden dich nicht umbringen. Du hast etwas, das sie haben wollen. Etwas von Bedeutung. Ihr Herz raste trotzdem weiter. Schweiß lief ihren Rücken hinab. Sie versuchte, sich wieder auf das zu konzentrieren, was Professor Liebknecht sagte.

»Es geht darum, eine Bedrohung zu bekämpfen. Da reicht es nicht, bloß festzustellen, dass eine straff organisierte Gruppe Terror verbreitet, um eine neue Gesellschaftsform zu erschaffen. Das wäre zu einfach und zu allgemeingültig.« Liebknecht schüttelte die Hand, als hätte er sich gerade verbrüht. »Sonst hätte so manche Partei Ärger und wäre von den Maßnahmen der Anti-Terror-Gesetze der EU betroffen. Natürlich muss alles definiert werden, auch der Terrorismus.« Liebknecht machte wieder eine dieser Pausen. Der Beamer projizierte eine sich drehende Weltkugel an die Leinwand. »Eine Welt, ein Terrorismus? Was glauben Sie, wie viele Definitionen für Terrorismus gibt es?«

Der Professor wartete. Im Publikum entstand Unruhe. Ein Murmeln hier, ein Flüstern da. Liebknecht verschränkte die Arme hinter dem Rücken.

»Sie da. Mit der schwarzen Krawatte und dem weißen Hemd. Was glauben Sie, wie viele Definitionen es gibt?«

Saskia verstand die Antwort des Mannes nicht, die gesprochenen Worte verloren sich in dem großen Saal. Aber Liebknecht lachte und schüttelte den Kopf.

»Ein guter Versuch, junger Mann.« Er ging ein Stück zur Seite. »Und Sie? Was sagen Sie, werte Dame?«

Auf unhörbare Worte folgte ein Kopfschütteln.

»Und Sie?« Liebknecht legte den Kopf schief. »Sie haben aber einen gewagten Modestil. Kombinieren einen schicken Anzug mit Tactical Boots.«

Tactical Boots? Saskia wurde heiß und kalt. Sie versuchte, von ihrem Sitz aus einen Blick auf den Mann in der ersten Reihe zu erhaschen. Aufgrund des gedimmten Lichts war das allerdings unmöglich. Doch er war es, ganz sicher. Er war ihr hierher gefolgt. Saskia wog ihre Optionen ab. Sie könnte aufstehen und gehen. Aber das zöge Aufmerksamkeit auf sie. Einfach sitzen bleiben, aber dann wäre sie mit ihrem potenziellen Mörder in einem Raum. Dann entschied sie sich für eine dritte Option. Sie schrieb Dogan eine Nachricht. Es dauerte nur Sekunden, bis die Antwort auf ihrem Display zu lesen war.

Bist du sicher?

Saskia biss sich auf die Unterlippe. *Sehr sicher. Wäre ein zu großer Zufall.*

Kannst du raus?

Weiß nicht. Würde auffallen.

Die wissen längst, wo du bist.

Ein Nashorn im Porzellanladen. *Wie beruhigend. Aber was ist mit ZP Onestone? Ich muss ihn treffen.*

Der Kontakt kann sicher auch später hergestellt werden.

Nein.

Wie immer im Leben zählte der erste Eindruck. Heute und hier sollte ihr erstes Treffen stattfinden. Wenn sie das platzen ließ, gäbe es mit ziemlicher Sicherheit keine zweite Chance. Allein schon deswegen nicht, weil der Professor sich selbst dabei in Lebensgefahr brachte. Und damit wären die Informationen verloren.

Kannst du reinkommen?, schrieb Saskia.

Ohne Eintrittskarte?

Kannst du draußen auf mich warten?

Ich fahre den hellblauen Volvo.

Saskia steckte das Mobiltelefon weg. Ruhig bleiben, wachsam sein. Sie schaute wieder zur Bühne. Den Mann mit den Tactical Boots konnte sie immer noch nicht erkennen. Aber Liebknecht stand noch vor ihm. »Na ja. Wir wollen hier nicht in eine Diskussion über Modegeschmack verfallen. Ich hatte Sie ja gefragt, ob Sie sich vorstellen können, wie viele Definitionen von Terrorismus im Umlauf sind. Was glauben Sie?«

Der Mann antwortete laut. Er sprach ... Saskia überlegte ... eine Mischung aus Russisch und Türkisch. Vom Kaukasus, kam ihr in den Sinn.

Liebknecht schüttelte den Kopf. »Ich will Sie nicht länger auf die Folter spannen. Es sind nicht weniger als zweihundertdreizehn Definitionen. Interessant ist, dass sich der Begriff Terrorismus nicht nur von Epoche zu Epoche und von Gesellschaft zu Gesellschaft unterscheidet, sondern häufig auch innerhalb einer Nation unterschiedlich belegt ist. Nehmen Sie beispielsweise die Vereinigten Staaten: Das FBI definiert einen Terroristen anders als das US-Verteidigungsministerium oder die Homeland Security. Und natürlich unterliegt die Definition einem ständigen Wandel. Je nachdem, welcher Machthaber an der Spitze steht. Und wer will sich schon gerne selbst als Terrorist sehen?« Liebknecht zwinkerte. »Warum reite ich darauf rum?, werden Sie sich fragen. Es ist doch egal, wie die Definition ist. Es sind doch nur Worte auf Papier. Ich sage Ihnen ...« Liebknecht hämmerte die Faust auf das Rednerpult. »Es ist sogar immens wichtig! An dieser Definition hängen Taten. Wie läuft denn der Ernstfall ab? Als Allererstes haben die Politiker die Hosen voll. Bloß nichts falsch machen. Sonst werde ich nicht gewählt. Dann wird geschaut, was überhaupt passiert ist. War das ein Terroranschlag? Oder war das ein Bandenkrieg innerhalb der Organisierten Kriminalität? Muss ich etwas tun? Nein. Zum Glück, denn ich weiß nicht, was ich tun soll. Sollen die anderen doch lieber die Fehler machen.« Liebknecht atmete tief ein. »Der Terrorismus verschwimmt zu einem diffusen Gebilde, das man nicht treffen kann. Und was man nicht treffen kann, kann man auch nicht bekämpfen. Es ist aber immens wichtig, den Terror zu bekämpfen, denn der Terror zeigt der Welt in vielfältiger Weise seine Fratze.«

Das Bild auf der Leinwand wechselte wieder zu einem Porträt.

»Das, meine Damen und Herren, ist Carlo Piscane. Mitte des 19. Jahrhunderts entwickelte er die Theorie der ›Propaganda der Tat‹. Diese Theorie hatte höchstwahrscheinlich den meisten Einfluss auf die folgenden Generationen von Bombenlegern und Attentätern. Piscane ging davon aus, dass Gewalt unabdingbar dafür ist, Aufmerksamkeit zu erregen und das Allgemeininteresse auf eine Sache zu bündeln. Wir erinnern uns ...«

Auf der Leinwand war nun ein Video zu sehen. Ein Mann

kniete. Mehrere maskierte Männer standen hinter ihm. Es wurde etwas gesagt. Arabisch, stellte Saskia fest. Plötzlich hatte einer der Männer eine Machete. Er schlug zu. Es dauerte kurz, bis das Blut aus der Wunde spritzte. Der Mann schlug noch einmal zu. Und noch einmal. Dann schnitt er den Kopf ab.

»Die Theorie ist über hundertfünfzig Jahre alt, funktioniert aber bis heute.«

Liebknecht wartete, bis sich die Unruhe bei den Zuschauern gelegt hatte, dann sprach er weiter. »Nur wenige Jahrzehnte nachdem diese Theorie entwickelt worden war, machte sich eine Terrororganisation daran, die Propaganda der Tat in die Praxis umzusetzen. Die Narodnaja Wolja verübte gezielt Anschläge gegen Vertreter des Zarentums.«

Nun war auf der Leinwand das Bild einer Kutsche zu sehen. Daneben stand ein Mann in Uniform. Ein anderer rannte mit einer Bombe in der Hand und hassverzerrtem Gesicht auf ihn zu.

»Dieses Attentat im Jahre 1881 war ein kritischer Erfolg. Zar Alexander der Zweite wurde getötet. Zumindest versuchten die Mitglieder der Narodnaja Wolja kein unschuldiges Blut zu vergießen. War es absehbar, dass Unbeteiligte zu Opfern würden, brachen die Terroristen den Anschlag ab. Anders bei der irischen Terrororganisation Clan na Gael Ende des 19. Jahrhunderts. Da waren Zivilisten bewusst Ziel der Anschläge. Aber auch auf dem europäischen Festland brodelte es. Die antimonarchische Stimmung nahm gefährliche Züge an. Ein Gebräu aus Hass, Wut und Frustration. Dieses gipfelte in einem Anschlag auf den Großherzog Franz Ferdinand in Sarajewo. Sie wissen sicher, welcher Weltenbrand dann folgte.«

Der Beamer zeigte erst die Ermordung des Habsburgers und dann Schwarz-Weiß-Fotografien von Soldaten in Schützengräben.

»Der Terror wurde wieder zu einem Instrument des Staates.

In Russland, Italien und Deutschland übernahmen Kommunisten, Faschisten und Nationalsozialisten die Macht. Diese Männer ...« Liebknecht deutete auf die Leinwand, auf der nun Stalin, Mussolini und Hitler zu sehen waren.»... regierten das Volk durch Angst, Gewalt und Brutalität. Ihre Taten brauche ich nicht näher zu beleuchten. Es ist aber interessant zu wissen, dass der separatistische Terrorismus in den letzten Kriegsjahren einen entscheidenden Schritt nach vorne gemacht hat. Einen psychologischen Schritt. Die zionistische Terrorgruppe Irgun wollte die britische Vormachtstellung in Palästina schwächen. Sie verbündeten sich zunächst mit der Kolonialmacht gegen Nazideutschland, richteten ihre Gewalt aber später gegen den ehemaligen Verbündeten. Sie erhängten britische Offiziere. Die Bilder gingen um die ganze Welt. Der Premierminister geriet unter Druck, die Irgun erreichten ihr Ziel. 1947 endete die britische Besatzung.«

Liebknecht leerte das Glas Wasser, das auf dem Rednerpult stand. Sofort erschien eine junge Frau in einem blauen Kostüm und reichte ihm ein neues.

»Das ist sehr freundlich. Danke.«

Ein absoluter Profi. Saskia merkte, dass sie ihm an den Lippen hing, obwohl sie selbst genug über das Phänomen Terrorismus wusste. Aber sie nutzte das Wissen taktisch, während Liebknecht es wissenschaftlich betrachtete.

»Hier haben wir den Beweis dafür, dass ein Terrorakt alleine nicht genügt, um das Ziel zu erreichen. Vielmehr muss die Propaganda der Tat den Medienkonsumenten überall in der Welt zugänglich gemacht werden. Fein säuberlich in schwer verdaulichen Häppchen gereicht. Im Laufe der Zeit gewann die Strategie der bewussten Einbeziehung der Weltöffentlichkeit immer mehr an Bedeutung. Die antikolonialen Kriege auf Zypern und in Algerien waren gespickt mit Terroranschlägen. Den Terroristen war bewusst geworden, dass es weniger brachte, zwanzig Soldaten in der Wüste zu töten, als zu einem günstigen Zeitpunkt drei mitten in der Stadt. Zum Beispiel an einem nationalen Feiertag oder bei einem Großereignis. Wie die Olympischen Spiele 1972 in München.«

Auf der Leinwand war nun ein El-Al-Flugzeug zu sehen, das auf einem staubigen Rollfeld stand. Liebknecht machte wieder eine dieser Pausen. Dieses Mal jedoch länger und schwerer.

»Das, meine Damen und Herren, wird als die Geburtsstunde des modernen Terrorismus bezeichnet.« Ein Raunen ging durch den Zuschauerraum. Liebknecht lächelte. »Dieses Flugzeug wurde am 22. Juli 1968 auf dem Flug von Rom nach Tel Aviv entführt. Es handelte sich zwar nicht um die erste Flugzeugentführung, aber diese unterschied sich deutlich von den vorangegangenen.«

Statt des Fotos war nun eine Aufzählung auf der Leinwand zu erkennen. Liebknecht las vor. »Vorherige Flugzeugentführungen hatten das Ziel, den Flug in die gewünschte Richtung umzuleiten. Die El-Al-Maschine wurde entführt, um einen Austausch zwischen den unschuldigen Passagieren und inhaftierten Palästinensern zu erzwingen. Durch die Entführung zwangen die Terroristen die israelische Regierung, direkt mit ihnen zu verhandeln. Das war für die Regierung ein undenkbares Szenario. Die Terroristen gehörten zur Volksfront für die Befreiung Palästinas. Die Vorgehensweise erhob diese Gruppierung in den Stand des Modellgebers und Mentors für folgende Terrororganisationen. Es ist allgemein bekannt, dass die Baader-Meinhof-Gruppe zumindest rudimentäre Hilfe von der PLO bekam. Aber ...«

Auf der Leinwand waren nun die Gesichter von Jassir Arafat und Abu Bakr al-Bagdhadi zu sehen. »Aber zwischen der PLO und dem Islamischen Staat gibt es einen himmelweiten Unterschied. Es sind zwar beides terroristische Organisationen, aber der PLO ging es darum, ein Stück Land zu besetzen, während der Terror des IS religiös verklärt ist. Und genau hier setzt mein Buch an, aus dem ich Ihnen nach der Pause vorlesen möchte.«

Die Scheinwerfer gingen aus. Es wurde stockdunkel. Saskia blieb das Herz stehen. Jetzt ist der beste Zeitpunkt. Sie duckte sich, doch nichts geschah. Das Licht ging an, der Zuschauerraum war wieder hell erleuchtet. Sie musste sich beeilen. Saskia drängelte sich zwischen den Zuhörern hindurch in die Lobby. Dort standen Damen in blauen Kostümen, die Sekt reichten. Saskia lehnte ab. Ihr Ziel war Professor Liebknecht, und zwar so schnell wie möglich. Immer wieder schaute sie sich um, blickte auf Lackschuhe und Pumps, entdeckte aber keine Kampfstiefel.

Professor Liebknecht sprach gerade mit zwei Männern. Saskia überlegte, ob sie diese kannte. Zumindest der mit der Glatze kam ihr bekannt vor. Aber woher? Es fiel ihr nicht ein.

Die beiden Männer sind eine potenzielle Bedrohung, entschied sie. Deswegen blieb sie in der Nähe stehen und lauschte dem Gespräch.

Der Glatzkopf sagte: »Mit der aktuellen Taktik fahren die Geheimdienste sehr gut. Warum etwas ändern? Kürzlich wurde ein Autobombenanschlag in Amsterdam verhindert.«

Der andere Mann erwiderte: »Die Geheimdienste haben nur zwei Tage gebraucht, um die Terrorzelle zu identifizieren und unschädlich zu machen. Eine hervorragende Leistung, wenn man bedenkt, dass es sich bei den Tätern um atypische Terroristen gehandelt hat.«

Saskia wusste, wovon die Männer sprachen. Und sie wusste auch, dass die Männer keine Ahnung hatten, über was sie sprachen. Atypische Terroristen. Sie schob sich einen Schritt nach vorne, sodass sie Teil der Gruppe um Liebknecht wurde. Die drei Männer blickten sie verwundert an. Saskia schüttelte den Kopf. »Sie gehen fälschlicherweise davon aus, dass Terroristen und vor allem Selbstmordattentäter aus sozial schwachen Gesellschaftsschichten kommen. Ein Selbstmordattentat ist jedoch nicht die Tat eines völlig Verzweifelten. Es ist die Tat eines radikalen Fundamentalisten, dem es eine Ehre ist, zum Märtyrer zu werden. Im verdrehten Islam der religiösen Terrororganisationen ist es die Pflicht eines wahren Gläubigen, den Kampf gegen die Ungläubigen zu führen, auch wenn dieser Kampf im Selbstmord gipfelt. Zwar ist Selbstmord im Islam eine schwere Sünde, doch hierfür gibt es im gut funktionierenden göttlichen Propagandasystem vom Islamischen Staat und anderen Organisationen Erklärungsansätze, die in den Suren des Koran zu finden sind. Selbstmord im Auftrag des Einen Gottes, also zur Bekämpfung der Ungläubigen, ist die höchste Selbstaufopferung. Die Attentäter werden als *shahid bata* verehrt. Ihnen wird erklärt, dass es Gottes Wille sei, den Selbstmordanschlag zu verüben. Somit wird es eine Fatwa, ein göttliches Gebot.«

Den beiden Männern blieb der Mund offen stehen. Liebknechts Gesicht war deutlich anzusehen, dass er sich amüsierte.

Dranbleiben! Die Chance nutzen, eine zweite bekomme ich nicht. Saskia befeuchtete ihre Lippen. »Dem Selbstmordattentäter winken auch reichhaltige Belohnungen im Jenseits. So fährt er ohne Umschweife ins Paradies und tritt vor Gott. Schon beim ersten Blutstropfen, der beim Anschlag vergossen wird, sind seine Sünden weggewischt. Vor Gott kann er für siebzig Familienangehörige Fürsprache einlegen. Diese Familienmitglieder werden dann vom Jüngsten Gericht befreit. Es ist also kein Wunder, dass die Familienangehörigen eines shahid bata nach einer kurzen Trauerphase feiern, denn ihnen steht der Weg ins Paradies offen. Schlussendlich erhält der Selbstmordattentäter im Paradies eine große Anzahl schwarzäugiger Jungfrauen, die ihm zu Diensten sind. Bei diesen Aussichten ist es nicht verwunderlich, dass viele shahids kurz vor ihrem eigenen Tod das Bassamat al-Farah, das Lächeln der Freude, auf den Lippen haben. Und es ist auch nicht verwunderlich, dass wohlhabende Männer und Frauen dem Zauber dieses Lächelns genauso verfallen wie Männer und Frauen aus den unteren Sozialschichten. Der glücklicherweise vereitelte Anschlag in Amsterdam sollte übrigens durch zwei Ärzte verübt werden.«

Die beiden Männer rückten kaum merklich von Liebknecht ab und mischten sich unter die anderen Gäste. Wahrscheinlich verträgt es ihr Ego nicht, von einer Frau dermaßen vorgeführt zu werden, dachte Saskia.

Professor Liebknecht grinste:»Sie sind eine gut informierte Leserin.«

»Man tut, was man kann. Und Ihr Buch? Kann ich das schon kaufen?«

Liebknecht schüttelte den Kopf.»Ich möchte Ihnen lieber ein Exemplar schenken.«

»Herzlichen Dank. Würden Sie es auch signieren?«

»Selbstverständlich.« Professor Liebknecht bückte sich und holte ein Exemplar aus dem Rucksack zu seinen Füßen.»Für wen darf ich das Buch signieren?«

»Für mich. Barbara Opitz«, sagte Saskia.

Liebknecht verharrte kurz. Es war nur ein kaum wahrnehmbares Stocken in der Bewegung, doch Saskia fiel es auf. Sie war darauf trainiert, die kleinste Veränderung im Verhalten eines Menschen zu bemerken.

Liebknecht schrieb etwas auf die Titelseite und reichte ihr das Buch. Er schüttelte ihre Hand. Sie spürte etwas. Einen Gegenstand, den er ihr übergab. Einen Schlüssel.

»Ich danke Ihnen für alles. Leider kann ich nicht bleiben.«

»Ich weiß«, sagte der Professor.»Passen Sie auf sich auf.«

In diesem Moment wurde Saskia klar, was Liebknecht für sie

getan hatte. Er hatte sie gewarnt. Der Hinweis auf die Tactical Boots, auf das extravagante Outfit. Ihr huschte ein Lächeln über die Lippen. Sie nickte ihm zum Abschied zu und verließ dann schnell, aber nicht zu hastig die Lobby. Dogan wartete draußen auf der breiten Treppe. Die eine Hand steckte unter seiner Jacke. »Hat alles geklappt?«

»Beeilen wir uns.«

Sie liefen zu dem hellblauen Volvo und stiegen ein. Dogan startete den Motor, während Saskia den Schlüssel betrachtete, den der Professor ihr gegeben hatte. Nummer 54 war klein eingraviert. Was öffne ich damit? Könnte ein Schließfach sein. Und wenn ja, wo ist dieses Schließfach? Sie schlug das Buch auf und las die Signatur:

Sie sind in Gefahr.

Dogan fuhr los. Aus dem Augenwinkel sah Saskia, wie der Mann mit den Tactical Boots aus der Cirkus Arena trat. Es war der Mann, der am Baum gelehnt und gelächelt hatte.

»Du musst etwas für mich tun.« Saskias Stimme war so dünn wie Esspapier. »Ich brauche Hilfe.«

»Aber wem außer mir kannst du noch vertrauen?«

»Meiner Schwester.« Saskia schluckte. »Ich kann nur noch meiner Zwillingsschwester vertrauen.«

2

Berlin, 10:58 Uhr MESZ

ES KLOPFTE. Wiebke Meinert wachte aus einem unruhigen Schlaf auf. Sie wollte die Augen öffnen, aber ihre Augen wollten nicht wie sie.

»Falsche Tür«, rief sie ins Kissen. Der Schlaf wollte nicht loslassen. Aber wer auch immer an der Tür stand, hatte andere Pläne. Es klopfte erneut.

»Verdammte Scheiße. Was soll das?« Wiebkes Kopf dröhnte. Sie blinzelte. Die Sonne schien durch das Dachfenster und füllte den kleinen Raum gnadenlos mit Hitze.

Es klopfte ein drittes Mal. Energischer.

Wiebke schälte sich aus dem Bett und rieb sich das Gesicht. Ihre nackten Füße tapsten über den welligen Teppichboden. Sie gähnte, als sie die Tür öffnete.

»Was wollen Sie denn hier?« Wiebke starrte ihre Nachbarin an.

»Darf ich reinkommen?« Frau Itzegel faltete die Hände vor der Brust.

Wiebke trat zur Seite. »Haben Sie ein Saunahandtuch dabei?«

Frau Itzegel blickte zu Boden. Sie betrat mit vorsichtigen Schritten die heiße Dachgeschosswohnung, während Wiebke die Tür hinter ihr schloss.

»Was trinken? Außer Eistee und Leitungswasser habe ich aber nichts da.«

Die Nachbarin schüttelte den Kopf. Sie setzte sich auf das Sofa und strich mit der Hand den abgewetzten Stoff glatt. »Es ist etwas passiert«, sagte sie. Ihre Stimme klang dünn und brüchig.

»Und warum kommen Sie zu mir?«

Frau Itzegel blickte sich um. Wiebke störte das, sie hatte nicht aufgeräumt. Auf der Küchenzeile standen die Pizzakartons der letzten Woche. Dazwischen lagen leere Getränkedosen.

»Ich brauche Hilfe«, sagte Frau Itzegel mit noch dünnerer Stimme.

»Dann gehen Sie doch zur Polizei. Aufräumtipps kann ich Ihnen jedenfalls nicht geben.« Wiebke presste die Lippen aufeinander.

Frau Itzegel schaute Wiebke mit großen glänzenden Augen an. Ihre Mundwinkel bebten. Sie öffnete den Mund und schloss ihn wieder, ohne etwas gesagt zu haben. Dann blickte sie zur Seite und saugte an ihrer Hand. Jetzt bebte ihr ganzer Körper.

Wiebke setzte sich rücklings auf den Küchenstuhl. Sie beugte sich vor und schlang die Arme um die Lehne. Beziehungsprobleme, entschied sie. Ihr Mann ist fremdgegangen. Auch kein gutes Thema für mich. Der Einzige, der in meinen Beziehungen fremdgeht, ist der Partner in meinem Bett. Wiebke schnaubte durch die Nase. »Ich kann Ihnen nicht helfen.«

»Es geht um Max.« Dieses Mal hörte sich ihre Stimme erstickt an. Als würde sie mit den Tränen kämpfen.

»Wer ist Max?«

»Mein Sohn. Mein Sohn heißt Max.«

Wiebke dachte nach. Max könnte der junge Mann sein, den sie ab und zu im Hausflur herumschleichen sah. Der mit den abgewetzten Cordhosen und den einfarbigen Polohemden. Sieht immer so aus, als hätte Mami ihn angezogen.

»Und jetzt? Soll ich Ihnen sagen, dass Max ein schöner Name ist?«

Frau Itzegel schwieg. Sie blickte in Richtung Bett.

»Okay«, sagte Wiebke. »Sie haben mich geweckt. Das ist nicht mehr zu ändern. Also, was ist passiert?« Ich werde diese Frage bereuen.

»Kennen Sie Yannic?«

Wiebke schüttelte den Kopf. Sie interessierte sich nicht für die Nachbarschaft. »Sollte ich?«

»Der ist häufig im Park an der Rostocker Straße. Rappt dort mit seinen Freunden. Hängt ab und terrorisiert die Leute.«

»Und Ihr Sohn wurde auch terrorisiert?«

Frau Itzegel nickte: »Schlimmer.« Ihre Stimme erstickte. Sie schaute wieder weg und wischte sich übers Gesicht. Die Finger glitzerten im Sonnenlicht.

»Und was wollen Sie jetzt von mir? Soll ich Yannic sagen, dass er aufhören soll? Dass er einen falschen Weg eingeschlagen hat? Beginn eine Ausbildung, die ist der Anfang einer glänzenden Karriere?«

»Sie ... Sie haben doch diese Rocker ...«

»Das war eine persönliche Sache.«

»Bitte. Ich habe heute das hier bekommen.« Frau Itzegel reichte Wiebke ein Mobiltelefon.

»Was soll ich damit?« Wiebke verschränkte die Arme.

»Ich brauche Ihre Hilfe. Dringend.«

Wiebke stand auf und griff nach dem Gerät. Ich werde das bereuen. Ganz sicher. Auf dem Display war ein verschwommenes Bild zu sehen. Sie drückte auf Play und sah eine verwackelte Videoaufnahme. Ein Park. Und ein junger Mann. Cordhosen-Max. »Wie alt ist Ihr Sohn?«

»Siebzehn.«

Sieht aus wie zwölf, dachte Wiebke. Er trug eine kurze Hose und ein gestreiftes T-Shirt. Er hatte Socken an und Sandalen. Er ging im Park spazieren. Das Video hörte auf.

»Ihr Sohn geht draußen spazieren. Wenn Sie das nicht wollen, kaufen Sie ihm eine Spielekonsole.«

»Da sind noch mehr Videos.«

Wiebke klickte weiter.

Max setzte sich auf eine Parkbank. Derjenige, der das Video aufgenommen hatte, näherte sich. Max blickte in die Handykamera. In seinen Augen war Panik zu erkennen. Er hob die Hände.

»Das ist meine Bank«, sagte eine Stimme aus dem Off, gefolgt von einem Kichern. Die Aufnahme wackelte. Mehr als einer, schoss es Wiebke durch den Kopf. Mindestens zwei.

»Tut mir leid. Das wusste ich nicht.« Max legte so viel Unterwürfigkeit wie möglich in seine Stimme.

Wiebke schüttelte den Kopf.

»Du hast meine Bank benutzt. Ich will Miete.«

Max wurde hektisch. Er kramte einen Geldschein aus der Hosentasche. »Mehr habe ich nicht.«

Jemand riss ihm den Zwanzigeuroschein aus der Hand. Das Video hörte auf.

»Was ist mit Ihrem Sohn los?«

»Er ist ein zarter Junge.«

Wiebke nickte nur. Sie startete das dritte Video. Max kniete auf dem Boden. Die Haare klebten ihm am Kopf. Sein Gesicht war tränennass, die Wangen gerötet. Eine große Hand mit groben, behaarten Fingern kam ins Bild.

»Los. Bettel drum!« Die Stimme klang amüsiert. Im Hintergrund war lautes Lachen zu hören. »Bettel drum!« Worte wie Faustschläge.

Max zog Rotz hoch. Er schüttelte den Kopf.

»Du machst es schlimmer, du Wichser. Bettel drum!«

Max ließ die Schultern hängen. Sein Blick wurde leer. Die Unterlippe bebte. »Bitte. Ich möchte noch eine Backpfeife.«

Das Lachen wurde lauter. Die grobe Hand explodierte in Max' Gesicht. Er kippte zur Seite und blieb zuckend liegen. »Steh auf, du Wichser.«

Max drückte sich hoch, um noch unterwürfiger zu knien.

Das Video hörte auf. Wiebke reichte Frau Itzegel das Gerät. »Vielleicht spendieren Sie Ihrem Sohn mal einen Selbstbehauptungskurs. Das könnte nachhaltig helfen.«

»Es gibt noch ein letztes Video.«

Ich weiß nicht, ob ich mir das ansehen will. »Ich habe keine Zeit.«

Mit gesenktem Kopf nahm Frau Itzegel das Gerät zurück. »Ich hab gehofft, Sie würden uns helfen.« Sie hielt Wiebke das Telefon hin.

»Hören Sie, Frau Itzegel. Mich interessieren Ihre Probleme nicht. Mich interessieren die Probleme hier im Kiez nicht. Ich kann mich nicht darum kümmern.« Ich bin ein Fremdkörper. Strandgut. Die nächste Welle nimmt mich mit. Woandershin. Vielleicht ist es da besser, vielleicht schlechter. Wobei schlechter kaum noch geht. Aber ich bin hier nur ein Sandkorn unter vielen. Das ist das, was ich will. Das ist der Grund, warum ich in diesem verschissenen Viertel wohne. »Ich brauche keine Freunde hier. Ich will keine Freunde. Haben Sie mich verstanden?«

Frau Itzegel starrte lange zu Boden, dann nickte sie langsam. Sie stand auf und schleppte sich zur Wohnungstür. Sie hielt die Klinke fest, während sie sich noch einmal umdrehte. »Es tut mir leid, Ihre Zeit gestohlen zu haben.«

Die Tür schnappte wieder ins Schloss. Wiebke starrte noch eine Weile auf das zerkratzte Türblatt.

3

Syrien, 12:10 Uhr OESZ

ABU KAIS TRAT aus der Höhle heraus. Der heiße Sand verbrannte ihm die Fußsohlen. Er streckte sich, bis die alten Knochen knackten. Noch vor ein paar Jahren hatten ihm die Lager in den Bergen nichts ausgemacht, doch mittlerweile hatte er die siebzig überschritten. Jede Stunde in den Bergen fühlte sich an wie eine Ewigkeit. Abu Kais atmete tief ein. Die Luft roch nach Staub, nach Minze und Schießpulver. Zwei Düsenjets jagten über den blauen Himmel. Irgendwo in der Ferne hallten Explosionen.

Es tobte ein Krieg zwischen Regierungstruppen und bewaffneten Oppositionellen. Abu Kais blinzelte in die Sonne. In diesem Krieg ging es um viel mehr als nur um den Umsturz der bestehenden Regierung. Es ging um Macht und militärische Vormachtstellung. Um den Zugang zum Mittelmeer. Es ging um die Bekämpfung des gottgewollten Islamischen Staats, um den Sturz des Kalifen.

Und er tat alles in seiner Macht Stehende, um das zu verhindern. Vor zwei Tagen hatte er deshalb mit seinen Kämpfern einen Konvoi mit Hilfsgütern angegriffen. Der Angriff war schnell und effektiv, brutal und gnadenlos. Wie alle seine Operationen. Doch israelische Kampfverbände hatten sie aufgespürt. Seitdem waren er und seine Kämpfer auf der Flucht.

Abu Kais humpelte den schmalen Weg zwischen den Felsbrocken entlang bis zur Zeltplane, die zwischen den krüppeligen Olivenbäumen aufgespannt war. Im Schatten saß ein Mann in brauner Kleidung. Er trug ein schwarzes Kopftuch, zwischen seinen Füßen lag eine AK47. Der Mann hielt ein Buch in der Hand. Die Lippen bewegte er lautlos, seine Augen waren geschlossen.

Abu Kais duckte sich unter die Zeltplane. »Salam aleikum, Hamid.«

Hamid öffnete die Augen. »Aleikum salam. Möge der große Gott all deine Taten segnen.«

»Bevor ich nicht etwas gegessen habe, gibt es keine Taten, die gesegnet werden könnten.«

Hamid deutete mit einem Kopfnicken zur olivgrünen Tasche, die neben einem Baumstamm lag.

»Gibt es heute mal etwas anderes als Muffins und Cola?«

Hamid lachte und entblößte dabei eine Reihe verfaulter Zähne. »Wir werden bald mit den Mudschahedin im Paradies speisen.«

»Inschallah, mein Freund. Inschallah.« Abu Kais zog den Reißverschluss der Tasche auf. Er nahm eine Colaflasche und zwei Muffins heraus, dann ließ er sich neben Hamid nieder. Sie saßen schweigend da, während Abu Kais die Landschaft betrachtete, die sich vor ihm ausbreitete. Sie war karg, überall Sand. Dazwischen wuchsen Feigen und Weinsträucher. Al watan al Arabi. Trotzdem ist es meine Heimat.

»Ich bin müde«, sagte Abu Kais.

Hamid blickte in die Ferne. Er wirkte ausgelaugt. »Diese verdammten Bluthunde. Sie sind uns immer noch auf der Spur. Wie lange soll das gehen?«

»Bis sie uns gefunden und zerfetzt haben.« Abu Kais legte Hamid eine Hand auf die Schulter. »Bis sie uns haben, mein Freund.«

45

»Ich frage mich immer noch, wie die auf unsere Spur gekommen sind.« Hamid zuckte mit den Schultern. »Wurden wir verraten?«

»Daran habe ich auch schon gedacht. Wer würde es wagen? So etwas Schändliches?« Abu Kais biss in den Muffin. Den trockenen Teig spülte er mit einem Schluck Cola runter. Er verzog das Gesicht. »Wie können die Kuffar nur so etwas trinken?«

Hamid schwieg. Er blickte wieder zu den Bergen, die sich in weiter Ferne vom blauen Himmel abhoben. Abu Kais folgte dem Blick zu den schwarzen Rauchsäulen.

»Sie sind uns sehr dicht auf den Fersen«, sagte Hamid. »Dort habe ich gestern unsere Vorräte aufgefüllt.«

»In Aboun Quamir?«

Hamid schüttelte den Kopf. »Das liegt etwas weiter östlich. Da, wo es brennt, haben sich Kämpfer in einem Tal versteckt.«

»Allahs Kämpfer sollten sich nicht verstecken müssen.« Abu Kais griff in den Sand und ließ die Körnchen in einem dünnen Strahl wieder zu Boden rieseln. Ein Windstoß erfasste den Staub und trug ihn fort. Wie die Kämpfer des Kalifats. Erst vereint, dann zerstreut im Wind. Wie der Sand der Wüste, die sich über Nacht veränderte. Aber auch einzelne Sandkörner konnten schmerzhafte Wirkungen zeigen, wenn sie an die falschen Stellen gelangten.

»Wir haben verloren.« Hamid senkte den Blick.

»Wenn du das sagst, hast du den Glauben verloren. Wir erleben einen Rückschlag. Ich habe unter Osama bin Laden für den wahren Gott gekämpft, so wie ich für al-Bagdhadi geblutet habe. Es wird wieder einen Führer geben, al-Hamdu li-Llah. So will es Allah, und so wird es sein.«

»Inschallah, mein Freund. Inschallah.«

Abu Kais erhob sich. Da war etwas. Er überblickte die sandige Ebene. Aufgewirbelter Sand. Er kniff die Augen zusammen. Die Staubwolken bewegten sich. Sie kamen näher. Fahrzeuge. Vier Stück. Abu Kais knetete sein Kinn.

Die kommen zu uns.

4

Berlin, 11:16 Uhr MESZ

WIEBKE KNURRTE der Magen. Sie öffnete den Kühlschrank. In der Tür stand eine Flasche selbst gemachter Eistee. Ansonsten herrschte gähnende Leere. Und jetzt? Sie wollte nicht in diese unerträgliche Hitze hinaus. Die Sonne brannte schon seit Wochen. Das Laub an den Bäumen sah aus, als wäre es Herbst. Ein goldener Herbst mit dreißig Grad im Schatten. Wiebke fuhr sich mit der Hand durchs Haar. Es half nichts, sie musste raus. Sie zog sich ein ärmelloses Shirt an. Einfarbig, damit ihre Tattoos an den Armen besser zur Geltung kamen. Dazu eine löchrige Jeans und ausgetretene Chucks. Ihr langes Haar band sie zu einem Pferdeschwanz, eine besonders widerspenstige rotbraune Locke pfriemelte sie hinters Ohr. Einen Moment später stand sie auf dem Gehweg. Sie hatte gedacht, dass die Hitze in ihrer kleinen Dachgeschosswohnung schon unerträglich war, aber hier in der Straßenschlucht war es noch schlimmer. Die Sonnenstrahlen wurden von unzähligen Fensterscheiben reflektiert. Die Luft flirrte. Nicht einmal der kleinste Windhauch verirrte sich hierher. Und es stank nach Unrat und Schweiß. Sie überquerte die Straße. An der Ecke lungerten Jugendliche herum, die Rapmusik hörten und Schach spielten. Das Spielbrett lag auf dem Gehweg.

»Hey«, riefen die Jugendlichen Wiebke zu.

Sie blieb stehen und betrachtete das Brett. Es standen nur noch sehr wenige Figuren auf dem Feld. »Ihr habt das Spiel schon verstanden, oder?«

»Na klar. Aber Piedro hier hat es sich in den Kopf gesetzt, erst alle Figuren zu schlagen, bevor er mich matt setzt.«

»Und du hast dir gedacht, da mache ich einfach mit?«

»So was in der Art.«

Wiebke löste ihren Blick von dem Spiel. Sie hatte etwas im Augenwinkel wahrgenommen. Doch als sie zum Kiosk blickte, war dort niemand. Habe ich mich getäuscht? Sie runzelte die Stirn und blickte wieder auf das Spielbrett.

»Zieh deinen Läufer auf B6«, sagte sie. »Dann hast du ihn in zwei Zügen.«

»Hast du ihm geholfen?« Piedro stemmte die Fäuste in die Hüften. »Hat sie dir geholfen, Stanislav?«

Stanislav schüttelte den Kopf. »Keine Ahnung, was du gehört hast.«

Wiebke achtete nicht mehr auf die Jungs. Sie blickte wieder in Richtung Kiosk. In der Fensterscheibe spiegelte sich etwas. Ein Mann. Breite Schultern. Weißes T-Shirt. Mehr war nicht auszumachen. Warum wurde sie verfolgt? Ich könnte rübergehen und ihn fragen. Aber wo bliebe da der Spaß? Sie lief ein Stück die Straße runter, blieb stehen und ging wieder zurück, wich in einen Hinterhof aus und wartete, die Einfahrt fest im Blick. Ihr Verfolger war nicht zu sehen. Verfolge deinen Verfolger. Nur so kannst du entkommen. Wiebke spürte wieder dieses ganz besondere Kribbeln. Dieses Gefühl, das einen packt, wenn man zum Jäger wird. Ihre Nerven vibrierten auf höchster Alarmstufe. Dieses besondere Kribbeln berauschte sie. Dabei hatte sie gehofft, so etwas nie wieder fühlen zu müssen. Dafür hatte sie alles getan, war einen harten, steinigen Weg gegangen. Und nun wurde sie wieder gezwungen, so zu fühlen. Sie wurde gezwungen, wieder eine Jägerin zu sein. Jemand hatte mal zu ihr gesagt, dass eine dunkle Vergangenheit mit ihren dreckigen Fingern die Gegenwart durchwühlt und ihr Schatten auch die Zukunft verdunkelt. Sie hatte das nicht geglaubt. Nun wurde sie eines Besseren belehrt.

Ihr war klar, dass jetzt nicht die Zeit für Selbstmitleid war. Sie musste wissen, wer das war.

Aber ihr Verfolger zeigte sich nicht mehr. Ich bin nicht so blöd zu glauben, dass ich ihn abgeschüttelt habe. Sie wartete noch einen kurzen Moment, dann ging sie zurück auf den Gehweg. Ein schneller Blick.

Negativ. Nichts zu sehen.

Um ihn abschütteln zu können, musste sie dorthin, wo viel los war, wo sie in der Menge untertauchen konnte. Sie ging in Richtung Park. Dort lagen überall Menschen auf Picknickdecken. Einige grillten, andere spielten Federball. Wiebke schlenderte über den gekiesten Weg bis zur Baumgruppe, die den weiteren Wegverlauf verdeckte.

Eine strategisch gute Stelle.

Kurz vor der Baumgruppe erhöhte sie die Geschwindigkeit. Dann sprintete sie los. Am Ende des Kieswegs schlug sie einen Haken, wurde noch einmal schneller und erreichte den Gehweg. Kurz vor einem Bus wechselte sie die Straßenseite. Sie spürte den Sog. Der Busfahrer hupte und fluchte. Nix passiert, Schwachkopf. Sie tauchte in eine Gasse und überkletterte den Maschendrahtzaun. Wiebke rannte weiter bis zum Schawarmaladen. Als sie die Tür aufstieß, war sie kaum außer Atem. Sie roch das gebratene Fleisch, das frisch geschnittene Gemüse und den Hauch exotischer Gewürze.

Abdullah grinste. »Wieder mal nicht eingekauft?«

»Du kennst mich zu gut.« Wiebke setzte sich auf einen der Barhocker. »Machst du mir eine Schawarma? Und ich hätte gerne zwei Fanta Wildberries.«

»Gleich zwei?«

»Ich bekomme gleich Besuch.«

»Ich freue mich ja, dich hier zu sehen, aber warum suchst du dir nicht einen romantischeren Platz für ein Date?« Abdullah zwinkerte ihr zu.

»Ich habe kein Date.«

»Entschuldige, dass ich gefragt habe.« Er stellte ihr zwei Flaschen hin. Dann schnitt er Fleisch von einem Drehspieß.

»Mit Salat?«

»Willst du mich vergiften?«

»Also nur Gewürzgurken?«

»Eine Menge davon. Aber nicht so viele, dass kein Fleisch mehr reinpasst. Und die scharfe Soße. Deine selbst gemachte, nicht die gekaufte.«

Abdullah schüttelte den Kopf. »Man könnte fast meinen, du wärst meine Frau. Ehrlich. Immer diese Extrawünsche.«

Wiebke hörte Abdullah nicht richtig zu. Sie hatte den breitschultrigen Mann bereits entdeckt, bevor er auch nur in die Nähe des Schawarmaladens gekommen war. Sicher Bulle oder so. Und bevor er den Laden betreten hatte, wusste sie, dass sie recht behalten würde.

»Ist die Fanta für mich?«, fragte er und trat auf sie zu.

»Ich dachte mir, dass Sie mich früher oder später kontaktieren würden.« Sie nahm die Fanta und steuerte den hintersten Tisch in einer Nische an.

Er folgte ihr und setzte sich ihr gegenüber. »Und Sie haben alles dafür getan, dass es nicht passiert. Warum wollten Sie mich abschütteln?«

»Ich wollte wissen, wie gut Sie sind.«

»Und? Habe ich den Test bestanden?«

»Sie sind gut, aber so gut nun auch wieder nicht. Nicht so gut, wie Sie denken. Der Imbiss ist der einzige Laden hier, von dem aus ich den Park optimal überblicken kann. Ich sehe Sie, aber Sie mich nicht. Da hätten Sie schneller draufkommen müssen. Und wo haben Sie das Observieren gelernt? In der Drei-Fragezeichen-Detektivschule?«

Er lachte. Wiebke musterte ihn. Südländer. Vielleicht Kurde. Kein Polizist. Die Bewegungen passten eher zu einem Soldaten. Oder zu einem Agenten. Irgendwas dazwischen. Sicher ein Kampfsportler. Ein echter Gegner.

»Der Charme liegt also in der Familie.«

»Sie kennen ... meine Schwester? Sind Sie auch so ein ...?«

»Darf ich erst mal einen Schluck trinken? Sie haben mich mit Ihrer Rennerei ziemlich zum Schwitzen gebracht.«

»Was wollen Sie von mir?« Wiebke merkte, wie in ihr die Wut hochkochte. Was bildet sich Saskia ein, mich beschatten zu lassen?

»Sie hat mich gebeten, Ihnen das zu geben.« Er zog einen durchweichten Umschlag aus der Gesäßtasche und legte ihn vor Wiebke auf den Tisch. Sie betrachtete das nasse Papier. Offensichtlich hatte der Mann diesen Blick bemerkt. »Dass der Umschlag schweißgetränkt ist, ist Ihre Schuld. Sie haben mich bei der Hitze durch das halbe Viertel gehetzt.«

»Was ist da drin?«

»Keine Ahnung. Da müssen Sie Ihre Schwester fragen. Oder den Umschlag öffnen.«

Wahrscheinlich wieder Geld. Wiebke ballte die Hände zu Fäusten. Meine große Schwester glaubte schon immer, alles mit Geld kaufen zu können. Oder mit ihrem Charme. Ich bin aber nicht käuflich.

»Sagen Sie meiner Schwester, dass sie sich ihr Geld dahin stecken soll, wo die Sonne nicht scheint. Ich brauche Saskia nicht.«

»Aber vielleicht braucht Saskia Sie?«

»Und deswegen schickt sie einen ihrer Laufburschen? Kann sie nicht selbst anrufen, oder hat sie im Entwicklungsministerium so viel zu tun?«

»Entwicklungsministerium? Das hat sie Ihnen gesagt?«

Wiebke zog die Augenbrauen zusammen. »Natürlich hat sie mir das gesagt. Aber warum sollte ich ihr das glauben? Wir wissen doch beide, dass Saskia dort unterfordert wäre, oder?«

Und außerdem habe ich Saskias Personalakte damals überprüft. Wiebke griff nach dem Umschlag.

»Ich weiß, dass ich mich dafür hassen werde.«

»Eine kluge Entscheidung.«

Abdullah brachte den eingewickelten Schawarma an den Tisch. »Ist jetzt ohne Zwiebeln. Soll ich noch welche draufmachen?«

»Keine Ahnung, was der Kerl hier haben will, aber mir ist der Appetit vergangen.«

Wiebke steckte den Umschlag in die Hosentasche und verließ den Laden. Der breitschultrige Mann folgte ihr nicht.

5

Hamburg, 11:18 Uhr MESZ

ICH KOMME SO schnell wie möglich nach Hause«, sagte Saskia. »Indianerehrenwort und ganz ehrlich versprochen.«

»Ich vermisse dich, Mama.« Leilas Stimme klang gedämpft. Wenn sich ihre Stimme so anhört, ist sie den Tränen nahe. Wir sind alle ziemlich am Ende. Wegen mir. Diese Feststellung tat weh, sie stach ins Herz.

»Gibst du mir mal Papa?«

»Tschüühüüs.«

»Tschüs, mein Schatz. Ich liebe dich.«

Aus dem Lautsprecher der Freisprecheinrichtung drang ein Rascheln, und dann sagte eine tiefe Männerstimme: »Versprich nicht, was du nicht halten kannst. Leila freut sich auf dich.«

»Dieses Mal halte ich es, Hakim. Nur noch diesen einen Termin. Es ist wirklich wichtig.«

»Du bist nicht die einzige Mitarbeiterin beim Entwicklungsministerium. Was ist es denn dieses Mal? Eine Hochschule in Botswana? Ein Brunnennetz in Turkmenistan? Oder einfach nur ein Geschäftsessen, um die bilaterale Zusammenarbeit zu fördern?«

»Es ist wichtig. Mehr musst du nicht wissen.«

»Mehr muss ich nicht wissen? Ich bin dein Mann, oder hast

du das bei der ganzen Arbeit schon vergessen? So langsam reicht es mir. Ich habe nichts gesagt, als du vorgestern plötzlich zu einem wichtigen Termin nach Oslo musstest, weil du versprochen hast, danach ein paar Tage freizunehmen. Und jetzt? Kaum wieder in Deutschland, setzt du dich in dein Auto und fährst schon zum nächsten Meeting. Wo bist du überhaupt?«

Saskia fuhr am Hamburger Michel vorbei und bog am Millerntor nach links in Richtung Portugiesenviertel ab. Im Rückspiegel konnte sie gerade noch das Bismarck-Denkmal sehen, den strengen Blick des ehemaligen Reichskanzlers, der sich ganz in den Dienst des Staates gestellt hatte.

»Ich bin in Osnabrück.« Sie schluckte und spürte den Kloß im Hals. »Ein Treffen mit Vertretern der UNO und ...«

»Es geht mich doch nichts an«, unterbrach Hakim. »Warum also erzählst du mir das alles?«

Saskia hatte es so satt. Immer wieder die gleiche Diskussion. Die gleichen Vorhalte wegen ihres Berufs. Wo fährst du hin? Warum kommst du so spät? Ist dir deine Familie nicht wichtig? Du lebst nur für deinen Job. Wo warst du die letzten Nächte? Ich habe versucht, dich zu erreichen. Leila hatte Fieber. Sie rief nach dir. Nach ihrer Mutter.

Ihr wurde schwindelig. Sie stoppte das Auto mitten auf der Straße, die Hände fest ums Lenkrad gekrallt.

Ich habe es so satt, meine Familie anlügen zu müssen. Lange geht das nicht mehr gut.

Und die wirklich große Lüge ...

»Bist du noch dran?«

Hakims Stimme unterbrach ihre Gedanken, sie war wie ein Weckruf. Saskia kniff mehrmals fest die Augen zusammen. Ich habe verdammt noch mal was zu erledigen.

»Ich dachte, es interessiert dich, was ich mache.«

Hakim schwieg. Nur das Rauschen der Telefonverbindung war zu hören. »Hast du einen anderen?«

Hakims Stimme war um mehrere Nuancen dunkler als sonst, und Saskia glaubte, ein Knurren zu hören, das in der untersten Tonlage mitschwang. Er unterdrückte jegliche Emotion. Es war keine Frage, sondern eine Feststellung, die er mit zusammengebissenen Zähnen ausgespuckt hatte.

»Was soll die Frage?«

»Wann bist du denn das letzte Mal zu Hause gewesen? Und ganz ehrlich, ob du da bist oder nicht macht für mich keinen Unterschied mehr. Du bist eine leere Hülle, starrst vor dich hin und machst Dinge, von denen ich nichts wissen darf. Wann haben wir das letzte Mal gefickt?«

Hinter ihr hupte es. Im Rückspiegel sah Saskia einen Kleintransporter. Der Fahrer gestikulierte wild. Sie hob entschuldigend die Hand und fuhr weiter, bis sie eine Parklücke gefunden hatte, mühsam drängte sie die Tränen zurück, zwang sich, ruhig zu atmen. Warum hörst du damit nicht auf, Hakim, hätte sie ihn gern gefragt.

»Wann, Saskia?«

»Meinst du, ich führe Buch darüber?«

»Lohnt sich nicht. Es wäre ein ziemlich kurzes Buch mit vielen leeren Seiten und vereinzelten Datumseinträgen.«

»Lass mich raten: Du führst Buch. So wie du jeden Scheiß farblich voneinander getrennt in deinen Kalender einträgst. Kacken gewesen. Braune Markierung. Mit meiner Frau geschlafen. Pimmelstempel.« Saskia merkte, wie sich der Kloß in ihrem Hals löste und Wut in ihr hochkochte.

»Gehst du mir fremd, Saskia?«

»Nein. Ich ersticke in Arbeit. Und glaub mir, auch wenn sich Meetings mit Vertretern der UNO oder Vereinten Nationen wie ein gemeinsames Abendessen anhören, ist das nicht so. Ich feile manchmal nachts um drei noch an Verträgen. Da habe ich ganz sicher keinen nackten Mann neben mir liegen. Verträge sind nicht besonders erotisch. Ich will aber nicht ausschließen, dass es Männer gibt, die auf so was stehen. Es gibt für alles einen Fetisch.« Humor. Das Gespräch drehen. Good Cop, bad Cop. Die Ebenen so schnell wechseln, dass das Gegenüber in die Defensive gerät. Verhörtaktiken anwenden. Sie blickte in den Spiegel und schauderte kurz. Selbst meine Familie ist vor mir nicht mehr sicher.

»Lügst du mich an?«

»Was wird das jetzt hier?«

»Ich will wissen, woran ich bin. Ich will wissen, ob du mich jemals angelogen hast.«

»Schon Nietzsche sagte, dass Menschen unsäglich oft lügen. Und einer neuen Studie zufolge passiert das fast dreimal in einem Gespräch.«

»Du weichst aus. Und du weißt, was ich meine. Lügst du? Die Verträge, gibt es die überhaupt? Osnabrück? Oder bist du in Berlin? Hamburg? München? Wo bist du, Saskia?«

Sie schloss die Augen und presste die Lippen aufeinander. »Nein. Ich lüge dich nicht an. Ich bin in Osnabrück und habe gleich ein wichtiges Treffen mit Vertretern der ...«

»Das war schon wieder eine Lüge. Du bist genauso kaputt wie deine Schwester.«

Saskia starrte auf das Display im Armaturenbrett. »Anruf beendet« stand dort. Einfach aufgelegt. So schnell die Wut in ihr hochgekocht war, so schnell trat nun der Schmerz an ihre Stelle. Sie fühlte sich innerlich zerrissen.

Wie weit würden Sie gehen, um den Staat zu schützen?

Eine Frage aus der Kommission, die Saskia für das angeworben hatte, was sie jetzt tat. Sie hatte damals gezögert, eine Antwort zu geben, denn schon damals war sie sich bewusst, was die Männer und Frauen, die ihr im Halbkreis gegenübergesessen hatten, von ihr hören wollten.

Wie weit würden Sie gehen? Da war kein Nachdruck in der Frage verborgen gewesen. Die Stimme der Frau, die am linken

Rand des Halbkreises saß, hatte beiläufig geklungen, aber Saskia hatte sofort verstanden, dass die Kommission diese Frage nicht noch einmal stellen würde.

»Bis zum Äußersten«, war ihre Antwort gewesen.

Saskia starrte wieder auf das Display. »Anruf beendet.« Eigentlich nicht spektakulär. Aber diese beiden Worte wogen schwer, sie lasteten auf ihrer Seele. Beziehung beendet. Ehe beendet. Privatleben beendet.

Ist das der äußerste Punkt?

Ich weiß nicht, ob ich bereit bin, mein Versprechen einzulösen.

6

Syrien, 12:19 Uhr OESZ

DER HUMVEE RASTE über die sandige Ebene. David Teitelbaum starrte aus der staubigen Windschutzscheibe zum Felsmassiv, das von Tälern durchschnitten war. Endlich. Mit den Fingern ertastete er die israelische Flagge auf seiner Uniformjacke. Ein Ritual vor jedem Einsatz. Sollte Glück bringen.

Er verengte die Augen zu messerscharfen Schlitzen. Aus dem Lautsprecher war ein verzerrter Funkspruch zu hören. David nahm den Piker und drückte die Sprechtaste.

»Samech hört.«

»Hier Remes. Bestätigen Sie den Hinweis, kommen.«

»Bestätigt. Die Eins ist bei den angegebenen Koordinaten. Erbitte Luftunterstützung, kommen.«

Der Funk rauschte. Warum zögern die? Er ist hier. Er ist verdammt noch einmal hier! Es kann gar nicht anders sein.

»Unterstützung negativ. Hier Remes. Ende.«

David presste die Lippen aufeinander. Mit festem Griff nahm er seine CTAR-21. Ein hochmodernes Bullpup Sturmgewehr, für Links- wie für Rechtshänder geeignet, in der kurzen Ausführung für Spezialkräfte. Leicht, kompakt und vor allem absolut zuverlässig. Und damit absolut tödlich. Nicht Gewehre töten Menschen, sondern Menschen töten Menschen, dachte er. Für das, was jetzt bevorstand, war eine zuverlässige Waffe eine absolute Notwendigkeit. Er schob das Magazin ein, bis es mit einem metallischen Klick einrastete. Du bist hier. Du musst hier sein. Das geht alles schon viel zu lange. Heute muss Schluss sein. David hörte wieder die Schreie, sah das Feuer und die zerfetzten Körper vor dem Bäckerladen. Er hatte im Auto gewartet, als es passiert war.

Die Erinnerungen strömten auf ihn ein. Er schloss die Augen. Nicht jetzt. Verdammt, nicht jetzt! Er atmete ein, presste die Lippen leicht aufeinander und ließ den Atem langsam wieder entweichen.

Lydia saß auf dem Beifahrersitz. Sie lächelte. »Kommst du nicht mit?«

»Die Menschen stehen doch schon auf der Straße. Warum sollten wir beide uns da anstellen?«

»Hier gibt es das beste Brot der Stadt. Komm mit und genieß die Sonnenstrahlen mit mir.«

Liebe erfüllte ihn, als er sie ansah. Eine Liebe, von der er sicher war, dass sie ein Leben lang halten würde.

»Nach dem Essen werde ich etwas ganz anderes genießen.«

Er beugte sich zu ihr rüber und hauchte ihr einen Kuss auf die Stelle, auf der sie Küsse am meisten mochte. Die Stelle zwischen Schulter und Hals. Sie zitterte leicht und stieß ihn spielerisch weg.

»Du alter Charmeur.« Ihr Lachen klang hell. Es war ansteckend.

»Ich? Ein Charmeur?« David blinzelte mehrmals.

»Tu nicht so unschuldig.« Sie knuffte seinen Oberarm. »Und du bist ziemlich faul. Zu bequem, um dich anzustellen.«

»Wie recht du hast. Gehst du jetzt das Brot holen? Sonst gibt es nichts mehr, und wir sind umsonst hierhergefahren.«

»Und ein Chauvinist ist er auch noch.« Lydia stieß die Beifahrertür auf und stieg aus. Dann beugte sie sich noch einmal in den Opel. »Du fauler, chauvinistischer Charmeur.« Sie lachte wieder.

»Genau deswegen liebst du mich doch, oder?«

»Dafür …« Mit einem Ruck hatte sie David am Hemdkragen zu sich gezogen. Sie presste ihre Lippen auf seine. »Und für unzählige andere Dinge.«

»Ich weiß«, sagte David.

Im Rückspiegel sah er, dass sie ihm noch einmal zuwinkte, bevor sie sich in die lange Schlange stellte. David presste sich in den Fahrersitz und schloss die Augen, genoss den Moment, hing Träumen nach und plante die Zukunft mit Lydia.

Dann wurde diese friedvolle Stille durch ein gewaltiges Donnergrollen jäh zerfetzt. David riss die Augen auf. Das ist kein … Etwas knallte gegen die Heckscheibe seines Autos. Glas splitterte. Da war etwas Warmes in seinem Nacken. Sein weißes Hemd färbte sich rot.

Dann hörte er die Schreie.

Das war eine … Er versuchte, sich aus dem Sitz zu drücken. Lydia!

Das Armaturenbrett drehte sich. Er krallte sich am Lenkrad fest. Lydia! Sein Blick ging zum Rückspiegel. Doch da war nichts. Der Spiegel baumelte nur noch an einem Kabel.

Ich muss mich sammeln. David kniff die Augen zusammen. Ich habe keine Schmerzen. Ist das gut? Er wusste, dass das nicht immer gut war. Ziemlich übel sogar. Könnte bedeuten, dass wichtige Nervenstränge geschädigt worden waren. Oder ich stehe unter Schock, weil ich kurz vorm Verbluten bin. Er blickte an sich hinunter. Bunte Sterne explodierten in seinem Kopf. Er versuchte, seinen Atem zu kontrollieren.

Einatmen. Ausatmen. Warten. Einatmen …

Die bunten Sterne wurden weniger. Das Armaturenbrett drehte sich nicht mehr. Aber jetzt spürte er den Schmerz. Tastete danach. Rechte Schulter. Feuchtigkeit. Blut. Etwas Hartes,

Heißes. Ein Splitter ragte aus dem Fleisch. Sirenen heulten. Er starrte auf die mit Rauch verhangene Straße. Menschen rannten an ihm vorbei. Ihre Münder waren weit aufgerissen. Müssten die nicht schreien? Er hörte nur das Heulen der Sirenen. Der Rettungswagen rauschte an ihm vorbei. David drehte sich um. Und dann sah er den zerfetzten Körper des Mannes, der durch die Heckscheibe in den Opel geschleudert worden war. Blut tropfte aus seinem Mund. Die Haare waren versengt. Und dort, wo eigentlich die Augen sein sollten, klafften zwei tiefe Löcher. Es roch nach verkohltem Brot. David sah die Tüte vom Bäcker.

»Lydia!«

Und dann strömte alles gleichzeitig auf ihn ein. Die panischen Schreie. Der Gestank von verbranntem Fleisch. Wild umhergerufene Befehle. Noch mehr Sirenen. David wuchtete sich hoch. Der Schmerz in seiner Schulter ließ ihn taumeln. Ein Rettungswagen raste an ihm vorbei. Beinahe wäre er überfahren worden. Dicke Rauchschwaden vernebelten die Straße. Feuer loderte. Menschliche Silhouetten huschten umher. Schwankten und brachen zusammen. David ignorierte den eigenen Schmerz und rannte los. Zur Bäckerei. Überall war Blut. Abgerissene Arme und Hände. Zerfetzte Körper. Über allem lag der Gestank des Todes. Es raubte David den Atem. Sanitäter in gelben Leuchtwesten huschten zwischen den Verletzten hin und her.

»Lydia«, schrie David. »Lydia!« Sei nicht hier. Sei bitte nicht hier.

Und dann fand er sie. Ihr geblümtes Kleid war mit Blut getränkt.

David übergab sich.

Grob wurde er zur Seite gerissen. Ein Sanitäter schrie ihn an. »Nach hinten zum Krankenwagen. Los, verschwinden Sie hier.«

Es dauerte Jahre, bis David erkannt hatte, dass er in diesem Moment verschwunden war. Der lebenslustige David. Geblieben war die Liebe, die sich in blanken Hass verwandelt hatte. Hass auf den Mann, der für diesen feigen Anschlag auf Zivilisten verantwortlich war.

Abu Kais.

Es endet hier.

Jetzt!

David lud die CTAR-21 durch. Die vier Humvees hatten das Tal erreicht.

»Hier Samech Alpha an alle«, sagte David ins Funkgerät. »Gefechtsformation. Erhebliche Gegenwehr erwartet. Samech Ende.«

Die Humvees formierten sich zu einem Halbkreis und stoppten abrupt. Türen wurden aufgerissen. Soldaten sprangen aus den Fahrzeugen, rollten sich ab und suchten sofort Deckung. David nahm das Fernglas und spähte hindurch. Zwischen dem Gestein konnte er einen Olivenhain erkennen. Eine Feldtasche. Und ein Lagerfeuer. Dünne Rauchschwaden kringelten sich in der Luft, ehe sie sich auflösten. Sie sind noch hier. Er gab das Zeichen zum Vorrücken. Die erste Gruppe rannte los. Der Rest seiner Einheit war bereit, beim ersten Anzeichen eines Feindes zu feuern. Die erste Gruppe duckte sich hinter einem Felsen, der näher am Olivenhain lag. Nun löste sich die zweite Gruppe Soldaten. Ihr Ziel war der Olivenhain selbst. Sie hatten die niedrigen Bäume fast erreicht.

»Allahu akbar!« Ein höllischer Gruß. Die Worte wurden hundertfach von den Felswänden zurückgeworfen. Dann hallte Schnellfeuer aus automatischen Waffen durch die öde Landschaft. Die Projektile schlugen ein, prallten auf Gestein, stoben den Sand hoch. Drei seiner Soldaten, die neben ihm vorgerückt waren, brachen sofort zusammen. David feuerte zurück. Alle feuerten zurück. Die Luft war erfüllt vom Zischen der Projektile, vom Hall der Mündungsfeuer unzähliger Gewehre. Vom Geschrei der Sterbenden. Und immer wieder tönte der höllische Gruß.

»Allahu akbar!«

David lud sein Sturmgewehr nach.

7

Berlin, 11:23 Uhr MESZ

EINE UNVERSCHÄMTHEIT! Wiebkes Gedanken galoppierten wie ein wildes Pferd. Was denkt sie sich dabei? Ich brauche keine Almosen. Erst recht nicht von meiner großen Schwester. Wiebke lief durch den Park zurück. In Höhe der Baumgruppe drehte sie sich noch einmal um, damit sie sich vergewissern konnte, dass Saskias Laufbursche ihr nicht wieder folgte. Sie starrte den Umschlag an, den sie immer noch in der Hand hielt. Glaubt Saskia wirklich, mich kaufen zu können? Damit ich mich bei ihr melde? Oder meine Dankbarkeit ausdrücke? Zu Kreuze krieche?

Ihre Wut kochte. Sie zerknüllte den Umschlag. Neben einem Mülleimer blieb sie stehen. Wegwerfen oder nicht wegwerfen? Sie faltete den Umschlag und ließ ihn in der Gesäßtasche ihrer Jeans verschwinden.

Wiebke hatte nichts, Saskia hatte alles. Saskia war Jahrgangsbeste beim Abitur, später Lehrgangsbeste bei der Polizei. Dann wurde sie vom Bundeskriminalamt angeworben. Die Karriere nahm Fahrt auf. Nach kurzer Zeit übertrug man ihr bereits die Leitung einer neu eingerichteten Terrorbekämpfungskommission – mit gerade mal Ende zwanzig. Und das als Frau.

Zur gleichen Zeit hatte Wiebke plötzlich eine schwere Zeit. Ein erdrutschartiger Umbruch fand in ihrem Leben statt, der alles in die Tiefe riss, was sie sich bis dahin aufgebaut hatte. Eine falsche Entscheidung in einer Situation, wo es keine richtigen Entscheidungen gab. Und von allen falschen Möglichkeiten hatte sich Wiebke nach bestem Wissen und Gewissen für eine entschieden. Und trotzdem waren Menschen gestorben. Daraufhin suchte sie Hilfe bei ihrer Familie, aber Mutter und Vater zeigten nur auf Saskia, wie die große Schwester ihren Weg ging. Vom Bundeskriminalamt zum Ministerium für Entwicklungshilfe. Wer's glaubt! Zu dieser Zeit war Wiebke völlig am Boden. Ihr Leben passte in eine Reisetasche.

Saskia hier. Saskia da. Ihre Eltern waren so stolz. Ich kann es nicht mehr hören. Wiebke hatte den Kontakt abgebrochen und gelernt, sich alleine durchzuschlagen. Überall zurechtzukommen. Auch hier, mitten in der Scheiße.

Das Viertel, in dem sie sich aufhielt, verdiente nur eine Bezeichnung: Krebsgeschwür. Die Häuser waren alt, und normalerweise strahlten so alte Häuser eine gewisse Würde aus, einen Stolz, der sich über die verzierten Fassaden nach außen kehrte. Hier konnte man wirklich alles finden, nur keine Würde und keinen Stolz. Die Fassaden waren heruntergekommen und strotzten vor Dreck. Und die Menschen, die hier wohnten, galten als vergessen von den Machern der Republik. Eine Last für das Sozialsystem. Dieses Viertel war wie gemacht für Menschen, die nicht mehr gefunden werden wollten. Wie gemacht für Wiebke.

Sie sah die beiden Jungs, die gerade noch Schach gespielt hatten. Kluge Köpfe an der falschen Stelle. Ohne Chance auf irgendwas. Außer auf eine kriminelle Karriere. Jemand hatte mal zu ihr gesagt, dass in Deutschland jeder die gleichen Möglichkeiten hätte. Daran glaubte sie schon lange nicht mehr. Jungs wie diese starteten bei einem Hundertmeterlauf bei der Zweihundertmetermarke. Wenn es einen Gott gab, so hatte er das Talent verschwendet, das er den beiden Jungs gegeben hatte. Und hinterher wird die Gesellschaft über die Verbrecher schimpfen und dabei verdrängen, dass sie diese selbst geschaffen hat.

»Da bist du ja wieder«, rief der eine Junge ihr zu.

»Ihr spielt kein Schach mehr?« Sie blickte auf das Spielbrett, auf dem nur noch fünf Figuren standen, drei weiße und zwei schwarze.

»Wir haben uns auf Unentschieden geeinigt.« Der andere Junge grinste. »Willst du mal was Cooles sehen?«

»Will ich das?« Wiebke runzelte die Stirn.

»Du brauchst nur auf Play zu drücken.« Er wedelte mit seinem Handy, bis Wiebke es nahm. Sie erkannte sofort, dass das Video im Park aufgenommen worden war. Und der Hauptdarsteller war Max Itzegel. Er kniete, und ihm lief der Rotz aus der Nase. Die Augen waren rot unterlaufen. Er schniefte und schüttelte kraftlos den Kopf. Wiebke kannte diesen Gesichtsausdruck. Sie hatte ihn häufiger gesehen, als ihr lieb war. Es war der Gesichtsausdruck eines Menschen, der längst verloren hatte, es aber nicht wahrhaben wollte. Noch nicht.

»Du hast auf meiner Bank gesessen, Arschloch«, sagte die Stimme aus dem Off, von der Wiebke annahm, dass es die Stimme von Yannic war.

»Ich hab doch schon die Miete bezahlt.« Max' Stimme klang tränenerstickt. »Hört bitte auf damit.«

»Halt die Fresse. Glaubst du, die paar Kröten reichen? Die Kohle hätten wir dir sowieso abgezogen. Wir wollen etwas anderes.«

In dem Video, das Frau Itzegel ihr gezeigt hatte, musste Max um Schläge betteln. Das hatte Wiebke nicht interessiert. Aber jetzt wurde ihr klar, dass es nicht das gewesen war, was ihre Nachbarin ihr hatte zeigen wollen. Ich habe nur die Spitze des Eisbergs gesehen.

»Ich will, dass du darum bettelst«, sagte Yannic.

»Ich weiß nicht, was du willst.« Max zog wieder den Rotz hoch.

»Darum.« Ein Geräusch. Ein brutales Geräusch. Es war die ultimative Erniedrigung. Yannic riss den Reißverschluss seiner Hose auf. »Du bist ein Beta. Ich bin ein Alpha. Du wirst dienen.«

Wiebke schaltete das Video aus. »Das will ich nicht sehen.« Sie gab das Gerät zurück. Ihre Gedanken rasten. Das war es, was Frau Itzegel ihr hatte zeigen wollen. Hatte sie nicht auch gesagt, wo Yannic sich immer aufhielt? Im Park? Wiebke überlegte. Ihr fiel ein, dass sie manchmal ein paar Jungs bei der alten Unterführung sah, die laute Musik hörten und dabei rappten. Eine stillgelegte Bahntrasse. Ein ungestörter Ort. Sie machte sich auf den Weg.

Als sie ankam, war dort ein junger Mann. Er trug Baggy Pants und ein rotes Footballtrikot. Das musste Yannic sein. Er tanzte zu elektronischen Beats, die ein Ghettoblaster spielte. Schrill verzerrte hohe Töne. Keine erkennbare Melodie. Und er schrie so einen Sprechgesang.

Wiebke blieb ein paar Schritte von ihm entfernt stehen. »Bist du Yannic?«

Er hörte augenblicklich mit den Zuckungen auf. »Was willst du?«

»Eine einfache Frage. Bist du Yannic?«

Er schaltete den Ghettoblaster ab. »Live und in voller Größe.«

»Okay, und du bist ein Gangster, ja?«

»Der krasseste hier. Willst du mich anbaggern?« Er blickte sie abschätzend an. »Deine Titten sind zu klein. Aber ich finde es geil, dass deine Arme voll tätowiert sind.«

Wiebke spürte Hitze, die sich in ihrem Oberkörper ausbreitete. Sie ballte die Hände zu Fäusten. »Also ficken wir nicht?«, sagte sie betont ruhig.

»Mein Hammer würde dich nur zerreißen. Aber wenn du ganz lieb bitte bitte machst, darfst du vielleicht meinen Schwanz lecken.«

»Soll ich so betteln wie Max?«

Yannic lachte. »Darum geht es also. Der Spast hat das verdient.«

»Weil er auf deiner Bank gesessen hat?«

»Einfach, weil ich es wollte. Klar?« Yannic spuckte auf den Boden. »Wer hat dich geschickt. Max' Mami?«

»Meine Beweggründe gehen dich nichts an. Ich will, dass du dafür sorgst, dass diese Videos verschwinden. Und ich will, dass du Max in Ruhe lässt. Haben wir uns verstanden?«

»Du Schlampe hast mir gar nichts zu sagen. Max mache ich fertig, so wie es mir passt. Und ich bin noch lange nicht fertig mit dem.«

»Doch, bist du.« Drei Worte. Eine unverhohlene Drohung.

»Was willst du dagegen machen? Zum Gericht laufen? Zu den Bullen? Pah. Ich scheiße auf Gesetze. Ich scheiße auf die Bullen.«

»Okay, die harte Tour. Ich nehme mir dein Handy. Danach gehst du auf die Knie und bettelst um Vergebung. Du bettelst darum, dass Max dich für deine Aktion bestrafen soll. Du machst dich schön öffentlich zum Hanswurst. Dann schicken wir das Video herum. An deine Freunde. Die werden über dich lachen und das Video fleißig teilen. Meinst du, die sehen danach noch einen Gangster in dir?«

»Du Nutte darfst mir das Arschloch sauber lecken.«

Wiebke lachte. »Der Einzige, der gleich etwas lecken wird, bist du. Und zwar die Sohlen meiner Chucks. Alleine nur deswegen, damit ich aufhöre, dir wehzutun. Und ich schwöre dir, ich tue dir weh.«

Yannic sprang auf sie zu. Wiebke wich aus, zog ihr Knie hoch und rammte es ihm in den Bauch. Yannic taumelte zurück.

Sie setzte mit einem Faustschlag nach, packte seinen Arm und drehte ihn kräftig nach hinten. Ein Knacken, Yannic schrie. Wiebke tänzelte zur Seite und beobachtete, wie er zu Boden ging. Blitzschnell stand sie neben ihm und presste ihren Schuh in sein Gesicht. Yannic blieb liegen. Er bewegte sich nicht mehr.

»Du willst ein krasser Gangster sein?«

»Hör auf!« Er atmete schnell, ganz flach ein und aus.

»Dein Telefon.«

Er bäumte sich auf.

Sie erhöhte den Druck. »Dein Handy. Jetzt! Oder soll ich deine Birne zertreten?«

Yannic griff in seine Hosentasche und holte das Handy heraus. Wiebke beugte sich hinunter, riss ihm das Gerät aus der Hand und machte ein Foto von ihrem Schuh mit Yannics Gesicht darunter. Dann sendete sie es an all seine WhatsApp-Kontakte.

»Du lässt Max in Ruhe. Du lässt alle Menschen hier in Ruhe. Habe ich mich klar ausgedrückt?«

»Ja, verdammt.«

Wiebke warf das Gerät auf den Boden und ging.

Der Weg zurück zu ihrer Wohnung dauerte etwa zwölf Minuten, höchstens fünfzehn. Daher war sie etwas überrascht, als sie den Streifenwagen vor dem Haus sah. Das ging schnell. Die zwei Beamten sprachen mit dem Inhaber des Tabakladens. Wiebke wusste sofort, dass die wegen ihr gekommen waren. Es war die Art, wie die Beamten zu ihr rüberschauten, als sie über die Straße lief. Sie fuhr mit der Hand in ihre Hosentasche und kramte den Wohnungsschlüssel heraus. Direkt über dem Gully ließ sie ihn fallen. Der Schlüssel klimperte auf die Straße und fand seinen Weg in die Kanalisation. Die müssen nicht wissen, wo ich mich aufhalte. Meine Sachen kann ich später noch holen. Die Wohnungstür würde kein Problem sein, und ihr Leben passte noch immer in eine Reisetasche.

»Bleiben Sie bitte mal stehen«, sagte der Polizist.

Wiebke blieb stehen. Mitten auf der Fahrbahn. Ein Auto näherte sich, der Fahrer fluchte und hupte. Das Fahrzeug kam kurz vor ihr zum Stehen.

»Was machen Sie denn da?«, schrie der Polizist sie an.

»Sie haben gesagt, ich soll stehen bleiben. Und ich respektiere, was Polizisten mir sagen.«

»Kommen Sie von der Straße runter!«

Wiebke stellte sich vor die beiden Beamten. Die Polizistin wich ein Stück zur Seite, sodass sie mit Wiebke und ihrem Kollegen in L-Form auf dem Gehweg stand. Eine typische Sicherungsstellung. Nicht ganz schlecht, aber weit entfernt von gut. Die Polizisten machten nämlich zwei Fehler. Die Beamtin blieb so stehen, dass Wiebke sie im Augenwinkel sehen konnte, und beide standen zu nah an ihr dran. Ich könnte einfach ... würde nicht mehr als drei Sekunden dauern. Doch Wiebke tat nichts. Sie wollte nicht auf der Flucht vor der Polizei sein.

»Wie heißen Sie?«, fragte der Polizist.

»Warum wollen Sie das wissen?«, fragte Wiebke.

»Das wissen Sie ganz genau. Waren Sie vor etwa einer halben Stunde im Bereich der Industriestraße?«

»Ich kenne mich hier nicht so gut aus. Ist das die Unterführung bei der alten Bahntrasse?«

Der Polizist nickte. »Sind Sie dort gewesen?«

»Ich bin dort gewesen.«

»Sagt Ihnen der Name Yannic Meyer etwas?«

»Ist das der Schwachkopf, dem ich dort eine Abreibung verpasst habe?«

»Sie geben es also zu?«

»Das ist doch nicht gerichtsverwertbar. Habe ich nicht irgendwelche Rechte als Beschuldigte in einem Strafverfahren?«

So etwas wie Ärger huschte dem Polizisten übers Gesicht. »Natürlich haben Sie Rechte. Sie können die Aussage bei der

Polizei verweigern. Ihnen steht ein Rechtsbeistand zu, den Sie zur Wahrung Ihrer juristischen Interessen beauftragen können. Sollten Sie sich keinen Rechtsanwalt leisten können, werden wir prüfen, ob Ihnen ein Pflichtverteidiger zusteht. Das haben Sie verstanden?«

»Das habe ich verstanden.«

»Möchten Sie etwas zur gefährlichen Körperverletzung zum Nachteil von Yannic Meyer sagen?«

Wiebke überlegte. »Ich möchte mich zur Sache nicht äußern.«

»Ist egal. Sie haben gerade spontan geäußert, dass Sie Yannic Meyer eine Abreibung verpasst haben. Das reicht für mich als Tatverdacht.«

»Dann kann ich mir mit meinen Rechten den Hintern abwischen?«

Dieses Mal huschte der Ärger nicht über das Gesicht des jungen Polizisten. Dieses Mal blieb er. »Was meinen Sie?«

»Erst fragen Sie mich, wo ich war. Nachdem ich Ihnen das gesagt habe, belehren Sie mich über meine Rechte. Danach entscheide ich mich, Ihnen gar nichts zu erzählen. Aber meine Antwort auf Ihre Frage vor der Belehrung reicht Ihnen, polizeiliche Maßnahmen gegen mich einzuleiten? Irgendwie komme ich mit der Reihenfolge nicht zurecht.«

»Hören Sie!« Der Polizist drohte Wiebke mit erhobenem Zeigefinger. »Sie haben mir nicht zu erklären, wie ich meinen Job mache.«

»Schon gut.« Wiebke hob beschwichtigend die Hände.

Der Polizist zückte ein Notizheft. »Wie heißen Sie?«

»Jana Peinemann.«

Der Polizist zog die Augenbrauen zusammen. »Warum glaube ich Ihnen das nicht? Ich brauche Ihren Ausweis.«

»Hab ich nicht.«

»Was?«

»Ich habe keinen Ausweis. Sie müssen mir also glauben, dass ich Jana Peinemann heiße.«

»Wohnen Sie hier?« Er deutete mit dem Kugelschreiber zu dem Haus, in dem sie im Dachgeschoss hauste. Sie schüttelte den Kopf.

»Der Mann vom Tabakladen meinte aber, dass Sie hier wohnen.«

»Der verkauft Zigaretten. Was sagt das über seine Intelligenz aus?«

»Wo wohnen Sie denn?«

»Überall und nirgendwo. Und bevor Sie fragen, ich habe auch keine Sachen. Nur das, was ich am Leib trage.«

Der Polizist schnaubte. »Das können Sie jemandem erzählen, der seine Hose mit der Kneifzange zumacht.«

Was für eine Steilvorlage! Wiebke lächelte. »Und genau deswegen erzähle ich es Ihnen.«

»Jetzt reicht es mir!«, schrie er Wiebke an. »Wir wissen nicht, wie Sie heißen, und wir wissen nicht, wo Sie wohnen. Und deswegen werde ich Sie jetzt vorläufig festnehmen. Stellen Sie sich bitte an den Streifenwagen. Rücken zu mir.«

Frau Itzegel kam aus dem Haus. Sie starrte zuerst Wiebke an, dann wanderte ihr Blick zu den Polizisten und wieder zurück zu Wiebke. Sie öffnete den Mund, wollte etwas sagen, doch Wiebke schüttelte den Kopf. Sag bloß nichts. Erst recht nicht aus Dankbarkeit. Ich habe es nicht für deinen Sohn getan. Ich habe es nicht für dich getan. Ich habe es getan, weil ich wütend auf meine Schwester war. Da kam Yannic gerade recht. Sag bloß nichts ...

Frau Itzegel nickte knapp. Sie hatte offensichtlich verstanden. Wiebke rang sich ein Lächeln ab.

»Finden Sie das hier lustig?«, fragte der Polizist.

Wiebke antwortete nicht. Sie stellte sich vor den Streifenwagen. Die beiden Beamten stellten sich hinter sie. Der nächste

Fehler. Sie waren wieder viel zu nah beieinander. Die Polizistin tastete Wiebke ab. Danach legte der Polizist die Handschellen an. »Steigen Sie bitte in den Streifenwagen.«

Die Fahrt führte über die Hauptstraße bis zu einer Plattenbausünde aus der DDR-Zeit. Der Streifenwagen hielt direkt vor einem grün gestrichenen Rolltor, das sich zitternd öffnete. Dahinter lag ein kahler Raum. Nachdem sich das Rolltor wieder geschlossen hatte, musste Wiebke aussteigen. Sie wurde in einen Gang geführt, dessen Wände in regelmäßigen Abständen von grün gestrichenen Stahltüren unterbrochen wurden.

»Bleiben Sie bitte vor dem Tisch stehen«, sagte ein dicker Polizist.

Wiebke blieb stehen. Die Beamtin löste ihre Handschellen. Wiebke rieb sich die Gelenke, denn die Handschellen hatten Abdrücke hinterlassen.

»Legen Sie bitte alle Gegenstände aus Ihren Taschen auf den Tisch.«

Sie hatte nur den Umschlag dabei.

»Tragen Sie einen Gürtel? Wenn ja, bitte auch den ablegen.«

Wiebke zog den Lederriemen aus den Schlaufen und legte ihn dazu.

Nun wurde sie von der Polizistin noch einmal abgetastet.

»Sie hat keinen Schlüssel dabei?«, fragte der junge Polizist.

»Nur diesen Umschlag«, antwortete die Polizistin. »Sonst nichts. Auch keinen Ausweis.«

»Und was ist drin?«

Die Polizistin öffnete den Umschlag und blickte hinein. Sie zählte das Geld. »Zweihundertdreißig Euro und ein Zettel.«

Ein Zettel? Wiebke runzelte die Stirn. Was für ein Zettel?

Die Polizistin steckte das Geld zurück. »Kommen Sie bitte mit.« Die Beamtin führte Wiebke zu einer Stahltür. »Ziehen Sie bitte Ihre Schuhe aus.«

»Ich habe keine Socken an.«

Die Polizistin zuckte mit den Schultern. »Das ist Vorschrift. Tut mir leid.«

»Sie sind sehr freundlich.« Wiebke meinte das ernst. Die Polizistin macht nur ihren Job. Es gab keinen Grund, sich zu wehren.

»Warum sollte ich das nicht sein, Frau Peinemann?«

Wiebke nickte. »Haben Sie gelesen, was auf dem Zettel stand?«

Ein Kopfschütteln. »Das geht mich nichts an.«

»Schon gut.« Wiebke betrat die Zelle. Die Tür schloss sich hinter ihr. Das metallische Klacken des Schlosses rief Erinnerungen wach. Erinnerungen, die Wiebke in die letzte Ecke ihrer Seele geschoben hatte.

Und was ist das für ein Zettel?

8

Hamburg, 11:39 Uhr MESZ

SASKIA SCHALTETE das Navi an, das Display zeigte ihr Ziel. Ein mehrstöckiges Reihenhaus in einer Seitenstraße. Sie stellte den Wagen ein paar Häuser weiter ab und lief über den Gehweg zurück zum Zielobjekt.

Das Klingelbrett war halb aus der Wand gerissen, Kabel hingen lose herab. Von den zehn Klingeln war etwa die Hälfte mit Namen versehen. Sie klingelte bei Santos. Es dauerte, bis ein Knacken und Rauschen in der Gegensprechanlage zu hören war. »¿Quién está ahí?«

»Me llamo Susanne Bolz. Tenemos una cita«, sagte Saskia.

»¿A quién quieres?«

»El Sr. Jann Wiemers quiere verme.«

»Por favor, espere un momento.«

Das Rauschen der Gegensprechanlage erstarb. Das Summen des Türöffners blieb aus.

Saskia blickte auf ihre Armbanduhr. Sie hatte eine Verabredung mit Jann Wiemers und wollte nicht warten. *Dafür habe ich keine Zeit.*

Aber sie hatte keine Wahl.

Sie dachte an Leila. Und an Hakim. *Was sie wohl gerade machten?* Doch dann zwang sie sich, auf das Klingelbrett zu blicken. *Ich muss arbeiten.* Der kleinste Fehler konnte tödlich sein. Saskia atmete tief ein und hielt den Atem an. Sie rieb sich mehrmals mit beiden Händen übers Gesicht. Ich bin eine Frau mit vielen Masken. Dann atmete sie aus. Also setze ich jetzt eine davon auf.

Das Bild von ihrer Tochter und ihrem Ehemann verschwand aus ihrem Geist. Zurück blieb ein winziger Schmerzpunkt in ihrer Seele.

Die Gegensprechanlage knackte. »Sube aquí, por favor. Tercer piso.«

Der Türöffner summte. Saskia drückte die Tür auf. Im Hausflur stand ein Kinderwagen, in dem Bierflaschen lagen. In einer Ecke hatten sich Müllsäcke aufgetürmt, und an der Wand lehnte ein klappriges Fahrrad. Sie erklomm die Treppe. Der Hausflur hatte den Geruch von ranzigem Fett angenommen, und so sahen die Wände auch aus, sie glänzten speckig. Saskia erreichte die erste Etage. Drei Türen. Vor einer standen Unmengen an Schuhpaaren. Kinderschuhe, Herrenschuhe und Damenschuhe. In der zweiten Etage ein ähnliches Bild, nur die Schuhe fehlten. Dafür standen Müllsäcke mitten im Weg herum. Eine der Wohnungstüren in der dritten Etage stand einen Spaltbreit offen. Eine junge Frau lehnte gegen die Tür und steckte den Kopf durch den Spalt. »¿Usted es Susanne Bolz?«

Saskia nickte. »¿Puedo pasar?«

Die junge Frau schloss die Tür. Saskia fuhr mit der Hand in die Tasche ihres Mantels. Es war ein anthrazitfarbener Sommermantel im Military Style, ein elegantes Kleidungsstück mit vielen Vorteilen. In der rechten Tasche hatte sie ihre P365 verstaut. Eine subkompakte Pistole, die Anfang des Jahres in den USA auf den Markt gekommen war. Gerade mal fünfzehn Zentimeter lang aber mit immenser Feuerkraft. Perfekt für den verdeckten Einsatz.

Saskia hörte, wie die Verschlusskette klackerte. Kurz darauf öffnete die junge Frau die Tür wieder. Sie trat zur Seite und ließ Saskia in den Flur blicken.

Hier stimmt etwas nicht. Ein mulmiges Gefühl kroch ihr in den Nacken. Oder werde ich paranoid? Wenn es eine Falle ist, bin ich in wenigen Augenblicken vielleicht schon tot. Sie atmete langsam, suchte mit ihrem Finger den Abzug der Pistole. Sicher ist sicher.

Im Flur erwartete sie ein großer Mann in T-Shirt und Jeans. An einem Lederband baumelte ein kleines Holzsurfbrett als Kettenanhänger. Und in seinem Gesicht sah sie den Ärger.

»Haben Sie uns diesen Mist hier eingebrockt?« Er hatte eine wohlklingende Stimme.

»Sie sind Jann Wiemers?«, fragte Saskia.

Er fuhr sich mit der Hand durchs blonde Haar. Er spielt es nur, erkannte Saskia. Einen Moment versuchte er noch, seine Wut aufgestaut zu lassen, doch dann grinste er und schüttelte leicht den Kopf.

Saskia entspannte sich, nahm den Finger vom Abzug und zog langsam ihre Hand aus der Tasche.

»Hauptkommissar Jann Wiemers. Sie haben mich schnell durchschaut. Und Sie sind tough, mit einer Waffe in der Hand auf mich zuzutreten. Though, aber ...« Er trat einen Schritt zur Seite, und Saskia sah ein weiteres Teammitglied am Ende des Gangs, das zuvor von Wiemers verdeckt worden war. »Wir sind zu dritt. Sie allein.« Er lächelte erneut. Saskia griff in ihre Tasche und zog die Waffe heraus. »Zwölf durch drei macht vier«, sagte sie und steckte die Pistole wieder weg.

»Ist das eine P365? Die haben wir noch nicht. Bei einer Bundesbehörde müsste man sein.« Jann Wiemers reichte ihr die Hand. »Ich freue mich, Sie in den heiligen Hallen dieser muffig konspirativen Bude begrüßen zu dürfen.«

»Dann möchte ich nicht so unhöflich sein, Sie länger im

Dunkeln zu lassen, was diesen Einsatz betrifft. Aber wir mussten extrem vorsichtig sein«, sagte Saskia.

Er bedeutete ihr, in die Küche zu gehen. Es roch nach frisch gebrühtem Kaffee. »Auch eine Tasse?«, fragte er.

Von den anderen war niemand zu sehen. Er führt ein professionelles Team, jeder bleibt an seinem Platz. Gut. Sie würde ein professionelles Team brauchen.

Saskia nickte. »Sie haben wirklich Glück. In Hamburg ist es angenehm kühl. Im Osten Deutschlands stöhnen die Menschen über die spätsommerliche Hitze. Fast fünfunddreißig Grad.«

Er stellte ihr eine Tasse schwarzen Kaffee hin. »Milch und Zucker haben wir nicht. Es muss also so gehen.« Jann setzte sich. »Sie wollen aber jetzt nicht über das Wetter reden, oder?«

»Wir sind schon fast einen Monat an Ramadan Musharbash dran.«

»Die Zielperson?«

Saskia nickte. »Er ist Ägypter, lebt aber seit dreizehn Jahren in Deutschland. Ein gesetzestreuer Bürger. Vordergründig. Vor einem Monat gab es Hinweise aus der Szene, dass er etwas plant. Etwas Großes. Wir haben sein Telefon abgehört, seine E-Mails abgefangen und ein Bewegungsprofil erstellt. Ohne Ergebnis.«

»Und warum sitzen wir dann hier? Mein Team ist nicht für eine längerfristige Observation ausgestattet. Wir sind ein Zugriffsteam.«

»Gestern wurde in Granada ein mutmaßlicher Terrorist festgenommen. Er hat gegenüber CESID-Agenten ausgesagt, dass eine Splittergruppe der im Jahre 2002 zerschlagenen Al-Tawhid-Zelle versucht haben soll, bei ihm Pistolen, Langwaffen und Schalldämpfer zu erwerben. Der Hauptverhandlungsführer soll ein alleinstehender Diplomingenieur aus Hamburg gewesen sein.«

»Unsere Zielperson?«

»Wir haben die nachrichtendienstlichen Angaben sofort überprüft. Viele Details passen auf unseren Mann. Und wir haben noch etwas feststellen können.« Saskia nippte am Kaffee.

»Sie machen es spannend. Da mein Team und ich in Windeseile alarmiert wurden, gehe ich davon aus, dass dieses Waffengeschäft in kürzester Zeit abgewickelt werden soll.«

»Es läuft schon. Der in Spanien festgenommene Mann hat zugegeben, dass die Waffenlieferung schon auf dem Weg zum Depot in Gelsenkirchen war. Das Depot war bei unserem Eintreffen aber schon wieder geleert. Jedoch konnten wir mehrere Observationsfahrzeuge an den Lieferanten heranbringen. Aktuell sind die auf der A1 in Richtung Hamburg unterwegs.«

»Sie wollen warten, bis die Übergabe erledigt ist, richtig?«

»Dann ist die ganze Sache wasserdicht.« Saskia stellte die Tasse ab. »Ich würde mir gerne einen Überblick über die aktuelle Lage verschaffen. Wo ist Ihre Einsatzzentrale?«

Jann führte sie ins Wohnzimmer. Es war unglaublich, was er und sein Team in so kurzer Zeit auf die Beine gestellt hatten. Angefangen damit, eine leer stehende Wohnung zu finden, die fast direkt gegenüber von Musharbashs Wohnung lag. Und auch die Legende mit der Spanisch sprechenden Frau, die verschleierte, dass in dieser Wohnung ein Polizeieinsatz lief.

Das Wohnzimmer war vollgestopft mit Technik. Die PC-Lüfter surrten um die Wette. Das Licht der Bildschirme flimmerte, sie beleuchteten die Gesichter der zwei Beamten davor. Die Rollos an den Fenstern waren heruntergelassen. Eine Kamera auf einem Stativ war das Auge nach draußen. An der Wand hing eine Straßenkarte von Hamburg, eine sehr detaillierte Karte, auf der sogar die Abwasserkanäle verzeichnet waren. Vom Katasteramt. Saskia trat näher heran. Es gab eine rote, eine schwarze und mehrere blaue Markierungen. Das rote

Kreuz zeigte das Haus, in dem Musharbash wohnte. Sie selbst befand sich in dem Haus, das mit dem schwarzen Kreuz markiert war. Bleiben noch die blauen Kreuze. Sie drehte sich zu Jann um. »Die Einsatzkräfte sind von Ihnen?«

Er schüttelte den Kopf. »Ich habe ein Sondereinsatzkommando alarmiert. Wie Sie an den blauen Markierungen sehen können, haben wir das gesamte Gebiet engmaschig verpostet.«

»Sie überwachen die Mobilfunkverbindung der Zielperson?« Saskia merkte, dass Jann sie beeindruckte. Nicht nur wegen dem, was er auf die Beine gestellt hatte. Sie erwischte sich, wie ihr Blick an ihm hängen blieb, an seinem Hintern, der sich fest unter der Jeans abzeichnete. Ich bin im Einsatz. Sie dachte an Hakim. Sie dachte an den Streit. Sie wischte sich mit der Hand mehrmals übers Gesicht, rückte ihre Maske wieder zurecht. Ich bin Susanne Bolz, nicht Saskia Meinert. Und ich werde tun, was Susanne Bolz nötigenfalls tun muss, um den Einsatz erfolgreich zu Ende zu bringen. Das hatte sie schon tausendmal gemacht. Susanne Bolz, Regine Schmitten, Karin Potthoff. Nur drei von vielen Namen.

Sie spürte, wie Saskia Meinert zurückwich und Susanne Bolz in den Vordergrund drängte. Es klappte auch dieses Mal. Und es widerte sie an. Jedes Mal mehr und mehr.

»Natürlich überwachen wir sein Handy. Eine Liveschaltung. Sarah ist dran.« Jann zeigte auf die Frau, die Saskia hereingelassen hatte. »Kommt ein Anruf, hört sie es als Erste. Das letzte Telefonat ist ein paar Stunden alt.«

»Würden Sie mir das Telefonat bitte einmal vorspielen?«

Jann beugte sich vor, fingerte an der Computermaus herum und klickte sich durch eine Benutzeroberfläche. Saskias Handy vibrierte. Eine Nachricht von Dogan. *Lieferung erledigt.*

Saskia drehte sich weg, um zu tippen. *Wie hat sie reagiert?*

Hat mich ihr Essen und die Getränke zahlen lassen. So ein Verhalten kenne ich sonst nur von dir.

Saskia schmunzelte. Typisch meine kleine Schwester. Sie ist schon immer rebellisch gewesen. Schon als Jugendliche. Immer mit dem Kopf durch die Wand.

Hat sie hineingesehen?

Sie wollte nicht einmal die Lieferung.

Ich hoffe, sie meldet sich. Plötzlich spürte sie dieses brennende Kribbeln, das man auf der Haut fühlt, wenn jemand einen intensiv anstarrt. Dieses Kribbeln, das ein Aufstellen der Nackenhärchen verursacht. Saskia blickte vom Handydisplay auf und sah direkt in Janns Gesicht, sah die Krähenfüße, die seine Augen umklammerten. Dieses spitzbübische Lächeln.

»Wenn Sie dann mit der Chatterei fertig sind, wollen wir weitermachen?« Er blickte ihr direkt in die Augen. »Familie? Gibt es Probleme?«

Saskia verlor sich im Farbenmeer seiner Iris. Das blaue Grau und die bräunlich-grünen Farbsprenkel, die sich um die Pupille herum konzentrierten und beinahe gleichmäßig nach außen strahlten, hatten die meditative Wirkung eines Mandalas. Saskia riss sich davon los. »Entschuldigung. Meine Schwester. Sie macht manchmal Probleme.«

»Schon okay.« Jann hob abwehrend die Hände. »Ich wollte Sie nicht erschrecken.«

»Das haben Sie nicht.« Sie fuhr sich mit der Hand durchs blonde Haar, blickte zu Boden und spürte, wie Susanne Bolz wieder Risse bekam.

»Ihre ältere Schwester?«

»Was?«

»Ich wollte wissen, ob Sie die jüngere Schwester sind.« Jann grinste.

»Nein. Ich bin die ältere. Drei Minuten, um genau zu sein.«

»Drei Minuten können ein ganzes Universum sein.«

»O ja.« Saskia dachte daran, wie Wiebke sich immer wieder in Schwierigkeiten gebracht hatte. Als Kind war sie schon großartig darin gewesen. Es gab so viele Momente, in denen Saskia gezwungen gewesen war, die große Schwester zu spielen. Drei Minuten älter zu sein machte tatsächlich einen Unterschied in der Größe eines Universums aus. Wiebke würde immer die kleine Schwester bleiben. Und Saskia war dazu verdammt, Verantwortung zu übernehmen, die Vernünftige zu sein.

Aber will ich das?

Sie blickte wieder in Janns Augen und verlor sich erneut in deren Farbenspiel. Dieses Mal fiel es ihr schon etwas schwerer, sich wieder loszureißen.

»Wollen wir uns das Gespräch anhören?«, fragte Saskia.

Jann nickte. Er klickte auf Play. Kurz darauf füllten zwei männliche Stimmen den Raum, beide sprachen mit einem südländischen Dialekt.

»Die Sonne verbrennt uns hier. Ist wirklich heiß, Alter.«

»Komm her. Hier ist es kühler.«

Saskia bedeutete Jann, die Aufnahme anzuhalten. »Das war unsere Zielperson. Der erste Sprecher ist Ibrahim Attasch. Er ist ein Kurde aus dem Irak. Trotzdem macht er Geschäfte mit Islamisten.«

Jann nickte und drückte wieder auf Play. Saskia hörte Musharbashs Lachen, bevor er sagte: »Aber Hamburg ist Scheiße. Die Stadt ist voller Arschlöcher.«

»Bald wirst du an einem besseren Ort sein.«

»Ich kann es kaum erwarten.« Musharbash atmete schwer.

»Sei geduldig, Bruder. Du wirst den Weg finden, den du beschreiten musst. Und am Ende wartet der Lohn, den du dir wahrlich verdient hast.«

»Inschallah. Ist die marokkanische Tänzerin schon angekommen?«

»Sie ist prächtig, einfach unglaublich.«

»Welchen Preis verlangt sie?«

»Fünfundzwanzig.«

»Was? Gestern sagtest du fünfzehn.«

Der Kurde lachte. »Gestern gab es auch nur dich als Interessenten. Jetzt sind da noch andere geile Böcke dran. Die haben den Preis hochgetrieben.«

»Al-Hamdu li-Llah. So viel habe ich nicht.«

»Dann musst du die marokkanische Tänzerin wieder in ihr Heimatland gehen lassen. Deine Entscheidung.«

»Warte ... warte. Was hast du noch dabei?«

»Feste Eier. Einen Flüsterer und zwei Wasserspritzen. Genug für eine richtige Party.«

»Ich brauche die festen Eier und den Flüsterer. Die Wasserspritzen kannst du behalten. Komme ich dann mit den fünfundzwanzig hin, die wir vereinbart haben?«

»Für fünfundzwanzig kriegst du die Tänzerin. Mehr nicht.«

»Zumindest einen Flüsterer? Das ist der Partygag.«

»Na gut. Weil du es bist, Bruder.« Der Kurde lachte wieder. »Ich bin gleich in Hamburg. Halte die fünfundzwanzig bereit. Schnell rein. Schnell raus. Klar?«

»Allah sei dir gnädig.«

Das Gespräch wurde beendet.

»Wie lange ist das her?«, fragte Saskia.

»Fast zwei Stunden. Ich frage mich, was für ein wirres Zeug die Schwachköpfe da reden. Marokkanische Tänzerin. Flüsterer. Feste Eier.«

»Das ist kein wirres Zeug. Man muss nur den Code entschlüsseln.«

»Lassen Sie mich raten: Sie wissen, was gemeint ist.«

»Natürlich. Und wir haben Glück, dass unsere Zielperson nicht so viel Geld hat.« Sie blickte Jann in die Augen. Und versank darin. Als ob man in einen kühlen See taucht. Ein verlegenes Lächeln huschte ihm übers Gesicht. Anscheinend hatte er es bemerkt. Saskia schaute weg.

»Eine marokkanische Tänzerin ist ein Scharfschützengewehr. Wasserspritzen steht für Pistolen«, sagte sie schnell, um ihre Professionalität wiederzuerlangen.

»Dann steht Flüsterer für Schalldämpfer?« Die Frage war mehr eine Feststellung.

»Ich bin fast beeindruckt.«

»Nur fast?« Er lächelte sie wieder an. Erneut umspielte etwas Spitzbübisches seine Mundwinkel.

Saskia wollte nicht zurücklächeln. Aber zumindest merkte sie, wie sich ihre Gesichtszüge entspannten. Eine Sekunde Freiheit von den ganzen erdrückenden Sorgen und Problemen. Dann lächelte sie. Trotz des bevorstehenden Einsatzes. Trotz des Streits mit Hakim. Trotz der anderen Sache.

Ihr fiel etwas ein. Wiebke hat meine Lieferung bekommen. Saskia holte ihr Smartphone hervor und blickte auf das Display. Keine Benachrichtigung. Warum meldet sie sich nicht? Hat sie meinen Hinweis nicht gefunden, oder haben wir uns schon so weit voneinander entfernt? Saskia steckte das Mobiltelefon wieder weg und konzentrierte sich auf Jann. »Ich wäre beeindruckt, wenn Sie erraten würden, was feste Eier sind«, sagte sie.

»Bekomme ich dann eine Belohnung?«

»Sie sind kein Hund, oder?«

»Nein, aber ein erwachsener Mann, der ein wunderschönes Fischrestaurant am Hafen kennt.«

Saskia legte den Kopf schief. »Dann gehen Sie doch nach dem Einsatz zusammen mit Ihrer Freundin dahin.«

»Touché«, sagte Jann. Jetzt grinste er breit. »Aber ich habe so oder so keine Ahnung, was feste Eier sind.«

»Handgranaten«, sagte Saskia. Wenn wir das hier durchstehen, gehe ich mit ihm essen. Und warum stört es mich nicht, dass Jann eine Freundin hat? Weil ich hinter all meinen Masken weiß, was ich wirklich will.

»Was könnte unsere Zielperson vorhaben?«

»Wir wissen, dass er eine Lone-Wolf-Aktion durchführen will. Musharbash hat sich im Internet radikalisiert und geht nur freitags in eine Moschee zum Beten. Sonst hat er keine Anbindung an die islamistische Szene. Wahrscheinlich wird er sich mit dem Scharfschützengewehr irgendwo verschanzen und auf Passanten schießen. Da er auf die Pistolen verzichtet, scheut er möglicherweise einen direkten Feindkontakt.«

»Ziemlich feige.«

»Jeder Terroranschlag ist feige.«

Ein Handyklingeln war zu hören. Saskia dachte sofort an Wiebke, aber es war Janns Telefon. Er nahm das Gespräch an und hörte konzentriert zu.

»Es geht los«, sagte er. »Die Schalker sind da.«

9

Syrien, 12:46 Uhr OESZ

DUNKELHEIT. Überall nur nasse Dunkelheit. Er schaltete kurz die Taschenlampe ein. Der Lichtstrahl riss einen niedrigen Höhlengang aus der Finsternis. Er schaltete das Licht wieder aus und kroch ein Stück weiter. Als er sich die Hand an einer scharfen Kante aufschnitt, unterdrückte er den Schrei. Sie dürfen mich nicht hören. Er kroch weiter. Das Blut verklebte seine Handfläche. Irgendwo draußen explodierte etwas. Der Knall wurde von den Höhlenwänden tausendfach verstärkt, kleine Steine lösten sich und regneten auf ihn nieder. Er verschränkte die Arme über dem Kopf und wartete, bis es vorbei war. Wieder schaltete er das Licht ein. Da war eine Gabelung. Links oder rechts? Er entschied sich für rechts und robbte unter einem Vorsprung hindurch. Dahinter wurde die Schwärze gräulich. Licht sickerte in die Höhle.

Der Ausgang.

Er kroch schneller. Wo seine Haut aufgeschnitten war, brannte der Schmerz. Egal. Ich muss hier raus.

Wieder eine Explosion. Dieses Mal heftiger. Die Wucht erschütterte die Höhle. Krachend stürzte ein Teil der Decke hinter ihm ein. Aufgewirbelter Staub raubte ihm den Atem. Er drückte sich vom Boden ab und rollte nach vorne. Ein Felsbrocken schlug hinter ihm auf. Genau da, wo ich gerade noch gelegen habe. Seine gräulichen Konturen schälten sich aus dem Halbdunkel. Er kroch weiter, wurde schneller. Der Staub legte sich. Es wurde heller und heller. Dann sah er den ersten Sonnenstrahl.

Er konnte es kaum glauben.

Ich habe es geschafft!

Aber dafür war es noch zu früh. Die Höhle war instabil. Es bildeten sich Risse im Gestein. Mit letzter Kraft erhob er sich und lief schneller, bis er sich den Fuß stieß. Der Schmerz zuckte durch seinen Körper. Weiter, weiter ...

Die Höhlendecke stürzte ein.

Er sprang.

Und landete gerade rechtzeitig im heißen Sand.

Er hörte Schüsse aus Schnellfeuergewehren.

Er hörte Schreie.

Er hörte Rufe. »Allahu akbar!«

Ein letzter Schuss hallte nach, dann war es plötzlich still. Nur der Wind war zu hören. Ansonsten absolute Stille. Die Stille des Todes.

Tief sog er die Luft in seine Lungen ein, sank auf die Knie, beugte sein Haupt und streckte die Arme mit den Handflächen nach oben aus.

Abu Kais dankte Allah.

10

Hamburg, 12:03 Uhr MESZ

SASKIA STARRTE unentwegt auf den Monitor, auf dem die Fahrtstrecke der Zielperson anhand der Standortmeldungen der Gelsenkirchener Verfolger nachgezeichnet wurde.

»Warum fährt der im Zickzack?«, fragte Jann. »So schlecht kann sein Navi gar nicht sein.«

Saskia lächelte. Sie mochte Janns spitze Anmerkungen. Dann drehte er seinen Kopf. Hat er meinen Blick gespürt? Jann lächelte zurück. »Flirten Sie mit mir?«

Sie schüttelte den Kopf und konzentrierte sich wieder auf den Bildschirm. Verdammt. Ja. Sie fühlte einen angenehmen Schauder über ihren Rücken huschen. Sie blickte wieder zur Seite. Jann lächelte sie immer noch an.

»Sie werden rot«, sagte er leise.

»Das ist die Anspannung.«

Der Polizist am Computer nahm die Kopfhörer ab. »Die Zielperson nimmt Kurs aufs Objekt.«

»Wann wird er hier sein?«, wollte Saskia wissen.

»In etwa fünf Minuten.«

Saskia wandte sich an Jann. »Wie wollen Sie den Zugriff machen?«

»Wir lassen die Zielperson ins Objekt. Dort werden sie das Waffengeschäft machen. Wir dringen kurz danach ein.«

»Ziemlich riskant. Die Zielpersonen werden schussbereite Waffen haben.«

»Unser Sondereinsatzkommando hat Kevlarhelme, Schutzwesten und taktische Schilde. Dazu kompakte Bewaffnung.«

»Ihr Team wird in der Wohnung kaum agieren können. Ich gehe mal davon aus, dass die Räume unserer Zielperson ähnlich sind wie die Räume hier.«

»Nicht nur ähnlich. Den Plänen nach exakt spiegelverkehrt.«

»Zwei oder drei Zielpersonen. Ein volles SEK-Kommando. Taktische Schilde. Sperrige Schutzwesten. Ziemlich eng, oder?«

Jann legte die Stirn in Falten. »Haben Sie eine bessere Idee?«

»Das Treffen wird nicht lange dauern. Der Gelsenkirchener geht rein. Wenn es glattläuft, ist er in ein paar Minuten wieder draußen. Er wird sofort losfahren. Wir greifen zu, wenn er von der Wohnung aus nicht mehr zu sehen ist. Hat er eine Tasche voller Geld, hat unsere Zielperson die Waffen. Dann greifen wir in der Wohnung zu.«

Jann nickte. Er wandte sich an den Funker. »Geben Sie den Einsatzkräften durch, dass die Zielperson abgesetzt festgenommen wird. Erst danach gehen wir mit einem zweiten Kommando in die Wohnung.«

Der Polizist am Computer drückte eine Taste und gab die taktische Anweisung über Funk weiter.

»Welche Einsatzkräfte sind in unmittelbarer Nähe der Zielperson?«, fragte Saskia.

»Zwei Beamte mit Wärmesensoren sind auf der anderen Straßenseite. Die Eingreifkräfte stehen zwei Häuser weiter verdeckt in einem Hinterhof.«

»Ist sichergestellt, dass wir ins Haus kommen?«

»Wir haben eine Beamtin der Verhandlungsgruppe im Haus. Sie ist bei einer alten Dame und hört sich die ganze Zeit deren Lebensgeschichte an.«

»Niemand hat behauptet, dass Polizist zu sein einfach wäre.«

Der Funker drehte sich zu ihnen um. »Die Zielperson ist da. Sucht einen Parkplatz.«

Jetzt geht es los. Saskia spürte wieder diesen Jagdinstinkt, eine Mischung aus Nervenkitzel und gespannter Erwartung, mit einer Prise Unsicherheit. Denn egal wie gut ein Einsatz vorgeplant war, es gab immer Unwägbarkeiten. Unendlich viele Gefahrenpunkte. Es war unmöglich, alle zu erkennen und durch taktische Maßnahmen auszuschalten. Die Zielpersonen konnten in Streit geraten. Es könnte eine Schießerei geben. Ein vorbeirasender Rettungswagen mit eingeschaltetem Martinshorn könnte den Verkäufer verschrecken. Unbeeinflussbare äußere Faktoren gab es zuhauf.

Ich muss auf so etwas reagieren können.

»Würden Sie den Funk lauter stellen, damit ich etwas hören kann?«, bat Saskia den Funker.

Der Polizist am Computer nickte, Funksprüche erfüllten den Raum. Die Qualität war gut, es gab keine Interferenzen.

»Hier Klettenfahrzeug. ZP fährt zum dritten Mal am Haus vorbei.«

»Immer noch kein Parkplatz?«

»Hier ist ein Parkplatz frei. Vor Haus Nummer 23.«

Jann hob die Hand. »Das ist direkt beim Hinterhof, wo sich die Zugriffskräfte versteckt haben. Geben Sie durch, die sollen vorsichtig sein.«

»Hier Klettenfahrzeug. ZP parkt gerade ein.«

»Hoffentlich geht das gut«, sagte Saskia. Attasch darf die Polizeikräfte nicht sehen. Bitte. Er darf sie nicht sehen. Ihre Gedanken rasten. Und wenn doch? Dann muss alles schnell gehen. »Wenn er das Kommando sieht, müssen wir sofort einen Notzugriff machen und gleichzeitig in die Wohnung«, sagte sie zu Jann. »Wenn Musharbash etwas mitbekommt, wird es ungemütlich. Unseren Erkenntnissen zufolge ist er im Besitz einer Schusswaffe.«

»Aber dann muss ich mein Kommando teilen. Teilen ist nie gut.«

Das wusste Saskia, sagte aber nichts. Sie starrte auf den Bildschirm.

»Hier Klettenfahrzeug. ZP schafft es nicht in die Parklücke. Es sieht so aus, als würde sie in den Hinterhof fahren wollen.«

Saskias Herzschlag setzte aus. Ein Schwindelgefühl überkam sie. O mein Gott. Sie stützte sich auf der Tischplatte ab. Dann spürte sie eine Berührung. Jann hatte ihr seine Hand auf die Schulter gelegt.

»Alles wird gut«, flüsterte er. Aber die tiefen Falten unter den Augen und die fest zusammengepressten Lippen straften seine Worte Lüge.

»Hier Klettenfahrzeug. ZP steht mit dem Auto direkt vor der Einfahrt. Eine Schulklasse geht auf dem Gehweg vorbei.«

Wertvolle Sekunden. Saskia hörte den Lärm der Kinder auf der Straße. Wir könnten sofort zuschlagen, wenn die Kinder weg sind. Es ist nicht zu verhindern, dass Attasch das Kommando sieht. So eine Aktion wäre aber kopflos.

Und ein kopfloser Zugriff endete sehr häufig tödlich.

Der Lärm der Kinder entfernte sich.

Jetzt hatte er freie Fahrt in den Hinterhof. »Hier Klettenfahrzeug. ZP fährt in den Hinterhof.«

Saskia atmete nicht mehr. Sie biss sich in den Fingerknöchel. Die Sekunden fühlten sich wie eine zähe Masse an, die unfassbar langsam dahinkroch.

»Hier Klettenfahrzeug. ZP hat im Hinterhof einen Parkplatz gefunden. Direkt vor einem Thai-Massage-Salon. Es ist ein Behindertenparkplatz.«

Was ist passiert? Wo sind die Kommandokräfte? Saskia vergrub ihr Gesicht in den Händen. Sie löste die Lippen, die sie aufeinandergepresst hatte, und atmete die Anspannung aus. Ihre Finger zitterten.

»Dann machen Sie dem gleich eine Knöllchen wegen Falsch-
parken dran«, funkte Jann. Er lachte.

»Schalke 00 verstanden.« Die Kollegen im Klettenfahrzeug
kicherten.

»Das war verdammt knapp«, sagte Jann zu Saskia.

Sie hatte das Gefühl, Jann umarmen zu müssen. Stattdessen
nickte sie nur. »Wie haben die das nur gemacht?«

»Mein Kommando heißt ab heute ›die Houdinis‹.«

Saskia lachte.

»Hier Klettenfahrzeug. ZP geht zum Kofferraum.«

Jann beugte sich zum Funkgerät. »Von Hanse 1 an alle eingesetzten Kräfte. Es geht in die heiße Phase. Bitte ab jetzt die
zugewiesenen Funkrufnamen verwenden. Ich wiederhole: Ab
jetzt die zugewiesenen Funkrufnamen verwenden!«

Saskias Blick fiel auf den Kommunikationsplan, der auf der
Tischplatte lag. Hanse 1 war die Befehlsstelle, Hanse 2 das Sondereinsatzkommando, Hanse 3 die Kollegin im Haus. Das MEK
Gelsenkirchen war mit drei Fahrzeugen unterwegs: Schalke 00
als Klettenfahrzeug, dann noch Schalke 03 und Schalke 05. Ramadan Musharbash war ZP 1, Ibrahim Attasch ZP 2.

Die eingesetzten Kräfte bestätigten, dass der Funkspruch
verstanden worden war. Nur Hanse 2 meldete sich nicht.

»Von Schalke 00. ZP 2 hat eine Tasche in der Hand.«

»Von Hanse 1. Was ist das für eine Tasche?«

»Eine grüne Sporttasche. Er geht jetzt zum Haus.«

»Hanse 1 verstanden.«

Saskia kniff die Augen zusammen. »Haben Sie technische
Mittel zur Verfügung?«

Jann schüttelte den Kopf.

»Keine Mikrofone? Keine Videoüberwachung in der Wohnung?«

»Dafür war die Zeit zu kurz.«

»Wir sind also blind und taub?«

Jann nickte. »Sieht so aus.«

»Das macht die Sache nicht einfacher. Hoffentlich klappt es.«

»Es wird klappen. Ich wette, dass es klappt.«

»Was macht Sie so sicher?«

»Mein Wetteinsatz.« Er schwieg kurz, ehe er sagte: »Wenn es klappt, gehen Sie mit mir essen. Okay?«

Vor ihrem geistigen Auge sah Saskia das Gesicht ihres Ehemanns.

»Vielleicht«, murmelte sie. »Vielleicht.«

11

Syrien, 13:05 Uhr OESZ

ABU KAIS WUSSTE nicht, wie lange er sich hinter dem Felsen verborgen hatte. Sie suchen nach mir. Wie Bluthunde.

Er spähte über die Felskante. Unten standen die Humvees. Vier Soldaten bewachten die Fahrzeuge. Er hatte eines der Militärfahrzeuge stehlen wollen. Damit hätte er sich einen Vorsprung erarbeiten können.

Vor allem hätte ich der Wüste entkommen können.

Wenn er hierblieb, würde er elendig verdursten und verrecken. Wenn die Soldaten ihn fanden, würden sie ihn entweder sofort erschießen, wenn er Glück hatte, oder ihn mitnehmen, wenn er Pech hatte. Dann würde er in irgendeinem Loch, an irgendeinem Ort, den es nicht gab, verschwinden, bis sie alles aus ihm herausgepresst hatten, was es herauszupressen gab. Er machte sich nichts vor. Kein Krieger Allahs konnte der Folter der Ungläubigen auf ewig standhalten.

Sämtliche Alternativen gefielen Abu Kais nicht. Er betete zu Allah. Mein Leben liegt in deiner Hand. Du entscheidest, was mit mir passiert.

Ein Pfiff ertönte. Die Soldaten sammelten sich bei den Fahrzeugen. Als sie vollzählig waren, fuhren sie davon.

Abu Kais dankte Allah für die Gnade, ihm einen Aufschub

gewährt zu haben. Das Warten wurde unerträglich. Er verließ sein Versteck und kletterte über die Felsen zu seinem ehemaligen Lagerplatz. Die Leichen seiner Kämpfer hatten die Soldaten zu einem Haufen aufgetürmt. Wie Müll. Etwas anderes sind wir in ihren Augen nicht.

Abu Kais hielt kurz inne. Er wollte trauern, doch er konnte es nicht. In seinem Leben hatte er so viel Elend und Tod gesehen, dass ihn das nicht mehr berührte. Im Gegenteil. Die Männer sind im gerechten Kampf gefallen. Sie weilen schon im Paradies.

Dringlicher war das, was er zu finden hoffte. Neben dem Stamm des Olivenbaums unter einem Stein. Er rollte den Stein zur Seite und zog den kleinen Rucksack hervor.

Al-Hamdu li-Llah. Abu Kais riss den Rucksack aus dem Sand. Zuerst nahm er einen großen Schluck aus der Feldflasche. Das Wasser war abgestanden und warm, aber es schmeckte besser als je zuvor. Dann griff er zum Satellitentelefon. Es dauerte, bis die Verbindung zustande kam.

»Salam aleikum.« Die Stimme am anderen Ende war es gewohnt, Befehle zu erteilen. »Wo bist du, Bruder?«

Abu Kais wischte sich mit der Hand übers Gesicht. Er lachte. »Im Nirgendwo. Die Israelis haben mich aufgespürt.«

»Wer hat sonst noch überlebt?«

Abu Kais blickte zum Leichenhaufen. Er sagte nichts.

»Inschallah. Du hast überlebt, Bruder.«

»Ich bin müde«, sagte Abu Kais. »Ich kann nicht mehr.«

Sein Leben hatte mit Kampf begonnen, als er, wenn er den zischelnden Worten seiner längst verstorbenen Mutter Glauben schenken mochte, im Säuglingsalter an Gelbfieber erkrankte. Kein Arzt im Dorf hatte ihm helfen können, und eine Reise in die nächste größere Ansiedlung, wo sich auch ein Krankenhaus befunden hatte, wäre sein sicherer Tod gewesen. Also war seiner Familie nichts anderes geblieben, als zu beten und

Allah um die Rettung ihres jüngsten Sohnes zu bitten. Die Bitten waren erhört worden, Abu Kais gesundete. Manchmal dachte er sich, dass seine Mutter übertrieben und er vielleicht nur eine starke Grippe gehabt hatte. Aber diese Erzählung hatte ihn vom Anfang seines Lebens an mit den Wegen Allahs verbunden. Er blieb ihm treu. Für die Gebete seiner Mutter hatte er sich nie bedankt. Für Abu Kais waren es keine Akte des Glaubens gewesen. Vielmehr war die ausgeprägte Frömmigkeit ein Produkt der Eigensucht. Seine Mutter hatte schon einmal ein Kind verloren. Einen weiteren Kindstod hätte sie nicht verkraftet. Abu Kais hatte seine Mutter dafür bis zu ihrem Tod und darüber hinaus gehasst.

Und sein Hass hatte ihn tiefer in den Kampf getrieben. Als Kind schlug er sich mit den anderen Kindern des Dorfes. Es reichte schon ein falsches Wort.

Als Jugendlicher hatte er das erste Mal getötet. Als die gottlosen Russen in Afghanistan einmarschierten, war er dem Ruf der glorreichen Mudschahedin gefolgt und hatte am Hindukusch Blut und Schweiß für Allah gegeben. Manchmal, wenn er nachts aus einem unruhigen Traum aufwachte, rieb er sich die schweißgebadete Stirn in der Hoffnung, dass die Bilder des jungen Soldaten verschwanden, der ungläubig auf den Griff der Machete blickte, die in seinem Bauch steckte. In solchen Momenten konnte Abu Kais das herausprudelnde Blut immer noch sehen und auf seinen Händen spüren.

Er war so stolz auf dieses erste Opfer seiner gottgegebenen Wut gewesen, dass er die metallene Identitätskarte des jungen Soldaten eingesteckt hatte. Und je mehr sein Stolz anschwoll, desto größer wurde seine Sammlung von Erkennungsmarken. Aber im Laufe der Zeit hatte er den Stolz genau wie die metallenen Marken wieder verloren. Zu oft war er seither schon geflohen oder hatte sich versteckt. Selbst an den Namen des Russen konnte er sich mittlerweile nicht mehr erinnern.

Töten war für Abu Kais zum Geschäft geworden, eine notwendige Tat, um die Heiden zu vernichten und vom Antlitz der Welt zu tilgen. Doch manchmal verfolgten ihn die Bilder seiner Taten trotz allem bis in den Schlaf. Er zuckte mit den Achseln. Mit dieser irdischen Bürde musste er nun mal leben. Er glaubte daran, dass der Märtyrer mit der größten Bürde im Paradies am leichtesten schweben würde.

»Ich bin müde«, sagte Abu Kais noch einmal.

»Ich habe die komplette Summe überwiesen. Bruder, ich habe eine Aufgabe für dich.«

»Dann ist es nun so weit?« Abu Kais erschauderte. Es fühlte sich an wie damals, als sie es gewagt hatten, den mächtigen Drachen anzugreifen und ihm einen Stich zu versetzen. Mitten in sein Wirtschaftszentrum. Nach diesem heroischen Angriff hatte der Drache fürchterlich gegrollt und viele Krieger verschlungen. Danach war er wieder in den Schlaf gesunken, wenn auch in einen wachsamen Schlaf. Die Vorbereitungen aber galten jetzt einem neuen Feind. Einem Feind, der vormals demokratisch neutral bemüht gewesen war, die Kluft zwischen dem Drachen und den heiligen Kriegern zu überbrücken. Doch dann eilte er dem verletzten Drachen zu Hilfe. Diesmal mussten die Schergen des Drachens ihrer Freiheit beraubt werden. »Die Teufel sollen während ihrer Reisen, egal ob mit Flugzeug, Schiff oder Zug, den Angstschweiß auf der Stirn fühlen.«

Abu Kais nahm die Worte kaum wahr. Reisen. Für die westliche Welt ein Ausdruck grenzenloser Freiheit, für ihn ein notwendiges Übel zum Überleben. War Reisen nicht eine Flucht? Eine Flucht vor der Realität? Sollte ein Mann nicht bis zum letzten Atemzug auf seinem Land verweilen, es, wenn nötig, bis zum Letzten vor Eindringlingen und Feinden verteidigen?

»Mullah Preka weiß Bescheid?«, fragte Abu Kais.

»Er will, dass die Hure auf dem Stier erzittert. Sie soll sich vor den glorreichen Kriegern Allahs in den Staub werfen.«

»Ich werde jetzt ruhen und dann ins nächste Dorf wandern. Du meldest dich wieder, Bruder?«

»Ja. Zum nächsten Vollmond.«

»Bis in drei Wochen.« Abu Kais wusste, dass Moussa ibn el-Fna sein Versprechen halten würde. Hatte der Scheich einmal mit den Vorbereitungen begonnen, ruhte er nicht, bis die Feinde Allahs vernichtet waren. Wie in London, Madrid und Berlin.

12

Hamburg, 12:16 Uhr MESZ

ER IST UNGLAUBLICH attraktiv. Sie konnte seinen Atem hören. Ein Schweißtropfen glitzerte an seiner Schläfe. Es wird gut gehen, sagte sie sich. Es wird gut gehen.

»Hier Schalke 00. ZP 2 betritt das Haus.«

»Hier Hanse 3. Bestätigt. Ich höre Stimmen im Flur.«

Jann beugte sich wieder zum Funkgerät. »Hanse 1 an Schalke 03 und 05. Der Zugriff erfolgt auf dem Hinterhof. Ich wiederhole. Zugriff für ZP 2 auf dem Hinterhof. Verstanden?«

Saskia beobachtete, wie sich Janns Gesichtszüge verhärteten.

»Hier Hanse 2. Wir sind wieder erreichbar.« Hanse 2? Die Kommandokräfte! Saskia fuhr sich durchs Haar.

Jann lächelte. »Hanse 1 verstanden. Wie habt ihr Houdinis es geschafft, nicht gesehen zu werden?«

»Das wird auf ewig ein Geheimnis bleiben. Das schwöre ich.«

Im Hintergrund hörte Saskia eine keifende Frauenstimme. »Khuṇ thả xarị thîÌ nîÌ? Xxk pị câk thîÌ nîÌ!«

Der Massagesalon. Jetzt musste auch Saskia grinsen. »Wissen wir, was für ein Auto ZP 2 fährt?«

»Einen richtigen Porsche. Keinen Boxster.«

»Geben Sie die Information an die Leitstelle weiter. Sollte

etwas schiefgehen, können wir sofort eine Fahndung einleiten.«

»Hier Hanse 3. Kontakt. ZP 1 und ZP 2 stehen zusammen im Hausflur. Sie reden miteinander.«

Es ist so weit. Saskia blickte auf die Uhr. Der Sekundenzeiger kroch dahin, dann der Minutenzeiger.

»Hier Schalke 05. Eine Person steht am Fenster. Könnte ZP 1 sein. Er beobachtet die Straße.« Hat er etwas bemerkt? Oder waren das Vorsichtsmaßnahmen?

»Hier Hanse 3. Keine Geräusche aus der Wohnung zu hören.«

Jann schaute Saskia an. »Denken Sie das Gleiche?«

»Wenn Sie auch ein mulmiges Gefühl haben, dann ja.«

Wie lange war ZP 2 schon in der Wohnung? Saskia knirschte mit den Zähnen. Das dauert zu lange. Viel zu lange.

»Hier Hanse 3. ZP 2 verlässt die Wohnung. Ich wiederhole. ZP 2 verlässt die Wohnung.«

»Die Einsatzkräfte sollen sich bereit machen. Zugriff, wenn ZP 2 am Auto ist. Wenn bestätigt wurde, dass er das Geld hat, stürmen wir die Wohnung.«

Jann gab das an die Einsatzkräfte weiter.

»Hier Schalke 00. ZP 2 verlässt das Haus. Ist jetzt auf dem Gehweg. Er geht zum Auto. Er hat eine blaue Sporttasche in der Hand.«

Treffer! Saskia ballte die Hände zu Fäusten. Zuvor hatte er noch eine grüne Tasche dabei. Die Übergabe hatte stattgefunden.

»Hanse 1 an die eingesetzten Kräfte. Der Zugriff ist freigegeben, wenn die Person am Auto ist. Oder bei günstigerer Gelegenheit.«

»Hier Schalke 00 an Hanse 1. Was ist mit Schusswaffengebrauch?«

Jann starrte Saskia an.

Hoffentlich werden sie es nicht brauchen. Sie nickte.

»Von Hanse 1. Schusswaffengebrauch freigegeben.«

»Schalke 00 hat verstanden.«

Für Saskia fühlte es sich an, als hätte sie gerade einen Pfeil abgeschossen. Sie hatte alles vorbereitet, Ziele bestimmt und Unwägbarkeiten ausgeschaltet. Jetzt flog ihr Pfeil. Sie konnte nichts mehr korrigieren. Sie konnte nur noch hoffen, dass sie alles bedacht hatte und er im Ziel landete. Und dann wurde es im Funk hektisch.

»ZP 2 ist vor der Durchfahrt stehen geblieben.«

»Ich ziehe vor.«

»Auge nein. ZP schaut sich um. Geht jetzt zum Hinterhof.«

»Ich stehe schon da. Sehe ihn.«

»Versteck dich. Der hat uns gecheckt.«

»Zu spät. Jetzt.«

»Der hat 'ne Waffe.«

»Verdammte Scheiße.«

»Zugriff! Zugriff!«

Der Funk erstarb. Es war nur noch ein Rauschen zu hören.

Saskia setzte sich hin. Sie horchte. Gerade hatte sie noch die lärmenden Kinder gehört. Würde sie einen Schuss hören?

Atemlose Stille. Dann hupte ein Auto.

Jann ließ sich neben Saskia nieder. »Es ist alles gut, glauben Sie mir. Alles gut.«

»Wir haben keinen Schuss gehört, oder?«

»Nein, haben wir nicht.« Er legte ihr eine Hand auf den Arm. »Weil ganz sicher nicht geschossen wurde.«

»Schalke 00 von Hanse 1. Hören Sie mich?«, funkte der Polizist am Computer. »Schalke 00, melden Sie sich.«

Die Stille dauerte an. Saskia vergrub ihren Kopf zwischen ihren Armen. Meldet euch, verdammt. Sie spürte, wie sie den Tränen näher kam. Zu viel Anspannung, zu viel von allem und kein Ventil, um es loszulassen.

»Hier Schalke oo an Hanse 1. Wir waren beschäftigt. ZP 2 liegt gefesselt am Boden. In der Sporttasche ist Geld. Ziemlich viel Geld.«

»Gab es Verletzte?«, fragte der Funker.

»Zählt Atemlosigkeit als Verletzung?«

Jann grinste breit und steckte Saskia an. Ein Teil der Anspannung fiel von ihr ab. »Dann müssen wir jetzt noch ZP 1 festnehmen lassen.«

»Das ist in fünf Minuten erledigt. Und Sie vergessen unseren Wetteinsatz nicht, oder?«

»Dass ich mit Ihnen ins Restaurant gehe?«

»Das beste Fischrestaurant hier in Hamburg. Sie werden begeistert sein.«

Saskia dachte an Hakim und Leila. »Ich sollte wirklich nicht ...«

»Kommen Sie. Es ist nur ein Essen.«

»Ohne Hintergedanken?«

»Ohne Hintergedanken. Ich hole Sie gegen sieben ab. Sie haben doch ein Hotelzimmer, oder?«

Nein, habe ich nicht. Saskias Plan war es, nach diesem Einsatz so schnell wie möglich nach Berlin zu fahren. Zu ihrer Familie. Sie fuhr sich mit den Fingern durchs Haar, dann nickte sie. »Okay. Ich warte am Michel auf Sie. Wir fahren mit meinem Auto.«

Jann lächelte sie an. »Sie werden es nicht bereuen.«

Hanse 2 meldete den erfolgreichen Zugriff. ZP 1 war festgenommen worden. Saskia blickte auf die Uhr.

All das hatte ziemlich genau fünf Minuten gedauert.

13

Hamburg, 20:27 Uhr MESZ

»UND? HABE ICH GELOGEN?«, fragte Jann.

Saskia tupfte sich die Lippen mit der Stoffserviette ab. Sie schüttelte den Kopf. »Das Essen ist einfach fantastisch.«

»Und wie finden Sie es sonst hier?«

Sie schaute sich um. Das *Corsario* befand sich im Gewölbekeller eines alten Hauses. Hier hatte alles mit dem Thema Piraten zu tun, angefangen von der Speisekarte, die wie eine Schatzkarte aufgemacht war, über Würstchen Tortuga bis hin zum Schellfischfilet Störtebeker. Und die Kellnerin sah aus wie Elisabeth Swann aus *Fluch der Karibik.*

»Eher ein Platz für Männer, die Jungs geblieben sind«, sagte Saskia.

Er lächelte sie an. Seine Augen strahlten. Saskia hielt seinem Blick stand.

»Wo soll das hinführen?«, fragte sie.

»Was meinen Sie?« Seine Hand wanderte über den Tisch. Er berührte ihre Hand mit den Fingerkuppen. Saskia fühlte die weiche Haut, sah die gepflegten Fingernägel. Es kribbelte. Die Berührung fühlte sich wie kleine Stromstöße an. Sie konnte ihren Blick nicht abwenden und hatte das Gefühl, in einen tiefen See zu tauchen. Fast spürte sie das erquickende Nass auf ihrer Haut.

»Sie wissen, was ich meine.«

Er nickte und zog die Hand zurück. Für sie fühlte es sich an, als hätte sie etwas verloren. Jann legte einen Geldschein auf die Rechnung.

»Gehen wir?« Seine Stimme war ein Flüstern. Verheißungsvoll. Sinnlich.

Was tue ich hier? Der Gedanke kämpfte sich durch den betäubenden Nebel des Verlangens. Ich habe eine Tochter, die ich liebe. Und einen Ehemann. Den ich auch liebe. Stromstöße sammelten sich in Saskias Bauch, ließen jede Faser kribbeln. Ein Schauder verfing sich zwischen ihren Schulterblättern.

Treue und Vertrauen. Ich opfere gerade meine Prinzipien. Nur für ein paar Stunden mit diesem Mann? Warum? Warum um alles in der Welt passiert das? Warum will ich es?

Ihre Nackenhärchen stellten sich auf. Sie spürte die harte Sitzfläche des Stuhls, den kühlen Lufthauch, der durch das undichte Sprossenfenster strich. Sie sah Jann an. Sie roch ihn. Männlich. Stark.

Ich will es!

Saskia schlüpfte aus ihrem Schuh und streichelte sein Bein. Er zuckte kurz zusammen und lächelte sie an. Nicht nur mit dem Mund, sondern vor allem mit seinen Augen.

»Nicht hier«, sagte er. »Ich habe eine Idee.«

Sie standen auf, verließen das Lokal und gingen zu Saskias Auto. Bevor sie einstiegen, küssten sie sich. Lange. Intensiv. Sie spürte etwas, das sie sehr lange nicht mehr gespürt hatte: Verlangen.

Ich will ihn. Hier und jetzt.

Jann schob sie leicht von sich. »Lass uns fahren.«

Sie fuhr, während er ihr den Weg durch die Stadt zu einer Tiefgarage wies, in der sie ihr Auto abstellten. Eng umschlungen gingen sie durchs Treppenhaus zu einer Wohnung. Jann schloss die Tür auf. Im Wohnungsflur fielen sie übereinander her. Seine Hände packten sie. Saskia stöhnte auf.

»Ich will dich«, sagte er.

»Ich weiß«, hauchte sie ihm ins Ohr. »Ich will es hart.«

Er schob die Hände unter ihre Bluse. »Du bekommst, was du willst.«

Saskia schloss die Augen. Sie fühlte seine Hände auf ihrer nackten Haut. Das Verlangen in ihr loderte. Doch sie spürte auch etwas anderes. Ein schmerzvolles Dunkel, nagende Zweifel. Ich kann das nicht.

»Warte«, sagte sie. »Hör auf.«

Jann hielt in seiner Bewegung inne. »Was ist?«

»Das bin nicht ich. Lass mich los. Bitte.«

Der Wert eines Menschen zeigt sich daran, wie er reagiert, wenn er nicht das bekommt, wonach er verlangt. Saskia konnte unterschiedliche Gefühle in Janns Gesicht lesen. Von Ärger über Unglaube bis Verwirrung. Aber kein Verständnis.

Das kann ich auch nicht verlangen. Nach dem, was ich zugelassen habe. Die Berührungen. Die Küsse. Sie schälte sich aus seiner Umarmung. Er ließ es kraftlos zu. Sie drehte sich weg.

»Tut mir leid«, flüsterte sie.

»Machst du das immer? Heizt erst das Feuer an und machst dann einen Rückzieher?«

»Ich weiß nicht, warum ich das gerade gemacht habe.« Sie schüttelte den Kopf. »Es ist nur ... in letzter Zeit ist viel passiert, dienstlich wie privat. Ich kann einfach nicht mehr. Ich weiß nicht mehr, wer ich bin. Wo ich stehe. Ich weiß ...« Sie schluckte. »Im Grunde hast du nichts damit zu tun. Es war falsch von mir.«

»Manchmal hilft es auch, einfach nur zu reden.« Seine Worte waren sanft und fühlten sich wie eine weiche Decke an, in die man sich an kalten Tagen einkuschelte.

»Du bist nicht ...?«

»Sauer? Enttäuscht? Frustriert? Doch, das bin ich. Aber ich sehe auch, dass es dir schlecht geht. Ich mag dich. Und das sage ich einfach, obwohl wir uns erst kurz kennen. Und weil ich dich mag, biete ich dir an, dass wir hierbleiben. Ich habe eine Flasche Rotwein. Lass uns reden oder einfach nur schweigend auf dem Sofa sitzen.«

Seine Worte wirkten wie Balsam auf ihrer Seele.

»Danke«, sagte sie. »Ich heiße nicht Susanne Bolz. Mein richtiger Name ist Saskia ...«

»Saskia reicht völlig. Ich heiße in Wirklichkeit Jann«, sagte Jann. Ein Lächeln strahlte über sein Gesicht.

Es war ansteckend.

14

Jerusalem, 09:24 Uhr IDT

DAVID TEITELBAUM bückte sich und hob einen Kieselstein auf, der in der Sonne glänzte. Die weiße Oberfläche schimmerte. *Der wird ihr gefallen.* Ein trauriges Lächeln schlich sich auf seine Lippen. Er drückte die Klinke nach unten, das rostige Friedhofstor schwang quietschend auf. Ein gekiester Weg führte zwischen den Gräbern hindurch. Die kleinen Steine knirschten unter den Sohlen seiner Kampfstiefel. Er lief mit festen Schritten auf Lydias Grab zu, doch mit jedem Schritt verstärkte sich das wackelige Gefühl in seinen Knien. David presste die Lippen zusammen. *Lydia hat mindestens zweimal im Monat Wackelpudding zum Nachtisch gemacht. Immer abwechselnd Himbeere und Waldmeister.*

Zwei ältere Frauen kamen ihm entgegen. Er grüßte die beiden Frauen in schwarzen Kleidern, die ihn bloß anstarrten. In ihren Blicken konnte David lesen, dass sie es unpassend fanden, einen Mann mit Kampfstiefeln, grauer Cargohose und schwarzer Lederjacke auf dem Friedhof zu sehen.

Lydia wäre so etwas egal. Konventionen waren nie ihr Ding gewesen, und genau dafür hatte er sie geliebt. Und ich liebe sie noch immer.

Ihm fiel auf, dass die Damen ebenfalls nicht den Konventionen folgten, denn in der jüdischen Tradition gab es keinen Ausdruck von Trauer durch schwarze Kleidung. Bestimmt Russinnen, dachte er. In Russland trugen Juden Trauerschwarz. Den weißen Kiesel fest in der Hand, ging er an den beiden tuschelnden Damen vorbei. David kniff die Augen zusammen und presste eine Hand gegen seine schwarze Kippa.

Endlich hatte er sich durch die chaotische Ordnung der Grabsteine geschlängelt. Er blieb vor einer dunkelgrauen Steinplatte stehen, die schmucklos mit dem Zeichen Zions verziert war. Efeu und Moos bedeckten fast ein Drittel der Grabplatte.

David setzte sich neben dem Grab auf den Boden und strich mit der Hand über die kurze Inschrift, die sich am Fußende des Grabes befand.

»Lydia, meine Tochter. Ich grüße dich im Haus der Ewigkeit.«

Seine Lippen bebten. Er ließ die Tränen gewähren. Sie liefen ihm über die Wangen, sammelten sich in den Stoppeln seines Drei-Tage-Barts am Kinn und tropften, nachdem sie David dort ein wenig gekitzelt hatten, auf die Grabplatte. Er wischte sie mit seiner Handfläche weg, als würde er über Lydias Rücken streichen und nicht über den von der Sonne gewärmten Stein. Auf seiner Haut fühlte er kleine Steinchen und Sandkörner.

David schloss die Augen. Er stellte sich vor, gemeinsam mit Lydia an einem Tisch zu sitzen. Mitten in der Unendlichkeit. Sie lächelte ihn an. Er senkte den Blick.

»Ich habe es versucht«, murmelte er. »Ich habe versucht, deinen Tod zu rächen. Ja, du würdest das nicht wollen. Du würdest mir sagen, dass dadurch nichts rückgängig gemacht wird, dass die Zeit weiterläuft. Dass ich dich in guter Erinnerung behalten, dich aber loslassen soll. Damit mein Leben weitergehen kann. Das kann ich aber nicht. Ich will es nicht. Du bist mein Leben. Niemand sonst.«

Er lachte heiser.

»Die Terroristen haben sogar im Sterben Allahu akbar ge-
schrien. Ich weiß, dass Gott groß ist. Egal welcher. Das ist keine
Frage. Aber kein Gott wird dadurch größer, dass sich die Menschen in seinem Namen gegenseitig umbringen. Und ja, jetzt
würdest du wieder sagen, dass ich nicht besser bin. Aber ich
sage dir, dass ich nicht im Namen Gottes töte. Ich töte auch
nicht in deinem Namen. Ich töte in meinem Namen. Ich bin
kein guter Mensch mehr, auch wenn ich es sein will. Ich habe es
ehrlich versucht und bin gescheitert. Ich werde tun, was ich am
besten kann.«

David öffnete die Augen. Ein Schatten verdeckte den David-
stern auf der Grabplatte. Er sprang auf und wirbelte kampfbereit herum.

»Ich störe nur ungern.« Yehonatan Rabin stützte sich auf
seinen Krückstock. »Es ist aber wichtig.«

David nickte. Er wandte sich wieder dem Grabstein zu und
schloss die Augen, nahm Abschied von Lydia. Wieder einmal.
Immer wieder Abschied.

Eines Tages werde ich dich nicht mehr verabschieden, sondern du wirst mich im Haus der Ewigkeit begrüßen.

Er legte den Kieselstein auf die Grabplatte.

»Um was geht es?« David schaute seinem Vorgesetzten ins
Gesicht und versuchte darin zu lesen. Es war undurchdringlich
wie immer. Wenn Rabin jemandem zum Geburtstag gratulierte,
hatte er den gleichen Gesichtsausdruck, wie wenn er einen
Tötungsbefehl gab.

»Gehen wir ein Stück. Meine Worte sind nicht für einen solchen Ort bestimmt.«

Sie folgten dem Kiesweg zum rostigen Friedhofstor. Rabin
schwieg. Und David hielt das Schweigen aus. Er kannte das,
war daran gewöhnt. Sobald sie das Tor durchschritten hatten,
blieb sein Vorgesetzter stehen.

»Wir haben einen Feind lokalisiert. Hier in Jerusalem.«

»Ist es …?«

Rabin schüttelte den Kopf. »Es ist nicht Abu Kais, der Ihnen bedauerlicherweise beim gestrigen Einsatz entkommen konnte.«

»Das wird nicht noch einmal vorkommen. Sie wissen, warum ich tue, was ich tue.«

Rabin nickte.

David hatte sich zwei Monate nach dem Tod seiner Frau von den Finanzermittlungen zur Abteilung Metsada versetzen lassen. Wer zur Metsada gehörte, hatte mehr als alle anderen Agenten des Mossad die Aufgabe, Israel vor seinen Feinden zu schützen, und David war stolz, in der Speerspitze des Mossad zu dienen, die ihre Tradition auf einer legendären Einheit des Geheimdienstes begründete – der Einheit, die den Terrorakt bei den Olympischen Spielen 1972 in München mit Blut und Tod vergolten hatte.

In der fast einjährigen Lagerausbildung in den Bergen hatte David alles gelernt, was nur annähernd mit Schusswaffen und Sprengstoff zu tun hatte. Er hatte gelernt, mit der bloßen Hand zu töten und ein Attentat logistisch und taktisch vorzubereiten. Und er hatte gelernt, so gnadenlos und brutal zu werden wie die Feinde Israels. Hass und Trauer hatten ihn durch diese Zeit getrieben. Und manchmal hatte er gedacht, dass er ohne diese beiden Begleiter dieses Lager nicht überlebt hätte.

Sie erreichten eine schwarze Limousine. Ein Mann im Anzug öffnete ihnen die Tür. David umfing rauchgeschwängerte klimatisierte Luft. Rabin klopfte an die getönte Scheibe, und der Fahrer fuhr mit quietschenden Reifen los.

»Wer ist es?«, fragte David.

»Abu Daressalam. Er wird für die Anschlagsserie vor drei Jahren auf Grenzposten am Gazastreifen verantwortlich gemacht.«

»Und Sie wollen, dass wir …?«

»Tun Sie, was nötig ist, um Israel vor Feinden zu schützen.«

In einer Seitenstraße hielt die Limousine an. Rabin zog eine CD aus der Manteltasche und übergab sie David.

»Abu Daressalam arbeitet als Kellner in einer Gaststätte hier in der Nähe. Weitere Informationen finden Sie auf der CD.«

David stieg aus. Ihm war klar, dass er zur Verteidigung seines Heimatlandes wieder Blut vergießen würde.

15

Hamburg, 08:36 Uhr MESZ

WO BIN ICH? Saskia schreckte aus dem Schlaf. Sie lag zwischen zerwühlten Laken. Allein. Jann lag in eine Wolldecke gewickelt auf dem Boden.

Ein leichter Schmerz schlich sich in ihren Kopf. Sie hatten geredet, Jann und sie. Fast die ganze Nacht. Über ihn. Über sie. Er hatte ihr erzählt, dass seine Ehe vor Jahren wegen der Arbeit auf der Kippe gestanden hatte. Nächtelange Observationen, spontane Einsätze kurz vor Feierabend, harte Ermittlungstage. All das hatte Tribut gefordert. Es hatte ihn verändert. Es hatte seine Frau verändert. Sie hatten sich auseinandergelebt und dann doch wieder zueinandergefunden. Aber was einmal entzwei war, konnte niemals wieder sein wie vorher. Die Bruchkante war immer da, egal wie gut man sie zusammengeschweißt hatte. Gestern Abend wäre die Bruchkante beinahe aufgerissen. Saskia hatte mit ihrer Vernunft zwei Beziehungen gerettet.

Aber sie wollte nicht immer vernünftig sein.

Sie erhob sich, der Lattenrost knarzte. Ihr wurde klar, dass Jann sie in eine sichere Wohnung gebracht haben musste. Auf dem Weg ins Bad sah sie ihre Handtasche neben der Eingangstür. Das Mobiltelefon blinkte. Drei Anrufe in Abwesenheit von Hakim. Und eine SMS: *Wo bist du? Es tut mir leid. Ich habe ver-*

sprochen, dich zu unterstützen. Wir müssen reden. Ich will dich nicht verlieren. Ich liebe dich. Hakim.

Etwas schnürte ihr die Kehle zu. Hakim macht sich Sorgen, und ich hätte mich beinahe durchficken lassen. Saskia wollte sich nicht einmal mehr im Spiegel betrachten. Sie zog Jeans und Bluse an. In die Pumps stieg sie erst im Hausflur. Mit dem Lift fuhr sie in die Tiefgarage. Am Auto stellte sie fest, dass sie ihren Mantel vergessen hatte.

Und im Mantel war der Schlüssel, den Professor Liebknecht ihr gegeben hatte. Jetzt musste sie Jann doch wecken. Der Schlüssel war wichtig. Sehr wichtig sogar.

Aus dem Augenwinkel sah sie einen Schatten. Sie wirbelte herum, sah aber niemanden. War es eine Täuschung gewesen? Ihre Erfahrung und ihre guten Instinkte sprachen dagegen.

16

Berlin, 08:40 Uhr MESZ

DIE ZELLENTÜR wurde aufgeschlossen. Wiebke schob die kratzige Decke zur Seite und erhob sich von der Pritsche. Der Rücken schmerzte. Die junge Polizistin, die die Tür öffnete, sah übernächtigt aus. Dicke Ringe zeichneten sich unter ihren Augen ab. Sie sieht aus, wie ich mich fühle, dachte Wiebke und streckte sich. »Immer noch hier?«

Die Polizistin lächelte müde. »Schon wieder. Kurzer Wechsel.« Sie betrat die Zelle und reichte Wiebke ihre Schuhe. »Damit Sie nicht barfuß über den schäbigen Boden laufen müssen.«

»Bin ich entlassen?«

Die Polizistin nickte. »Ihre Identität wurde bestätigt.«

Wiebke runzelte die Stirn. Wer könnte das getan haben? Saskias Laufbursche? Oder meine Schwester selbst? Ich werde es sicher gleich erfahren. Sie setzte sich auf die Pritsche und zog die Chucks an.

»Ich finde ja, dass Sie dem Richtigen eine Abreibung verpasst haben. Das habe ich aber nie offiziell gesagt.«

»Ist das der Grund für Ihre Freundlichkeit?«

Die Polizistin blickte zu Boden. »Klappen Sie bitte die Matratze zur Wand, und nehmen Sie die Decke mit.«

»Bekomme ich meine Sachen zurück?«

»Die hat der Mann, der Ihre Identität bestätigt hat.«

»Und wo ist dieser Mann?«

Die Polizistin deutete zu einer Tür. »Er wartet im richterlichen Vernehmungszimmer auf Sie.«

»Er ist aber kein Richter, oder?«

Kopfschütteln. »Ich wünsche Ihnen alles Gute.«

Die Tür zum Vernehmungszimmer war geschlossen. Wiebke sah keine Veranlassung zu klopfen. Sie öffnete die Tür und trat ein. Ein Mann, den sie noch nie gesehen hatte, saß auf einem Stuhl und blickte aus dem Fenster, drehte sich aber zur Tür, als sie eintrat.

»Wer sind Sie?«

»Guten Tag, Frau Peinemann.« Er deutete auf den freien Stuhl. »Setzen Sie sich doch.«

»Ich will wissen, wer Sie sind.« Wiebke verschränkte die Arme.

»Nennen Sie mich Stefan.«

»Welcher Dienst? Bundesamt für Verfassungsschutz oder Inlandsmitarbeiter des Bundesnachrichtendienstes?«

»Ist das wichtig?« Er lächelte breit, was sein kantiges Gesicht noch kantiger aussehen ließ.

»Für mich schon.«

»Na gut. Ich bin Inlandsmitarbeiter des BND.«

»Also Verfassungsschutz. Was wollen Sie?«

Er deutete wieder auf den Stuhl. »Ich möchte mich mit Ihnen unterhalten. Bitte setzen Sie sich.«

Wiebke schob den Stuhl zurück. Das Geräusch trieb ihr ein Kribbeln in den Nacken. Stefan zuckte nur kurz mit dem Augenlid.

»So. Ich sitze.«

Er betrachtete sie, neigte seinen Kopf zur Seite. »Sie sehen Ihrer Zwillingsschwester gar nicht ähnlich.«

»Es gibt auch so was wie zweieiige Zwillinge. Schon mal gehört?«

»Hören Sie ...« Stefan beugte sich vor und flüsterte. »Ich hätte Ihnen nicht helfen müssen, Frau Meinert.«

»Sie haben mir ganz sicher nicht aus Selbstlosigkeit geholfen. Und außerdem ... Wo ist mein Kuvert?«

Er legte den zerknitterten Briefumschlag auf den Tisch. Sie griff danach, aber Stefan war schneller und zog ihn wieder weg.

»Wollen Sie mit mir spielen?«, fragte Wiebke mit drohendem Unterton. »Ich kann Sie nur warnen. Das Spiel verlieren Sie.«

Er lächelte und gab ihr den Umschlag. Sie zog sofort den Zettel heraus, von dem die Polizistin gesprochen hatte, und erkannte Saskias Handschrift.

Es sind Kirschen im Kühlschrank.

Es war lange her, dass sie diesen Satz zuletzt gelesen hatte.

»Ich muss sofort telefonieren.«

Stefan griff in seine Hemdtasche und holte einen gefalteten Zettel hervor.

Sie riss ihm den Zettel aus der Hand. »Was soll ich damit?« Wieder Saskias Handschrift, wieder der gleiche Satz.

»Vielleicht reden Sie jetzt mit mir?«

»Wie gesagt, ich muss telefonieren.« Das hätte ich schon vor Stunden machen sollen. Was hatte der Laufbursche gesagt? Vielleicht braucht Saskia ihre Schwester. Ich hätte es verstehen müssen. Ich habe sie hängen lassen, wie eine ungetragene Jacke an der Garderobe.

»Wissen Sie, worum es geht?«, fragte Stefan. »Offensichtlich braucht Saskia Hilfe.« Er überreichte ihr ein Mobiltelefon.

Wiebkes Finger flogen übers Display, die Nummer kannte sie auswendig. Aus dem Lautsprecher erklang das Freizeichen. Es klingelte fast eine Minute, bevor sie wieder auflegte.

»Wie haben Sie mich eigentlich gefunden?«

Stefan lachte. Es hörte sich an, als würde man einen Nagel

über Stahl reiben. »Sie glauben doch nicht im Ernst, dass wir jemanden wie Sie aus den Augen lassen, oder?«

Nein. Natürlich nicht. »Warum helfen Sie mir?«

»Unser Land wird bedroht. Unser System versagt. Es gibt zu viele Vorschriften. Zu viele Paragrafenreiter. Um der Bedrohung wirksam gegenübertreten zu können, brauche ich jemanden, der außerhalb des Gesetzes agiert. Der keine richterliche Erlaubnis für eine Wohnungsdurchsuchung einholen muss. Jemanden, der Befragungen von Verdächtigen durchführen kann, ohne auf Fairness achten zu müssen.«

Wiebke lachte laut auf. »Ihnen ist klar, was Sie verlangen, oder?«

»Sie wissen, wer Sie sind, und ich weiß, was Sie sind. Wir wissen also beide, dass Sie dem nicht entfliehen können. Egal wie weit Sie laufen. Es wird Sie immer wieder einholen. Und je länger Sie weglaufen, desto gnadenloser wird es zuschlagen.« Stefan nahm sein Handy wieder an sich. Er rief das Bild auf, das Wiebke gestern aufgenommen und von Yannics Handy aus in die sozialen Netzwerke gestellt hatte. Yannic sieht erbärmlich aus, fuhr es ihr durch den Kopf.

»Sie wissen, was ich meine. Hat Ihnen das Spaß gemacht?«

»Worauf wollen Sie hinaus? Dieser Typ hat andere gedemütigt.«

»Und deswegen haben Sie ihn bestraft? Ist das nicht die Aufgabe eines Amtsrichters?«

»Hören Sie: Ich war wütend auf meine Schwester. Und er war zufällig da. Er hat es verdient. Ende der Diskussion.«

»Sie haben es gemacht, weil Sie davon überzeugt sind, dass er niemals die gerechte Strafe bekommen hätte. Eventuell ein paar Sozialstunden. Gehweg fegen vor dem Seniorenheim. Aber sehen Sie, darum geht es bei mir nicht. Ich will die Täter vor ein ordentliches Gericht stellen. Bei mir geht es nicht um Selbstjustiz. Ich möchte bei meinen Ermittlungen nur schneller vorankommen. Effektiv sein, um Schlimmeres zu verhindern. Und nebenbei können wir gerne schauen, wie wir Saskia helfen.«

Saskia. »Geben Sie mir noch mal das Handy.«

Wiebke drückte auf Wahlwiederholung. Dieses Mal ertönte kein Freizeichen. Aus dem Lautsprecher drang eine elektronische Stimme.

»The person you have called is temporarily not available. Please try again later.« Wiebkes Arm sackte nach unten. Sie starrte auf das Gerät.

Es ist etwas Schlimmes passiert.

Ich kann es fühlen.

17

Jerusalem, 09:42 Uhr IDT

DAVID TEITELBAUM betrat die Wohnung im dritten Stock eines schmucklosen Betonbunkers, der zu besseren Zeiten einmal ein einfaches Hotel gewesen war. David hatte erfahren, dass der Investor das Geld von der israelischen Regierung bekommen hatte. Angeblich um aus dem heruntergekommenen Hotel ein Heim für sozial Schwache zu machen. Jetzt wohnten Familien mit vielen Kindern, Arbeitslose und entwurzelte Siedler dort. Umbaumaßnahmen hatten aus einzelnen Zimmern kleine Wohnungen werden lassen.

Und neben den sozial schwachen Familien hatten auch Agenten des Mossad eine Bleibe gefunden. David wohnte mit den anderen Mitgliedern seines Hit-Teams in drei ehemaligen Doppelzimmern. In diesem Betonbunker wurden keine Fragen gestellt, und das war gut so.

David betrat das Wohnzimmer. Immanuel hob seinen massigen Kahlschädel und legte den Controller auf den Glastisch. Auf dem Bildschirm flimmerte das Logo des neuesten Egoshooters.

»Und?«

David blieb im Türrahmen stehen. »Was und?«

»Ich habe gesehen, dass du mit der schwarzen Limo vorgefahren bist.«

»Du hast doch gespielt, oder?« David zeigte auf den Flachbildschirm.

Immanuel winkte ab: »Ich habe immer noch einen Sinn für die Realität. Haben wir nun einen Auftrag oder nicht?«

David griff in die Jackentasche und winkte mit der CD. In Immanuels Gesicht zeichnete sich so etwas wie Freude ab. Seine Mundwinkel zuckten.

»Wo ist Benjamin? Ich will mit ihm die Taktik besprechen.«

»Der ist auf dem Schacht. Kann länger dauern.« Immanuel grinste. Seine Finger tanzten wieder über den Controller. Er spannte seine Muskeln an, und David kam es so vor, als hätte sein Gegenüber plötzlich einen Oberschenkel statt eines Arms. Auf den rechten Bizeps hatte Immanuel sich einen Barcode tätowieren lassen. In Erinnerung an seinen Großvater, wie er immer sagte. Auf dem Bildschirm bewegte sich eine Spielfigur in Schussweste und Schnellfeuergewehr. Sie ging immer wieder in Deckung, um herannahende Feinde zu neutralisieren. David gefiel das Setting der dystopischen Stadt. Überall brannten Autos. Leichensäcke stapelten sich in den Straßenschluchten.

Eine Tür schlug zu, und Benjamin betrat den Raum. Er zog seine Hose nach oben und kontrollierte, ob er den Reißverschluss geschlossen hatte. Für David sah das immer so aus, als wolle sein Vorgesetzter die Hose bis unter die Achseln ziehen und sich dann am Sack kratzen.

»Hallo David. Hat unser Schatten dich erreicht?«

»Ja, und er hat mir das hier gegeben.«

Benjamin nahm die Silberscheibe und ließ sie zwischen seinen Fingern hin und her wackeln.

»Hat er dir den Namen des Zielobjekts schon verraten?«

»Abu Daressalam.«

»Haben sie den Drecksack endlich lokalisiert?« Das war mehr eine Feststellung denn eine Frage. »Wie schön.« Benjamin pfiff leise vor sich hin.

»Ich habe gehört, dass Abu Daressalam für mehrere Anschläge auf Grenzposten verantwortlich ist. Stimmt das?«

Benjamin nickte. »Ein Lkw voll mit Sprengstoff. Acht Tote. Drei Soldaten und vier zivile Frauen. Das war der letzte Anschlag.«

»Das sind sieben.«

Sein Vorgesetzter senkte den Blick. »Ein Kleinkind starb auf dem Weg ins Krankenhaus. Es hatte einen Splitter im Kopf.«

David schluckte. Immanuel starrte auf die Tasten des Controllers, bevor er ihn auf den Tisch legte. Sie folgten Benjamin in sein Büro. Der Raum war verdunkelt. Benjamin legte die CD ins Laufwerk seines Laptops, und ein Videobeamer warf das unscharfe Bild eines Kellners an die Wand.

»Das ist unser Mann«, sagte Benjamin.

»Sieht gar nicht wie ein Terrorist aus.« Immanuel verschränkte die Arme.

David boxte ihm auf den Oberarm. »Wie sehen denn Terroristen aus?«

Der Mann auf dem Bild war Anfang bis Mitte vierzig. Er hatte kurzes, volles Haar. Auf dem Bild war sonst nicht viel zu erkennen. Außer dass er gerade ein Tablett mit zwei Tassen und ein weißes Jackett, die Tracht eines Kellners, trug. Kurz darauf erschien ein Porträtfoto. Es sah aus, als sei dieses Bild für einen Pass fotografiert worden. Abu Daressalam hatte mandelförmige Augen und ein schmales Kinn. Um die Mundwinkel hatten sich tiefe Falten eingegraben. Seine Haut hatte die Farbe von Kaffee mit einem kleinen Schuss Milch. Er war glatt rasiert.

Benjamin wandte sich an seine Mitarbeiter. »Takir Al-Dardour, auch bekannt als Abu Daressalam, ist das Kind einer Frau aus Nigeria und eines philippinischen Seemanns. Sein Vater hat in einem Anflug von Eifersucht die Mutter vor den Augen des Sohnes erschlagen. Zu diesem Zeitpunkt war Abu Daressalam gerade mal sechs Jahre alt. Der Vater floh mit seinem Sohn nach Saudi Arabien, dort wurde er bei einem Raubversuch von Sicherheitskräften erschossen. Als achtjähriger Junge wurde unser Mann Waise. Er kam durch das islamische Kinderhilfswerk in ein Waisenhaus mit Koranschule. Dort muss er auf den falschen Weg gebracht worden sein. Wir gehen davon aus, dass Anwerber von Terrororganisationen in solchen Einrichtungen aktiv sind. Das ist jetzt aber unwichtig. Abu Daressalam machte mit achtzehn seinen Lkw-Führerschein. Mit zwanzig lenkte er eines dieser Straßenmonster in einen Grenzposten. Vier Soldaten starben. Abu Daressalam sprang vor der Explosion aus dem Laster. Er konnte verhaftet werden, floh aber auf dem Weg zum Militärgefängnis. Seit dieser Zeit war er abgetaucht. Vor zwei Jahren gab es wieder einen Anschlag. Das Ergebnis ist hinlänglich bekannt. Letzte Woche wurde er von einem unserer Agenten ausfindig gemacht. Er lebt und arbeitet hier mitten unter uns.«

David schürzte die Lippen. »Wenn wir diesen Terroristen ausfindig gemacht haben, warum nehmen wir ihn dann nicht fest und bringen ihn vor Gericht?«

Immanuel kniff die Augen zusammen. »Das Arschloch hat Töchter und Söhne Zions auf dem Gewissen. Er verdient den Tod. Den puste ich weg.«

»Nein. David wird es machen«, sagte Benjamin. »Aber du wirst ebenfalls eine wichtige Rolle spielen. Es wird nicht die Tat eines Einzelnen sein. Unser Kommando möchte, dass es aussieht wie der Mord einer Straßengang. Nicht weiter schwer, oder?«

»Den Abschuss werde ich mir nicht an die Fahne heften können, oder?«

Benjamin schüttelte den Kopf. »Intern wird er in deiner Personalakte vermerkt.«

Immanuel blickte wieder auf: »Nichts ist, wie es scheint?«

Benjamin nickte wieder, doch diesmal antwortete er nicht. Er biss sich auf die Lippen und verließ wortlos den Raum. Dann hörten die anderen das Knallen der Haustür.

»Hey, willst du noch etwas üben?« Immanuel hielt den Controller in die Höhe. Er war schneller als ein Blitz an die Konsole geeilt. David ging zum Fernseher. Er beugte sich nach unten und griff nach dem zweiten Controller. »Kann man auch zu zweit spielen?«, fragte er.

»Dann sind es aber mehr Terroristen, die abgeknallt werden wollen.«

»Bedeutet mehr Spaß, oder?«

»Auch wieder wahr.«

Auf dem Bildschirm zeigte sich der Ladescreen.

18

Hamburg, 08:43 Uhr MESZ

JANN HÖRTE, wie die Haustür zugezogen wurde.

»Saskia?«

Er schob die Decke zur Seite. Die Nacht auf dem harten Boden hatte seinen Körper steif werden lassen. *Ich bin nicht mehr der Jüngste.*

Er musste pinkeln. Danach wollte er sich noch einmal hinlegen, bevor er nach Hause ging.

Dann erblickte er Saskias Mantel. Schnell zog er Jeans und Shirt über, um ihr den Mantel zu bringen. Wenn er sie noch erreichen wollte, musste er sich beeilen. Für Schuhe war keine Zeit, er rannte barfuß auf die Straße. Er wollte Saskia an der Rampe abpassen. Beinahe wäre er mit einem schwarzen Mercedes zusammengeprallt, der gerade die Ausfahrt der Tiefgarage hochfuhr.

»Arschloch«, rief er hinterher. Jann konnte gerade noch erkennen, dass ein Mann mit osteuropäischem Aussehen am Steuer saß. Die hinteren Scheiben waren schwarz getönt. Dann war der Mercedes auch schon weg.

Jann duckte sich unter der sich schließenden Schranke durch und rannte die Rampe runter. Saskia müsste ihm doch mit dem Wagen entgegenkommen. Tat sie aber nicht. Etwas außer Atem erreichte er die unterste Parkebene. Saskias Fahrzeug stand noch da, wo sie es gestern Abend abgestellt hatten. Eine Frau saß am Steuer. Bewegungslos. Jann konnte sie im Halbprofil sehen. Ihre blonden Haare verdeckten jedoch das Gesicht. Saskia.

Er blieb stehen. Irgendetwas stimmt hier nicht. Die Luft war geschwängert mit dem Geruch von ... Benzin! Dann sah er aus dem Augenwinkel Feuer, das gierig über den Boden leckte und sich in Richtung Saskia fraß.

Die Flammen erreichten das Auto, bevor er reagieren konnte. Sofort brannte es lichterloh.

Jann glaubte, einen schmerzerfüllten Schrei zu hören.

Die Wucht der Explosion riss ihn von den Füßen. Er wurde gegen ein Auto geschleudert. Hitze und Rauch raubten ihm den Atem. Er kroch zum Treppenhaus und öffnete mit letzter Kraft die Tür. Der Rauch wurde ins Treppenhaus gesogen. Jann hielt sich Saskias Mantel schützend vor den Mund und kämpfte gegen den aufkommenden Schwindel.

Ihm war klar, dass er nichts mehr für sie tun konnte.

19

Berlin, 08:55 Uhr MESZ

THE PERSON YOU have called is temporarily not available. Please ...« Wiebke trennte die Verbindung. Was ist da los? Erst ein Freizeichen und jetzt ist Saskias Telefon ausgeschaltet. Sie runzelte die Stirn.

»Geht Ihre Schwester nicht ran?«, fragte Stefan.

Sie gab ihm das Handy zurück. »Ich muss hier raus.«

»Sie können gehen, wohin Sie wollen. Aber was dann? Was wollen Sie tun?«

Wiebke starrte auf den Zettel.

Es sind Kirschen im Kühlschrank.

Das war ein Code. Saskia hatte ihn erfunden. Wie so vieles. Sie hatte Wiebke mit diesen Worten gewarnt, wenn Ärger im Anmarsch war. Es war aber auch ein Code für »Ich brauche Hilfe«. Und dann war Wiebke zur Stelle, um ihrer Schwester zu helfen.

Nur dieses Mal nicht. Dieses Mal bin ich nicht da gewesen.

»Reden Sie mit mir.« Stefan sprach leise.

»Ich muss zu Saskia. So schnell wie möglich.«

Hoffentlich ist es noch nicht zu spät. Das schlechte Gewissen prügelte auf ihre Seele ein. Und da war noch ein anderes Gefühl ... Angst.

Wiebke hatte sich Jahre zuvor von der Familie entfernt. Aber sie hatte Saskia niemals ganz losgelassen. Sie war auf der Hochzeit ihrer Schwester mit diesem Hakim gewesen. Sie hatte sich in die Kirche geschlichen. Zuerst wollte sie sich zu erkennen geben, doch sie entschied, dass die Freude an Saskias großem Tag dadurch nur geschmälert worden wäre. Ein Wiedersehen mit der verlorenen Schwester war etwas, was man am Tag der Hochzeit nicht brauchte. Wiebke hatte auch Saskias Werdegang aus der Ferne beobachtet. Von der Polizei zum Bundeskriminalamt und von dort zum Entwicklungsministerium. Ich war immer in ihrer Nähe. Nur jetzt nicht. Jetzt, wenn es drauf ankommt.

»Und wie wollen Sie das anstellen? Wissen Sie denn, wo sich Ihre Schwester aufhält?«

»Ich könnte ihren Ehemann anrufen. Die Nummer habe ich aufgeschrieben. Ist in meiner Reisetasche.«

»Glauben Sie wirklich, dass Saskia ihrem Ehemann die Wahrheit über ihre Arbeit gesagt hat?«

Wahrscheinlich nicht. »Wissen Sie, wo Saskia ist?«

»In Hamburg. Bei einem Einsatz.«

Wiebke deutete auf den Zettel auf dem Tisch. »Warum hat Saskia Ihnen das geschrieben? Offensichtlich wissen Sie nicht einmal, was es bedeutet.«

»Keine Ahnung. Ehrlich. Ich fand den Zettel gestern in der Post. Auf dem Kuvert stand ›von Saskia‹.«

»Warum sind Sie dann zu mir gekommen?«

Stefan grinste breit. »Wie gesagt, wir lassen Sie aus gutem Grund nicht aus den Augen.«

»Das ist doch alles Bullshit«, fuhr Wiebke ihn an. »Was wissen Sie?«

»Ich weiß, dass Saskia in …« Stefan blickte auf das Handydisplay. Er wurde plötzlich blass und schob ihr das Handy rüber.

Auf dem Display war *Breaking News* zu lesen. »Heute Morgen kam es in einer Hamburger Tiefgarage zu einer Autoexplosion. Vor den Augen eines Polizisten fing das Auto plötzlich Feuer und explodierte. Im Fahrzeug soll eine Frau gesessen haben. Unbestätigten Angaben zufolge könnte es sich bei dieser Frau um eine Mitarbeiterin des Entwicklungsministeriums gehandelt haben. Bisher geht die Polizei nicht von einem Terroranschlag aus.«

Das muss nichts mit Saskia zu tun haben. Wiebke ließ sich auf einen Stuhl fallen. Doch tief in ihr war so ein Gefühl. Ein Gefühl, dass sie ihre Schwester nie wiedersehen würde.

20

Berlin, 09:10 Uhr MESZ

WENN MAN GREGOR in der Berufsschule fragen würde, warum er zum Islam konvertiert war, würde er mit stolzgeschwellter Brust erzählen, dass er nach jahrelanger Suche den wahren Pfad gefunden hatte. Dass es im Gegensatz zum Christentum auf jede Frage eine Antwort gab. Und trotzdem wurde sein neues Leben kritisch beäugt. Das merkte er. Schüler tuschelten hinter seinem Rücken, und Lehrer sprachen ihn offen an, ob er sich den Bart nicht wieder abrasieren könne. Gregor erklärte dann, dass der liyah dazugehöre. Genauso wie die knöchelfreien Hosen.

Draußen schrie Gregor der Welt sein neues Leben ins Gesicht. Zu Hause betete er heimlich. »Qad qamati-salah. Allahu akbar. Allahu akbar. La illa llah«, formten seine Lippen lautos. Er hasste es, heimlich die Verbindung zu Allah aufnehmen zu müssen, aber zu Hause hatte er genug Probleme. Da musste nicht auch noch seine Mutter mitmischen.

»Kommst du runter? Das Frühstück ist fertig«, schallte eine Frauenstimme aus dem Erdgeschoss.

»Ich komme gleich, Mutter«, rief Gregor zurück. »Bin sofort fertig.«

Er beugte sich vor, bis seine Stirn den Teppich berührte. »Aschhadu an la ilaha illa llah.«

Ich bezeuge, dass es keinen Gott außer Allah gibt.

Gregor stand auf, faltete den Gebetsteppich und legte ihn unter die Matratze auf den Lattenrost. Dann ging er nach unten. Seine Mutter stand an der Spüle und rührte in einer Tasse. Gregor setzte sich wortlos an den Tisch. Vor ihm lag ein Marmeladenbrot, seine Mutter stellte eine Tasse Kakao daneben.

»Du weißt schon, dass ich zur Berufsschule gehe, oder?«

»Ich wünsche dir auch einen guten Morgen.«

Er schob den Teller von sich weg. »Wo ist Vater?«

»Der musste heute früher zur Arbeit.«

»Ich habe euch gestern Abend gehört.«

Ihre dunklen Augen funkelten ihn an. Er hielt dem Blick stand, bis seine Mutter zu Boden blickte. Ein Hauch von Röte huschte über ihre hellbraune Haut. »Fang nicht wieder damit an«, sagte sie leise.

»Doch. Genau damit fange ich wieder an. Warum tust du das? Warum hörst du nicht auf das, was Attila sagt?«

»Du bist wieder bei ihm gewesen?« Sie trat auf ihn zu und packte ihn am Handgelenk, in ihren Augen funkelte nun Zorn. »Du weißt, was ich dir ...«

»Was ich mache, ist meine Sache. Du kannst mir das nicht verbieten. Und du wirst mir das auch nicht mehr verbieten.« Er entzog sich dem Griff seiner Mutter.

»Der Mann ist nicht gut für dich!«

»Er zeigt mir den richtigen Weg. Den einzigen Weg. Den Weg Allahs.«

Die Mutter lehnte sich gegen die Spüle. »Seine Worte sind Blut. Er sagt nur das, was für ihn am besten ist. Das ist nicht der Weg Allahs. Allah ist ein gütiger Gott. Ein Gott, der den Menschen niemals schaden würde.«

»Du hast deinen Glauben schon lange verloren. Du hast dich mit einem Kuffar eingelassen. Und du fickst mit ihm. Du bist eine Hure.«

Ihre Hand explodierte in seinem Gesicht. Gregor spürte Hitze in den Händen und im Brustkorb. Sein Kopf schien in Flammen zu stehen. Er zitterte am ganzen Körper.

»Das hast du nicht umsonst gemacht!« Mit einer schnellen Handbewegung wischte er das Geschirr vom Tisch. Teller und Tassen zerschellten auf dem Boden. Das Marmeladenbrot klebte auf dem Teppich, und der Kakao spritzte bis zur Spüle.

»Was soll das?«, schrie sie ihn an.

»Du bist eine Muslima. Du bist weit mehr, als es mein Erzeuger je sein könnte. Und was ist aus dir geworden? Eine Sklavin. Du stehst in der Küche und kochst sein Fresschen. Du putzt. Du kriechst auf dem Boden herum. Du dienst einem Kuffar. Und deswegen bist du nicht besser als der Dreck auf dem Küchenboden. Wisch es weg. Erniedrige dich.« Gregor stand auf, stieß den Stuhl um und wandte sich zum Gehen. »Ich bin in der Berufsschule.«

»Du bleibst!« Sie packte sein Handgelenk. Er starrte kurz hinunter und riss sich los.

»Du kannst mich nicht aufhalten.«

Er ging in den Flur, packte seinen Rucksack und verließ die Wohnung. Kurz bevor die Tür ins Schloss fiel, hörte er seine Mutter schluchzen.

Auf dem Gehweg starrte er die graue Hausfassade hoch. Seine Mutter stand am Küchenfenster und blickte ihm nach. Er rieb sich die Wange, die immer noch ein wenig brannte. Gregor überquerte die Straße und hatte kurz darauf die S-Bahn-Station erreicht. Um zur Berufsschule zu kommen, musste er die Bahn in Richtung Pankow nehmen. Er stieg ein in Richtung Tegel. An der Haltestelle Holzhauser Straße stieg er aus und lief an dem schäbigen Café vorbei, das sich am Ausgang der Haltestelle befand. Der Inder schenkte gerade Kaffee in einem Pappbecher aus.

»Hey, Greg. Was geht?«, rief er herüber.

»Hab Stress, Baichung.«

»Willst du Kaffee? Geht aufs Haus.«

Gregor stellte sich an die Glastheke und betrachtete die Brötchenauslage. Die Käsescheiben hatten eine dunkle Färbung. Sie wölbten sich glänzend nach oben. Sein Magen knurrte, aber dieser »Genuss« würde vermutlich in einer Lebensmittelvergiftung enden.

»Du meinst die schwarze Plörre, die du verkaufst?«

Der Inder grinste. »Für dich ist der Kaffee viel zu stark. Willst du lieber eine Vanillemilch?«

»Und wie lange ist die schon abgelaufen?«

»Alter, du bist schlecht fürs Geschäft! Da waren gerade zwei potenzielle Kundinnen, die du verschreckt hast.«

Gregor drehte sich in die Richtung, in die Baichung zeigte. Da liefen zwei junge Frauen. Enge Jeans. Sneaker. Legere Shirts. Sie starrten auf das Handy der einen und kicherten.

»Solche Chicks trinken nur Sojamilch. Hast du Sojamilch, Bai?«

Der Inder schüttelte den Kopf. »Selbst ich habe meinen Stolz.« Beide lachten.

Die Mädchen blieben stehen und blickten zur Theke.

»Wollt ihr nicht rüberwackeln? Ich geb euch Kaffee aus. Mein indischer Freund hier hat nämlich keine Sojamilch da.«

»Fick dich, Arschloch.« Die Blonde zeigte Gregor den Mittelfinger.

»Hast du es dir damit heute Morgen noch selbst gemacht, oder was? Dann komm rüber und rühr damit meinen Kaffee um. Ich mag Fischgeschmack.«

Die Dunkelhaarige zog ihre Freundin weiter, doch die Blonde riss sich los. »Was ist mit dir nicht richtig? Du siehst aus, als hättest du deinen Schwanz bisher nur in einer Klorolle versenkt.«

»Du bist eine Kuffarnutte. Ich würde dir noch nicht einmal

in den Arsch ficken. Auf mich warten dunkeläugige Schönheiten. Ich muss nur den Weg ins Paradies finden.«

»Was laberst du da?« Baichung schlug sich mit der flachen Hand gegen die Stirn. »Lass das. Ich will keinen Ärger mit den Bullen.«

»Ich wollte denen nur was Angst machen. Schon gut.« Gregor nahm den dampfenden Pappbecher und blickte den Mädchen hinterher, bis sie die Treppe zum Bahnsteig hinaufgegangen waren.

»Krieg dein Aggroproblem in den Griff. Geh Sport machen. Oder zum Boxclub. Wichs dir einen. Hauptsache, du kommst runter. Und lass vor allem das Gelaber vom Paradies!«

Gregor grinste. Ich weiß, was ich machen muss. Er drehte sich wieder zu den beiden Mädchen um, aber sie waren verschwunden.

»Die rufen bestimmt die Bullen wegen dir«, meinte Baichung.

»Ach, reg dich ab.« Gregor klopfte zum Abschied auf die Theke. Er verließ die Bahnstation und trat auf die Straße. Schräg gegenüber war die Justizvollzugsanstalt Tegel. Ein hässliches Gebäude. Er lief an der Mauer entlang, bis er einen Hinterhof erreichte. Dort war sein Ziel: Attilas Teehaus. Eine schiefe Metalltreppe schlängelte sich zur ersten Etage des ehemaligen Lagerhauses empor. Die einfache Holztür war nur angelehnt. Von drinnen hörte er Musik, arabische Folklore. Er trat ein und kam zu einem großen Raum, der fast vollständig leer war. Blau-weiße Kacheln verzierten die Wände und Säulen. Ein paar Jungs saßen in der Mitte und hörten Musik. Gregor schlängelte sich durch die Gruppe hindurch zum anderen Ende des großen Raums. Dort saß ein Mann und rauchte Shisha. Es roch nach Tabak und Vanille und irgendwas Fruchtigem. Der Mann grinste ihn an.

»A salam aleikum.« Seine Stimme war hell und kratzig. Sie

wollte so gar nicht zu dem massigen Körper des Mannes passen.

»Aleikum salam.« Gregor ließ sich auf einem der bunten Kissen nieder, die überall herumlagen. »Ich grüße dich, Attila.«

»Man sieht Zorn in deinen Augen. Was ist los, Bruder?«

»Was los ist?« Gregor strich sich durchs Haar. »Meine Mutter ist los. Ich hatte wieder Ärger, weil ich zu dir gehe.«

»Sei nicht zu streng zu ihr. Sie lebt schon lange unter den Ungläubigen. Sie hat Allah verlassen.« Attila zog an der Shisha. Dicker Rauch umschmeichelte sein Gesicht. Jetzt roch es stark nach Apfel.

»Sie hält mich davon ab, den richtigen Weg zu gehen.«

Attila schüttelte den Kopf, wobei seine Wangen wabbelten. »Du bist derjenige, der dich abhält. Niemand sonst. Du bist derjenige, der bereit sein muss, den steinigen Weg eines wahrhaft Gläubigen zu gehen. Allah prüft dich. Er nimmt nur diejenigen, die es wollen. Die bereit sind, das Opfer zu bringen.«

»Aber wie? Wie soll ich dieses Opfer bringen, wenn ich keine Chance bekomme? Wann ist die Zeit reif?«

»Wenn Allah es als richtig empfindet. Dann wird deine Zeit kommen.«

Gregor blickte sich im Raum um. »Wo ist Ibrahim? Ich habe ihn schon lange nicht mehr hier gesehen.«

Attila lächelte. Es war ein wissendes Lächeln. »Er war bereit.«

»Was? Warum er? Ich bin viel früher hierhergekommen. Ich habe Ibrahim mitgebracht. Wo ist er?«

»Inschallah.« Attila zeigte zum Himmel.

Gregor blickte zu Boden. Das Zackenmuster auf dem Kissen schien sich zu bewegen. Ich habe mich so sehr angestrengt. Immerzu gelernt. Und was ist der Lohn dafür? Ibrahim darf gehen und ich nicht.

Attila legte ihm eine Hand auf den Unterarm. »Al-Hamdu

li-Llah. Deine Zeit wird kommen. Nur der Geduldige wird ins Paradies einziehen. Und du musst besonnen sein, darfst dich nicht von deinem Zorn leiten lassen.«

»Du redest von meiner Mutter. Sie hat gesagt, dass deine Worte Blut sind und dass du mir nicht guttust.«

»Vielleicht tue ich das wirklich nicht, aber ich zeige dir den richtigen Weg zur Unendlichkeit. Allah tut dir gut. Und das ist, was zählt.«

Gregor beugte sich vor. »Ich möchte etwas tun. Du hast mir mal gesagt, ich sei ein besonderer Mensch. Ein Mensch mit einer speziellen Aufgabe.«

»Was möchtest du tun?«

»Ich will ausreisen. Ich will dorthin, wo unsere muslimischen Brüder und Schwestern gegen die Ungläubigen kämpfen.«

Attila lachte. Er legte den Shisha-Schlauch auf den Boden. Dann schlug er zu. Seine Faust explodierte auf Gregors Brustkorb. Dem blieb die Luft weg, Schwindel überkam ihn.

»Was ...?«, keuchte er. »Was soll der verfickte Scheiß?«

»Gehen wir ein Stück.« Attila erhob sich. Trotz der massigen Gestalt wirkte die Bewegung athletisch. Sie gingen nach draußen und spazierten an der Mauer der Justizvollzugsanstalt entlang, bis sie an einem schmalen Weg angekommen waren. Kurz darauf waren sie an einem See und liefen am Ufer entlang.

»Du musst vorsichtiger sein, Gregor«, sagte Attila.

»Was? Was habe ich gemacht?«

»Über die Ausreise gesprochen. Ist dir klar, dass du das nicht machen solltest? Die Spitzel haben ihre Ohren überall. Und wenn du nicht aufpasst, bekommst du Besuch von der Polizei.«

»Ich passe schon auf.«

»Du bist zu unbesonnen. Vielleicht habe ich mich in dir getäuscht. Vielleicht bist du doch kein besonderer Mensch.«

»Hör auf, Attila. Du weißt, dass ich zu etwas Besonderem bestimmt bin.«

»Das weiß Allah allein. Ich weiß nur, dass du nicht für die Ausreise bestimmt bist. Und das weiß ich ganz sicher.«

»Warum?«

Attila blieb stehen. »Kannst du dir vorstellen, was vor dir liegen würde? Kannst du dir das nur im Entferntesten vorstellen?«

Gregor blickte zu Boden. Er knabberte an seiner Unterlippe.

»Dann erzähle ich es dir mal. Zuerst wirst du in die Türkei reisen, nach Istanbul. Dort triffst du dich mit einem Kontaktmann. Der gibt dir ein Handy und ein Busticket. Wenn du nach Gaziantep in der Grenzregion kommst, schaltest du das Handy ein. Du wirst eine Nachricht bekommen, einen Treffpunkt. Dort wird man dich aufnehmen und zur syrischen Grenze bringen. Dort ist ein hoher Zaun mitten in der Wüste. In regelmäßigen Abständen sind Wachtürme, Soldaten mit Hunden patrouillieren. Und ich schwöre dir, dass jeder dieser Soldaten erst schießt und niemals Fragen stellt. Du würdest einen Seitenschneider in die Hand bekommen, bevor deine Kontaktmänner dich alleine lassen. Du rennst los. Bergab durch den Sand bis zum Zaun. Den musst du zerschneiden. Dann rennst du bergauf durch den Sand, suchst dir irgendwo Deckung und wartest.«

»Ich bin fit. Das ist kein Problem.«

Attila schüttelte den Kopf. »Kannst du Arabisch?«

»Etwas. Warum?« Gregor runzelte die Stirn.

»Etwas reicht nicht. Auf der syrischen Seite wirst du früher oder später auf eine von drei Gruppen treffen. Bei den Regierungstruppen brauchst du kein Arabisch können. Die erschießen dich sofort. Wenn du Glück hast, triffst du auf Männer des Kalifen. Von denen wirst du auch sofort erschossen. Es sei denn, du triffst auf die Gruppe, die weiß, dass ein Kämpfer gekommen ist, um seine heilige Pflicht zu erfüllen. Diese Männer werden dir Fragen stellen. Und wenn du die nicht beantworten kannst?«

»Werde ich erschossen.«

»Und deswegen ist dein Weg ein anderer. Ich komme auf dich zu.«

Gregor war klar, dass das Gespräch beendet war. Mit einem kurzen Nicken verabschiedete er sich von Attila. In dem Moment schrillte Gregors Handy. Auf dem Display erschien Baichungs Nummer.

Er nahm das Gespräch an. »Was willst du?«

»Dir hat man so was von ins Gehirn geschissen.«

»Hey! Beruhig dich, Bro. Was ist los?«

Zuerst war nur ein Rauschen in der Leitung zu hören, gefolgt von einem Knacken. Dann sagte Baichung: »Die Bullen. Das ist los.«

»Wie, die Bullen?«

»Die waren hier! Nach deiner Nummer mit den beiden Chicks haben die nach dir gefragt.«

Gregor wurde heiß und kalt. »Was hast du denen gesagt?«

»Nichts. Nichts habe ich gesagt. Dass du ein Kunde bist, habe ich gesagt. Irgendein Kunde. Die haben gefragt, ob du Islamist bist.«

»Was soll die Scheißfrage?«

»Sie ist nicht unberechtigt nach deinem Auftritt. ›Wenn ich ins Paradies komme, habe ich genug Jungfrauen, die ich durchficken kann.‹ So was hast du gesagt.«

»Ganz sicher nicht. Bist du bescheuert?«

»Du bist bescheuert. Jetzt habe ich die Bullen am Arsch. Die wollen, dass ich mir Bilder angucke. Die wollen wissen, ob ich dich erkenne. Ich will nix mit denen zu tun haben.«

»Du erkennst mich doch nicht, oder?«

»Wieso? Sollte ich? Bist du ein Islamist, oder was?«

»Damit habe ich nix zu tun.«

»Und warum laberst du so einen Scheiß?«

»Ich wollte cool sein. Den Chicks Angst machen.«

»Das hast du wohl auch geschafft. Die Bullen wollten wissen, ob es hier eine Videoüberwachung gibt.«

»Und? Gibt es eine?«

»Woher soll ich das wissen?«

Gregor wischte sich mit der Hand über den Mund. Das hast du ja toll hingekriegt. Er drehte sich um. Attila war stehen geblieben und schaute in seine Richtung. Wenn der davon was erfährt, werde ich niemals das machen können, was Ibrahim gemacht hat. Gregor winkte Attila zu. Dieser schüttelte den Kopf und ging weiter. Kurz darauf war er aus Gregors Blickfeld verschwunden.

»Ich kriege das wieder hin«, sagte Gregor zu Baichung.

»Was willst du hinkriegen? Ich glaube, die Bullen suchen dich.«

»Ach. Hör auf. Ich bin uninteressant. Dein kleines Nebengeschäft wird denen schon nicht auffallen.«

»Treib es nicht zu weit! Und komm die nächste Zeit einfach nicht her, okay?« Wieder war dieses Rauschen zu hören. »Hast du das kapiert?«

»Alles klar, Bro.«

21

Berlin, 09:12 Uhr MESZ

»ES IST BESTÄTIGT.« Stefan ließ das Mobiltelefon langsam sinken.

»Was? Was ist bestätigt?« Eigentlich kannte sie die Antwort schon. Trotzdem wollte sie es hören. Aus dem Mund eines Fremden. Das hatte eine solche Endgültigkeit. Wie ein Punkt nach einem Satz. Oder wie der Tod, der am Ende von allem steht. Stefan atmete scharf ein. »Sie wissen es doch.«

»Sagen Sie es mir.« Ihre Stimme war ein einziger Befehl.

O mein Gott, Saskia.

Nein!

»Ihre Schwester saß in dem Auto.«

Wiebke war klar, dass der Mann sie nicht anlog. Warum sollte er? Und trotzdem regte sich in ihr Widerstand gegen die Endgültigkeit dieser Aussage. Ihre Gedanken rasten dagegen an, wie Soldaten gegen eine unüberwindbare Burgmauer. »Niemals. Wie sollen die das so schnell herausgefunden haben? Jede verdammte Frau in Hamburg hätte in diesem Auto sitzen können. Warum Saskia? Warum sie?«

»Es steht fest. Ein DNA-Schnelltest.«

»So etwas gibt es nicht.«

»Der wurde von der CIA nach der Tötung Bin Ladens in Abbottabad entwickelt. Um den Erfolg einer Mission schneller bestätigen zu können.« Er blickte zu Boden. »Oder um gefallene Kameraden zu identifizieren.«

Wiebkes Leben zersprang wie eine Kristallkugel. Schwindel überkam sie. Schwankend lehnte sie sich gegen die kahle Wand. Der Tod war wieder in ihr Leben getreten. Nicht der gerechte alte Sensenmann, der entschied, wer ging und wer noch bleiben durfte. Egal ob alt oder jung. Gut oder schlecht. Arm oder reich. Gekommen war der grausame und gewaltsame Tod. Menschen entschieden, wann jemand zu sterben hatte. Wie konnte ich glauben, vor ihm fliehen zu können? Wiebke lächelte fast, als würde sie einen alten Bekannten begrüßen. Da bist du ja wieder ...

Sie kämpfte das Gefühl von Tränen nieder.

»Gibt es etwas, das ich für Sie tun kann?«

Wiebke schüttelte den Kopf. »Wer hat das getan?«

»Es gibt bisher nur Vermutungen.«

»Wer war das?!«

Die Körperspannung wich aus Stefan. Er ließ die Schultern hängen, zog einen Stuhl heran und setzte sich. »Vorher muss ich Ihnen sagen, was genau Ihre Schwester beim Entwicklungsministerium gemacht hat. Und was ich mache.«

22

Köln, 09:17 Uhr MESZ

DIESE VERDAMMTEN Asylanten. Peter spuckte auf den Boden. Kommen hierher und kriegen alles in den Arsch geblasen. Er schaute zu der Gruppe jugendlicher Araber, die sich vor dem Bahnhofseingang zusammengerottet hatte.

Irgendwelche Maghrebs. Alles das gleiche Gesocks. Benehmen können die sich auch nicht. Sie waren laut und respektlos.

Er hatte nichts gegen Flüchtlinge, ganz und gar nicht. Wenn sie denn einen Grund haben, nach Deutschland zu kommen. Aber Peter bezweifelte, dass die meisten Menschen vor Krieg und Hunger, vor Vergewaltigung und Mord geflohen waren. Der Großteil dieser Leute war nur hier, weil sie glaubten, dass Deutschland ein Schlaraffenland ist. Peter sah den sozialen Frieden in Gefahr. Wie kann es sein, dass ein Syrer eine Wohnung gestellt bekommt, während eine alte Frau, die fünfundvierzig Jahre gearbeitet und brav Steuern gezahlt hat, auf der Straße Pfandflaschen sammeln muss, um halbwegs über die Runden zu kommen? Peter war überzeugt, dass die Regierung das wusste, aber den Bonzen ist das ja egal. Die leben in ihren Villen. Wie es dem gemeinen Volk geht, ist denen egal. Hauptsache, sie bleiben an der Macht und streichen fette Diäten ein.

Peter hetzte an der Gruppe Jugendlicher vorbei in den Bahnhof. Vor ihm gingen zwei Bundespolizisten. Beide trugen

Schussweste, Maschinenpistole, aufmerksame Blicke und ein hilfsbereites Lächeln.

Soll wohl Sicherheit suggerieren. Peter fühlte sich so sicher, wie man es sein kann, wenn die Menschen, die die Bürger schützen sollen, Schusswesten und automatische Waffen trugen. Und natürlich wusste er, wer daran schuld war. Er blickte über die Schulter zu den Maghrebs. Die unkontrollierten Flüchtlingsströme hatten ganz sicher Mörder, Banditen und Terroristen nach Deutschland gespült.

Peter schaute auf die große Anzeigetafel, die in der Bahnhofshalle hing. Der ICE 128 würde in sechs Minuten auf Gleis 4 einfahren.

Sechs lange Minuten noch. Aber was war diese Zeitspanne gegenüber einem halben Jahr? Er konnte es kaum erwarten. Mit großen Schritten hetzte er die Treppe zum Gleis hoch. Oben lehnte er sich gegen einen Pfeiler und ließ seinen Rucksack von der Schulter gleiten. Er hatte zwar schon mehrmals zu Hause nachgesehen, aber er wollte das Geschenk noch einmal fühlen. Sichergehen, dass er es nicht vergessen hatte. Er steckte seine Hand in den Rucksack und ertastete beruhigt das Geschenkpapier und die Schleife.

Ob sie sich darüber freuen wird?

Ein Gong ertönte, gefolgt von einer Frauenstimme. »Sehr geehrte Fahrgäste. Bitte beachten Sie die folgende Gleisänderung. Der ICE 128 von Frankfurt Hauptbahnhof über Köln nach Amsterdam Centraal fährt abweichend auf Gleis 10 ein. Ich wiederhole, der ICE ...«

Gleis 10? Nur noch zwei Minuten! Peter sprintete los. Er nahm zwei Treppenstufen auf einmal. Die letzten drei Stufen sprang er. Ich will nicht zu spät kommen. Ich darf nicht!

Der Zug fuhr mit quietschenden Bremsen ein. Peter lehnte sich an die Wand der Kaffeebude, er war außer Atem. Die Türen glitten auf, und der Zug entließ seine Fahrgäste. Peter suchte

143

zwischen den ganzen Menschen nach dem bekannten Gesicht. Wo ist sie? Und dann sah er seine Tochter, die auf ihn zuhüpfte, dicht gefolgt von seiner Ex und ihrem Neuen.

»Hallo Papa!«

»Hallo Krümel.« Peter hob sie in seine Arme. »Ich habe dich so vermisst.« Er drehte sich mit ihr im Kreis. Ihre Zöpfe wirbelten.

Für eine kurze Zeit gab es nur Peter und Céline. Ihr helles Lachen überlagerte die Lautsprecherdurchsagen, die Gesprächsfetzen anderer Reisender, das Brummen der Züge. Es gab keine Sorgen oder Nöte. Céline roch nach süßen Blumen und Orangensaft.

»Hallo Peter.« Die Stimme seiner Frau zerstörte die Zweisamkeit von Vater und Tochter. Er setzte Céline ab. Nadine stand neben ihrem Neuen, der ihr eine Hand auf die Schulter gelegt hatte, als wollte er damit seinen Besitzanspruch geltend machen.

»Brauchst du ihn jetzt als Aufpasser?«, fragte Peter.

»Können wir reden?« Sie neigte den Kopf und blickte Céline an. Dieser Blick sagte, dass dieses Gespräch nicht für ihre Ohren bestimmt war.

Peter beugte sich zu seiner Tochter hinunter. »Du bist ein mutiges Mädchen, oder?«

»Ich bin doch schon groß.«

Peter presste die Lippen fest aufeinander. Er hatte bei Célines sechstem Geburtstag nicht dabei sein können. Den hatte sie in Frankfurt gefeiert, bei ihrer neuen Familie. »Das habe ich nicht vergessen.« Er streichelte ihr über die Haare. »Siehst du den coolen Sitz da?«

Céline schaute mit einem skeptischen Blick zu den aus grünem Draht geflochtenen Sitzen, die in der Wand eingelassen waren.

»Die sehen aber sehr komisch aus.«

144

»Die sehen so aus, weil es in Wirklichkeit ganz spezielle Sitze sind. Das sind nämlich Wunscherfüllersitze.«

»Davon habe ich noch nie etwas gehört.«

»Es ist ja auch ein Geheimnis, das nur die wenigsten Menschen kennen.«

»Könnten Sie endlich weitermachen? Wir haben nicht den ganzen Tag!«, unterbrach der Neue diesen magischen Moment zwischen Vater und Tochter. So wie er alles zerbrochen hatte. Peter spürte Wut. Auf sich. Auf Nadine. Auf den Neuen. Ich hab echt Lust, dem Arschloch die Fresse zu polieren. Peter ballte eine Faust. »Sie haben mir gar nichts zu sagen.«

Nadine stellte sich zwischen die Männer. »Können wir uns einfach wie normale Leute unterhalten?«

Der Neue fuhr sich durchs Haar. »Du hast ja recht, mein Engel.«

Das tat weh. Verdammt weh sogar. Er hatte sie auch immer »Mein Engel« genannt. Und jetzt tat es ein anderer.

»Papa? Was machen Wunscherfüllersitze denn?« Céline spielte mit einem ihrer Zöpfe.

Er lächelte sie an. »Wenn du dich dorthin setzt und ganz fest an einen Wunsch glaubst, geht er in Erfüllung.«

»Egal, was ich mir wünsche?«

Peter nickte. »Außer Einhörner. Das geht nicht.«

»Einhörner gibt es doch nicht, Papa.« Céline rannte das kurze Stück zu den Sitzen und ließ sich nieder. Ihre Augen waren fest geschlossen. So fest, dass sie kleine Falten an den Schläfen bekam.

23

Berlin, 09:19 Uhr MESZ

STEFAN SASS DORT, wo sonst bestimmt immer die Untersuchungsrichter saßen und über die Vollstreckung oder Aufhebung eines Haftbefehls entschieden. Das dachte Wiebke jedenfalls, denn der Bürostuhl, auf dem er Platz genommen hatte, war wuchtig und mit schwerem Leder überzogen. Passend zur Richterrolle. Sie lehnte sich mit einem Fuß an die Wand. Die Arme hatte sie vor der Brust verschränkt und starrte durch das vergitterte Fenster nach draußen in den Innenhof. Dort wollte sie lieber sein. Hinausgehen. Sich treiben lassen. Kurz verharren und dann weiterziehen.

Aber sie war hier. Hier in diesem muffigen Vernehmungszimmer. Wo der Staat jemandem die Freiheit nahm, weil er dringend tatverdächtig war und ein Haftgrund vorlag. Wahrscheinlich waren die meisten richterlichen Entscheidungen richtig. Manche aber sicher auch nicht.

Es geht hier um Freiheit. Wiebke blickte zu den Baumreihen, die sich am Horizont abzeichneten. Freiheit. Das höchste Gut des Menschen. Was nützt einem das Leben, wenn man nicht frei ist?

»Sie wollten mir etwas mitteilen«, sagte Wiebke.

Stefan nickte kaum merklich. »Das, was ich Ihnen jetzt sage, ist Verschlusssache. Streng geheim.«

Wiebke zuckte mit den Schultern. »Soll ich deswegen vor Ehrfurcht erstarren, oder was?«

»Ich möchte Ihnen die Wichtigkeit dieser Information verdeutlichen.« Er räusperte sich. »Nach dem Anschlag auf den Weihnachtsmarkt am Breitscheidplatz wurde der damaligen Bundesregierung klar, dass Deutschland eine neue Waffe im Kampf gegen den Terror benötigt. Die alten Waffen hatten sich im Dickicht von Auftrag und Zuständigkeit verheddert, zwischen Einvernehmen und Datenschutz. Der Bundesnachrichtendienst, der Bundesverfassungsschutz, die Landesverfassungsschutzämter und die Staatsschutzdienststellen der Länderpolizeibehörden und des Bundeskriminalamts verfolgten das gleiche Ziel: Deutschland sollte weiterhin sicher bleiben. Aber parlamentarische Untersuchungsausschüsse deckten Mängel auf. Unter anderem zu lange Informationswege, auf denen Informationen verloren gingen. Es gab schon Pläne, diese Trennung aufzuweichen, die Grenzen zwischen Polizei und Nachrichtendiensten zu verwischen.«

»Und deswegen schuf die Regierung eine neue Geheimpolizei?« Wiebke stieß sich von der Wand ab.

Stefan nickte. »Ausgestattet mit sämtlichen Befugnissen von Polizei und Nachrichtendiensten. Unter der Aufsicht des Bundesinnenministeriums.«

»Aber so geheim, dass ihr beim Entwicklungsministerium arbeitet?«

»Als Deckmantel für Auslandseinsätze.«

»Wow. Habt ihr auch die Lizenz zum Töten?«

»Die gibt es nur im Film.« So etwas wie ein Grinsen huschte über seine Lippen. »Aber wir sind nahe dran.«

Und ich wollte genau davon weit weg sein. Wiebke biss die Zähne aufeinander. »Was wollen Sie von mir?«, fragte sie nach einigen Augenblicken.

»Das, was ich Ihnen vorhin gesagt habe. Wenn Sie mir helfen, bekommen Sie die Chance, sich an den Mördern Ihrer Schwester zu rächen.«

Mörder. Dieses Wort machte ihr wieder bewusst, dass ihre Schwester nicht mehr da war. Saskia hatte sich in die raue Welt der Geheimdienste gewagt. Eine Welt voller Ungeheuer, wo eine falsche Entscheidung den sicheren Tod bedeutete. Nein. Wo es keine richtigen Entscheidungen zu geben schien. Zwischen Skylla und Charybdis. Eine Welt, aus der man nicht lebend entkam. Aus der man nie wieder herausfand. Egal wie sehr man es versuchte.

Wiebke starrte Stefan an. Sollte sie weiterziehen und ihre angebliche Freiheit genießen? Sollte sie bleiben und sich wieder bewusst machen, dass sie niemals aus dem Dickicht entkommen konnte?

Bleiben? Weiterziehen?

Wiebke knabberte an ihrer Unterlippe. Sie hoffte, dass Stefan etwas Falsches sagen, dass er ihr einen Grund geben würde weiterzuziehen.

Aber er sagte nichts. Er saß einfach nur da. Bewegungslos.

Verdammt.

»Gehen wir?«

»Sie kommen mit mir?«, fragte er.

»Ich muss noch meine Reisetasche aus der Wohnung holen.«

In diesem Moment fühlte sich Wiebke, als wäre eine schwere Last von ihren Schultern gefallen.

Als wäre sie nach Hause gekommen.

24

Köln, 09:29 Uhr MESZ

NADINE SCHÜTTELTE den Kopf. »Trinkst du immer noch?«

»Was geht dich das an?« Peter verschränkte die Arme vor der Brust. Natürlich trinke ich. Meinst du, ich habe die Trennung schon verarbeitet? Er warf dem neuen Mann im Leben seiner Frau einen finsteren Blick zu. Ich habe keine neue Partnerin.

»Vielleicht geht es mich doch etwas an.« Nadine holte einen braunen Umschlag aus ihrer Handtasche.

»Was ist das?«

»Post von meinem Anwalt.«

»Anwalt? Was soll das?«

»Ich will die Scheidung. Und das Sorgerecht für Céline.«

Die Worte waren Schläge ins Gesicht. »Das kannst du nicht machen! Céline gehört auch zu mir.«

»Bei mir und Thomas geht es ihr besser. Glaub mir. Was hast du denn vorzuweisen? Schulden bei der Bank? Alkoholexzesse? Was?«

Peter wischte sich mit der geballten Hand über die Lippen. In guten wie in schlechten Zeiten. Das hatten sie sich mal versprochen. Die guten Zeiten waren intensiv gewesen, wie ein Drogenrausch. Schnelles Geld. Schnelle Autos. Genauso schnell

149

vorbei. Geblieben waren ein mieses Gefühl und die Sucht nach mehr. Peter hatte gekämpft. Nadine nicht. Sie war bei der erstbesten Gelegenheit in die Arme eines anderen Mannes geflüchtet.

»Und wenn ich nicht zustimme?«, fragte Peter. »Ich muss doch zustimmen, oder?«

»Natürlich musst du das. Und das wirst du auch.«

»Willst du mich zwingen?«

Nadine blickte zu Boden. »Du weißt, dass ich das nicht will.«

»Aber du wirst?« Peter zeigte auf Thomas. »Hat er dir das eingeflüstert?«

»Was glaubst du, was der Scheidungsrichter sagen wird, wenn ich ihm erzähle, dass du ein Säufer bist?«

»Hör auf, Nadine. Das bist nicht du. Du hast dich verändert. Wir hatten doch eine glückliche Zeit.«

»Von der ich jede Sekunde gehasst habe. Du widerst mich an, Peter. Du bist ein Jammerlappen. Ein großer Fehler.«

»Warum tust du das?«

»Ich will das alleinige Sorgerecht. Und wenn du nicht zustimmst ...« Ihre Gesichtszüge verhärteten sich. »Dann habe ich das hier.«

Sie gab ihm einen Stapel Fotos. Auf den Bildern war Peter zu sehen, wie er nackt mit Céline in der Wanne lag. Die Aufnahmen waren drei oder vier Jahre alt.

Peter wurde es heiß und kalt. Was meint sie? Doch dann ... »Das ist nicht dein Ernst ... das kannst du nicht ...«

Sie nickte. »Ich werde.«

Thomas stellte sich neben Nadine. »Ist alles in Ordnung?«

»Ich habe es ihm gesagt.« Nadine flüchtete sich in seine Arme.

»Sie haben das hoffentlich verstanden«, sagte Thomas.

Die Fotos fielen Peter aus der Hand. »Ich liebe meine Tochter.«

Zu mehr war er nicht fähig. Nicht einmal zu Wut. Es blieb nur Leere.

»Wenn Sie Céline lieben, stimmen Sie zu. Sie wissen selbst, dass Sie lediglich der Erzeuger sind, nicht ihr Vater.«

Nadine löste sich aus der Umarmung. Sie ging zu Céline und hockte sich vor sie. »Ich habe hier was für dich.«

»Was ist es denn?« Das Mädchen nahm das kleine Paket, das ihre Mutter ihr reichte.

»Eine Kleinigkeit. Damit wir in Kontakt bleiben.«

Céline riss das bunte Papier auf. »Ein Handy! Das habe ich mir schon immer gewünscht!«

Nadine streichelte Céline über den Kopf. »Weiß ich doch, mein Engel.«

Peter dachte an das Buch, das er extra für Céline gekauft hatte. Ein Buch gegen ein Handy. Die Leere wurde immer größer.

25

Jerusalem, 10:30 Uhr IDT

TAKIR SCHLUG mit der Faust auf den Wecker. Das metallische Klingeln verstummte mit einem zarten Nachhall. Polternd fiel der Wecker zu Boden. Takir vergrub sein Gesicht wieder ins Kissen. Doch der Geruch frischer Minze erfüllte den Raum.

Mit einer Hand fühlte er die andere Betthälfte. Die Matratze war noch leicht warm, und eine Kuhle zeugte davon, dass bis vor Kurzem ein Körper auf ihr geruht hatte. Er schlug die Augen auf.

»Willst du den ganzen Tag verschlafen?« Samira zog den Vorhang zur Seite, der das Schlafzimmer von der Küche trennte.

»Keine Ahnung, vielleicht ...«, murmelte Takir ins Kissen.

»Was hast du gesagt?«

»Ich habe gesagt, dass ich heute im Bett bleiben werde.« Er zog die Beine an und kuschelte mit der Decke.

»Das könnte dir so passen. Raus aus den Federn!« Samira stand plötzlich neben dem Bett. Sie ließ sich fallen. Das Bett wackelte, als ihr zierlicher Körper knapp neben Takir landete. Er schlang seine Arme um ihre Hüften. Sie roch nach Jasmin, Pfefferminz und nach frischem Brot. Und sie roch nach ihr. Es war ein erregender süßer Körperduft, den er zwischen den

Küssen auf ihre Schulter einatmete. Mit der Zunge kitzelte er über ihre zarte Haut.

»Hey, du Schlingel. Ich wollte dich aus dem Bett schmeißen. Die Pflicht ruft.«

»Die Arbeit.« Er legte sich auf den Rücken und breitete die Arme aus. »Jetzt ist die Stimmung weg.«

»Das war mein Ziel.« Sie tippte ihm auf die Nasenspitze.

Er warf ihr einen tiefen Blick zu und versuchte, so viel Sinnlichkeit wie möglich hineinzulegen. »Ich bin so scharf auf dich, als wäre es das letzte Mal, dass ich mit dir schlafen könnte.«

»Wir haben unser ganzes Leben.«

»Vielleicht sterbe ich ja gleich. Vor Langeweile. Ich treffe mich nämlich nachher mit einem Kontaktmann, dem beim Reden Spinnenweben zwischen den Zähnen wachsen. Ehrlich.«

»So langweilig kann der gar nicht sein.«

»Woher willst du das wissen?«

»Ich habe das Telefonat mitgehört.« Ihr Blick verfinsterte sich. »Sei bitte vorsichtig. Es ist gefährlich.«

»Mir passiert nichts. Wer würde denn schon vermuten, dass sich ein angehender Enthüllungsjournalist als Kellner in dieser Spelunke tarnt? Es ist absolut sicher.«

»Eine Reportage über illegale Waffenlieferungen der USA an die Peschmerga kann nur gefährlich sein.«

»Habe ich erwähnt, dass hier, genau in diesem Bett, ein künftiger Pulitzerpreisträger liegt?«

»Trotzdem, ich habe Angst.« Samira schälte sich aus dem Bett und verschwand in der Küche.

Am Frühstückstisch blieb Takir schweigsam. Er blätterte sein Notizbuch durch, dessen brauner Einband an den Ecken abgegriffen und zerfleddert war. Dabei trank er Minztee und aß Oliven und Hummus, in das er frisch gebackenes Brot tunkte.

»Bist du sicher, dass der Mann auch kommt?«

Takir nickte. »Das Interview wird der Durchbruch. Er hat

angedeutet, dass die Waffenlieferungen der CIA über die Türkei oder Griechenland nach Syrien gehen. Er will mir heute Beweise liefern.«

»Was sind das denn für Waffen?«

»Bin ich der Enthüllungsjournalist oder du eine Spionin?«

Samira stand auf, um die Teekanne vom Herd zu nehmen. »Du musst es mir nicht erzählen. Es ist nur ...« Sie atmete tief ein und blickte zu Boden. »Es ist nur, dass ich ein schlechtes Gefühl bei der Sache habe. Warum hat der Mann dich angesprochen? Warum gerade dich?«

»Was meinst du damit? Ich bin kein schlechter Journalist.«

»Das habe ich nicht gesagt. Mit so einer Story kann dein Kontakt aber zu einer großen Zeitung gehen und eine Menge Geld verlangen. Warum sucht er sich dich aus?«

»Keine Ahnung. Darüber mache ich mir auch keine Gedanken. Was zählt, ist die Story. Und die ist brandheiß.«

Samira goss Tee nach. Als sie sich gesetzt hatte, griff Takir ihre Hand. »Hör mal! Mit der Story werden wir genug Geld verdienen. Du kannst dann wohnen, wo du willst. Mailand, Madrid, Rom. Oder in London.«

»Du bist ein Träumer.« Sie zog die Hand weg.

»Was soll ich denn tun? Soll ich ignorieren, dass die CIA Sturmgewehre und Handgranaten aus alten sowjetischen Beständen an die Peschmerga verkauft? Soll ich ignorieren, dass die Miliz damit gegen die militärischen Interventionen der Türkei in Kurdengebieten vorgeht? Es sterben Menschen, Samira. Und die Amerikaner heizen diesen Krieg an.«

»Warum sollten die das tun? Sind die Amerikaner nicht da, um den Frieden zu wahren? In Afghanistan oder Syrien oder im Irak?«

»Es geht nicht um den Frieden. Es geht um Öl und Macht. Die Vereinten Nationen haben vor einiger Zeit angekündigt, die Sinnhaftigkeit der massiven Militärpräsenz im Nahen Osten überprüfen zu wollen. Weg von der Kontrolle, hin zu einer gelenkten Selbstverantwortlichkeit.« Takir lachte. »Und ein Abzug der Truppen würde einen Machtverlust bedeuten. Warum, glaubst du, haben die Amis im zweiten Golfkrieg mehr als siebzig Prozent der Invasionstruppen gegen den Irak gestellt? Glaubst du, es ging ihnen dabei um die Menschen in Kuwait? Ganz sicher nicht. Es ging um Einfluss. Und um die reichen Ölfelder.«

»Aber die Amerikaner würden doch ihre Truppe niemals abziehen. Selbst wenn die UN das befürworten würde.«

»Wie sieht denn ein Festhalten an der Militärpräsenz in der Weltöffentlichkeit aus? Es werden doch jetzt schon Stimmen laut, dass es den Amerikanern bei ihren Kriegen nur um die Sicherung von Ölvorkommen und nicht um Friedensmissionen geht.«

»Das klingt wie eine Verschwörungstheorie.«

»Und heute Abend werde ich beweisen können, dass es keine Theorie ist. Ich werde der Weltöffentlichkeit zeigen, dass die Sheriffs der Welt nichts weiter sind als Kuh treibende Ölhaie.«

Samira senkte den Blick. Neben ihren Augen waren die Lachfältchen zu sehen, die Takir so sehr liebte.

»Warum lachst du?«, wollte er wissen.

»Ich stelle mir gerade eine Kuh mit Menschenkopf und Haifischflosse vor, die mitten auf einem Ölfeld steht.«

Jetzt musste auch Takir grinsen. »Du und deine Vorstellungskraft.«

Die Küchenuhr schlug elf. Er beendete sein Frühstück und machte sich fertig. Bevor er die Wohnung verließ, küsste er sie auf die Stirn.

»Sei vorsichtig«, sagte Samira.

»Ich liebe dich«, sagte Takir.

26

Berlin, 14:28 Uhr MESZ

GREGOR HATTE nicht geglaubt, dass es so schnell gehen würde, aber Attila hatte sich gemeldet. *Treffen um 14 Uhr. Wo wir uns gestern verabschiedet haben. Sei pünktlich.* Eine Textnachricht über Telegram.

Und Gregor war pünktlich. Sogar zehn Minuten zu früh. Die Hitze der Mittagssonne war so stark, dass er das Gefühl hatte, ihm würde die Haut versengt werden. Und diese Hitze war wohl auch der Grund, dass sich kaum Leute am See herumtrieben. Die meisten Berliner blieben zu Hause und kamen erst am Abend heraus, wenn die Temperaturen erträglicher waren.

Gregor wartete fast dreißig Minuten. Nervosität machte sich breit. Ob etwas passiert ist? Ein Blick auf sein Handy. Soll ich mich melden? Er hatte schon den Messenger geöffnet und wollte etwas schreiben. Attila will, dass ich am Badesee auf ihn warte, nicht im Teehaus. Es musste also etwas Wichtiges sein, denn kein wichtiges Gespräch fand im Teehaus statt. Attila war vorsichtig. Hinter seinem Rücken nannten es manche auch Paranoia. Überall vermutete er Wanzen und Abhörgeräte der Polizei. Nur hier draußen am See nicht, wo sich sonst halb Berlin tummelte. Und eine Nachricht wäre das Letzte, was er jetzt tolerieren würde. Gregor steckte das Handy wieder weg und wartete. Was es wohl Wichtiges zu besprechen gab?

Und dann sah er ihn auf sich zukommen. Attila wirkte gehetzt, beinahe nervös. Sehr ungewöhnlich.

»Gestern habe ich dir gesagt, dass du geduldig sein musst. Erinnerst du dich? Heute frage ich dich, ob du bereit bist.«

»Natürlich bin ich das. Al-Hamdu li-Llah. Ich bin froh, dass du endlich fragst«, sagte Gregor. »Welchen Weg hat Allah für mich vorgesehen?«

»Du musst jemanden für mich beobachten. Wirst du das tun?«

»Ja. Wer ist es?«

»Das hat dich nicht zu interessieren. Sei um 16 Uhr an der Haltestelle Senefelderplatz. Da ist ein Café. Du kannst ruhig hineingehen, schau aber aus dem Fenster. Du wirst den grauen Transporter erkennen. Beobachte den Mann, der da aussteigt. Danach treffen wir uns wieder hier.«

»Wird Allah mir die Fähigkeit verleihen, den Mann zu erkennen, den ich beobachten soll?«

»Du wirst es wissen.«

Gregor nickte. Seine Arme und Beine fühlten sich plötzlich taub an. Sollte ich mich nicht freuen?

»Was ist los mit dir, Bruder? Stimmt etwas nicht?«

»Was ist, wenn ich einen Fehler mache?«

Attila legte den Arm um ihn. »Du wirst keine Fehler machen. Allah ist bei dir. Er wird dich leiten, wenn du es wert bist, geleitet zu werden.«

Gregors Lippen bebten. »Ich habe Angst.«

»Du wärst ein Narr, wenn du keine Angst hättest. Man hat dir eine schwere Bürde auferlegt. Beweise nun, dass das Vertrauen, welches man dir geschenkt hat, gerechtfertigt war.«

Gregor nickte. Attila lächelte ihn an. Ohne ein weiteres Wort zu verlieren, gingen sie auseinander. Während der S-Bahn-Fahrt zurück in die Stadt und weiter zum Senefelderplatz wirbelten Gregors Gedanken umher. Beim Ausstieg mahnte er sich, ruhig zu bleiben. Ich muss mich konzentrieren. Ich darf keinen Fehler machen. Ihm war klar, dass dies seine einzige Chance war. Es war ein kleiner Auftrag. Einen Mann beobachten und später berichten, was er treibt. Nicht besonders schwierig. Man will mich testen.

Das Café, von dem Attila gesprochen hatte, war eher ein kleiner Anbau. Gregor drückte die Tür auf, ein Glöckchen erklang. Es waren sonst keine Gäste da. Der Duft von frisch gebrühtem Kaffee lag in der Luft und vermischte sich mit dem Geruch von Brötchen. Die Klimaanlage lief.

»Ich komme sofort.« Die Frau, die aus dem Keller hochkam, war jung. Das kurz geschnittene Haar verlieh ihr ein freches Aussehen. Sie lächelte freundlich. »Entschuldigung.«

Sie wischte sich die nassen Hände am Geschirrtuch ab. Gregor bestellte einen Kaffee und setzte sich an den Tisch am Fenster. Von dort aus konnte er die Schönhauser Allee gut überblicken. »Möchten Sie Milch und Zucker?«

Gregor schüttelte den Kopf. »Schwarz.«

Als ihm die Kellnerin die Tasse zum Tisch brachte, fragte er: »Ist hier immer so wenig los?«

»Es ist zu heiß.« Sie verschwand wieder hinter der Theke und begann Brötchen aufzuschneiden.

Gregor wartete. Der Kaffee schmeckte, wie ein richtig guter Kaffee schmecken sollte. Er blickte auf die Straße. Fahrzeuge schoben sich vorbei, nur wenige Fußgänger waren unterwegs. Und dann sah er den grauen Transporter. Der Wagen stoppte und spuckte einen spindeldürren Mann aus. Dann fuhr er wieder los. Der Spindeldürre musterte die vorbeifahrenden Autos und die Passanten. Er blickte auch kurz durch das Fenster ins Café. Gregor glaubte, den Blick des Mannes auf sich spüren zu können, aber dann hatte der Spindeldürre sich schon wieder abgewandt. Hat er mich erkannt? Ich darf keinen Fehler machen!

»Der Kaffee ist wirklich gut«, sagte er zur Kellnerin.

»Danke. Frisch gemahlen.«

Gregor trank aus. »Würden Sie mir noch eine Tasse bringen?«

Als er wieder nach draußen schaute, war der Spindeldürre verschwunden. Verdammte Scheiße! Attila sagte beobachten, nicht verfolgen. Wo ist der Kerl hin? Sein Blick hüpfte hin und her. Da war ein Mann in löchriger Jeans, der halb verdeckt hinter einem geparkten Sprinter stand. Und eine dicke Frau, die einen Einkaufswagen vor sich herschob. Neben ihr lief ein Dackel. Zwei Jugendliche überquerten die Straße, ohne auf den Verkehr zu achten. Ein Rover rauschte heran und hupte. Gregor hörte das Quietschen der Reifen auf dem Asphalt. Nur noch ein paar Meter ... Der Rover kam zum Stehen. Der Fahrer ließ die Seitenscheibe runter und schrie etwas. Die Jungs beachteten ihn nicht. Direkt am Fenster des Cafés joggte ein Mann in gelber Sporthose vorbei.

Aber wo war der Spindeldürre?

Der Mann in den löchrigen Jeans kam hinter dem Sprinter hervor. Er betrachtete seine Hand so, als würde er einen kleinen Gegenstand betrachten. Der Einkaufswagen rumpelte über den Gehweg. Die Frau blieb neben einem Mülleimer stehen und griff hinein. Ihr Hund kläffte die Jungs an.

Unzählige Gedanken rasten Gregor durch den Kopf. Soll ich nach draußen gehen? Er ballte seine Hände zu Fäusten und öffnete sie wieder, seine Füße wippten unter dem Tisch auf den Zehenspitzen auf und ab.

Und dann entdeckte er den Spindeldürren wieder. Er kam von dort, wo der Mann mit der löchrigen Hose gestanden hatte. Was haben die ...? Und dann sah Gregor den Geldschein, den der Spindeldürre in der Hosentasche verschwinden ließ. Mit einem Mal wurde ihm klar, was er hier machen sollte: Attila suchte einen Dealer. Aber sicher nicht für Drogen.

Doch für was dann? Was könnte Attila wollen?

Das Glöckchen riss Gregor aus den Gedanken. Er schaute auf und erblickte den Spindeldürren mitten im Raum stehend. Der Gestank aus neuem und altem Schweiß umgab ihn. Aber auch etwas anderes. Die Gefährlichkeit eines Raubtiers. Gregor schnürte es die Kehle zu. Er versteckte seine zitternden Hände unter der Tischplatte.

»Was ist los mit dir?«, fuhr ihn der Spindeldürre an.

»Was meinst du?« Das klang nicht annähernd so souverän, wie Gregor sich das vorgestellt hatte.

»Du glotzt die ganze Zeit zu mir rüber.«

»Ich glotze ...«

»Ich hau dir gleich in die Fresse, Kleiner.«

Gregor spannte die Schultern an und richtete sich auf. »Woher willst du wissen, dass ich kein Bulle bin?«

Der Spindeldürre grinste und entblößte seine gelben Zähne. »Für einen Bullen bist du zu jung, zu fett und nicht hässlich genug. Die kann ich riechen.« Er tippte sich an die Nasenspitze. »Den Bullengestank. Weißt du?« Er kam näher und sah Gregor unverwandt an.

»Wenn du was von mir willst, dann sprich mich an. Glotzen kann ich gar nicht ab. Verstanden?«

Gregor blinzelte, erschlaffte und wandte den Blick ab.

»Und ich mache keine Geschäfte mit Leuten, die heiße Ware haben wollen, es aber nicht hinkriegen, für Mutti zum Muttertag ein paar Blumen zu besorgen. Das hast du auch verstanden?«

Gregor nickte.

Das Glöckchen ertönte. Der Spindeldürre verließ den Laden. Nur der Schweißgestank hing noch in der Luft.

27

Jerusalem, 15:30 Uhr IDT

»WAS SOLL DAS?« Takir schlug mit der flachen Hand auf die Holztheke. »Ich sollte heute drinnen arbeiten.« Sein Blick ging durch das Lokal. Es saßen nur wenige Gäste an den dunklen Holztischen. Das gleiche Bild bot sich bei den Tischen auf der Terrasse.

»Ich brauche dich heute draußen«, sagte der Besitzer des Cafés.

»Aber Salome sollte ...«

»Salome bedient heute drin. Und bevor du fragst, ich habe das entschieden, und so bleibt es. Keine Diskussion.«

Takir überlegte, ob er etwas erwidern sollte. Sein Kontaktmann würde sich nicht nach draußen setzen. Da ist man eine Zielscheibe, hatte er in einem Telefonat gesagt. Es würde heute also nicht zu dem geplanten Treffen kommen. Nur weil Aaron will, dass ich draußen arbeite. Takir wusste, dass sein Vertrauensvorschuss bei dem Informanten verspielt war, wenn dieses Treffen platzte. Es würde Monate dauern, bis er die Beweise für seine Story in den Händen halten würde. Oder es kam vielleicht nie dazu.

Er trat auf die Terrasse. Ein Gast hatte nach ihm verlangt.

»Was kann ich Ihnen bringen?« Er hörte das Aufkreischen eines Motors und drehte sich zur Straße. Ein Motorrad raste auf die Café-Terrasse zu, blieb aber im letzten Moment stehen. Der Sozius hielt eine Pistole.

Der zielt ... auf mich ...

Schüsse fielen. Takir spürte die beiden Einschläge. Mitten in die Brust. Die Zeit blieb stehen. Er schaute an sich hinunter. Das weiße Hemd war voller Blut. Schmerzen spürte er nicht. Sein Körper war nur noch eine Hülle.

Ein dritter Schuss traf ihn in den Kopf.

28

Köln, 22:58 Uhr MESZ

DER FEIGE LÖWE, *der seinen Mut wiederfinden wollte.*
Peter starrte das Buch für Erstleser an. Das Buch, das er für
seine Tochter gekauft hatte.

Nadine hat ihr ein Handy geschenkt.

Peter warf das Buch in den Mülleimer.

Die Feststellung, dass er seiner Tochter nichts zu bieten
hatte, brannte sich schmerzvoll in seine Seele. Was habe ich
schon? Zwei Zimmer, Küche, Diele, Bad. Etagenwohnung. In einem der dreckigsten Viertel der Stadt. Hat Céline nicht etwas
Besseres verdient? Peter griff nach der Bierflasche, die auf dem
Küchentisch stand. Einen besseren Vater? Ich kann mich nicht
ändern. Ich bin, wie ich bin.

Und Céline ist meine Tochter.

Sein Blick fiel auf die Tageszeitung. Das Bild mit dem Schloss
und dem Feuerwerk hatte es ihm angetan.

Disneyland Paris.

29

Berlin, 11:11 Uhr MESZ

GREGOR SASS in der Straßenbahn und starrte aus dem Fenster. Er beobachtete die Menschen, die an ihm vorbeihuschten. Eine Weile fuhr er quer durch die Stadt, die Gedanken in seinem Kopf fühlten sich wie schwere Unwetterwolken an. Ich wollte es so. Und wenn das der Weg ist, den ich gehen muss, dann werde ich inschallah diesen Weg gehen.

Doch egal wie häufig er sich das sagte, die Unwetterwolken in seinem Kopf blieben. Menschen werden sterben.

Gregor schloss die Augen.

Gegen acht hatte er sich mit Attila wieder am See getroffen. Doch dieses Mal war Attila nicht alleine gekommen. Zwei junge Männer in Jeans und T-Shirt und mit wachsamen Augen hatten sich immer in seiner Nähe aufgehalten, liefen ein paar Schritte vor ihnen oder ließen sich zurückfallen, während Attila und Gregor am Seeufer entlanggingen. Schweigend. Eine lange Zeit.

»Hast du getan, worum ich dich gebeten habe?«, fragte Attila.

Gregor erzählte, was er am Tag zuvor beobachtet hatte. Den Umstand, dass der Spindeldürre ihn entdeckt hatte, verschwieg er allerdings, bis Attila fragte: »Hattest du Kontakt mit dem Dealer?«

Gregor brachte kein Wort heraus. Sie blieben stehen, während Attila ihn anstarrte.

»Ich muss dir bei der Sache vollkommen vertrauen können, Bruder. Hast du mit dem Dealer gesprochen?«

Gregor nickte kurz. »Es tut mir leid.«

»Braucht es nicht.« Attila legte Gregor eine Hand auf die Schulter. »Es war Allahs Wille. Ich möchte, dass du den Mann heute wieder beobachtest. Wir müssen ganz sichergehen.«

»Wobei ganz sichergehen?«

Attila lachte. »Es wird Zeit, dich in deine Aufgabe einzuweihen. Es ist eine wichtige Aufgabe. Ich will, dass du etwas für mich besorgst.«

»Und was?«

»Etwas, womit wir den totalen Vernichtungskrieg gegen die Kuffar führen können.«

Ein Geräusch riss Gregor aus seinen Gedanken. Er öffnete die Augen und brauchte kurz, bis er die Orientierung wiedergefunden hatte, bis ihm klar war, dass er nicht mehr am See war, sondern in der Straßenbahn. Eine Gruppe Japaner lief an ihm vorbei. Die Frauen und Männer zogen laut klappernde Trolleys hinter sich her.

Es werden Menschen sterben. Gregor knetete seine Hände. Und ich werde dabei helfen. Stolz füllte seine Brust.

An der nächsten Haltestelle stieg er aus. Den Rest des Weges zum Senefelderplatz ging er zu Fuß. Auf dem Gehweg hatte ein dunkelhäutiger Blumenhändler seinen Tisch aufgebaut und sortierte gerade Rosen und Tulpen in grüne Plastikvasen. Von dort aus konnte Gregor die Stelle gut sehen, an der gestern der Spindeldürre auf Kunden gewartet hatte. Der Dealer war noch nicht auf seinem Posten. Haben Dealer eigentlich einen Dienstplan? Gregor beschloss, in der Nähe des Blumenverkäufers zu warten. Er kramte in der Hosentasche zwischen einem verfusselten Papiertaschentuch und Kaugummipapier nach Kleingeld und fand ein paar Münzen. Fast drei Euro. Reicht für 'nen Kaffee. In der Nähe war ein grüner Pavillon: *Joe's Café and More*. Das *More* bestand aus einem Sortiment Muffins. Joe war ein dicker Mann mit breitem Gesicht, der sich in dem kleinen Pavillon kaum bewegen konnte. Gregor legte das Kleingeld auf die abgewetzte Theke und bestellte.

»Milch und Zucker?«, fragte Joe, während er Kaffee in einen Pappbecher goss.

Gregor schüttelte den Kopf. Mit dem Becher ging er zurück zum Blumenhändler, lehnte sich an einen Baumstamm, holte seine Zigarettenschachtel hervor und zündete einen Glimmstängel an. Als der Rauch seine Lunge füllte, beruhigte er sich ein wenig. Einige Züge später erblickte er einen grauen Van. Langsam stieß er den Rauch aus und beobachtete, wie der Spindeldürre ausstieg. Gregor bewegte sich ein Stück hinter den Baumstamm, zählte langsam bis drei und schaute dann wieder in die Richtung des Dealers, der nun mit dem Rücken zu ihm stand. Er wartete auf jemanden oder etwas.

Zähe Minuten später sah Gregor, wie sich ein Araber dem Spindeldürren näherte. Sie begrüßten sich, wie es Freunde tun, und gingen gemeinsam die Straße hinunter.

Das ist meine Chance. Gregor folgte ihnen bis tief hinein ins Straßengewirr des Kollwitzkiez. Bereits nach drei Kreuzungen hatte er die Orientierung verloren.

Der Spindeldürre blickte immer wieder über die Schulter. Gregor war gezwungen, den Abstand zu vergrößern. An der nächsten Straßenecke waren der Spindeldürre und der Araber plötzlich verschwunden.

»Scheiße«, murmelte Gregor.

Er hetzte zu einer Hofeinfahrt, deren Hauswand mit Graffiti beschmiert war, und spähte in den Hinterhof. Dieser war zwischen fensterlosen Wänden eingezwängt und voller Schrott. Ein alter Kinderwagen, ein verrostetes Bettgestell, Fässer mit undefinierbarem Inhalt. Die beiden Männer sah Gregor jedoch nicht. Trotzdem war er sicher, dass sie hier waren. Geduckt schlich er an der Wand entlang, bis gedämpfte Stimmen an sein Ohr drangen. Es ging um LCD-Fernseher und Navigationsgeräte.

Wo sind die? Verdammt!

Gregor sah eine Reihe Garagen. Eine graugrüne Metalltür stand einen Spalt offen. Vorsichtig näherte er sich und erspähte im Inneren Metallregale voller Blu-rays. Und dann ging alles sehr schnell. Zwei Schatten stürmten auf ihn zu. Noch bevor Gregor überhaupt reagieren konnte, explodierte etwas in seinem Gesicht. Die Wucht des Schlages fegte ihn von den Beinen. Der Araber packte ihn und wuchtete ihn in die Garage. Gregor sah, dass der Spindeldürre einen schwarzen Gegenstand in der Hand hielt. Der Araber rammte Gregor gegen eines der Metallregale, während der Spindeldürre die Tür zumachte. Gregor sackte auf die Knie. Rostiger Geschmack sammelte sich in seinem Mund, er spuckte Blut aus. Als er aufsah, blickte er in die Mündung einer Pistole.

»Dich kenne ich doch, du Freak.« Der Dürre presste Gregor die Pistole gegen die Schläfe. »Was willst du Arschloch hier?«

»Wer ist das?«, wollte der Araber wissen.

»Der Freak hat mich gestern beobachtet.«

»Ein Bulle?«

»Keine Ahnung.« Der Dürre presste die Waffe fester gegen Gregors Schläfe. »Bist du doch ein Bulle?«

Gregor schnürte es die Kehle zu. Er konnte nicht antworten.

»Los! Hoch auf die Beine. Sonst jage ich dir eine Kugel in den Kopf.«

Gregor drückte sich hoch, doch seine Knie gaben nach, und er fiel wieder hin. Beim zweiten Versuch stand er. Der Araber schubste ihn mit dem Gesicht zur Wand. Seine Füße wurden auseinandergetreten, Hände klopften seine Beine ab und prüften seinen Hosenbund.

»Der hat nichts dabei«, sagte der Araber.

»Okay. Was willst du, Freak?«

»Geschäfte. Ich will Geschäfte machen«, sagte Gregor schnell.

»Was glaubst du, wer ich bin?«

Gregor drehte den Kopf. »Ich will Sprengstoff.«

Der Araber rammte Gregor die Faust in die Nieren. Gregor schrie vor Schmerzen und krümmte sich. »Der ist ein Spitzel. Machen wir ihn kalt!«

Der Dürre hob seine Waffe und verzog einen Mundwinkel: »Warum nicht? Ich puste dem Drecksack die Matsche aus der Birne.«

»Hahaha ... eine .45-Kaliber-Gehirnoperation.« Der Araber gab dem Dürren High Five, dann hob der Dürre die Pistole. Der Finger am Abzug krümmte sich. Gregor zog den Kopf ein und hob schützend die Hände.

»Warte«, flehte er.

»Warum sollte ich? Du bist nicht der Erste, den ich kaltmache.«

Gregors Atem kam stoßweise. Er hatte eine Scheißangst. Eine falsche Bewegung entschied hier über Leben und Tod. Seine Gedanken überschlugen sich. Der Dürre war ein Hurensohn. Kaltblütig. Unberechenbar. Genau der Typ, den Attila brauchte.

»Du lässt dir ein lukratives Geschäft entgehen.«

»Du bist ein Spitzel. Und ein ziemlich dämlicher noch dazu. Spazierst hier einfach rein und fragst nach Sprengstoff. Drogen hätte ich dir noch abgenommen. Aber Sprengstoff? Mal ehrlich.«

»Ich weiß, dass du der richtige Typ für so was bist.«

Der Dürre zielte Gregor jetzt zwischen die Beine. »Ich vertraue dir nicht.«

»Das ist gut. Ich vertraue dir auch nicht, und ich werde dir auch nicht vertrauen. Ich will nur ein Geschäft mit dir machen.«

Der Araber schaute abwechselnd zu Gregor und dem Dürren. »Hey Pavel. Du glaubst dem Schwachkopf doch nicht etwa, oder?«

»Zumindest hat er Mumm in den Knochen.« Pavel senkte die Pistole.

»Das kann doch wohl nicht dein Ernst sein! Da kommt so ein Arsch daher und erzählt dir Scheiße, und du glaubst ihm?«

»Keine Ahnung. Ich bin mir nicht sicher ...«

»Sprengstoff. Alter, hat man dir ins Gehirn geschissen? Spiel in deiner Liga.« Der Araber ging zur Tür und riss sie auf. »Da mache ich nicht mit. Das ist mir zu heiß.« Dann war er verschwunden.

Pavel packte Gregor am Kragen und wuchtete ihn hoch. »Du elender Drecksack. Das war ein guter Deal.«

»Ich schwöre dir, jetzt hast du einen besseren.«

Pavel schüttelte den Kopf. »Fuck!« Er rammte seine Faust gegen die Garagenwand. Gregor spürte, dass er auf dem richtigen Weg war. Er spürte die Unsicherheit des anderen.

»Kannst du Sprengstoff besorgen?«

»Sicher kann ich das. Ich kann alles besorgen. Sogar einen getragenen Slip der Kanzlerin.« Pavel fuhr sich mit der Hand durch die Haare. »Ich weiß nur nicht, ob ich mit dir Geschäfte machen will.«

»Auch gut. Ich warte in dem Café, wo du mich gestern gesehen hast. Wenn du nicht kommst, bin ich weg.«

Gregors Knie wurden weich. Er hatte plötzlich Angst vor seiner eigenen Courage. Bloß nichts anmerken lassen. Aus dem Augenwinkel sah er, dass Pavel eine Hand an der Pistole hatte. »Einverstanden?«

Pavel knabberte an seiner Unterlippe, dann nickte er. »In

einer halben Stunde. Wenn ich irgendwo Bullen sehe, mache ich dich kalt.«

Gregor verließ die Garage. Ein Schauder rannte über seinen Rücken, als er sich von Pavel wegdrehte. Draußen wurde ihm schlecht. In der Hofeinfahrt kotzte er bittere Galle.

Verdammte Scheiße. Das war knapp.

30

Amman, 12:28 Uhr OESZ

JALIL HALPACH blickte hinunter auf die Straße. Er liebte es, dem geschäftigen Treiben durchs Fenster zuzusehen. Unten war die mehrspurige Straße zu sehen, deren Richtungsfahrbahnen durch ein grünes Band Zypressen getrennt waren. Hier fuhren schnelle, moderne Autos zwischen Eselskarren. So muss der Orient sein. Modern auf der einen, traditionell auf der anderen Seite. Halpach liebte es, über den Basar zu schlendern, den Geruch unendlich vieler Gewürze in der Nase zu haben, aber auch den beißenden Gestank, der von einer Ledergerberei ausging. Und dann im Laden daneben eine Spielekonsole kaufen zu können. Das gibt es nur hier. In meiner Stadt.

Er zog an der selbst gedrehten Zigarette. Der blaue Dunst kräuselte sich zur Decke und wurde dort von den Rotorblättern des Ventilators zerhackt. Im Büro war schon vor Monaten eine Klimaanlage installiert worden, aber Halpach wollte trotzdem den Ventilator behalten. Nostalgie.

Er blickte hinüber zu den Mauern und den zwei Minaretten der König-Abdullah-Moschee. Das gewaltige Kuppeldach glitzerte hellblau in der Sonne.

Plötzlich klopfte es an der Tür.

»Herein.« Halpach drehte sich um und sah Karim eintreten.

»Salam aleikum«, sagte Karim.

Halpach beeilte sich, die halb aufgerauchte Zigarette im Aschenbecher auszudrücken. Er war zwar Karims Vorgesetzter, aber Karim war sehr viel älter. Und es gehört sich nicht, im Beisein eines Älteren zu rauchen.

»Aleikum salam.« Er bot Karim einen Sitzplatz an. »Du hast Informationen für mich?«

Karim zog einen Umschlag aus seinem Thawb hervor und überreichte ihn seinem Vorgesetzten.

»Was ist das?«

»Unterlagen.«

»Und über was?«

»›Über wen‹ wäre passender.«

Halpach runzelte die Stirn und riss den Umschlag auf. Darin befanden sich Computerausdrucke mit Flugdaten und Kontoabrechnungen. Auf einem Blatt war der Name Maddissi Abu Mohammed El Sarka rot eingekreist. Halpach legte die Blätter auf die Schreibtischplatte. Im Umschlag befand sich auch ein Stapel Fotos. Die Schwarz-Weiß-Bilder zeigten einen Mann. »Wer ist dieser Maddissi? Der Name kommt mir bekannt vor.«

Karim nickte. »Er ist Geschäftsführer vom MAWW.«

Jetzt fiel es Halpach wieder ein. Das Mushiiyat-allah-WorldWide tarnte sich als Hilfsorganisation für notleidende Muslime. Laut ihres Internetauftritts sammelte die Organisation Spenden für Ramadanpakete oder Brunnenprojekte. Zuletzt hatten sie mit Spendengeldern einen Tanklastzug erworben, der abgelegene syrische Dörfer mit Benzin beliefern konnte. Aber das ist nur die eine Seite. Aufgrund nachrichtendienstlicher Informationen bestand der Verdacht, dass das MAWW islamistische Gruppierungen in Syrien und Iran unterstützte. »Was wissen wir über Abu Mohammed?«, fragte Halpach.

»Nicht besonders viel. Er war zusammen mit Abu Mussab in Suwaqah als politischer Gefangener inhaftiert. Das muss 1993 oder 1994 gewesen sein.«

»Er war zusammen mit Abu Mussab Al-Sarkawi in einem Gefängnis?«

»Abu Mohammed soll viele Fragen gehabt haben und bekam die passenden Antworten von Al-Sarkawi. Antworten, die angeblich im Koran stehen sollen.«

Diese Aussage zauberte ein Lächeln auf Halpachs Lippen. Der Orient ist traditionell, nicht fundamentalistisch. »Kein Wunder, bei dem Mentor.«

»Wenn du dir die Daten genauer ansiehst, war Abu Mohammed in den letzten drei Monaten mindestens achtmal in Europa. In Berlin, London, Madrid und Rom.«

»Konntest du herausfinden, was er da gemacht hat?«

»Wahrscheinlich war er geschäftlich dort. Kürzlich hat das MAWW Bitcoins im Wert von drei Millionen Dollar erworben und an eine karitative Einrichtung in Brügge überwiesen.«

»Drei Millionen?« Halpach pfiff. »Hört sich nicht nach einem einfachen Brunnenprojekt an.«

»Wir müssen davon ausgehen, dass damit eine islamistische dschihadistische Gruppierung unterstützt wurde.«

»In Belgien?« Halpachs Gesichtszüge verhärteten sich. »Das kann nur eins bedeuten.«

»Sollen wir die Information weitergeben? Vielleicht an die Amerikaner?«

»Die sind mir zu forsch. Wenn wir denen die Information geben, marschieren die hier sofort ein. Ich will keine Tabak kauenden Cowboys in meinem Büro. Und auch nicht in meiner Stadt. Und erst recht nicht in meinem Land.«

»Hast du eine bessere Idee?«

Ein Lächeln zeichnete sich auf Halpachs Gesicht ab. »Ich kenne da jemanden, der mit dieser Information etwas anfangen kann. Er ist vertrauenswürdig und ein Freund Jordaniens. Dem geben wir unsere Erkenntnisse weiter. Was er daraus macht, ist seine Sache.«

»Und wer ist das?«

»Ein alter Freund aus England.«

31

Berlin, 11:30 Uhr MESZ

MEINE FRESSE, war das knapp. Todesangst umschlang Gregor immer noch wie eine kratzige Wolldecke. Ihm war klar, dass es Glück gewesen war, lebend aus der Garage zu kommen. Vor seinem geistigen Auge sah er, wie Blut und Gehirn von den Wänden tropften. Ich muss vollkommen irre sein.

Andererseits: Es hatte geklappt. Attila wird stolz sein. Gregor schaute auf seine Armbanduhr. Noch zehn Minuten. Die Todesangst fiel langsam von ihm ab, er fühlte sich weggebeamt, einfach cool. Wie James Bond.

Gregor betrat das Café. Die Kellnerin mit dem kurz geschnittenen Haar lächelte zu ihm herüber. Ihre Freundlichkeit wich jedoch schnell einem anderen Ausdruck: Skepsis, gemischt mit Sorge.

»Was ist Ihnen denn passiert?«

»Was soll schon sein?« Gregor schaute in den Spiegel, der neben dem Eingang an der Wand hing. Seine Lippe war aufgeplatzt, und das Gesicht war voller Kratzer. Eine Stelle unterhalb des Auges konnte sich noch nicht entscheiden, ob sie rot oder blau oder grün werden oder die Farbe von Grießpudding annehmen wollte.

»Soll ich die Polizei rufen?«, fragte die Kellnerin.

Bloß nicht. »Der andere Typ sieht schlimmer aus.«

Die Kellnerin verbannte die Sorge aus ihrem Gesicht. »Wollen Sie einen Kaffee? Geht aufs Haus.«

Gregor nickte, und die Kellnerin brachte ihm eine Tasse. Es dauerte nicht lange, bis Pavel zu sehen war. Er stand dort, wo Gregor ihn gestern das erste Mal gesehen hatte. Pavel telefonierte und starrte unentwegt durch das große Fenster ins Café. Gregors Euphorie wich Unsicherheit, er rutschte auf dem Stuhl hin und her. Was passiert jetzt? Seine Gedanken spielten verrückt. Er malte sich Szenen aus, in denen Bullen vorkamen, die ihn mitnahmen. Oder Auftragskiller, die ihn erschossen. Oder beides. Pavel überquerte die Straße und steckte im Gehen das Handy weg. Das Glöckchen erklang. Gregor hielt die Luft an.

»Du bist doch 'n Scheißbulle, oder?« Pavel grinste.

Gregor schüttelte den Kopf.

»So blöd kann keiner sein, Bürschchen.«

»Was meinst du?«

Pavel schüttelte den Kopf. Er wandte sich an die Kellnerin. »Kaffee. Schwarz mit Zucker.« Er wartete, bis der Kaffee vor ihm stand. Das Schweigen wog schwer.

»Ich bin Pavel.« Er streckte Gregor die Hand hin. Die Haut war gelblich und die abgekauten Fingernägel schwarz vor Dreck.

Gregor schüttelte sie dennoch. »Ich bin Gregor.«

»Arbeiten die Bullen jetzt schon mit Milchbubis zusammen?«

»Ich bin weder ein Spitzel noch ein Milchbubi.«

Pavel entblößte lichte Zahnreihen. Die Backenzähne schimmerten silbern. »Und warum sollte ich dir glauben? Du Spinner läufst mir hinterher und erzählst, dass du wirklich krass heiße Ware kaufen willst. Mal ganz ehrlich, warum sollte ich dir das glauben?«

»Eben weil ich so krass heißen Scheiß haben will. Deshalb.«

Pavel klopfte Gregor auf die Schulter. »Du bist ein Spinner.«

»Kannst du es besorgen?«

»Kann sein. Hab grad telefoniert.«

»Wann?«

»Mal langsam. Erst will dich mein Kontakt sehen. So ein Geschäft ist gefährlich. Und wenn ich sage gefährlich, meine ich lebensgefährlich. Leute, die so was besorgen können, knallen dich ab, wenn denen deine Nase nicht passt. Willst du dieses Spiel spielen?«

»Ich bin bereit.« Das James-Bond-Feeling wurde stärker.

»Okay.« Pavel zeigte aus dem Fenster zum Blumenhändler. »Dort wirst du morgen auf mich warten. Gleiche Uhrzeit wie heute. Verstanden?«

Gregor nickte.

Pavel stürzte den Kaffee runter. Im Gehen sagte er noch: »Den zahlst du.«

32

Berlin, 11:35 Uhr MESZ

WIEBKE WACHTE aus unruhigen Träumen auf. Schweiß glitzerte auf ihrer Haut. Sie versuchte sich an die Traumbilder zu erinnern, doch immer, wenn sie glaubte, eines der Bilder greifen zu können, verschwand es wie Nebelfetzen.

Saskia. Tot. Ermordet. In die Luft gesprengt. Die Realität schlug gnadenlos zu. Wiebke ließ sich zurück ins Kissen fallen. Jeder Zentimeter ihres Körpers schmerzte.

Ich will nicht. Ich will nicht, dass sie tot ist.

Ist sie aber. Die Stimme der Vernunft war noch gnadenloser als die Realität. Und du bist nicht da gewesen, um ihr zu helfen. Sie hat dich gebraucht. Du hast versagt.

So wie damals in Aleppo. Als du die Geiseln befreien solltest. Erinnerst du dich?

Wiebke presste die Lippen aufeinander. Ja, sie erinnerte sich verdammt gut daran. Aber sie wollte nicht.

Warum nicht? Schmerzt es zu sehr? Schmerzt es zu wissen, dass du nur versagen kannst?

Das stimmte nicht. Sie hatte nicht immer versagt.

Bei den wichtigen Dingen schon.

Wiebke vergrub ihr Gesicht im Kissen. Sie spürte das Brennen der Tränen in den Augen. Ich will nicht schwach sein. Ich darf es nicht. Niemals wieder. Aber der Strudel des Selbstmitleids hatte sie erfasst und zog sie immer tiefer. Bis zum Grund. Dort, wo die Erinnerungen begraben waren. Und egal, wie sehr Wiebke zu schwimmen versuchte, sie erreichte nicht mehr die Oberfläche. Die Erinnerungen raubten ihr den Atem.

Ich will tot sein.

Du weißt schon, dass Saskia dadurch nicht wieder lebendig wird.

Klugscheißer.

Warum sehnst du dich dann nach dem Sterben?

Lass mich in Ruhe.

Es klopfte. Wiebke schreckte aus einem unruhigen Schlaf auf. Es war einer dieser merkwürdigen Träume im Traum. Woher weiß ich, dass ich jetzt wach bin? Sie fühlte den Schweiß auf ihrer Haut und das Brennen in ihren Augen. Sie sah die einfache Einrichtung des Hotelzimmers und erinnerte sich. Gestern war sie mit Stefan vom Polizeipräsidium zu ihrer Wohnung gegangen, um ihre Tasche zu holen. Wieder einmal hatte sie einen Rückzugspunkt verlassen müssen, auch wenn es nur ein gemietetes, möbliertes Zimmer im Dachgeschoss gewesen war. Und das habe ich nun gegen ein schäbiges Hotelzimmer eintauschen müssen.

Das Klopfen ertönte erneut.

»Wiebke. Sind Sie wach?« Es war Stefans Stimme.

Wiebke hatte in ihrer Vergangenheit fast ausschließlich mit Menschen wie Stefan zusammengearbeitet. Doch von allen war er der undurchsichtigste. Warum hat Saskia auch ihm einen Hilferuf geschickt?

Es klopfte fester an der Hotelzimmertür. »Alles in Ordnung bei Ihnen?«

Sie fuhr sich mit der Hand übers Gesicht, schälte sich aus dem Bett und öffnete die Tür. Stefan blickte sie besorgt an.

»Geht es Ihnen gut?«

»So gut, wie es eben gehen kann, wenn die Zwillingsschwester ermordet wurde.« Wiebke ließ die Tür offen stehen und setzte sich wieder aufs Bett. Er trat ein, schloss die Tür und blieb mit verschränkten Armen im Türrahmen stehen.

»Was ist?«, fragte Wiebke.

»Ist das wirklich Ihr ganzes Hab und Gut?« Mit einem Kopfnicken deutete er auf die olivgrüne Einsatztasche, die neben dem Bett stand.

»Haben Sie ein Problem damit?«

Er schüttelte den Kopf.

»Sind Sie hier, um Konversation über meinen Lebensstil zu betreiben?«

»Ich habe etwas, das wir uns ansehen sollten.« Stefan gab Wiebke einen Tabletcomputer, auf dem die Videoanwendung bereits geöffnet war. Wiebke berührte das Display und startete die Filmsequenz. Eindeutig Bilder von einer Überwachungskamera. Der Aufnahmewinkel war von schräg oben. Ein junger Mann verkaufte Kaffee in einem Geschäft, das sich augenscheinlich in einer U-Bahn-Station befand. Manche Kunden zahlten mit Zwanzigeuroscheinen und erhielten kein Wechselgeld. Wiebke runzelte die Stirn. Sie ließ die Aufnahme ein Stück zurücklaufen.

Der Verkäufer gibt noch etwas anderes heraus. Aber was?

»Halten Sie sich nicht mit dem Verkäufer auf. Das Interessante kommt erst noch«, sagte Stefan.

Wiebke sah einen weiteren jungen Mann. Modisch gekleidet in T-Shirt und Jeans, die Hosenbeine waren jedoch nur knöchellang. Und er trug einen liyah.

Einen Salafistenbart.

Er kaufte einen Kaffee und unterhielt sich mit dem Verkäufer, bis zwei junge Frauen vorbeikamen. Offensichtlich kam es zum Streit, denn die Frauen gingen kopfschüttelnd weg.

»Ich habe das Video vom Staatsschutz aus Berlin bekommen«, sagte Stefan.

Wiebke gab ihm das Tablet zurück. »Seit wann interessiert sich der Staatsschutz für Kleindealer?«

»Was? Ach das. Nein, das interessiert uns erst mal nicht. Der Bartträger soll aber zu den Frauen gesagt haben, dass er bald ins Paradies einziehen wird.«

Wenn man diese Aussage mit westlichen Standards betrachtete, war das nicht gerade spektakulär. Aber wenn das ein junger Mann sagte, der einen ungepflegten Kinnbart trug ... für diese Menschen gab es nur einen Weg ins Paradies.

»Wissen wir, wer der Bartträger ist?«, fragte Wiebke.

»Nein. Aber wir wissen möglicherweise, wo er hingegangen ist. Ganz in der Nähe liegt nämlich das Teehaus eines gewissen Attila Malizaew.«

»Sollte da bei mir etwas klingeln?«

»Attila wird von den Diensten beobachtet. Es besteht der Verdacht, dass er als Vertreter der tschetschenischen Republik Itschkerien in Deutschland fungiert.«

Wiebke blickte auf ihre nackten Füße. Die Vergangenheit holte sie unnachgiebiger ein, als sie es erwartet hatte.

Itschkerier waren eine militante Gegenregierung zur von Russland eingesetzten Administration der Teilrepublik Tschetschenien. Nach ihrer militärischen Niederlage gegen die sowjetische Armee schlossen sich die Separatisten der Kaukasischen Front an. Sie machten gemeinsame Sache mit islamistischen dschihadistischen Gruppierungen. Wiebke hatte in ihrer Laufbahn schon einmal mit Itschkeriern zu tun gehabt. In Aleppo.

Ihre Unterlippe bebte. Sie versuchte, die Erinnerungen beiseitezuschieben. Sie wusste genau, wozu Menschen wie dieser Attila fähig waren. Und genau das hatte sie hinter sich lassen wollen.

»Was wirft man diesem Attila vor?«

»Er steht in Verdacht, der Kopf eines Netzwerks zu sein,

das junge Islamisten nach Syrien geschleust hat, damit sie sich dem Dschihad anschließen konnten.«

»Er hat also Leben zerstört?«

»Wenn Sie es so ausdrücken wollen. Aber dieser Junge ...« Stefan deutete auf das Tablet. »... sieht nicht so aus, als würde er ausreisen. Ich weiß nicht, woran ich das festmache, aber ich habe es im Gefühl.«

»Sie wollen also, dass ich mir diesen Jungen genauer ansehe? Gibt es wenigstens einen kleinen Anhaltspunkt?«

Stefan schüttelte den Kopf. »Wir haben nur dieses Video von ihm.«

»Aber der Verkäufer kennt ihn anscheinend. Das wäre ein Ansatzpunkt, den ich verfolgen könnte.«

»Sind Sie sicher? Das wird Sie den Mördern Ihrer Schwester wahrscheinlich nicht näher bringen. Und bei solchen Missionen gibt es immer viel zu verlieren.«

»Nachdem Saskia tot ist, ist nichts mehr übrig, was ich verlieren könnte. Und außerdem ...« Wiebke presste die Lippen aufeinander.

»Außerdem was?«

»Einmal Soldatin, immer Soldatin. Sie haben mich doch wegen meiner Fähigkeiten geholt, oder?«

»Mit einem Lamm jagt man keine Wölfe.«

33

Syrien, 14:31 Uhr OESZ

KHALED HAJ MOHAMAD hatte in seinem Leben noch viele Sachen zu erledigen. Die wichtigste war das Fußballtor, das schon längst stehen sollte. Jedenfalls wenn es nach seinem Bruder ging. Khaled lächelte. Er war des Kämpfens müde. Wie lange kämpfte er schon? Acht Jahre? Neun? Die Zeit verlor sich in einem Meer aus Blut und Leid, aus Hunger und Krankheit. Das nämlich war es, was ein Krieg brachte. Khaled hatte die Warnung des zahnlosen Muezzins nicht glauben wollen, bevor er gegen die Regierung auf die Straße gegangen war. Was war das Geplapper eines alten Mannes gegen die hehren Ziele einer Revolution? Eines Neuanfangs? Eines Arabischen Frühlings? Achtung der Menschenwürde. Freiheit. Rechtsstaatlichkeit. Soziale und wirtschaftliche Perspektiven. Für die meisten Menschen auf dieser Erde das Normalste der Welt. Für Khaled unerreichbare Träume. Und deswegen war er zusammen mit Tausenden in Dar'â auf die Straße gegangen. Um Träume wahr werden zu lassen. Aber die Träume starben an diesem Tag. Zusammen mit unzähligen friedlichen Demonstranten.

Maschinengewehrfeuer syrischer Soldaten tötete sie.

Brüder töteten einander. Wie Kain und Abel.

Khaled wurde schwer verwundet. Seither hinkte er. Freunde hatten ihn gerettet und in die Moschee getragen. Der zahnlose

183

Muezzin musste neben Khaleds Schmerz auch seine Vergeltungswut und Rachsucht erkannt haben, denn er zitierte die Ansprache Abels für seinen Bruder Kain. *Selbst wenn du deine Hand nach mir ausstreckst, um mich zu töten, ich strecke meine Hand nicht nach dir aus, um dich zu töten.*

Khaled hatte die Hand ausgestreckt und das M16 ergriffen. Er war vom Abel zum Kain geworden. Er hatte für die Freiheit gekämpft. Manchmal glaubte er zu wissen, dass man Freiheit nicht dadurch erlangte, dass man mordete. Aber manchmal war er sich sicher, dass es sich gelohnt hatte. Wenn er nach dem Beten den Sand fühlte, der an seinen Händen klebte, die warmen Steine spürte, auf denen er saß und ins Tal blickte. So wie jetzt. Der See, an dessen lebensspendendem Ufer sich Pflanzen drängten, schlief zwischen den kargen Felsen. Khaled saß gerne hier und genoss die Ruhe, auch wenn er wusste, dass sie trügerisch war. Jederzeit konnten Soldaten der syrischen Armee auftauchen. Die fragten nicht, bevor sie schossen. Die Soldaten der internationalen Gemeinschaft taten wenigstens so, als würden sie fragen, bevor sie schossen. Das gab Khaled zumindest die Möglichkeit, zuerst die Waffe zu ergreifen.

Das Knacken eines Zweiges riss ihn aus seinen Gedanken. Geduckt und mit dem Sturmgewehr im Anschlag hielt er hinter dem warmen Felsen Ausschau und blickte zwischen den Olivenbäumen und Büschen hindurch. Da war keine Bewegung, nicht einmal ein Windhauch, der mit den Blättern und Gräsern spielte. Khaled lauschte und hörte neben seinem keuchenden Atem bloß absolute Stille.

»Khaled?«, rief plötzlich eine Stimme. »Ich bin auf der Suche nach dir und komme jetzt raus.«

War das eine Falle? Khaled legte den Finger um den Abzug. Eine Gestalt war nun zwischen den Olivenbäumen zu erkennen. Khaled legte an und krümmte den Finger.

»Salam aleikum, Khaled.« Der alte Mann hatte die Hände erhoben. »Ich bin nicht der Feind.«

Jetzt erkannte Khaled den Fremden. Es war Abu Kais, der schon in Afghanistan gegen die Russen und später gegen die Amerikaner gekämpft hatte. Dieser Mann war bei den Kriegern des Kalifen eine Legende.

Khaled ließ das Sturmgewehr sinken und trat aus seinem Versteck hervor. »Aleikum salam. Möge Allah jede deiner Taten segnen und dir unerschöpfliche Kraft für den Kampf gegen die Ungläubigen geben.«

»Inschallah. Dir wünsche ich das Gleiche.«

»Aber sag, warum hast du mich gesucht?«

Abu Kais ließ sich auf dem Felsen nieder, der gerade noch Khaleds Deckung gewesen war. »Wir haben uns lange nicht gesehen, Bruder Khaled.«

»Es hat sich vieles verändert, seit die Ungläubigen das Herz unseres Gottesstaates getroffen haben.«

»Die Ungläubigen mögen in den Flammen ihrer Sünde vergehen. Der Heilige Krieg fordert bittere Opfer. Allah fordert Opfer. Aber nicht nur von den Ungläubigen.«

Was meint er damit? Schweiß rann Khaled über die Stirn, während sich Stille zwischen ihnen ausbreitete. Irgendwo blökte ein Schaf. Khaled suchte sich sechs, sieben zufällige Punkte in der Landschaft, zwischen denen sein Blick unkontrollierbar hin und her wanderte. Das Gefühl, etwas sagen zu müssen, wuchs, aber er wollte nichts sagen, konnte es auch nicht. Ich habe so viele Opfer für Allah gebracht. Was sonst könnte ich noch geben? Was will Abu Kais von mir? Schließlich erwiderte er: »Mein Vater ist nicht mehr ...« Etwas schnürte ihm die Kehle zu. »Er ist gestorben.«

Hatte Khaled auf Beileidsbekundungen gehofft, so wurde er enttäuscht. Abu Kais lehnte sich vor und stützte das Kinn auf die gefalteten Hände. »Ich habe schon von den Brüdern gehört, dass du einfach gegangen bist. Nach Hause, haben sie gesagt. Sie wussten nur nicht, warum du uns im Stich gelassen hast.«

Die Worte trafen ihn wie Gewehrkugeln. »Im Stich gelassen? Ich habe euch nicht im Stich gelassen. Vater ist tot. Ermordet von kurdischen Milizen, und ich bin schuld. Die Kurden haben mich gesucht. Vater hat mich nicht verraten, daher erschossen sie ihn. Vor den Augen meiner Mutter und Geschwister. Wenn ich nicht gegangen wäre, hätte ich meine Familie im Stich gelassen. Sie brauchen mich. Mutter schafft das nicht alleine.«

»Du entehrst das Andenken deines Vaters. Er hat wie ein wahrer Muslim gehandelt, den Dschihad gekämpft. Nicht mit der Waffe in der Hand, aber er hat Widerstand geleistet und sein Leben für dich gegeben. Und was machst du? Du lässt die Waffe fallen und eilst zu deiner heulenden Mutter.«

»Was hätte ich denn tun sollen? Meine Familie brauchte mich. Ich bin der älteste Sohn, das Familienoberhaupt.«

Abu Kais schüttelte den Kopf. »Wir sind deine wahre Familie. Du hast dich entschlossen, der Umma zu dienen. Und niemand verlässt diese Gemeinschaft. Verstehst du? Niemand.«

»Aber ich habe doch alles gegeben. Schweiß. Blut. Schmerz.« Khaled senkte den Kopf. »Meinen Vater.«

»Es gibt noch etwas, das du nicht gegeben hast.«

»Aber ...«

»Unsere Brüder glauben, dass du sie im Stich gelassen hast. Dass du uns verraten hast. Und was denkst du, welche Strafe sie für dich vorgesehen haben?«

Khaled sprang auf, zielte mit dem Sturmgewehr auf Abu Kais. »Ich bin kein Verräter. Ich lasse mich von dir nicht zum Henker bringen.«

Abu Kais hob die Hände. »Ich will dich nicht zum Henker bringen. Dafür bin ich nicht gekommen.«

»Lüg mich nicht an.« Khaleds Finger spannte den Abzug.

»Und warum schießt du nicht? Töte mich. Hier und jetzt.

Aber damit zerstörst du deine Hoffnung. Auch wenn du deine Hand erhebst, um mich zu töten, werde ich meine Hand nicht erheben, um dich zu töten.«

Das waren die gleichen Worte, die der Imam zu Khaled gesagt hatte. Brüder töteten einander nicht. Und ich bin ein wahrer Muslim. Ich wandle auf den Spuren Allahs. Abu Kais tut das auch. Er hat es viele Male bewiesen. Er lügt nicht.

Khaled ließ das Sturmgewehr sinken. Ein Lächeln huschte über Abu Kais' Gesicht.

»Warum bist du gekommen?«, fragte Khaled.

»Ich will dein Licht sein. Ich will dich führen. Zurück in die Gemeinschaft der Gläubigen. Wir brauchen dich. Und du brauchst uns, um ins Paradies zu gelangen. Du willst doch ins Paradies?«

Khaled blickte wieder in die Ferne. Dieses Mal suchte er sich nicht mehrere Punkte, zwischen denen er umhersprang. Er suchte sich nur eine Stelle. Er blickte zu dem Punkt, an dem der höchste Berg den Himmel berührte. Er blickte so lange auf diesen Punkt, bis ihm schwindelig wurde. Abu Kais schwieg dabei die ganze Zeit.

Khaled nickte.

Ich will ins Paradies.

34

Berlin, 13:32 Uhr MESZ

WIEBKES GESICHT spiegelte sich in der Scheibe der S-Bahn. Als ob ich in das Gesicht einer Toten blicke. Ihre Unterlippe bebte. Sie und Saskia waren zweieiige Zwillinge, sahen sich aber trotzdem ähnlich. Wiebke schloss ihre Augen, doch das Gesicht ihrer Schwester blieb wie eine Konturzeichnung in ihrer Seele eingebrannt. Saskia lächelte ihre kleine Schwester an, als wollte sie sagen: Sei nicht traurig. Alles wird gut, und alles hat einen Sinn.

Wiebke ballte die Hände zu Fäusten. Nichts wird gut. Und was soll es für einen Sinn haben, dass sie tot ist? Ich hatte nicht einmal die Möglichkeit, mich zu verabschieden. Sie war nicht nur meine Schwester, sondern auch meine einzige Freundin. Andere hatte ich nie, wollte ich auch nie. Die Menschen, die mir näherstanden, waren Kameraden. Kampfgefährten. Austauschbar. Menschen, die mit dem Tod flirteten, jeden verdammten Tag. Und für manche war dieser Flirt verhängnisvoll.

Wiebke lehnte sich gegen die Fensterscheibe, spürte die angenehme Kühle auf ihrer Stirn. Saskias Gesicht verblasste. Dafür erschien ein anderes. Nein. Nicht jetzt. Auch diese Erinnerung schmerzte. Wiebke versuchte, sie beiseitezuschieben. Aber dann war da wieder dieses Gefühl der Nähe. Wiebke spürte die weiche Haut auf ihrer Haut. Nicht mehr als Erinnerungsschatten, jedoch unglaublich intensiv. Sie hat dich fallen gelassen. Verdammt, sie ist schuld daran, dass ich nicht mehr dazugehöre.

Man gehört immer dazu.

Einmal Soldatin, immer Soldatin.

Einmal Mörderin, immer Mörderin.

Diesen Gedanken ließ Wiebke stehen. Vielleicht stimmte es. Sie hatte der Division »Schnelle Krisen-Intervention« angehört, eine Elite-Fallschirmjägereinheit, die zum Einsatz kam, wenn die Kacke am Dampfen war. So hatte es jedenfalls Wiebkes Kommandeur ausgedrückt. Und diese Beschreibung passte besser als die offizielle Version. Mitten in Raqqa eingesetzt zu werden hatte wirklich eher was von dampfender Scheiße als von einem geheimen und konsequenten Einsatz gegen Elemente, die eine Bedrohung für die Integrität der deutschen Souveränität waren.

Die S-Bahn hielt an der Holzhauser Straße. Hier war das Video aufgenommen worden, das Stefan ihr gezeigt hatte. Hier hatte der junge Mann, der offensichtlich den al-salaf al-salih nacheiferte, sich einen Kaffee geholt. Die al-salaf al-salih, die rechtschaffenen Altvorderen. Wahre und reine Muslime, die es bis zur dritten Generation nach dem Propheten Muhammad gegeben hatte. Deswegen der lange Bart und die Hochwasserhose. Den Wandel hatte dieser Typ noch nicht vollständig vollzogen. Seine Kleidung war noch zu modern. Wichtiger war jedoch seine Geisteshaltung. Der Weg ins Paradies führte über den Dschihad. Wie ernst konnte man die Äußerung nehmen, dass er bald ins Paradies gehen würde?

Um das herauszufinden, hatte Wiebke sich entschieden, mit dem Kaffeeverkäufer aus dem Video zu sprechen. Sie trat an den Stand und schaute sich um.

Der Mann lächelte. »Wie kann ich Ihnen helfen?«

»Einen Kaffee, bitte.«

Während er einen Pappbecher fertig machte, legte sie statt eines Geldscheins ein Bild aus dem Überwachungsvideo auf die Theke. »Kennen Sie diesen Mann?«

Das Gesicht des Verkäufers zeigte eine deutliche Reaktion, aber er schüttelte dennoch den Kopf. »Sie sind schon die Zweite, die nach ihm fragt. Ich kenne ihn nicht.«

»Ich bin überzeugt, dass Sie wissen, wer das ist. Auf dem Überwachungsvideo reden Sie miteinander.«

»Ich rede auch mit Ihnen. Das sagt gar nichts.«

»Wollen Sie sich das Bild nicht doch noch einmal ansehen? Vielleicht fällt Ihnen ja noch was ein.«

»Sind Sie auch ein Bulle? Was soll die Fragerei?«

»Es ist wichtig, dass Sie mir sagen, wer dieser Mann ist.«

»Ich kenne ihn nicht.«

Wiebke zuckte mit den Schultern. »Okay. Dann gehe ich zur Polizei und übergebe denen dieses belastende Videomaterial.«

Sie drehte sich um und ging. Den Kaffee ließ sie stehen.

»Warten Sie«, rief der Verkäufer ihr hinterher.

Wiebke ging weiter.

»Hey, warten Sie.« Er rannte ihr nach. Als sie stehen blieb und sich lächelnd umdrehte, sagte sie: »Der Kaffee war nur ein Vorwand. Kippen Sie ihn einfach zurück in die Kanne. Sieht ja keiner.«

»Was ist noch auf dem Video zu sehen?« Er blickte zu Boden.

Jetzt habe ich ihn da, wo ich ihn haben wollte. »Was glauben Sie, was zu sehen ist? Ein Kaffeeverkäufer, der Kaffee verkauft.«

»Sie sagten ›belastend‹.«

»Genau. Sie und ich wissen doch, dass Sie ein kleines Zusatzgeschäft haben. Was ist es? Marihuana, Heroin?«

»Alles, was an synthetischen Drogen angesagt ist.«

»Und Sie verkaufen nicht nur an Erwachsene.«

Der Verkäufer nickte. »Was soll ich denn machen?«

»Damit wandern Sie lange ins Gefängnis. Wenn mich nicht alles täuscht, ist der Verkauf von Drogen an Minderjährige ein Verbrechen, das mit Freiheitsstrafe nicht unter fünf Jahren geahndet wird.«

»Ich wäre erledigt. So oder so.«

»Ihre Entscheidung.«

Der Verkäufer verschränkte die Arme, trat von einem Fuß auf den anderen und leckte sich mit der Zungenspitze über die Lippen. Dann starrte er wieder zu Boden.

»Ich habe nicht den ganzen Tag Zeit. Letzte Chance.«

Er blickte Wiebke an. »Gregor. Gregor Veist.«

»Und die Adresse?«

»Das ... das bleibt aber unter uns! Ich will nicht, dass Gregor erfährt, dass ich ihn verraten habe.«

Wiebke grinste. Sie machte einen Schritt auf ihn zu, worauf er zurückwich. Sie drängte ihn bis zur Wand.

»Solltest du Gregor sagen, dass ich ihm auf der Spur bin, werde ich dich finden. Egal, wo du dich versteckst, ich finde dich. Und wenn ich mit dir fertig bin, wird dich nicht einmal deine eigene Mutter mehr erkennen. Habe ich mich klar ausgedrückt?«

Der Kaffeeverkäufer wimmerte nur noch. Seine Hose hatte sich zwischen den Beinen dunkel verfärbt.

35

Syrien, 14:39 Uhr OESZ

ICH HABE FÜR ALLAH gekämpft und für den Kalifen. Natürlich will ich ins Paradies«, log Khaled.

»Das ist gut, sehr gut sogar. Ich habe mit dem Syrer telefoniert. Er hat eine Aufgabe für dich.« Abu Kais griff in seinen Rucksack und holte eine Wasserflasche hervor. Nachdem er getrunken hatte, sagte er: »Die Kolonialmächte haben nichts dazugelernt. Unser Kampf war heilig, von Allah gesegnet. Doch die unheilige Allianz zwischen der syrischen Armee, den kurdischen Milizen und den europäischen Imperialmächten brachte uns an den Rand der Niederlage. Wir sind auf dem Rückzug. Trotzdem, al-Hamdu li-Llah, wir werden siegen. Höchstwahrscheinlich nicht meine Generation und vielleicht auch nicht deine Generation, aber die kommenden wahren Muslime, die den Weg Allahs beschreiten.«

»Inschallah«, sagte Khaled. Danach versagte ihm die Stimme, als er erkannte, welche Ehre ihm zuteilwerden sollte.

Abu Kais nickte. »Der Syrer meint, dass wir lange genug den Heiligen Krieg auf unserem Boden ausgetragen haben. Er meint, dass wir das Schwert des Islam wieder auf den Boden der Ungläubigen tragen sollen. Er meint auch, dass in unserer Organisation Kämpfer dafür bereit sind. Und ich glaube, dass du der richtige Mann dafür bist.«

Jetzt wurde Khaled klar, warum der Syrer den Beinamen ›Ben el-Fna‹ trug – Bruder der Toten.

Khaled schluckte. Eine kaum merkliche Gänsehaut schlich sich seinen Rücken hoch. Er blickte wieder dorthin, wo der Berg den Himmel berührte.

»Hast du Angst?«, fragte Abu Kais.

»Nein. Stolz erfüllt mich in diesem Moment.« Aber Khaleds Gedanken richteten sich auf das, was er begonnen hatte. Das Fußballtor für die Kinder seines Dorfes. Und auf das, was er nie erreichen würde. Saida. Khaled schloss die Augen. Selbst wenn er sich trauen würde, sie anzusprechen ... Den Brautpreis könnte er niemals bezahlen.

Plötzlich war ein heller Ton zu hören. Abu Kais holte das Satellitentelefon hervor und nahm das Gespräch an. Ohne ein Wort zu sagen, hörte er zu. Dann sagte er: »Das ist gut, sehr gut sogar. Ich will, dass alles perfekt läuft.« Abu Kais beendete das Gespräch.

»Wo waren wir? Ach ja. Du hast keine Angst. Das ist gut, sehr gut sogar, denn nur, wer keine Angst vor dem Heiligen Kampf hat, hat keine Angst vor dem Tod. Die Märtyrer sollen stolz sein, für Allah ins Paradies zu ziehen.«

»Das bin ich. Und ich habe gewusst, dass du kommst.«

Eine Lüge. Khaled hoffte aber, dass Abu Kais es nicht merkte. Deswegen beeilte er sich zu ergänzen: »Ich habe in der Nacht geträumt. Ich habe geträumt, dass ich auf einem Schimmel durch die Berge reite. In der einen Hand trage ich eine grüne Flagge, die andere Hand ist zum Himmel gereckt. Plötzlich trifft mich ein gleißendes Licht. Vor meinen Augen teilen sich die Wolken, das Blau tritt hervor, und vier Engel erscheinen. Ich reite weiter. Die Engel tragen ein Schwert, das sie mir in die Hand legen. Auf der Klinge des Schwertes steht der wichtigste Satz für einen Muslimen. Gott ist groß. Ich reite mit dem Schwert in der Hand weiter. Immer weiter gegen die Mächte des Bösen.« Khaled schaute zum Himmel. »Deswegen wusste ich, dass du kommst.«

Abu Kais lächelte. »Mein Gefühl hat mich nicht getäuscht. Du bist der Richtige. Ich werde heute Nacht bei dir übernachten. Morgen treffen wir uns mit den anderen.«

»Morgen schon?« Khaled dachte an seine Familie. Was wird Mutter sagen? Und meine Brüder und Schwestern? Khaled setzte sich neben Abu Kais auf den Stein.

»Was für eine Aufgabe hat man mir zugedacht?«, fragte er den alten Mann.

»Du wirst die Vorhut sein. Du wirst das Schwert des Islam in die Herzen unserer Feinde tragen. Ein schwieriger Weg, denn die Fußstapfen derjenigen, die dir vorausgegangen sind, wurden durch das Vergessen verwischt. Aber es werden deine Fußspuren sein, in die die kommenden Kämpfer treten werden. Allein dies sollte dich stolz machen.«

»Es macht mich jetzt schon stolz.«

Abu Kais legte Khaled die Hand auf die Schulter. »Wir sollten zu dir nach Hause gehen.«

»Mutter wartet sicher schon mit dem Essen.«

36

Tel Aviv, 14:41 Uhr IDT

DER VORORT, in dem die Gurion Villa stand, war ein Ort der akkurat geschnittenen Hecken und glänzenden Limousinen in den Auffahrten. Das Auge des Betrachters wurde so vom Wesentlichen abgelenkt. Womit die Menschen, die hier wohnten, ihren Reichtum angehäuft hatten, fragte lieber niemand. Vordergründig betrachtet hatte Ariel Gurion in den Achtzigerjahren viele Millionen Dollar mit der Entwicklung und dem Verkauf von Anrufbeantwortern verdient. Schaute man aber genauer hin, hatte der Großindustrielle Unterstützung vom Mossad gehabt. Die Verantwortlichen des israelischen Geheimdienstes hatten früh erkannt, dass diese neue zivile Technologie für die Jagd nach PLO-Größen geeignet war. Deswegen hatten sie die Entwicklung forciert. Noch heute kam diese Technik zum Einsatz.

Die Zusammenarbeit dauerte bis zum heutigen Tag an. Die Villa war über mehrere Etagen unterkellert, die Räume waren vollgestopft mit Satellitentechnik, Abhörsystemen und leistungsstarken Servern. Und natürlich mit Agenten und Spezialisten des Mossad.

Leo Eisenstein war einer von ihnen. Er saß vor einem riesigen Pult, von dem ihm vier Computerbildschirme entgegenflimmerten. Er betrachtete die Zahlen und Daten, die Längen-

und Breitengradangaben. Zusammen mit drei Kollegen hörte er jedes Telefonat in einem bestimmten Quadranten mit, der von David XII überwacht wurde. David XII war einer der vielen militärischen Spionagesatelliten, die Israel seit Beginn des neuen Jahrtausends ins All geschossen hatte.

Leo hatte Durst. Er nahm die Kopfhörer ab, wischte sich den Schweiß von der Stirn und streckte die Müdigkeit aus seinen Gelenken. Als er gerade aufstehen wollte, blinkte einer der Bildschirme rot. Sofort war seine Müdigkeit verschwunden, der Durst vergessen. Rot konnte nur eines bedeuten: Das Computersystem hatte die Nummer erkannt, die von einem bestimmten Anschluss gerade gewählt wurde.

Leo überflog die Informationen, die auf dem Bildschirm erschienen. Es verschlug ihm den Atem.

»Ich habe etwas«, rief Leo laut. Seine Stimme überschlug sich fast. Er wollte aufspringen, aber das Protokoll verlangte, dass er den Lokalisierungsprozess mitverfolgte. Auf dem Bildschirm flogen die Zahlen nur so dahin. Das Computersystem vollbrachte Höchstleistung, und Leo fieberte mit. Jetzt mach schon!

»Was haben Sie denn, Herr Eisenstein?« Der Offizier stand plötzlich neben ihm.

»Wir haben einen Fisch im Netz. Einen ziemlich dicken Fisch.« Leo zeigte auf den Bildschirm, der immer noch rot blinkte.

Der Offizier trat näher und verschränkte die Arme hinter dem Rücken. »Die Nummer gehört ...«

»Abu Kais.«

Der Offizier zog die buschigen Augenbrauen zusammen. »Sehr gut. Konnten Sie schon seinen Standort ermitteln?«

»Der Scan läuft. Gleich haben wir ein Satellitenbild.« Wenn die Verbindung lange genug steht, bis die Lokalisierung abgeschlossen ist. Leo betete.

Und sein Gebet wurde erhört. Statt der fliehenden Zahlenkolonnen zeigte der Bildschirm nun ein Satellitenbild.

»Er befindet sich in der Nähe von Jerusalem. Die Geodaten sind ...«

Der Offizier unterbrach Leo. »Lesen kann ich selbst. Haben wir ein Hit-Team in der Nähe?«

Leo nickte. »David Teitelbaums Team.«

»Geben Sie die Koordinaten weiter. Teitelbaum soll sofort zuschlagen. Dieses Mal wird er Abu Kais in die Hölle schicken.«

37

Köln, 13:59 Uhr MESZ

BRIGITTA WITTLICH gehörte zu den Menschen, die viele Fragen stellten. Unangenehme Fragen. Fragen, die schmerzten. Sie wollte nicht immer die Wahrheit erfahren, auch wenn das ihr oberstes Ziel war. Die Zeiten waren härter geworden, und nicht immer zählte die Wahrheit. Es zählte die Sensation. Journalismus war zum Entertainment der Bevölkerung geworden.

Zum Cirkus Maximus der Neuzeit.

Ein Auto war in einer Hamburger Tiefgarage explodiert. Hinter der Story steckte garantiert mehr. Viel mehr. Das hatte Brigitta sofort gespürt, als sie die Meldung über die Explosion im Newsticker gelesen hatte. Schon nach kurzer Recherche war sie auf Ungereimtheiten gestoßen. Und diese Ungereimtheiten wollte sie mit Professor Karl Liebknecht besprechen. Live in ihrem Polittalk am Mittag.

Brigitta blickte direkt in die Kamera. »Meine sehr geehrten Damen und Herren. Ich freue mich, dass Sie wieder eingeschaltet haben, und ich begrüße Sie zu meinem Polittalk am Mittag. Live aus dem WDR-Studio Köln. Mein heutiger Gast ist, und ich übertreibe nicht, wenn ich sage, *der* Terrorismusexperte unserer Zeit. Er ist Autor viel beachteter Bücher und erster Interviewpartner, wenn es darum geht, bei gewalttätigen Ereignissen den Grund hinter dem Grund zu finden. Begrüßen Sie mit mir Herrn Professor Karl Liebknecht.«

Der Professor lächelte in die Kamera und verneigte sich. »Herr Professor. In Hamburg ist in einer Tiefgarage ein Auto explodiert. Bei dieser Explosion kam die Fahrerin des Fahrzeugs um Leben. Die Bundesregierung erklärte, dass es sich höchstwahrscheinlich nicht um einen terroristischen Anschlag handelt. Höchstwahrscheinlich bedeutet für mich, dass diese Idee noch nicht vom Tisch ist.«

Karl Liebknecht nickte. »Einen Tag nach der Explosion haben die Ermittlungen gerade erst begonnen. Zu so einem frühen Zeitpunkt sollte man noch nichts ausschließen. Auch einen terroristischen Anschlag nicht.«

»Kommt es mir nur so vor, oder ist das subjektive Sicherheitsgefühl der Deutschen nach dem Breitscheidplatz in seinen Grundfesten erschüttert? Ist das der Nährboden für solche Spekulationen?«

»Zuerst einmal ...« Liebknecht faltete die Hände vor seinem Mund. »Zuerst einmal ist ein Gefühl immer subjektiv, denn wenn etwas nicht subjektiv ist, ist es objektiv, was ein Gefühl niemals sein kann, denn sonst wäre es kein Gefühl. Zu Ihrer Frage kann ich nur sagen, dass viele Faktoren auf das Sicherheitsgefühl der Bevölkerung einwirken. Angefangen hat es aus meiner Sicht am 11. September 2001. Der Anschlag rückte das Thema ›islamistischer Terrorismus‹ ins Blickfeld der westlichen Welt. Verfehlte Politik in allen Bereichen führte dann zu einem grundsätzlichen Misstrauen gegenüber Muslimen, die ja offenbar alle aufgrund ihres Glaubens Terroristen sein müssen. Dieser Eindruck entsteht zumindest in den Medien.«

»Das steht ja auch so im Koran.«

»Was steht im Koran?«

Brigitta nahm eine Moderationskarte, die vor ihr auf dem runden Glastisch lag. »Ich zitiere Sure 66, Vers 9: ›Prophet!

Führe Krieg gegen die Ungläubigen und die Heuchler und sei hart gegen sie!‹ Dann die Sure 61, Vers 11: ›Ihr müsst an Gott und seinen Gesandten glauben und mit eurem Vermögen und in eigener Person um Gottes willen Krieg führen.‹ Ich könnte beliebig weitermachen. Für mich hört sich das so an, als wäre der Islam eine gewalttätige Religion.«

»Das ist nicht das Problem.« Karl Liebknecht räusperte sich. »Blicken Sie doch einfach mal ins Alte Testament. Dort wachsen die Kinder Israels zum Volk Israel heran. Und diese Verwandlung ist nur durch einen Krieg gegen den Pharao möglich. Der Beginn des Christentums ist also von kriegerischen Auseinandersetzungen geprägt.«

»Und trotzdem ist Gewalt doch kein Bestandteil des Christentums, oder?«

»Sie ist keineswegs ein Randphänomen. Der Prophet Jesaja sagt, wer gefunden wird, wird erstochen, und die, die man aufgreift, werden durchs Schwert fallen. Es sollen auch ihre Kinder vor ihren Augen zerschmettert, ihre Häuser geplündert und ihre Frauen geschändet werden. Oder hören Sie sich die Worte Sacharjas an, der sagt, ›der Herr wird ausziehen und kämpfen gegen diese Heiden, wie er zu kämpfen pflegt am Tage der Schlacht‹.«

»Wo liegt dann der Unterschied zwischen einem Christen und einem Muslim?«

»Die christlichen Theologen schafften es, dass die Gläubigen die Gewalt, die im Alten Testament zu finden ist, als historischen Kontext sehen und nicht als unumstößlichen Willen Gottes. Diesen Spagat zwischen der Wahrhaftigkeit des Gotteswortes schaffte die muslimische Theologie nicht. Dort gilt das Wort Allahs auch heute noch als Auftrag. Das ist das Problem.«

»Also können wir davon ausgehen, dass jeder Muslim ein potenzieller Terrorist ist?«

Karl Liebknecht schüttelte den Kopf. »Natürlich nicht. Was

wäre das für eine Welt, in der 1,8 Milliarden potenzielle Terroristen leben? Die Gläubigen werden durch die Theologie alleine gelassen, weil sie keine allgemeingültige Erklärung für den Dschihad liefert.«

»Zum Beispiel, dass es im historischen Kontext zu sehen ist? Wir wissen ja, dass die Frühzeit der Menschen durch Kriege und Gewalt geprägt war.«

Karl Liebknecht nickte. »Eine allgemeingültige Erklärung einer anerkannten theologischen Autorität würde den Islamisten und Dschihadisten die Argumentationen zerstören und den Wind aus den Segeln nehmen.«

Brigitta legte die Moderationskarte weg und nahm die nächste vom Stapel. »Kommen wir aber mal zum Ursprung unseres Gesprächs zurück. Die Bombenexplosion in der Tiefgarage in Hamburg, bei der eine Frau ums Leben kam. Was wissen wir darüber? Nicht einmal der Name der Frau ist bisher bekannt. Interessant ist jedoch, dass Beamte des Bundeskriminalamts zusammen mit dem Bundesverfassungsschutz am Tatort gesehen wurden. Das gibt Raum für Spekulationen, oder nicht, Herr Liebknecht?«

»Wo ist da Raum für Spekulationen? Wie Sie gerade selbst gesagt haben, besteht der Verdacht eines terroristischen Anschlags. Da ist es völlig normal, dass BKA und BfV gemeinsam nach Spuren suchen.«

»Unserem Sender liegen Informationen vor, die besagen, dass es sich bei der getöteten Frau um eine Mitarbeiterin des Entwicklungsministeriums handelt.«

»Dann wissen Sie mehr als ich.«

»Angeblich hat diese Frau einen Tag zuvor einen Polizeieinsatz gegen Terroristen unterstützt. Wie könnte das zusammenhängen? Eine Ministerialangestellte bei einem Polizeieinsatz? Riecht das nicht nach Geheimdienst, nach einer verdeckten Terrorbekämpfungseinheit des Bundes?«

»Sollte das so sein, wäre es ein Skandal mit weitreichenden Folgen für die amtierende Regierung und Gesamtdeutschland.«

»Erklären Sie das bitte, Herr Liebknecht.«

»Historisch bedingt gibt es in Deutschland das Trennungsgebot zwischen Nachrichtendiensten und der Polizei. Im Artikel 73 des Grundgesetzes finden wir im Wortlaut schon eine Trennung zwischen diesen beiden Behörden, auch wenn das nicht zwingend als Verfassungsgrundsatz herzuleiten ist. Es gibt dazu auch ein Urteil des Bundesverfassungsgerichts, das ich mal beiseitelassen will. Ich möchte aber die Aufmerksamkeit auf den Polizeibrief vom 14. April 1949 lenken. Nach dem Ende des Zweiten Weltkriegs war den Alliierten klar, dass die zukünftige deutsche Regierung eine Stelle zur geheimen Sammlung von Informationen gründen würde, um den Staat gegen Bedrohungen zu schützen. Was ja die ureigenste Aufgabe eines Nachrichtendienstes ist. Aber man hatte aus dem gelernt, was die politisch gelenkte Geheime Staatspolizei der Nazis angerichtet hatte. Aus diesem Grund wurde in dem sogenannten Polizeibrief von den Alliierten festgelegt, dass der neu einzurichtende Nachrichtendienst keine Polizeibefugnisse haben darf. Hieraus entwickelte sich das Trennungsgebot. Und ich übertreibe nicht, wenn ich sage, dass nirgends auf der Welt so sehr darauf geachtet wird wie in Deutschland. Und das ist auch gut so. Stellen Sie sich mal vor, geheimdienstlich erhobene Daten, deren Herkunft teilweise schwer nachvollziehbar ist, wären plötzlich die Grundlage eines richterlichen Urteils. Das würde die Rechtsstaatlichkeit unserer Republik in den Grundfesten erschüttern.«

»Und deshalb wäre die Gründung einer neuen geheimen Staatspolizei ein politischer Skandal?«

»Ich denke, die Antwort erübrigt sich. Um klar Stellung beziehen zu können, müssten parlamentarische Untersuchungsausschüsse erst einmal Licht ins Dunkel bringen. Es müsste

geklärt werden, ob unter dem Deckmantel des Entwicklungsministeriums so etwas Monströses wie eine Geheimpolizei
lauert.«

»Allein schon die Untersuchungen würden die politische
Landschaft in Deutschland zumindest ins Wanken bringen.«

Karl Liebknecht schüttelte den Kopf. »Nein. Aber die Stimmung würde kippen. Schauen Sie sich doch mal die neusten
Umfrageergebnisse an. Die etablierten Parteien fahren immer
mehr Verluste ein, während die extremistischen Parteien von
der Verunsicherung der Bevölkerung profitieren. So ist in den
Länderparlamenten und im Bundestag ein gefährliches Misch-
verhältnis entstanden. Starke linke Kräfte auf der einen Seite,
gleich starke rechte Kräfte auf der anderen und in der Mitte der
graue und handlungsunfähige Einheitsbrei der ehemals großen
Parteien, deren Vertreter an längst vergangener Macht kleben
und die nicht verstanden haben, dass es ihre verfehlte Politik
der letzten zwanzig Jahre ist, die den extremistischen Parteien
das Zepter in die Hand gab. Die Gründung einer geheimen
Staatspolizei, egal in welcher Legislaturperiode, würde das
letzte bisschen Vertrauen in die amtierende Regierung zerstören. Die Rechten würden jubeln, die Linken würden spucken.«

»Ganz so schlimm sieht unsere politische Landschaft doch
gar nicht aus.« Brigitta verschränkte die Arme.

Karl Liebknecht blickte sie zweifelnd an. »Was glauben Sie,
was diese geheime Polizeistelle mit nachrichtendienstlichen
Befugnissen für eine Monstrosität wäre? Eine solche Stelle ist
parlamentarisch kaum zu überwachen. Und ich will nicht wissen, was passiert, wenn einer der Agenten dieser Stelle einen
Alleingang wagt.«

38

Berlin, 14:20 Uhr MESZ

STEFAN SCHALTETE den Fernseher aus und blickte zu Wiebke, die breitbeinig auf der Tischkante saß. Sie trug halbhohe Stiefeletten mit grober Sohle, eine löchrige Jeans und ein olivfarbenes Tanktop. Nach der Begegnung mit dem Kaffeeverkäufer war sie zu der Adresse gefahren, die Stefan ihr gegeben hatte. Eine Wohnung in einem Plattenbau in Ahrensfelde. Wiebke war sofort klar, dass es eine konspirative Wohnung war, auch wenn sich die Einrichter viel Mühe gegeben hatten, die Wohnung aussehen zu lassen, als wäre sie Stefans Lebensmittelpunkt. Doch die Details stimmten nicht. Es waren immer die kleinen Fehler, das vollkommen Abgestimmte, das so eine Wohnung verriet. Es gab keinen Stilbruch. Kein Manga neben einer Lederausgabe von Goethe. Dabei war niemand eindimensional. Jeder hatte eine vielschichtige Persönlichkeit. Wenn diese Wohnung die Persönlichkeit von Stefan widerspiegelte, wäre er ein Möbelhaus. Und außerdem konnte Wiebke sich nicht vorstellen, dass Stefan sie zu sich nach Hause einlud. Sie hätte das jedenfalls nicht getan, wenn sie noch eine Wohnung hätte.

»Was bildet sich dieser Professor Liebknecht eigentlich ein?« Stefan schlug mit der flachen Hand gegen die Wand.

»Gehören Sie auch dazu?«, fragte Wiebke.

»Zu dieser geheimen Polizeieinheit?«

Sie nickte. »Ich frage mich, warum meine Schwester Sie um Hilfe gebeten hat. Wenn Sie nicht zu dieser Einheit gehören, meine ich.«

»Ich weiß nicht, warum Saskia mir den Zettel geschickt hat. Wirklich nicht.«

»Woher kennen Sie Saskia eigentlich?«

Stefan zuckte mit den Schultern. »Wir hatten bei unserer Arbeit immer wieder hier und da Überschneidungen. Ich schätze, sie hat Vertrauen zu mir aufgebaut.« Er blickte Wiebke direkt an. »Vertrauen Sie mir?«

»Weiß ich noch nicht. Wahrscheinlich nicht.«

Stefan blickte zu Boden. Der Versuch eines Lächelns scheiterte. »In unserem Geschäft ist Vertrauen oft tödlich.«

»Nicht unbedingt. Wissen Sie, manchmal zerstört es auch einfach nur alles, was einem wichtig ist. Als ich das letzte Mal jemandem vertraut habe, ist mein Leben den Bach runtergegangen.«

»Wollen Sie mir davon erzählen?«

Wiebke hüpfte von der Tischkante. »Ich habe übrigens diesen Schwachkopf identifizieren können, der in dieser U-Bahn-Station rumkrakeelt hat.«

»Das heißt also Nein.«

»Er heißt Gregor Veist und hat sich zum Salafismus überreden lassen. Wahrscheinlich von diesem Attila Malizaew.«

»Mit absoluter Sicherheit. Malizaew ist dafür bekannt, labile Menschen aufzufangen, indem er für die vielen Fragen des Lebens stets eine passende Antwort hat. Es besteht der dringende Verdacht, dass er zur Hochzeit des Islamischen Staats der Topkoordinator für die Ausreise von Kämpfern nach Syrien war.«

»Und warum läuft der noch frei rum?«

»Die Ermittlungen haben zu keinem konkreten Tatverdacht geführt. Die Bundesstaatsanwaltschaft hat das Verfahren eingestellt und einen Beobachtungsvorgang daraus gemacht. In regelmäßigen Abständen wird nachgefragt, ob es Neuigkeiten gibt, die zu einem konkreten Verdacht führen.«

»Sie haben die Ermittlungen begleitet?«

Stefan presste die Lippen aufeinander, sagte aber nichts.

»Jetzt verstehe ich, warum Sie so jemanden wie mich engagiert haben.«

»Wie ich schon sagte, ich bin der Meinung, dass der Rechtsstaat versagt hat.«

»Und warum glauben Sie, dass Sie nicht versagen werden?«

»Ich weiß es nicht. Ich weiß nicht, ob ich Erfolg haben werde. Aber ich weiß, dass ich es anders machen werde.« Stefan wischte sich mit der Hand übers Gesicht. »Aber jetzt müssen wir uns erst einmal um diesen Gregor kümmern. Attila hat etwas vor, das spüre ich. Und Gregor ist der schwache Punkt.«

Wiebke nickte, stand auf und ging zur Tür. »Ich melde mich wieder.«

39

Köln, 15:15 Uhr MESZ

PETER HATTE eine Entscheidung getroffen. Er brauchte Geld. Geld, um die Liebe seiner Tochter zu kaufen. Um ins Disneyland Paris fahren zu können. Er brauchte das Geld schnell. Also keine Banken und Sparkassen. Er musste woandershin. Ein Kumpel hatte ihm von diesem neuen Kreditbüro in der Südstadt erzählt. Schnelle Bearbeitung, keine Fragen. Peter war durchaus klar, dass er einen Handel mit dem Teufel eingehen würde. Wahrscheinlich um genau diesen Gedanken zu vertreiben, war der Eingang zum Kreditbüro extrem freundlich gestaltet. Ein Glasfoyer, bunt blühende Sträucher, die Augen und Nase gleichermaßen sinnlich ansprachen, sanfte Musik.

Peter setzte sich auf eine Wartebank. Die Zeitschriften neben ihm auf dem kleinen Tisch hatte er schnell durchwühlt, ohne etwas Interessantes zu entdecken. Endlich öffnete eine Frau die Tür und signalisierte ihm, dass er nun an der Reihe war. Sie hatte ihre roten Haare streng nach hinten gekämmt, und der geflochtene Zopf floss wie eine Schlange über die massigen Schultern.

»Herr Meier?«

Peter nickte und stand auf. Er hielt der Frau zur Begrüßung die Hand hin, doch sie ignorierte die Geste.

»Dann kommen Sie bitte mit.«

Ein langer Flur führte zu einem Eckbüro. Auch hier waren die Pflanzen perfekt auf das Interieur abgestimmt, mit dem Unterschied, dass das schwere Parfüm der Frau im Raum hing und alles andere überdeckte. Peter nahm auf dem angebotenen Stuhl Platz, die Frau setzte sich hinter ihren Schreibtisch.

»Was kann ich für Sie tun?«

»Ich brauche einen Kredit.«

»Das dürfte kein Problem sein.«

»Doch.« Peter blickte auf den Boden. »Ich bin arbeitslos und habe noch andere Verbindlichkeiten.«

Die Frau faltete die Hände auf der Tischplatte. »In diesem Fall kann ich nichts für Sie tun.«

»Ein Freund hat mir diese Einrichtung empfohlen. Er hat hier auch einen Kredit bekommen und meinte, Sie hätten alternative Lösungen.«

»Sind Sie sicher, dass Sie das wollen?«

Peter nickte. »Ich will mit meiner Tochter ins Disneyland Paris fahren.«

»Ihre Beweggründe interessieren mich nicht. Ihnen ist klar, dass wir Ihnen keinen offiziellen Vertrag anbieten können?«

»Das ist mir bewusst.«

»Und dass sowohl die Konditionen als auch die Rückzahlung ... sagen wir mal ...« Sie kaute an ihrer Unterlippe. »... strenger sind?«

»Ich brauche schnell Geld.«

»Vielleicht lässt sich doch was machen.« Die Rothaarige ging zur Bürotür und schloss ab.

40

Syrien, 16:54 Uhr OESZ

DIE FARBE DER metallenen Eingangstür zu Khaleds Baracke war an vielen Stellen abgeblättert. Der Rost fraß sich in das ungeschützte Metall. Khaled nahm einen Schlüssel aus der Hosentasche und steckte ihn ins Schloss. Mit einem Klacken schob sich der Riegel zurück, die Tür schwang quietschend auf. Der Geruch von gebratenem Gemüse und der Duft von selbst gebackenem Brot hingen in der Luft, sodass Khaleds Magen knurrte. Abu Kais hielt ihn an der Schulter zurück.

»Deine Mutter wird es nicht verstehen, oder?«

Khaled schüttelte den Kopf. »Sie ist tiefgläubig. Aber trotzdem ...«

»Sag es ihr nicht. Sag ihr nicht, welche Ehre dir zuteilgeworden ist.«

»Aber ...« Khaleds kleiner Bruder kam auf ihn zugerannt. Khaled breitete die Arme aus und fing den kleinen Körper auf.

»Hey, nicht so stürmisch.« Khaled lachte. Er drückte seinen Bruder fest an seine Brust und schaute über seine Schulter zu Abu Kais. Khaled nickte. Er würde es nicht verraten. Abu Kais lächelte.

»Mama hat mit dem Essen auf dich gewartet. Wo warst du?«, fragte der kleine Ibrahim.

»Ich hatte mit Abu Kais noch etwas zu bereden.«

»Es ging doch sicher um das Fußballtor, oder?«

»Was für ein Fußballtor?« Khaled streichelte seinem kleinen Bruder über die Haare.

»Hey, lass das!« Ibrahim duckte sich weg. »Ich bin doch kein Baby mehr.«

Die Mutter der beiden erschien im Türrahmen. »Wo bist du gewesen? Ich habe mir Sorgen gemacht.« Sie erblickte Abu Kais und zog ihr Kopftuch enger. »Du hast einen Freund mitgebracht?«

Khaled nickte. »Abu Kais und ich hatten etwas Geschäftliches zu besprechen.«

»Möchte dein Freund mit uns essen?«

Abu Kais senkte leicht den Kopf. »Es ist mir eine Ehre, mit dir und deiner Familie zu speisen, Uma Khaled.«

Sie gingen gemeinsam in die Küche. Auf dem Boden standen Tonschalen mit gebratenen und rohen Paprika, brauner Paste, Fladenbrot und Tomaten. In einer war dampfender Bulgur.

»Wie war dein Tag, Khaled?«, fragte seine Mutter.

»Ich war auf dem Hügel. Nachdenken.«

Sie blickte ihn lange an, hob misstrauisch eine Augenbraue und schüttelte kaum merklich den Kopf. »Ich fühle, dass ein Schatten auf deiner Seele liegt.«

»Ich …« Khaled schaute Hilfe suchend zu Abu Kais, der ein Stück vom Brotlaib abriss und in die Paste tunkte.

»Das ist sehr lecker. Was ist das?«

Die Sorge verschwand nicht aus ihrem Gesicht, aber sie lächelte etwas. »Muhammara. Mit frischen Walnüssen und Paprika.«

»Wirklich fantastisch.« Er tunkte das Stück Brot noch einmal in die Paste. »Und wenn du wissen willst, warum dein Sohn so nachdenklich ist, verrate ich es dir. Ich habe Khaled Arbeit angeboten. In Amman.«

»In Amman?« Uma Khaleds Lippen waren nur noch ein weißer Strich. »Aber du hast doch Arbeit.«

Khaled winkte ab. »Soner beutet mich aus. Ich schleppe den ganzen Tag Möbel, wofür er mich mit einem Hungerlohn abspeist.« Und außerdem treffe ich jeden Tag Saida. Er schloss die Augen und atmete tief ein. »Der verarscht mich.«

»Es ist wirklich ein gutes Angebot«, warf Abu Kais ein. »Sehr viel besser bezahlt.«

»Wer sorgt in der Zeit für die Familie?«

»Ein Freund wird sich um euch kümmern. Versprochen.« Abu Kais lächelte.

»Und ab wann?« Sie senkte den Kopf.

»Sofort. Morgen. Mein Klient wartet schon.«

»Und was ist das für eine Arbeit?«

Abu Kais lehnte sich zurück. »Mein Klient ist ein sehr einflussreicher und mächtiger Mann. Er will einen zuverlässigen Fahrer für seine Antiquitäten. Ich habe ihm gesagt, dass ich ihm den besten Mann dafür besorgen werde.«

Die Antwort zauberte ein breites Lächeln auf das Gesicht der Mutter. »Mein Junge? Der Beste? Dein Vater wäre stolz.«

Er kann aber nicht stolz sein. Er wurde ermordet. Von Regierungstruppen. Einfach nur, weil er zur falschen Zeit am falschen Ort war.

»Vater ist tot«, sagte Khaled scharf, schärfer, als er beabsichtigt hatte.

Die Mutter nickte und biss in ein Stück Paprika.

Die drei aßen schweigend weiter. Uma Khaled schaute misstrauisch zwischen ihrem Sohn und Abu Kais hin und her.

Nach dem Essen zogen sich die beiden Männer in ein fast leeres Zimmer zurück. Nur ein paar bunt gewebte Teppiche und zwei alte Schlafsäcke lagen auf dem Boden. Khaled und Abu Kais beteten. Sie wickelten sich in Schlafsäcke ein.

»Wohin gehe ich morgen wirklich?«, fragte Khaled.

Abu Kais drehte ihm den Rücken zu. »Morgen machst du den ersten Schritt auf dem Weg ins Paradies.«

41

Jerusalem, 23:14 Uhr IDT

DAVID TEITELBAUM überprüfte die Koordinaten, die er von der Zentrale bekommen hatte. Sie waren bereits im Einsatzgebiet. Irgendwo zwischen den verkrüppelten Bäumen dieses wild wuchernden Hains musste die Hütte sein. Laut Satellitenüberwachung war es ein einzelnes Gebäude.

Das perfekte Versteck für eine Ratte wie Abu Kais.

Heute Nacht würde es enden.

Abu Kais würde ihm nicht noch einmal entkommen. Das fühlte David.

»Halt an«, sagte er.

Der Fahrer lenkte den Transporter an den Straßenrand.

David lehnte sich in den Fond des Fahrzeugs. Dort saßen vier Soldaten in schwarzgrauer Tarnkleidung. Die Anspannung war ihnen ins Gesicht geschrieben. Drei der Soldaten kannte David nicht, der vierte war Immanuel.

»Es wird gefährlich«, sagte David zu den Männern. »Abu Kais ist ein gerissener Hund, und auch wenn wir ihn überraschen, hat er immer noch einen Trick auf Lager. Deswegen erwarte ich volle Konzentration. Verstanden?«

»Verstanden.« Die Stimmen der Soldaten erklangen wie aus einem Munde.

»Wir sind nicht hier, um Gefangene zu machen. Unser Auftrag ist deutlich. Vorsichtige Annäherung. Bei Feindkontakt wird sofort geschossen. Unser Auftrag heißt töten.«

»Verstanden.« Die Soldaten zogen schwarze Sturmhauben über. Nur Immanuel zögerte.

»Was ist los?«, fragte David.

»Es ist nur …«, begann Immanuel zögerlich. »Ich stelle mir die Frage, ob es nicht klüger wäre, Abu Kais festzunehmen und zu befragen.«

»Für Diskussionen haben wir keine Zeit. Wir haben einen klaren Auftrag. Auch von dir erwarte ich volle Konzentration.«

»Verstanden«, presste Immanuel hervor.

David nickte und zog seine Sturmhaube über den Kopf. Die Türen des Transporters wurden aufgerissen, und Sekunden später waren die Soldaten mit der Umgebung verschmolzen. David schaltete das Nachtsichtgerät ein. Kurz darauf sah er die Umgebung in einem dunklen Grünton.

»Ab jetzt gilt absolute Funkstille. Vorrücken in gefächerter Formation. Passt auf euch auf, Leute.«

Die Soldaten und David schalteten ihre Funkgeräte aus. Zwei Männer rückten vor und duckten sich hinter einem knorrigen Baumstamm. Zwei weitere Soldaten wagten sich tiefer in den Hain hinein. Nachdem sie ebenfalls Deckung gefunden hatten, folgten David und Immanuel. Die Männer bildeten einen Halbkreis. Mit den CTAR-21-Sturmgewehren im Anschlag rückten sie immer weiter vor. Sie überwanden umgestürzte Bäume und Sträucher. In einiger Entfernung erkannte David die Hütte. Mit einer Handbewegung bedeutete er den Männern, dass sie stehen bleiben sollten.

David drückte eine Taste am Nachtsichtgerät. Die Sicht wechselte zu Infrarot. Zwischen den ganzen kalten Blautönen erkannte David einen Körper, der in Rot, Gelb und Grün dargestellt wurde. Offensichtlich lag der Körper auf dem Boden. Bewegungslos. Abu Kais würde schlafend sterben. Einen Moment lang dachte David darüber nach, den eindeutigen Befehl der Kommandoführung zu missachten. Er wollte Abu Kais in die Augen blicken und zusehen, wie in ihm die Angst wuchs. Die Angst vor dem Unvermeidlichen. Ob sich der Terrorist in die Hose pissen würde, wenn er in den Lauf eines Sturmgewehrs blickte?

Eine Frage, die nie beantwortet werden würde.

David besann sich auf den Befehl. Kein Risiko. Kein direkter Kontakt. Schnelle und saubere Ausführung.

Deshalb würde Abu Kais im Schlaf sterben.

David lief geduckt zu Immanuel und flüsterte ihm zu: »Unser Ziel ist in der Hütte.«

»Bist du sicher, dass es Abu Kais ist?«

David schob den Ärmel seiner Uniformjacke hoch und überprüfte die Daten, die von der Kommandozentrale auf den PDA gesendet wurden, den er am Handgelenk trug. Die Koordinaten stimmten, und die letzte Ortung von Abu Kais' Mobiltelefon war vier Minuten her.

»Er ist in der Hütte.«

»Wir können immer noch zugreifen.«

David schüttelte den Kopf. »Er muss sterben. Und es wird heute Nacht passieren. Jetzt.«

Mit zusammengepressten Lippen machte David die entsprechende Handbewegung. Seine Männer schwärmten im Halbkreis aus und knieten sich hinter Baumstämme, Sträucher und verrostete Fässer. David spürte die Stille. Er hörte seinen eigenen Atem. Das Herz schlug ihm bis zum Hals. Mit der Zungenspitze leckte er über die obere Zahnreihe und schluckte etwas Blut. In der Anspannung hatte er sich auf die Lippe gebissen.

Zeit für Rache!

David brachte sein Sturmgewehr in Anschlag. Er wusste, dass seine Männer nur darauf warteten, dass es losging. Er musste den ersten Schritt machen. Es war seine Verantwortung, die Hölle losbrechen zu lassen.

Die erste Salve aus seiner Waffe zerriss die Stille. Beinahe zur gleichen Zeit hämmerten die Schüsse seiner Männer durch den nächtlichen Hain und durchsiebten die Hütte. Wenige Sekunden später war es wieder still.

Es war vorbei. Der Mörder seiner Frau war tot.

Hatte David geglaubt, dass es sich gut anfühlen würde, hatte er sich getäuscht. Da, wo vorher Schmerz gewesen war, fühlte er eine drückende Leere. Als ob er Lydia noch einmal verloren hätte.

David schaltete das Funkgerät ein. »Hier Nakam 1 an Nakam 6. Kommen.«

Aus dem In-Ear-Kopfhörer drang ein Rauschen, dann eine Stimme. »Nakam 6 hört.«

»Vorrücken und überprüfen. Vorsicht vor Sprengfallen.«

»Nakam 6 hat verstanden.«

Der Soldat löste sich aus seiner Deckung und lief geduckt in Richtung Hütte. David hielt das Sturmgewehr weiter im Anschlag und war darauf vorbereitet, sofort zu schießen, sollten sich Feinde nähern. Ihm kam es seltsam vor, dass Abu Kais alleine gewesen war.

Nakam 6 hatte die Hütte erreicht. Mit einem Fußtritt brach er die Eingangstür aus den Angeln. Dann war er drin.

David erkannte durch die Infrarotsicht, dass Nakam 6 sich der Leiche von Abu Kais näherte und sich danebenhockte. Jetzt müsste über Funk die Identifizierung kommen.

Doch es blieb still.

»Hier Nakam 1. Was ist los?«

Nur das Rauschen war zu hören.

»Geben Sie Statusmeldung!« David hielt es nicht mehr aus. Er löste sich aus seiner Deckung und rannte zur Hütte. Dabei schaltete er wieder auf Nachtsicht um. Der Soldat kniete neben der Leiche. Er hatte seine Sturmhaube ausgezogen und hielt sie krampfhaft fest umklammert.

David blickte zu der Leiche. Der Körper war durch die Schüsse regelrecht zerfetzt. Überall war Blut.

David taumelte zurück.

Auf dem Boden lag nicht Abu Kais.

Das Opfer war nicht mal ein Mann.

David hatte das Gesicht der Frau schon einmal gesehen. Er wusste in diesem Moment jedoch nicht, woher er sie kannte.

Verdammte Scheiße! Ihm war sofort klar, dass sie von hier verschwinden mussten. Auf der Stelle.

»Hier Nakam 1 an die eingesetzten Kräfte. Abrücken.«

David packte Nakam 6 an der Schulter. »Los jetzt.«

»Hier Nakam 3.« Immanuels Stimme. »Bestätigen Sie den Erfolg unserer Mission.«

»Erfolg am Arsch.« David schrie ins Funkgerät. »Wir müssen hier weg. Sofort.«

»Aber ...«

»Keine Fragen. Abrücken. Schnell!«

David verließ mit Nakam 6 die Hütte. Die anderen vier Soldaten schlossen sich ihnen an. Auf dem Weg zum Transporter sprach niemand. David setzte sich auf den Beifahrersitz. Er musste den Misserfolg der Mission melden, doch als er mit zitternden Fingern den Ärmel seiner Jacke hochschob, war das PDA nicht mehr an seinem Handgelenk. Es musste beim fluchtartigen Rückzug abgerissen sein. David schaute Immanuel direkt in die Augen. Dieser zuckte mit den Schultern.

»Ich bin gleich wieder da. Abfahrt in drei Minuten.« David öffnete die Fahrertür und verschwand wieder im Olivenhain. Keine zwei Schritte entfernt fand er den PDA. Er bückte sich und hob das Gerät auf. Bevor er die negative Einsatzmeldung absetzte, atmete er noch einmal tief durch. Er wollte gerade die Nummer des Einsatzcodes eintippen, als etwas in seinem

Augenwinkel aufblitzte. Er schaute in die Richtung des Lieferwagens.

Zehn vermummte Männer in Tarnuniformen traten aus ihren Verstecken hervor. Sie hatten Kalaschnikows im Anschlag.

Ohne zu zögern, eröffneten sie das Feuer auf den Lieferwagen. Querschläger zwirbelte David um die Ohren. Er duckte sich und flüchtete tiefer in den Olivenhain.

Das hier war eine verdammte Falle!

42

Berlin, 05:41 Uhr MESZ

DER WECKER RISS Gregor aus dem Schlaf. Nebelige Fäden eines Albtraums hingen vor seinen Augen. Die Erinnerungen an diesen Traum bedrückten ihn, und er merkte, dass er sehr stark geschwitzt hatte. Er versuchte, die Bilder festzuhalten, sie ließen sich jedoch nicht greifen, wie Sand, der durch Finger rieselt. Obwohl er lag, überkam ihn ein leichter Schwindel. Er presste die Augen zusammen und drückte sich hoch. Die weiche Matratze gab unter dem Druck nach, sodass er es erst beim zweiten Versuch schaffte, seinen Oberkörper aufzurichten. Er musste sich beeilen, wenn er vor seiner Mutter aus dem Haus sein wollte. Es gab keinen Grund, sich eine Standpauke darüber anzuhören, dass er schon wieder nicht in die Berufsschule ging. Es gab nun mal Wichtigeres zu tun.

Sein Magen gab ein Grummeln von sich. Er würde sich unterwegs etwas zum Frühstück besorgen müssen. Mit bleiernen Gliedern schleppte er sich zum Waschbecken. Nach der rituellen Waschung verrichtete er sein Fadschr und betrat die Küche. Mutter war noch nicht wach. Das war ungewöhnlich, sie musste doch zur Arbeit. Hatte sie heute frei? Egal. Das gab ihm die Möglichkeit, eine Kleinigkeit zu frühstücken. Er nahm eine Scheibe Toast und legte Käse drauf. Während er kaute, zog er seinen Hertha-BSC-Hoodie über. Heute sollte es laut Wetterbericht viel kühler werden. Im Fernsehen hatte der Wetterexperte etwas von den Folgen des Klimawandels gesagt, die immer deutlicher spürbar waren. Gestern Hitze, heute kühler Regen. Und wieder einmal waren die Amerikaner schuld, die sich nicht an irgendwelche Klimaabkommen hielten. Gregor verstand nicht viel davon. Es war ihm auch egal.

Ein paar Minuten später schloss er leise die Haustür. Keine Sekunde zu früh, denn von draußen sah er, dass im Schlafzimmer seiner Eltern das Licht eingeschaltet wurde.

Gregor vergrub die Hände in den Taschen seiner Jeans. Kurz überlegte er, ob er Baichung besuchen sollte, verwarf die Idee jedoch wieder. Zum einen wusste er nicht, ob Baichung am Kaffeestand war, und zum anderen hatten die Bullen dort nach ihm gesucht. Es war wohl keine gute Idee gewesen, die Chicks so anzumachen.

Gregor besorgte sich am nächsten Kiosk einen Coffee to go, und dann begann das Warten. Da noch viel Zeit bis zum Treffen mit Pavel war, lief er ziellos durch Berlin. Viele Stunden lang. Was für ein Scheißtag. Er hatte scheiße begonnen und drohte scheiße zu enden, denn zum vereinbarten Zeitpunkt tauchte Pavel nicht am Treffpunkt auf. Weder von dem hageren Mann noch von dem grauen Van war etwas zu sehen.

Gregor trat von einem Fuß auf den anderen. Er ging ein Stück und lehnte sich gegen die mit Graffiti beschmierte Hauswand. Sein Blick wanderte hin und her. Ihm gegenüber parkte ein schwarzer BWM, dessen Fahrer trotz des trüben Wetters eine Sonnenbrille trug. Gregor war das Fahrzeug aufgefallen, als es vor etwa zehn Minuten auf dem kleinen Parkplatz neben einem Friseursalon angehalten hatte. Der Mann mit der Sonnenbrille war nicht ausgestiegen, sondern hatte sich eine Zeitung vom Beifahrersitz genommen und angefangen zu lesen.

Und noch jemand war Gregor aufgefallen. So ein Junkie hatte sich unweit seines Standorts hingesetzt. Gregor hatte das

220

Gefühl, beobachtet zu werden. Von dem Typen im BMW und von dem Junkie. Tausend Gedanken schossen ihm durch den Kopf. Waren das Leute vom Geheimdienst oder von der Polizei? Vielleicht hatten die beiden Typen auch nichts miteinander zu tun und somit auch nicht mit ihm. Es könnte aber auch sein, dass es Freunde von Pavel waren. Egal was das für Leute waren, er musste etwas tun. Nur was?

Weglaufen? Stehen bleiben? Den Junkie ansprechen?

Gregor massierte seine Schläfen. Er kniff die Augen zusammen. Da nahm ihm der Junkie die Entscheidung ab und kam auf ihn zu. Als er dicht bei Gregor stand, versuchte er zu lächeln und offenbarte braunschwarze Zahnruinen. Der Junkie zitterte und hatte dicke Schweißperlen auf der Stirn.

»Hey du?«, stotterte er.

»Was willst du von mir?«

»Du stehst hier die ganze Zeit so rum.«

»Und? Ist das verboten?«

Der Junkie schüttelte den Kopf. »Ich dachte nur, wartet der auf jemanden, oder ...?«

»Oder was?«

»Haste was?«

»Verpiss dich einfach, du Wichser.«

Der Junkie hob abwehrend die Hände. »Schon gut. Ist ja schon gut.« Er schlurfte wie ein misshandelter Köter um die nächste Hausecke.

Gregor vergrub die Hände in den Taschen seines Hoodies. Ab und zu blickte er auf die Uhr. Jetzt hatte Pavel schon eine Stunde Verspätung. Gregor überlegte, wie er Attila beichtete, dass das Geschäft geplatzt war. Und es war geplatzt. Wie lange sollte er denn noch warten? Gregor stieß sich von der Hauswand ab. In diesem Moment fuhr der schwarze BMW an, der Fahrer schaute eindeutig zu Gregor herüber. Und etwas an diesem Blick störte ihn. Es war zwar nur ein kurzer Blick gewesen, aber doch etwas zu lang, als dass er keine Bedeutung gehabt hätte. Gregor spürte ein Kribbeln im Nacken und in den Kniekehlen. Das konnte nur bedeuten, dass ihn der Geheimdienst beschattete. Wahrscheinlich war der Junkie auch nicht echt. Er hatte nicht einmal nach Schweiß gestunken. Und die Schuhe. Waren die nicht geputzt gewesen? Welcher Junkie putzte seine Schuhe?

Gregor blickte sich hektisch um. Wer gehörte alles dazu? Die alte Frau? Der Mann im Rollstuhl? Die Gruppe junger Araber? Wer, verdammt! Wer gehörte dazu? Und was wollten die? Ihn schnappen? Entführen? Foltern? Die Informationen aus ihm herauspressen? Gregor wollte es nicht herausfinden. Er wollte nur noch weg von hier. Als er die Straßenseite wechselte, sah er sie. Zwei Männer in Trainingsjacken. Sie kamen auf ihn zu, trennten sich und fächerten aus. Der eine wechselte auf die Seite, wo Gregor stand, der andere wurde schneller und lief an Gregor vorbei. Erst dann wechselte er die Straßenseite. Sie wollten ihm den Weg abschneiden. Gregors Gedanken überschlugen sich. Was jetzt? Verdammte Scheiße, was jetzt? Er rannte los. In die nächste Stichstraße, dann links in einen Supermarkt. Hinter einem Sandwichregal schnappte er kurz nach Luft. Er spürte ein Kribbeln in Händen und Füßen. Die Kälte des Kühlregals kroch seinen Rücken hinab. Ein Verkäufer kam auf ihn zu, doch bevor der Verkäufer seinen Mund aufmachen konnte, drückte Gregor sich vom Regal ab und rannte auf die Straße. Sofort schlug er einen Haken nach links und duckte sich hinter einen roten Sprinter, der am Straßenrand parkte. Vorsichtig lugte er durch die Seitenscheibe. Zwei lila Stoffwürfel, die am Innenspiegel hingen, verdeckten ihm ein wenig die Sicht, aber er sah, wie beide Männer sich umblickten. Ein Transporter fuhr vorbei und nahm den beiden kurz die Sicht. Gregor nutzte die Gelegenheit, um zur nächsten Gasse zu rennen und sich hinter einem überfüllten Müllcontainer zu ver-

stecken. Es stank bestialisch. Er versuchte so wenig wie möglich zu atmen und verfluchte Pavel. Das Schwein hatte ihn an
den Geheimdienst verraten. Vielleicht gehörte er selbst dazu.

Was würde Attila dazu sagen? Begeistert wäre er garantiert
nicht. Ob er dem Verräter die Augen mit einem Löffel ausste-
chen würde? Oder ihm? Gregor lief es kalt den Rücken runter.

Irgendetwas klimperte in seiner Nähe. Eine leere Bierflasche
rollte über den Asphalt. Gregor zuckte zusammen, sein Atem
kam stoßweise. Jetzt hatten sie ihn.

Was sollte er tun?

43

Jerusalem, 06:43 Uhr IDT

»LOS, WIR MÜSSEN UNS BEEILEN.« Die Reporterin hetzte zum Ort des Geschehens, ihr Kameramann fluchte. Im Gegensatz zu ihr hatte er schwer zu schleppen und außerdem keine Gummistiefel an. Es hatte die Nacht über geregnet. Der Boden war völlig durchweicht.

»Da ist es.« Sie deutete zu einer Stelle, die mitten im Grau des beginnenden Tages in künstliches Licht getaucht war. Polizeifahrzeuge sperrten die Straße ab. Ein fast völlig zerstörter Transporter stand am Straßenrand. Daneben lagen vier blutige Tücher. Der vom Regen durchnässte Stoff hatte sich wie eine zweite Haut an die darunterliegenden Körper geschmiegt.

In unmittelbarer Nähe standen Reporter und Kameramänner dicht nebeneinander wie Perlen auf einer Schnur.

»Stell dich dahin«, sagte Cathy zu ihrem Kameramann. »Haben wir den Transporter drauf?«

Daniel hob die Kamera auf die Schulter. Das Scheinwerferlicht blendete Cathy.

»Aufnahme läuft«, sagte er.

Sie blickte mit ernster Miene in die Kamera und atmete tief ein. »Guten Morgen, meine Damen und Herren. Ich bin Cathy Holmes von Israel News. Ich berichte live für Sie vom Schauplatz einer Tragödie. Aaron? Kannst du mich hören?«

Der In-Ear-Kopfhörer rauschte. Sie hielt Verbindung mit dem Fernsehstudio, wo gerade das Morgenmagazin lief.

»Cathy?« Aarons Stimme. Die Verbindung hielt.

»Einen guten Morgen ins Studio«, sagte Cathy.

»Im Hintergrund ist ein Lieferwagen zu sehen. Davor liegen offensichtlich fünf Leichen. Was kannst du uns und den Zuschauern darüber berichten?«

»Nach offiziellen Angaben handelt es sich bei dem Lieferwagen um ein Tarnfahrzeug des israelischen Militärs. Und ja ...« Sie senkte den Blick zu Boden. »Unter den blutigen Tüchern liegen fünf tapfere Soldaten.«

»Gibt es schon Hinweise, was passiert ist?«

Cathy nickte. »Die ganze Tragödie soll im Zusammenhang mit der Entführung einer amerikanischen Journalistin stehen. Ophra Heysen wurden vor zwei Wochen im Westjordanland von Terroristen gekidnappt. Gestern gab es angeblich einen Hinweis zum Aufenthaltsort der Journalistin. Unsere Soldaten waren hier, um sie zu retten.«

»Die Rettungsaktion lief ganz offensichtlich nicht wie geplant. Kannst du unseren Zuschauern berichten, was passiert ist?«

»Das meiste ist reine Spekulation. Das Militär hat nur einen kurzen Kommentar abgegeben. Angeblich konnten die eingesetzten Soldaten die Geisel nur tot vorfinden. Kurz danach griffen die Terroristen an.«

Plötzlich ging Aufregung durch die versammelten Presseleute, ausgehend von einem Kameramann, der gebannt auf sein Mobiltelefon starrte. Und diese Aufgeregtheit verbreitete sich wie ein Feuer. Immer mehr Reporter und Kameramänner holten ihre Telefone hervor.

»Was passiert bei euch?«, wollte Aaron wissen.

»Ich ... ich weiß es nicht.«

Ihr Kameramann starrte nun auch auf sein Handy.

»Ich kann nur noch deine schlammigen Gummistiefel sehen. Was ist da los? Regie? Gibt es ein Problem?«

Und jetzt sah es Cathy auch. Ein Internetvideo. Israelische Soldaten schlichen kampfbereit zwischen Bäumen umher. Sie positionierten sich vor einer Hütte. Schnitt. Im Inneren der Hütte lag eine gefesselte Frau. Cathy erkannte sofort die entführte Journalistin. Dann fielen Schüsse. Das erste Projektil traf die Amerikanerin. Es wurde gnadenlos draufgehalten. Cathy schloss die Augen.

»O mein Gott.«

»Was ist da los?«, rief Aaron immer noch ins Mikro.

Cathy wurde schwindelig. Sie konnte kaum fassen, was sie gerade gesehen hatte. Anderen Reportern erging es ähnlich. Alle schienen wie gelähmt. Diese Nachricht war noch nicht über den Äther. Cathys Kameramann reagierte als Erster. Er hielt drauf.

»Cathy, was ist passiert?«, fragte Aaron.

Sie blickte in die Kamera und sammelte sich.

»Gerade wurde ein Video veröffentlicht, auf dem zu sehen ist, wie israelische Soldaten die entführte Ophra Heysen erschießen.« Es schnürte ihr den Hals zu. »Der Wahrheitsgehalt muss noch überprüft werden. Aber sollte das Video echt sein, sind diese Männer unter den blutigen Laken keine Helden sondern Mörder.«

44

London, 13:24 Uhr BST

ERIC STALKER hatte vor gar nichts Angst, und es war sogar noch schwerer, ihn zu beeindrucken. Dafür hatte er viel zu viel gesehen. Angefangen von Verrat über Grausamkeiten bis hin zu Mord. Als junger Mann hatte er eine Regierung zu Fall gebracht und damit das ganze Land in einen Bürgerkrieg getrieben. Frauen und Kinder starben, weil Großbritannien höhere Interessen gehabt hatte. Das verursachte Leid dauerte bis heute an. Und Eric Stalker würde es wieder tun, auch wenn er nicht mehr der Jüngste war. Trotzdem beeindruckte ihn der Mann, der ihm nun in seinem Büro gegenüberstand. Nicht so sehr wegen seines Aussehens, das war eher unterdurchschnittlich. Breites, vorgeschobenes Kinn, an dem graue Bartstoppeln versuchten, durch die wettergegerbte Haut zu dringen. Auch nicht wegen seiner Augen, obwohl aus diesen zu lesen war, dass der Mann eine ähnliche Historie vorweisen konnte wie Eric. Die Augen des Mannes waren wach und klar, voller Verstand und Intelligenz, umrahmt von tiefen Falten, die eher der Verschlagenheit als dem Alter zuzurechnen waren.

Es war in erster Linie die Ausstrahlung, die diesen Mann umgab und die auf Eric Eindruck machte. Es war schwer zu beschreiben, was er in dieser Aura fühlte oder woher sie kam, aber Eric war sich sicher: Dieser Mann bedeutet Gefahr.

Er war vor wenigen Sekunden von einem Agenten des Security Service ins Büro geleitet worden. Eric fuhr den Agenten an: »Hatte ich Ihnen nicht gesagt, dass ich nicht gestört werden will?«

Der Agent machte sich klein. »Er hat eine Berechtigung von oberster Stelle.«

»Downing Street?« Eric hob fragend eine Augenbraue.

»Downing Street«, antwortete der Agent.

»Und ich habe es eilig.« Der Besucher zog eine silberne Uhr aus seiner Westentasche.

Eric erkannte sofort das rote Ziffernblatt, das in der Mitte heller und am Rand so dunkel wie ein kräftiger spanischer Rotwein war. Eine Molnija. Kaliber 3602. Bei dieser Taschenuhr war die Unruhspirale als Breguetspirale ausgeführt. Ein Detail, das normalerweise nur bei teuren Marken zu finden war. Diese Molnija, so sie denn echt war, konnte man nur auf einem Weg bekommen: von Leonid Iljitsch Breschnew höchstselbst. Und auch nur dann, wenn man sich als Ausländer für die Belange der UdSSR verdient gemacht hatte.

Eric war sofort klar, dass der Unbekannte die Uhr als eine Art Visitenkarte benutzte. »Ein seltenes Stück haben Sie da.« Mit einem Wink bedeutete er dem Agenten, das Büro zu verlassen. Eric wartete, bis der Unbekannte sich gesetzt hatte. »Was verschafft mir die Ehre?«

»Sie werden gleich einen Telefonanruf bekommen. Ich bin von höchster Stelle autorisiert, das Telefonat mit anzuhören.«

»Wie war Ihr Name noch gleich?«

»Wenn Sie wollen, nennen Sie mich einfach Fitzgerald. Ist das in Ordnung für Sie?«

»Es wird mir recht sein müssen. Einen anderen Namen werden Sie mir vermutlich nicht nennen.«

»So ist es.«

»Und wie kommen Sie darauf, dass ich gleich einen wichtigen Anruf bekomme?«

Der Mann antwortete nicht. Er verzog nicht einmal eine Miene. Eric kochte innerlich. Was glaubte dieser Fitzgerald eigentlich, wer er war? Zumindest eines war klar: Er musste über Geheiminformationen verfügen. Informationen, die noch nicht einmal der MI5 hatte.

»Zu welcher Organisation gehören Sie noch gleich?«

»Ich habe Ihnen nicht gesagt, für wen ich arbeite.«

»Dann können Sie es mir ja jetzt sagen.«

Es war das erste Mal, dass Eric im Gesicht seines Gegenübers so etwas wie eine Regung feststellte. Es war eine Art Lächeln, aber nicht mit dem Mund. Eher ein Funkeln in den Augen.

»Sagen wir es mal so: Ich gehöre zu einer Gruppe alter Männer, denen Risiko spielen zu langweilig ist.«

Es klopfte an der Tür. Der junge Agent trat wieder ein.

»Was wollen Sie, John?«, fragte Eric.

»Herr Generaldirektor. Ein Gespräch für Sie, Sir.«

Erics Blick wanderte zu Fitzgerald, der sich zufrieden zurücklehnte.

»Das Gespräch ist auf Leitung 3, Sir.«

»Leitung 3?« Das war die sichere Leitung für Auslandsgespräche. Eric beugte sich zum Telefon.

»Stellen Sie das bitte auf Konferenzschaltung«, sagte Fitzgerald in einem Tonfall, der nicht zu einer Bitte passte.

Eric presste die Lippen aufeinander. Was hatte diese Gruppe alter Männer gegen den Premier in der Hand? Nur durch Druck konnte Fitzgerald von ihm die Erlaubnis bekommen haben, das Telefonat mitzuhören.

Eric nahm das Gespräch an und schaltete den Lautsprecher ein. Zunächst war nur ein Rauschen zu hören.

»Wer ist da?«, fragte Eric.

»Ich hätte gerne einen Gin Tonic. Gerührt, nicht geschüttelt.« Es folgte ein raues Lachen.

Eric kannte die Stimme. Er musste nur kurz überlegen, dann erinnerte er sich. Jalil Halpach. Da'irat al-Muchabarat al-Amma oder auch General Intelligence Directorate. Der jordanische Nachrichtendienst.

»Salam aleikum, Halpach. Lange nichts von dir gehört.« Eric hatte Jalil bei einem MI6-Einsatz kennengelernt. Er war sein Kontaktmann in Afghanistan gewesen. Der GID hatte den Briten und Amerikanern Informationen zum Hindukusch und versteckten Waffenlagern zugespielt. Der Einsatz wäre ein voller Erfolg gewesen, wenn die führenden Köpfe der al-Qaida nicht hätten flüchten können. Eric hatte Jalil in Verdacht, denn die Jordanier hatten von Anfang an nur Interesse daran gehabt, die Waffenlager zu zerstören. Und trotzdem, bei dem Einsatz hatte Jalil ihm das Leben gerettet.

Der GID galt in westlichen Geheimdienstkreisen als verlässlich, professionell und leistungsfähig. Diese Einschätzung hatte auch Homam Khaleel Mohammad Abu Mallal nicht trüben können. Der jordanische Arzt, der vom GID als Spitzel bei al-Qaida eingeschleust worden war, hatte sich 2009 im Beisein mehrerer CIA-Agenten in der Operation Base Chapman in die Luft gesprengt.

»Du willst Gin Tonic? Ernsthaft? Den will niemand! Erst recht nicht gerührt, Halpach.«

»Du bist jetzt also beim Security Service, Stalker? Warum nicht mehr mit dem MI6 ins Ausland?«

»Fünf ist meine Glückszahl.«

Halpach schwieg. Das Rauschen der Leitung war zu hören, bevor er weitersprach: »Ich glaube eher, dass die Zwei deine Glückszahl ist.«

Eric biss sich auf die Lippen. Zwei Schüsse aus dem Hinterhalt. Zwei Schüsse in den Rücken. Die Ärzte hatten lange gekämpft. Und verloren. Seither war Eric ein Krüppel. Er bewegte sich langsamer als eine Schnecke und war nun außendienstunfähig. Das Ende seiner Karriere beim Secret Intelligence Service MI6 und der Anfang beim MI5. Es war nicht sein Wunsch gewesen.

Warum erinnert er mich daran und reißt alte Wunden auf?, fragte sich Eric.

»Was willst du?«

»Nur mal hören, wie es dir beim MI5 so gefällt.«

»Mach es nicht so spannend.«

»Ich will dir und Europa einen Gefallen tun.«

Eric schüttelte den Kopf. »Größenwahnsinnig bist du nicht, oder? Warum willst du nicht gleich der ganzen Welt einen Gefallen erweisen?«

»Würde ich tun, wenn es die Tabak kauenden Cowboys nicht gäbe. Aber ehrlich, es betrifft Europa.«

Mit Informationen von ausländischen befreundeten Diensten war das so eine Sache. Man konnte nicht verifizieren, woher die Infos stammten, und vor allem, welche Ziele von den jeweiligen Geheimdiensten verfolgt wurden. Es wurden gerne mal unliebsame Journalisten oder Politiker denunziert, um die Drecksarbeit einem anderen Dienst zu überlassen. Und wenn es später herauskam, hieß es entweder, dass man es nicht besser gewusst habe, oder, wie in Geheimdienstkreisen üblich, dass es das betreffende Gespräch nie gegeben hatte. In diesem Fall nahm man sich vor, vorsichtiger mit den Informationen eines fremden Dienstes zu sein. Doch dann lief man Gefahr, einem konkreten Hinweis auf einen Anschlag oder eine Anschlagsplanung hinterherzulaufen oder ihn sogar ganz zu verpassen. So oder so war man der Dumme. Aber was tat man nicht alles, um das Königreich zu verteidigen. Regnum defende, das Motto des britischen Inlandsgeheimdienstes.

»Wen habt ihr dieses Mal mit Langstöcken und Prügel dazu gebracht, eine Anschlagsplanung zuzugeben?«, fragte Eric.

Jalil lachte. »Mach dich über unsere Methoden ruhig lustig. Vielfach haben sie euch den Arsch gerettet. Und außerdem verschwenden wir bei unseren Befragungen nicht immer wertvolles Wasser.«

»Touché.« Jetzt musste Eric grinsen. »Was hast du für uns?«

»Sagt dir der Name Maddissi Abu Mohammed El Sarka etwas?«

Eric dachte kurz nach. Der Name sagte ihm nichts. Er blickte zu Fitzgerald, der sich nicht anmerken ließ, ob er den Namen schon einmal gehört hatte.

»Der ist so gut wie jeder andere Kampfname«, sagte Eric zu Jalil.

»Wenn wir seinen Kampfnamen wüssten, wären wir einen Schritt weiter. Abu Mohammed ist Geschäftsführer von Mushiiyat-allah-WorldWide, einer Spendenorganisation für in Not geratene Brüder und Schwestern.«

»Kommen die Spenden wirklich an, oder wird mit den Spendengeldern der bewaffnete Kampf islamistischer Milizen in Syrien und im Irak finanziert?«

»Vorschnell wie eh und je. Wirst du im Alter nicht langsam mal etwas ruhiger? Dazu hätte ich schon noch etwas gesagt.« Jalil atmete tief ein. »Bisher ist es so gelaufen, dass die Spenden auf verschiedenen Geschäftskonten in den jeweiligen Ländern eingingen. Schwerpunkt bildeten dabei die Staaten der Europäischen Gemeinschaft und Großbritannien. Von diesen Konten wurde das Geld monatlich auf das Hauptgeschäftskonto des MAWW überwiesen. Von unserer Seite aus können wir nur ein Hilfsprojekt nachweisen.«

»Wie vermutet. Die Spenden unterstützen den bewaffneten Kampf in Syrien.«

»Nicht ganz. Vor einiger Zeit erwarb die Firma Bitcoins im

Wert von drei Millionen Euro. Das Geld wurde einer karitativen Einrichtung in Belgien überwiesen.«

»Wieder nach Europa zurück?« Eric massierte sein glatt rasiertes Kinn. »Das macht keinen Sinn ... Es sei denn ... Es sei ... Mein Gott!«

»Und Abu Mohammed war in den letzten Monaten häufig in Berlin, Rom, Madrid und auch London.«

»Was hat er da gemacht?«

»Keine Ahnung. Wir glauben, dass er was plant.«

Was plant. Zwei Worte, die Eric schon oft gehört hatte. Zu oft. Und fast immer hatten diese beiden Worte schreckliche Folgen gehabt.

»Wo befindet er sich jetzt?«, fragte Eric.

»Wir wissen, dass er für heute einen Flug nach London Heathrow gebucht hat.«

Erics Nacken verspannte sich. »Hast du noch weitere Daten?«

»Alles per Mail. Ich wünsche euch viel Glück. Friede sei mit euch.« Jalil beendete das Gespräch.

Eric blickte Fitzgerald an. »Dann haben Sie ja jetzt das gehört, was Sie hören wollten. Wenn Sie so freundlich wären, mein Büro zu verlassen. Ich muss mich jetzt um andere Dinge kümmern.«

»Sie halten sich da raus.«

»Was?« Eric wollte vom Stuhl aufspringen, aber die ruckartige Bewegung verursachte ihm sofort Schmerzen.

»Das ist ganz einfach. Meine Organisation wird sich um Maddissi Abu Mohammed El Sarka kümmern. Sie und Ihre Jungs und Mädchen können derweilen im Sandkasten spielen. Ich hoffe, ich habe mich klar ausgedrückt.«

»Was glauben Sie eigentlich, wer Sie sind?«

»Ich bin viele Menschen. Ich rate Ihnen, sich herauszuhalten.« Wieder dieses Glitzern in den Augen. »Glauben Sie mir,

Sie wollen keiner meiner Persönlichkeiten im Dunkeln begegnen.«

»Drohen Sie mir etwa? Besitzen Sie tatsächlich die Frechheit, mir in meinem Büro zu drohen? Dem Generaldirektor des Security Service des Vereinigten Königreichs?«

Fitzgerald schüttelte den Kopf. »Das ist ein gut gemeinter Rat. Ich drohe niemals etwas an, wenn Sie verstehen, was ich meine.«

Eric knirschte mit den Zähnen. Er hob den Telefonhörer ab und rief John an. »Würden Sie unseren Gast bitte nach draußen begleiten? Er möchte gehen.«

Kurz darauf verließ Fitzgerald in Begleitung des jungen Agenten das Büro. Eric schwirrten tausend Fragen durch den Kopf. Er musste mehr über diesen Fitzgerald und seinen Club der alten Männer erfahren. Und wenn er die Informationen hatte, würde er dafür sorgen, dass die Männer es spannend finden würden, eine Runde Mau-Mau zu spielen. Risiko war nichts für einen Rentnerclub. Vor allem dann nicht, wenn die reale Welt das Spielfeld war. Aber jetzt musste er sich erst einmal um Maddissi Abu Mohammed kümmern.

Er hatte nicht vor, sich aus der Sache rauszuhalten.

45

Berlin, 14:58 Uhr MESZ

GREGOR HIELT den Atem an. Die Bierflasche rollte über den Asphalt, stieß gegen die Wand, machte eine halbe Drehung und blieb liegen. Dann hörte er das Maunzen einer Katze, die mit geschwellter Brust und hochgerecktem Schwanz hinter dem Müllcontainer hervorstolzierte. Sie blieb neben der Bierflasche stehen und schnüffelte daran, bevor sie auf das kleine Mäuerchen sprang und verschwand.

Gregor ließ sich an der Wand hinabgleiten. Sein Herz wummerte immer noch wild. Er war im Begriff, Sprengstoff zu kaufen, und erschreckte sich vor einer verdammten Katze. Es dauerte etwas, bis er sich wieder beruhigt hatte. Seine Gedanken stolperten umher. Was nun?

Es gab nur eine Person, die ihm helfen konnte. Er musste zu Attila.

Langsam löste er sich aus seiner Deckung. Die beiden Männer waren nirgends zu sehen. Wahrscheinlich hatten sie geglaubt, Gregor verloren zu haben. Trotzdem blieb es gefährlich. Die beiden waren sicher noch in der Nähe und beobachteten die S-Bahn-Haltestelle. Gregor entschied sich dafür, ein ganzes Stück zu laufen. Immer wieder blieb er stehen und drehte sich um. Als er sicher war, nicht verfolgt zu werden, steckte er sich eine Zigarette an. An der nächsten Haltestelle stieg er in einen

Bus Richtung Tegel. Je länger er fuhr, desto größer wurde die Anspannung. Attila würde ihm die Schuld für den misslungenen Deal geben. Und Attila würde ihn ganz sicher bestrafen.

Am ehemaligen Lagerhaus angekommen, stieg er die schiefe Metalltreppe nach oben. Die Holztür in der ersten Etage war geschlossen, schwang jedoch sofort auf, als er sich dagegendrückte. Drinnen war es leise. War Attila nicht da? Aber wo sollte er sonst sein? Gregor hatte noch nie darüber nachgedacht, wo sein Mentor eigentlich wohnte. Er war bisher immer im Teehaus gewesen. Attila war das Teehaus.

Gregor trat ein. Der große Raum mit den blau-weißen Säulen wirkte größer und kahler, wenn niemand da war. Decken und Kissen lagen verstreut auf dem Boden.

»Bruder?«, rief Gregor. »Attila, bist du da?«

Keine Antwort. Kein Geräusch. Er fragte sich, ob hier alles in Ordnung war. Aber was sollte nicht in Ordnung sein? Er hatte die Verfolger abgeschüttelt. Niemand wusste, dass er für Attila arbeitete.

»Ist jemand da?«, rief Gregor.

Wieder keine Antwort.

Mit weichen Schritten ging Gregor dorthin, wo Attila immer auf seinen Kissen saß. Auf dem Tisch stand ein Glas. Der Tee dampfte noch. Ein halb aufgegessener Bagel lag daneben. Es sah aus, als wäre sein Mentor überrascht worden.

Gregor traf die Erkenntnis wie ein Faustschlag. Natürlich! Der Geheimdienst war hinter ihm her. Agenten wussten alles. Wahrscheinlich auch, wo Attila zu finden war. Gregors Atem kam stoßweise. Er fühlte sich wie ein Fuchs, der von Hunden verfolgt wurde. Aber normalerweise war der Fuchs in seinem Bau sicher. Plötzlich war da etwas hinter ihm. Er wirbelte herum.

Und blickte in den Lauf einer Pistole.

»Ganz ruhig, Junge.«

Pavel. Gregor spuckte auf den Boden.

Sein Gegenüber zuckte mit den Schultern und deutete mit einem Kopfnicken auf den Boden. »Das wird dem Chef dieser Bruchbude aber gar nicht gefallen. Was für Manieren hast du?«

»Fick dich.«

Pavel lachte. »Jeden Tag mit einem Mettbrötchen, das ich zwischen die Heizungsstreben klemme.« Er deutete mit dem Lauf der Pistole auf ein Sitzkissen. »Pflanz dich dahin.«

»Du kannst mich mal.« Gregor baute sich vor ihm auf.

»Du glaubst wirklich, dass ich dich nicht einfach umpuste, was, Junge?« Er hob die Waffe und zielte auf Gregors Kopf. »Ich würde an deiner Stelle nicht darauf wetten. Also bleib ruhig.«

Gregor überlegte. Es war nicht die Zeit, den Helden zu spielen. Und ein Held war er nie gewesen, also ließ er sich im Schneidersitz auf dem Kissen nieder.

Pavel kramte eine Zigarette aus der zerknitterten Schachtel, die in seiner Hosentasche steckte. Dabei ließ er nicht eine Sekunde die Waffe sinken.

»Willst du auch eine?« Er hielt Gregor die Schachtel hin.

Gregor schüttelte den Kopf. Mit einem Schulterzucken klemmte sich Pavel die Zigarette zwischen die Lippen und neigte den Kopf, während er sie anzündete.

»Wo ist Attila?«, wollte Gregor wissen.

Pavel grinste und deutete mit dem Kopf Richtung Decke. »Oben. Er hat eine wichtige Unterhaltung mit meinem Geschäftspartner.«

»Aber ...«

»Nichts aber«, unterbrach Pavel ihn. »Wenn du ganz ruhig bleibst, wird alles glatt über die Bühne gehen. Schon bei unserem ersten Treffen habe ich mir gedacht, dass du ein Mittelsmann bist. Aber es ist ja noch schlimmer als gedacht. Du bist nicht mal ein Mittelsmann. Du bist der Laufbursche des Mittelsmanns.« Ein raues Lachen kam aus seiner Kehle. »Und mein Geschäftspartner macht keine Deals mit Lakaien.«

Gregor biss sich auf die Unterlippe. »Hurensohn!«

Pavel zog an der Zigarette. Und dann sprang er vor, packte Gregor am Kragen und presste ihm den Lauf der Waffe gegen die Nase. »Immer sachte, Kleiner. Du kaufst hier kein Obst oder ein geklautes Autoradio. Bei so einem Geschäft herrschen andere Gesetze. Und nicht selten entscheidet ein nervöser Zeigefinger.«

Pavel spannte die Pistole vor. Ein hässlich metallisches Klacken schnitt durch die Stille. Gregor roch Pavels widerlichen Atem. Diese Mischung aus Zigarette und Kaffee gepaart mit säuerlicher Milch war Übelkeit erregend.

»Lass ihn.« Die dunkle Stimme schien von überallher zu kommen.

Als Pavel den Lauf der Pistole ruckartig gegen Gregors Nase presste, rutschte die Waffe ab und riss leicht den Nasenflügel ein.

»Hast Glück gehabt, Kleiner.« Er ließ Gregor los. »Verdammtes Glück.«

Gregor rieb sich die Nase und blickte den Mann an, der am Treppenabsatz stand und möglicherweise sein Leben gerettet hatte. Gregor war sicher, dass Pavel abgedrückt hätte.

Der Mann hatte grau meliertes Haar. Unter den buschigen Augenbrauen brannten stahlgraue Augen, die umso mehr strahlten, weil sie einen Kontrast zur wettergegerbten und sonnengebräunten Haut bildeten.

»Gonzales.« Pavel breitete die Arme aus. »Musst du mir den Spaß verderben? Der Kleine hat sich fast in die Hose gepisst.«

Gonzales massierte sein vernarbtes Kinn. »Lass die Spielchen. Es ist alles geklärt.«

Was passierte hier gerade? Wer war Gonzales? Gregors Blick sprang nervös zwischen den Männern hin und her.

Pavel steckte die Pistole in den Hosenbund. Er legte einen Arm um die kantigen Schultern seines Geschäftspartners und sagte: »Das ist Gonzales, ein baskischer Hundesohn, wie er im Buch steht.«

Gonzales nickte kurz. »Und wer bist du?«

Gregor antwortete nicht.

»Wie auch immer. Ich hatte eine kleine Unterredung mit diesem Attila. Ein schräger Bursche. Wir haben die Eckpunkte des Deals besprochen. Mein Kontakt wünscht einen direkten Kontakt und nicht den Weg über Mittelsmänner.«

»Das war so nicht geplant. Ich …«, platzte es aus Gregor hervor. Er wollte doch Allah dienen.

»Ob es so geplant war oder nicht ist nicht entscheidend. Es geht nur darum, was mein Kontakt will. Keine direkten Verhandlungen, kein Sprengstoff. So einfach ist das.«

Gregor stand auf und lehnte sich mit der Schulter gegen eine gekachelte Säule. »Und die Ware? Wer bekommt die?«

»Das geht euch nichts mehr an. Ihr habt eure Schuldigkeit getan. Geht wieder spielen, und überlasst das Feld den Erwachsenen.« Gonzales entblößte makellose Zähne. Er klopfte Pavel auf die Schulter, wohl als Zeichen des Aufbruchs. Sie verließen das Teehaus. Gregor blickte ihnen hinterher. Ein dunkler Wagen fuhr auf den Innenhof. Die zwei Männer, die ausstiegen, erkannte er sofort. Einer war der Junkie, der ihn angesprochen hatte. Der andere Mann in Trainingsjacke hatte ihn gerade verfolgt. Gregor war nicht ganz sicher, ob er sich freuen sollte, dass die Männer nicht zum Geheimdienst gehörten.

46

Außerhalb von Elgin, 14:10 Uhr BST

FITZGERALD HATTE den Treffpunkt ausgewählt: das Bürogebäude eines stillgelegten Industriekomplexes, dritte Etage. Das Büro des ehemaligen Vorstandsvorsitzenden. Damals hatte die Firma einen enormen Sprung bei der Entwicklung von Navigationstechnik gemacht und wurde marktführend auf den Britischen Inseln. Dank Industriespionage. Interessantes und wichtiges Wissen für sein Land. Wie immer war es um Kriegsführung gegangen. Wie lange war das jetzt her? Dreißig Jahre?

»Halten Sie hier bitte an«, sagte Fitzgerald.

Ibrahim lenkte den Wagen an den Straßenrand. Er war kein Mann großer Worte, er hatte nicht einmal genickt, um zu signalisieren, dass er Fitzgerald verstanden hatte.

»Denken Sie an das, was ich Ihnen gesagt habe.«

Dieses Mal nickte Ibrahim kurz.

Fitzgerald stieg aus und blickte auf seine Molnija. Er war eine halbe Stunde zu früh. Alte Gewohnheit. Und außerdem die Möglichkeit, die alten Knochen bei einem Spaziergang zu bewegen. Die Teerstraße zum Haupteingang war löchrig und an vielen Stellen gerissen. Dichte Büsche standen am Straßenrand. Die Natur holte sich langsam zurück, was Menschenhand ihr entrissen hatte. Anscheinend kümmerte es niemanden, hier mitten im Nirgendwo. Das Haupteingangstor hing schief in den Angeln. Fitzgerald konnte problemlos durchschlüpfen. Er steuerte zielsicher den Bürokomplex an. Damals prachtvoll, heute eine Ruine mit eingestürztem Dach. Der Eingang war verwittert. Die Tür knarzte, als er sich dagegenstemmte. Sie ließ sich nur mit Mühe bewegen. Im Inneren des Gebäudes schaute Fitzgerald sich um. Überall waren Staub und Dreck. Aber keine Fußspuren. Das war gut. Er war zuerst hier. Eine Treppe führte in die Chefetage. Im Vorstandsbüro stand noch ein halb verfaulter Schreibtisch. Fitzgerald lehnte sich gegen das Holz. Das Warten begann.

Draußen zogen dicke Regenwolken auf. So langsam glaubte er, dass die Meteorologen recht damit hatten, wenn sie sagten, dass der Klimawandel zum Weltuntergang führen würde. Vor ein paar Tagen war es so heiß und trocken gewesen, dass die Bäume wie im Herbst ihre Blätter abgeworfen hatten, und nun war es merklich kühler, ein Unwetter zog auf. Wie im Herbst.

Das Tageslicht wurde trüb. Die zerfallenen Gebäude sahen gespenstisch aus. Der einsetzende Nieselregen machte die trostlose Gegend noch trostloser.

So langsam müsste er da sein, dachte Fitzgerald. Er blickte auf seine Taschenuhr. 14:56 Uhr. Mehr als zehn Minuten zu spät. Wie immer.

Ihm blieb nichts anderes übrig, als weiter in der Dunkelheit zu warten. Die Regenwolken hatten mittlerweile das Tageslicht verschlungen. Licht war in seinem Geschäft meistens tödlich. Er hätte nicht vor fünf Jahren das Pensionsalter erreicht, wenn er solche einfachen Regeln missachtet hätte. Hoffentlich beachtete Ibrahim diese Regeln. Bei seiner Einstellung vor drei Monaten musste er umfangreiche Sicherheitschecks und Verhöre über sich ergehen lassen und hatte diese Tests mit Bravour bestanden. Die Fahrt hierher war jedoch sein erster gefährlicher Einsatz. Sich mit einem alten Feind zu treffen war etwas grundlegend anderes, als Brötchen vom Bäcker zu holen. Fitzgerald machte sich wieder bewusst, dass Ibrahim ein »großer Junge« war. Tschetschene. Spezialeinheit. Wegen einer Kopfverletzung aus dem Dienst entlassen. Er hatte mal angedeutet, dass er sich die Verletzung bei einem Einsatz gegen Itschkerier zugezogen hatte.

Ein kühler Wind wehte durch die zerschlagene Fensterscheibe, und mit ihm kam ein Hauch von Zigarettenqualm durch das Zimmer. Na endlich.

Fitzgerald blickte aus dem Fenster, sah aber nichts Ungewöhnliches und damit Gefährliches. Unweit ragten die Schornsteine des ehemaligen Kraftwerks wie schwarze Finger in den dunkelgrauen Abendhimmel. Der Labortrakt gegenüber war zu einem unförmigen schwarzen Klotz geworden.

Fitzgerald zog den Mantel enger und griff mit einer Hand unter seine Achsel. Die Fingerkuppen fühlten den Griff der P99. Ein beruhigendes Gefühl, einen Freund dabeizuhaben. Er lächelte.

Fitzgerald hörte Schritte. Jemand kam die Treppe hoch. Und dann wehte der Geruch einer brennenden Zigarette herüber.

»Du rauchst immer noch?« Fitzgerald drehte sich nicht einmal vom Fenster weg.

»In meinem Alter gibt es keinen Grund mehr, damit aufzuhören.« Die Stimme klang hart. Osteuropäisch. »Willst du auch eine?«

Fitzgerald sagte nichts. Das sollte Antwort genug sein.

»Warum müssen wir uns hier treffen?« Er zog erneut an der Zigarette.

»Stell dir einfach vor, dass du am Kamin sitzt, Wodka trinkst und dir eine schöne Frau Kaviar reicht. Kannst du dir das vorstellen, Ivan?«

Der Angesprochene durchquerte den Raum. Die Schrittgeräusche waren anders als sonst. Er humpelte.

»Was ist mit deinem Bein?«

»Prothese. Raucherbein.« Nach einer kurzen Pause lachte er. »Tschetschenische Hunde haben eine Handgranate gezündet. Ich war zu nah dran.«

»Dein Glück, dass du noch lebst.«

»Glück?« Der Sarkasmus war kaum zu überhören. »Glück? Ich habe mein linkes Bein und eine Hand verloren. Das nennst du Glück? Ich bin ein Krüppel.«

»Aber du lebst.«

Ivan warf die Zigarette auf den Boden. Er zündete sich eine neue an. Die Flamme des Feuerzeugs erhellte sein Gesicht. Er ist alt geworden, dachte Fitzgerald. Instinktiv fuhr er mit der Hand über sein eigenes Gesicht, spürte die tiefen Falten und die herunterhängenden Mundwinkel. Auch er war alt geworden. Zwei alte Männer mitten im Nirgendwo in einer verfallenen Fabrik im Dunkeln. Fitzgerald fragte sich, ob er nicht langsam von der Bühne abtreten und den Jüngeren das Spielfeld überlassen sollte. Aber ihm war sofort klar, dass er das nicht konnte. Er steckte zu tief drin. Er hatte nichts anderes, kein anderes Leben, zu dem er zurückkehren konnte.

»Du solltest das Rauchen aufgeben, wenn es nicht schon zu spät ist.«

»Nicht einmal die besten Killer der CIA haben es geschafft, mich zu töten. Warum sollte ich Angst vor Zigaretten haben?«

Fitzgerald kannte Ivan seit der Zeit des Kalten Krieges. *Kannte* war vielleicht zu viel gesagt. Er war auf den Russen angesetzt worden, hatte ihn studiert und observiert. Aber die Verschleierungsmethoden des KGB waren gut gewesen, sehr gut sogar. Natürlich war Ivan nie auf diesen Namen getauft worden. So wenig wie er selbst Fitzgerald hieß. Oder Benjamin. Oder Alfred.

Ivan hatte sich in den Sechzigerjahren in den USA aufgehalten, und es war ihm gelungen, von der CIA unbehelligt für die

Sowjetunion zu spionieren. Es war ihm leichtgefallen, durch gezielte Aktionen dem stärksten Partner des westlichen Bündnisses erheblichen Schaden in vielen Bereichen zuzufügen. Ivan war ein Meister der Fälschung und Täuschung gewesen. Trotz seiner Jugend. Die fehlende Erfahrung hatte er durch bestechende Intelligenz wettgemacht.

Nur durch puren Zufall war die CIA auf die Spur dieses russischen Meisters gekommen. Fitzgerald hatte in der folgenden Zeit mehrmals den Auftrag erhalten, Ivan zu töten.

Warum sollte Ivan Angst vor Zigaretten haben, wenn der beste Killer der CIA dies nicht geschafft hatte? Fitzgerald lachte still. Wo er recht hatte, hatte er recht.

»Du hast mich nicht herbestellt, um den Gesundheitsapostel zu spielen. Soweit ich gehört habe, spielst du immer noch das zweitälteste Spiel der Welt.«

»Ich brauche Informationen.«

»Wieso glaubst du, ich hätte Informationen, die dich interessieren könnten?«

»Du pflegst doch noch den einen oder anderen Kontakt in den Nahen Osten.«

Ivan lachte laut. Es hörte sich an, als würde grobes Schleifpapier über rostiges Metall reiben. »Ich habe mich zur Ruhe gesetzt.«

»Leute wie wir setzen sich niemals zur Ruhe.«

»Bist du dir sicher?«

»Soweit ich gehört habe, bist du der teuerste Informationshändler auf dem Globus.«

Ivan lachte wieder. »Was soll ich machen? Meine Rente ist karg, Mütterchen hat mich im Stich gelassen.«

»Es ist bedauerlich, wenn ein Land seine treuesten Männer nicht ehrt. Du solltest auf einer Datscha am Schwarzen Meer sitzen und den besten Wodka mit Kaviar genießen, den man für Geld kaufen kann.« Und ich sollte eine Ranch in Texas haben. Auf der Veranda sitzen und Whiskey trinken, dachte Fitzgerald.

»Erzähl das mal ein paar Leuten in Moskau. Die fallen um vor Lachen. Also, was willst du von mir?«

»Ich brauche Informationen über einen bestimmten Mann.«

Ivan schnippte die aufgerauchte Zigarette weg. Der Stummel prallte von der Wand ab, Glut regnete zu Boden. Er steckte sich sofort eine neue an. Fitzgerald rechnete hoch, wie viel Zeit Ivan am Tag mit Nikotinkonsum verbrachte. Eine Zigarette überlebte vielleicht gerade mal sechs Minuten zwischen seinen Lippen. Drei Schachteln, etwa sechzig Lungentorpedos täglich, kosteten ihn sechs Stunden.

Ivan blies den Rauch hörbar aus. »Was willst du wissen?«

Fitzgerald stieß sich von der Wand ab und machte einen Schritt auf das Fenster zu. Abrupt blieb er stehen und streckte die Hände von seinem Körper. Langsam senkte er den Kopf und schaute auf den kleinen Laserpunkt, der in Höhe seines Brustkorbs leuchtete. Ein Scharfschütze.

»Soll das ein Witz sein?«

»Kein Witz. Eine Art Lebensversicherung. Hilft gegen ungewollte Überraschungen.«

Fitzgerald beschloss, am Fenster stehen zu bleiben. Ihm war klar, dass er keine Chance hatte. Bevor er auch nur ansatzweise in Deckung war, könnte ihm ein Projektil die Brust zerfetzen.

»Was willst du?«, fragte Ivan.

»Sagt dir der Name Maddissi Abu Mohammed El Sarka etwas?«

»Sollte er das?«

»Er ist möglicherweise der Kopf einer Terrorzelle. Und er bereitet einen Anschlag vor. Abu Mohammed könnte meinen bisherigen Informationen zufolge auch Ben el-Fna genannt werden. Das muss ich sicher wissen.« Fitzgerald presste die Lippen zusammen. Er hasste es, so viel preisgeben zu müssen.

»Bruder der Toten. Ich bin nicht sicher, ob ich den Namen schon mal gehört habe.«

Fitzgerald ballte die Hände zu Fäusten. Natürlich hatte der Russe davon gehört. Er wollte nur den Preis für die Information hochtreiben.

»Ich habe Geld, viel Geld«, sagte Fitzgerald.

»Nein, du nicht. Deine Organisation.«

»Du bist ein gieriger Mistkerl. Was kümmert es dich, woher das Geld kommt?«

»Normalerweise interessiert es mich nicht. Ich frage mich nur, was die Old Men mit dieser Information anfangen wollen. Es geht sicher nicht um Terrorismusbekämpfung.«

»Was wir wollen, geht dich nichts an.«

»Ich werde sehen, was ich dir anbieten kann. Du kennst den Preis für meine Dienste?«

»Man sagte mir, dass du zweihundertfünfzigtausend US-Dollar verlangst.«

»Für einen alten Feind mache ich einen Sonderpreis.«

»Wie viel?«

»Zweihundertfünfzigtausend US-Dollar.«

Fitzgerald schüttelte den Kopf. Er wollte etwas sagen, ließ es dann aber sein.

Ivan stand auf und schnippte die Zigarettenkippe aus dem zerschlagenen Fenster. Den Geräuschen nach bewegte er sich zur Treppe, blieb jedoch noch einmal stehen.

»Weißt du noch, als man von den grauen Eminenzen zum Geheimdienst berufen wurde?«

»Ja. Warum?«

»Heute werden die Stellen öffentlich im Internet ausgeschrieben. Man kann sich bewerben. Um Bäcker zu werden, muss man sich auch bewerben, weißt du?«

»Zeigt die Kugel, die ich dir in den Schädel gejagt habe, nach Jahrzehnten endlich Wirkung? Du redest wirres Zeug.«

»Jetzt kann sich jeder Idiot beim Geheimdienst bewerben. Und sieh dir an, was aus der Welt geworden ist.«

Fitzgerald schnaubte. »Frag dich mal, ob die Welt jemals ein guter Ort war.«

»Vielleicht hast du recht. Das kannst du ja später mit deinem Leibwächter diskutieren, wenn er wieder wach ist.«

»Was?«

»Der Typ, den du auf dem Dach positioniert hattest. Der junge Mann mit dem Dragunow-Scharfschützengewehr. Hattest die gleiche Idee wie ich. Vielleicht sind wir uns doch ähnlicher, als du es zugeben möchtest.«

»Was ist mit meinem Mann?«

»Keine Angst. Chloroform. Und eine schlechte Ausbildung. Ich sag ja, heutzutage kann sich jeder Idiot auf eine Stelle als Agent bewerben.«

47

Berlin, 15:11 Uhr MESZ

GREGOR STAND am Fenster und beobachtete, wie Gonzales und Pavel in den Wagen stiegen. Der Mann, der die Trainingsjacke trug, packte Gonzales am Arm und deutete in Richtung des Fensters, hinter dem Gregor stand. Gonzales schüttelte den Kopf. Pavel blickte hoch und machte mit der Hand eine Geste, als würde er sich in den Kopf schießen. Die Männer stiegen ein. Der dunkle Wagen rauschte davon.

Gregor starrte in den Hinterhof. War es das, was er gewollt hatte, als er Attila gefolgt war?

»Hallo, Bruder.« Attilas Stimme.

Gregor drehte sich nicht zu ihm um, wagte aber einen Blick zur Seite, als sich Attila neben ihn stellte. Er sah ein zugeschwollenes Gesicht und eine Platzwunde.

»Was ist passiert, Bruder?«, fragte Gregor.

»Was glaubst du wohl? Dieser Gonzales und ich haben miteinander geredet und dabei Tee getrunken.«

»Sollen wir ...? Müssen wir ...?« Gregor deutete auf die Verletzung unter dem Auge. Sein Finger zitterte.

»Ins Krankenhaus?« Attila spuckte. »Ich habe schon schlimmere Dinge überlebt. Dir haben sie aber auch übel mitgespielt. Alles in Ordnung?«

Gregor nickte. Er schloss die Augen. Sofort waren die Bilder da. Die Pistolenmündung. Pavels Hackfresse. Ein Schuss. Gregor zuckte zusammen.

»Wirklich alles in Ordnung, Bruder?«

»Allah hat mich geprüft. Ich bin trotz der lodernden Feuerwand nicht zurückgewichen. Mit dem Glauben im Herzen und dem Schwert des Islam in der Hand bin ich weitergegangen. Durch das Feuer.«

Attila nickte und klopfte ihm auf die Schulter. »Wohl gesprochen, Bruder. Das heute ...« Er berührte sein Gesicht. »Das heute hat mir gezeigt, dass wir die richtigen Hurensöhne als Geschäftspartner ausgesucht haben. Aber ich schwöre beim Herrn der Märtyrer, dem Löwen des Islam, dem Propheten Hamza, möge Allah an ihm Gefallen finden, dass ich mich rächen werde. Diese dreckigen Hurensöhne werden für das bluten, was sie heute getan haben. Inschallah, ich werde es machen, wie der Prophet es vorgemacht hat. Allahu akbar.«

»Sie werden vor dir zittern, wie die Quarisch vor dem Löwen gezittert haben. Sie werden um Gnade flehen.« Gregor stützte sich aufs Fensterbrett.

»Ich werde keine Gnade gewähren.« Attila blickte Gregor direkt ins Gesicht. »Du siehst nachdenklich aus, Bruder. Was ist los?«

»Ich frage mich ...« Gregor fuhr sich durchs Haar. »Ich frage mich, ob meine Tat ausreicht.«

»Für Allah?«

Gregor nickte. Er biss sich auf die Lippe. Die Antwort fürchtete er. Wenn es nicht reichte, was müsste er tun, damit Allah an ihm Gefallen fand?

»Du bist auf einem guten Weg, Bruder. Sei weiter zielstrebig und diszipliniert. Dann wird dir das Tor zum Paradies erscheinen. Inschallah.«

»Inschallah.« Wie hatte er so blöd sein können? Natürlich hatte seine Tat nicht gereicht. Er hatte weder gelitten noch geblutet. Seine Tat war nicht mehr als die ersten Schritte eines Kleinkindes. Und wie die Schritte dem Kind eine ganze Welt eröffneten, führten Gregors erste Schritte näher zum einzig wahren Glauben.

»Ich muss gehen«, sagte Attila.

»Darf ich noch bleiben?«

Mit einem Schulterklopfen verabschiedete sich Attila. Gregor hörte, wie der alte Mann die Außentreppe hinunterging. Nun war er allein. Die beste Zeit, seine Gedanken zu sortieren und ...

Was war das? Da war doch ein Geräusch gewesen. Ein Schaben. Kaum wahrnehmbar. War Attila noch einmal zurückgekommen?

Unmöglich. Genauso unmöglich, dass Pavel hier war. Die Außentreppe konnte nur ein Geist geräuschlos benutzen. Oder eine Katze. Gregor hatte nicht vor, sich noch einmal von diesen verdammten Drecksviechern zum Narren halten zu lassen.

»Na warte«, schrie er und griff nach einer Eisenstange, die neben ihm an der Wand lehnte. Das Ende der Stange ließ er über den Boden schleifen.

»Komm her, Kittykitty. Ich zieh dir das Fell über die Ohren, du verdammtes Scheißvieh. Kittykitty.«

Mit vorsichtigen Schritten näherte er sich dem Durchgang, blieb kurz davor stehen, blickte in den anderen Raum und atmete tief ein.

»Kittykitty«, rief er noch einmal und lauschte. Es war nichts zu hören. Kein Schaben. Kein Maunzen.

Er sprang, die Eisenstange fest umklammert.

Keine Katze. Nichts.

Doch dann: ein Schatten. Gregor wollte herumwirbeln, aber etwas stoppte ihn. Dann spürte er einen metallischen Schmerz am Hals. Sofort war da ein eisiges Brennen, das durch seine

Adern jagte. Die Muskeln zuckten und wurden kraftlos. Die Eisenstange fiel klirrend zu Boden, Gregor kippte zur Seite. Das Letzte, was er sah, waren staubige Kampfstiefel.

48

Jerusalem, 21:01 Uhr IDT

DAVID HATTE DIE Baseballkappe tief ins Gesicht gezogen. Er schlenderte eine belebte Straße entlang. Die Neonreklamen der Geschäfte spiegelten sich auf dem nassen Asphalt. Aus verschiedenen Kellerbars und Cafés drang laute Musik auf die Straße. Er beobachtete die jungen Leute, die sich lachend vor den verschiedenen Etablissements versammelt hatten. Junge Leute in Anzügen und Kleidern. Viele trugen die Kippa, einige hatten waghalsige Frisuren. Er hatte Hochachtung vor dem Mut der Partyleute und empfand Stolz, weil sich das jüdische Volk durch den Terror nicht unterkriegen ließ. Die belebte Partymeile in Jerusalem war ein attraktives Ziel für Selbstmordanschläge. Es wäre nicht das erste Mal, dass ein junger Mann unter seinem schwarzen Anzug einen Sprengstoffgürtel trug und mit einer Fingerbewegung die Schönheit der Nacht in ein Inferno aus Schreien, Toten und Feuer verwandelte.

David musste unwillkürlich an Lydia denken. Er presste die Lippen zusammen und blieb an einer Hausecke stehen. Beiläufig spähte er durch die Stäbe des heruntergelassenen Gitters in die Auslage des Computerladens. Aufgetürmte Kartons. Spielekonsolen im Sonderangebot. Er schloss die Augen, seine Unterlippe bebte. Immanuel. Die Trauer währte kurz, denn voller Zorn spuckte er auf die Straße. David merkte, dass seine Ohren heiß wurden. Abu Kais würde für alles bezahlen.

Der Türsteher hatte eine ähnliche Statur wie David: groß, breit und stark. Mit seinen tellergroßen Händen tastete er David ab. Dies war bei vielen Jerusalemer Bars üblich. Die Besitzer versuchten so, einen Anschlag zu verhindern.

Der Türsteher grinste. »Ich wünsche Ihnen viel Spaß.«

David nickte und stieg die halb gewundene Treppe hinab. Schon auf der Hälfte glitzerten die Treppenstufen in rotem, gelbem, blauem und weißem Licht. Wahrscheinlich hingen in der Bar mehrere altmodische Discokugeln.

Er erreichte den Fuß der Treppe. Chartmusik umhüllte ihn. An der Decke hingen tatsächlich Discokugeln. David durchquerte den Raum und tauchte zwischen den tanzenden und schwitzenden Körpern hindurch, bis er den Ecktisch erreicht hatte. Niemand achtete auf ihn. Und das war gut so. Er wurde gesucht. Selbst hier in der Bar flimmerte der Bericht vom Tod der Journalistin über den riesigen Flachbildschirm hinter dem Tresen. Der Fehlschlag. Sein Fehlschlag hatte tief ins Fleisch der Nation geschnitten. Offiziell galt der Soldat David Teitelbaum als vermisst. Doch er wusste es besser. Für jeden Fehlschlag musste es einen Sündenbock geben. Er hatte schon viele Unschuldige vor sich hergetrieben, sie zur Schlachtbank geführt. Und irgendwann erwischte es einen selbst. Zumindest kannte man die Methoden und konnte darauf reagieren.

»Sie wollen dich.« Rabin stand neben dem Tisch. David hatte ihn nicht kommen sehen. So viel Geschmeidigkeit hatte er dem alten Mann gar nicht zugetraut.

»Seit wann duzen wir uns?«, fragte David.

Rabin setzte sich. »Ist dir das unangenehm?«

»Ist das so etwas wie Zuneigung?« Er deutete mit dem Kopf zum Fernseher. »Bevor ich öffentlich geschlachtet werde? Was soll das?«

Rabin zuckte mit den Schultern. »Du weißt, wie es läuft. Wir alle haben geschworen, Schaden von Israel abzuwenden und die Freiheit des Volkes zu verteidigen. Nötigenfalls das eigene Leben zu opfern.«

»Warum ich?«

»Mangels Auswahl. Du warst der Kommandeur und bist der einzige Überlebende der katastrophal fehlgeschlagenen Mission.«

»Das war eine verdammte Falle.«

»In die du wie ein Amateur hineingetappt bist.«

»Was hindert mich daran, einfach zur Presse zu gehen? Denen meine Geschichte zu erzählen? Scheiß auf die Loyalität gegenüber Israel. Mir gegenüber zeigt man auch keine Loyalität.«

Ein Lächeln umspielte Rabins Mundwinkel. »Wir erklären dich in dieser Minute für tot.«

»Was?« Das Blut rauschte in Davids Ohren. »Ihr tut was?«

»Deine Leiche wird bald gefunden werden. Von unabhängigen Suchtrupps. Zerschossenes Gesicht. Unkenntlich. Gefälschte DNA-Tests. Du kennst das Geschäft.«

»Und was soll das bringen?«

»Das ist doch offensichtlich. Wie glaubwürdig wirst du sein, wenn du zur Presse gehst? Was willst du sagen? Hier bin ich. Auferstanden von den Toten. Und ich habe eine Geschichte, die wahr ist. Egal, was die Regierung sagt. Und bedenke, wen du erschossen hast.«

Davids Gedanken fuhren Achterbahn. Er war Auftragsmörder des Mossad. Sein letztes Opfer war eine unschuldige Reporterin, eine internationale Berühmtheit. Jetzt fiel der Groschen. Zufälligerweise war Ophra Heysen in der letzten Zeit aufgrund der kritischen Berichterstattung über den israelischen Geheimdienst ins Rampenlicht gerückt. David zog die Augenbrauen zusammen.

»Wie geht es jetzt für mich weiter? Da ich nun tot bin, kann ich nicht zum Sündenbock gemacht werden.«

»Das ist richtig. Ich hätte da eine Lösung.«

»Soll ich in die Anden gehen und Panflöte spielen?«

Rabin griff in seine Tasche und holte einen braunen Umschlag hervor. Auf dem Papier stand eine Telefonnummer. Er schob den Umschlag über den Tisch.

»Da sind gefälschte Pässe, Bargeld und ein Flugticket nach Marrakesch drin.«

»Marrakesch?«

»Wo würdest du einen flüchtigen Juden am wenigsten vermuten?« Rabin zuckte mit den Schultern.

»Wenn ich nicht davon ausginge, dass ich erschossen worden wäre?«

»Diese Nummer«, fuhr Rabin fort, »ist noch zwölf Stunden geschaltet. Wenn du Interesse hast, dann ruf an. Alles Weitere wird der Kontakt dir erklären.«

David spielte mit dem Umschlag. Er ließ ihn mehrmals durch seine Finger gleiten.

»Wer ist der Kontakt?«

»Die Tür ist offen. Du musst nur über die Schwelle gehen.«

»Dann heißt es also Abschied nehmen?«

Rabin nickte.

David murmelte ein »Danke« und stand auf. Wortlos steuerte er auf die Treppe zu.

49

Przyborów, 20:09 Uhr MESZ

GREGOR HATTE DAS Gefühl, als würde Blei von seinem Körper platzen. Er war schlagartig wach. Helles Licht stach in seine Augen. Er lag nackt auf einer Pritsche, Arme und Beine gespreizt. Fesseln schnitten ihm ins Fleisch.

»Auch schon wach?«, fragte eine Frauenstimme.

»Was soll der Scheiß?« Seine Lippen fühlten sich taub an. Er riss den Kopf hin und her. »Wo bist du?«

Sie trat in sein Blickfeld. Schlanke Statur. Kleine Brüste. Schmales Gesicht. Sehr attraktiv. Grauer Hosenanzug. Erinnerte ihn an seine Mathelehrerin. Bis auf die Tattoos, die an den Handgelenken zu erkennen waren.

»Wer bist du?«, fragte er.

Sie schüttelte den Kopf. »Musst du nicht wissen. Aber ich will dir klarmachen, wer hier das Sagen hat und wohin die Reise für dich geht.« Sie gab irgendjemandem ein Zeichen.

Sofort jagte ein Stromstoß durch Gregors Körper. Kurz, aber brutal schmerzhaft. Er schrie. Speichel floss aus seinem Mund. »Verfickte Scheiße.«

»Deine Lieblingsfarbe?«, fragte die Frau.

»Meine was?«

Stromstoß.

»Deine Lieblingsfarbe?«

»Blau.« Gregor beeilte sich zu antworten.

»Wie heißt der aktuelle Bundespräsident?«

Er dachte fieberhaft nach. Wie lange würde sie ihm Zeit geben, die Antwort zu finden? Brutale Schmerzen gaben ihm die Antwort. Gregors Körper zuckte. Erschöpft sackte er zurück auf die Pritsche.

»Ich will doch nur einen Namen.«

»Ich weiß es aber verdammt noch mal nicht.«

Sie hob die Schultern. »Vielleicht hättest du in der Schule besser aufpassen sollen.«

»Was willst du von ...«

Wieder ein Stromstoß. Die Schmerzen wurden unerträglich. Gregor weinte. Er jammerte.

»So geht das immer weiter.« In der Stimme der Frau lag keinerlei Emotion. »So lange, bis ich weiß, was ich wissen muss. Kapiert?«

»Du hast mir keine vernünftige Frage gestellt.« Gregor biss sich auf die Lippe.

Sie trat näher an ihn heran. Er konnte ihr Parfüm riechen. Rose mit einem Hauch Holz und Erde. Sie hob die Hand. Er zuckte zurück. Sie lächelte. Langsam ließ sie ihre Hand sinken und berührte sein Haar. Er schloss die Augen. Es tat gut, so berührt zu werden.

»Du weißt, um was es geht.«

Natürlich wusste er das. Er sollte über Attila sprechen. Vom Sprengstoff. Er sollte seinen Glauben verraten.

»Wirst du das für mich tun?« Ihre Stimme klang wie ein sanfter Frühlingshauch.

Gregor presste die Lippen zusammen und schüttelte den Kopf.

»Das habe ich mir gedacht.« Sie ließ von ihm ab. Wieder ein Zeichen. Gregor bereitete sich auf einen heftigen Stromstoß vor, der jedoch ausblieb. Dafür floss ein kribbelnder Schmerz durch seinen Körper. Gerade noch erträglich, dafür aber konstant und mit der Zeit immer unangenehmer.

»Ich komme wieder«, sagte die Frau und ging zur Tür.

»Warte!«, schrie Gregor. »Wohin gehst du?«

»Ich komme wieder. Sagen wir, in dreißig Minuten.«

Der Schmerz wurde immer unerträglicher. Wie Zahnschmerzen in jedem einzelnen Muskel.

»Hör auf. Bitte«, flehte Gregor. Er hasste sich dafür.

»Wenn du jetzt schon bettelst, was machst du dann in einer halben Stunde? Ich bin gespannt.«

Sie verließ den Raum und schloss die Tür hinter sich.

Gregor war allein. Allein mit dem Schmerz.

50

Jerusalem, 21:27 Uhr IDT

RABIN WARTETE, bis David die Bar verlassen hatte. Erst dann holte er das Satellitentelefon aus der Jackentasche und wählte eine Nummer aus dem Kurzwahlspeicher. Nach dem dritten Freizeichen wurde das Gespräch angenommen.

»Hat es geklappt?«

»Ich fühle mich nicht wohl bei der Sache«, erwiderte Rabin.

»Ich sehe mir gerade die Berichterstattung an. Deinen Mann für tot zu erklären ... eine wunderbare Idee.«

»Die kann ich nicht für mich beanspruchen. Der Befehl kam von ganz oben.«

»Gibt es dafür einen Grund?«

»Man will keinen zweiten Gilad Schalit.«

»Teitelbaum muss desillusioniert sein. Was hast du ihm erzählt?«

»Was anderes.«

»Jetzt muss er sich nur noch bei uns melden.«

»Ich sage dir was, Fitzgerald. Das war das letzte Mal, dass ich euch einen Mann von uns zugeschustert habe.« Rabin schnaubte.

»Wir helfen doch nur. Die Alternative für deinen besten Mann ist uns doch klar. Demontage in einem Untersuchungs-

259

ausschuss. Verurteilung vor Gericht. Ermordung im Gefängnis. Bei uns ist er besser dran.«

»Wir sind quitt.«

»Ja, das sind wir.«

Dann war die Leitung tot.

51

Przyborów, 20:28 Uhr MESZ

AUF DER ANDEREN SEITE der Tür lehnte sich Wiebke gegen die Wand. Sie fühlte sich unwohl. Mit dem Finger lockerte sie den Blusenkragen. So ein Outfit zu tragen war nicht ihr Ding, aber Stefan hatte es so gewollt. Damit es offizieller aussieht, hatte er gesagt. Aber wahrscheinlich machte es ihn an, sie in einem Hosenanzug zu sehen, zu beobachten, wie sie den Jungen befragte, während er die Knöpfe drückte und Stromstöße verteilte.

Folter. So nennt man das. Ihre innere Stimme ließ keinen Zweifel daran, was sie davon hielt. Wie weit bist du gesunken, dass du Folter unterstützt?

Es ist eine Extremsituation.

Bisher musstest du nie so weit gehen. Warum jetzt? Warum hast du damit angefangen?

Es geht um Menschenleben. Unschuldige sind in Gefahr. Und es geht um meine Schwester. Ich muss das hier hinter mich bringen, damit ich endlich die Mörder jagen kann.

Bist du sicher? Oder ist es nur das, was Stefan dir erzählt hat? Und glaubst du wirklich, dass dieses »Ticking-Bomb-Szenario« als Rechtfertigung für das gelten kann, was du diesem armen Jungen antust? Die Amerikaner nennen so etwas Rettungsfolter. Denk an Abu Ghraib oder Guantanamo.

»Ich weiß, was ich tue«, sagte Wiebke. Ich stehe nur dabei, während ein anderer foltert, aber macht es das besser?

»Mit wem sprechen Sie?« Stefans Stimme erklang aus dem nächsten Raum.

Wiebke antwortete nicht. Sie ging durch den Flur und blieb im Türrahmen stehen. Nur das Licht der flimmernden Computerbildschirme erhellte den Raum. Stefan saß vorgebeugt davor und starrte die Bilder an, die Wiebke von den Personen und dem schwarzen Auto vor Attilas Teestube gemacht hatte. Eine Person hatte Stefan mit einem roten Pfeil markiert. Offensichtlich kannte er den Mann. Und seine Anwesenheit bereitete ihm anscheinend Kopfzerbrechen.

Sie stellte sich neben Stefan. »Wer ist das?«

»Gonzales da Asensio.«

»Klingt so, als müsste ich den kennen.«

Stefan verzog keine Miene. »Gonzales wurde am 23. August 1963 in Bilbao geboren. Er ist der Sohn einer Köchin und eines Mörders. Sein Vater Ramires war es, der am 28. Juni 1960 den Bombenanschlag auf den Amara-Bahnhof in San Sebastian geplant hatte. Dabei wurde ein zweijähriges Mädchen durch einen Splitter getötet. Das erste Opfer der Euskadi Ta Askatasuna, oder besser ETA, war ein kleines Kind. Der Weg des kleinen Gonzales war also vorgezeichnet. Im Juni 1987 war er es, der das Auto zum Hipercor-Einkaufszentrum in Barcelona fuhr. Genau das Auto, das um kurz nach 16 Uhr explodierte und einundzwanzig Menschen das Leben kostete. Zehn Jahre später kehrte Gonzales der ETA den Rücken, aber nicht dem Terrorismus. Wir gehen davon aus, dass er den Sprengstoff für mehrere Bombenattentate geliefert hat. Zumeist unterstützte er dabei die radikalen separatistischen Gruppierungen, also diejenigen, die für einen unabhängigen Staat kämpfen.«

Wiebke zuckte mit den Schultern. »Jetzt macht er also Geschäfte mit islamistischen Terroristen.«

»Genau das bereitet mir Sorge.« Stefan drehte sich zu ihr. »Was macht unser Gast?«

»Ich habe mit der Befragung angefangen. Wie erwartet, möchte er nicht mit uns sprechen.«

»Uns läuft die Zeit davon. Attila plant etwas.«

»Soweit ich verstanden habe, hat dieser Attila für den sogenannten Islamischen Staat willige Kämpfer rekrutiert. Jetzt soll er vom Unterstützer zum Attentäter geworden sein? Was macht Sie da so sicher?«

Stefans Miene wurde hart. »Weil der Islamische Staat besiegt ist. Hört sich zuerst mal gut an, aber es ist gefährlich. Niemand will mehr ins Kriegsgebiet. Ich meine, man musste damals schon einen Nagel im Kopf gehabt haben, um diese Reise von sonst wo ins Kriegsgebiet auf sich zu nehmen. Heute ist es purer Selbstmord. Sehen Sie ...« Er schaltete auf dem Computer ein Satellitenbild ein. Es zeigte Syrien und die angrenzenden Staaten. »Konzentrieren wir uns auf Syrien. Nach aktuellen Erkenntnissen beherrschen die Regierungstruppen den Großteil des Landes. Aber Nordsyrien ist von Kämpfern der kurdischen YPG beherrscht, die in mühevollen Gefechten mit Unterstützung von US-Streitkräften das Gebiet vom IS befreiten. Bei den Gefechten wurden viele Terroristen gefangen genommen. Die Rücküberstellung der Gefangenen in die Heimatländer ist im Gang, geht aber schleppend voran. Was gut ist, denn so können die Heimatländer sich auf die Rückkehr der ideologisch indoktrinierten Menschen vorbereiten. Die aktuelle Entwicklung beschleunigt jedoch die Rückkehr.« Stefan öffnete im Browser eine neue Seite. Ein Zeitungsartikel mit der Überschrift »Amerika will keine Weltpolizei mehr sein. Truppenabzug aus Syrien« erschien auf dem Bildschirm. Stefan schüttelte den Kopf. »Damit hat der US-Präsident die Kurden zum Abschlachten freigegeben. Es wird nur eine Frage der Zeit sein, bis türkische Truppen in die Kurdengebiete einmarschieren.«

»Was dazu führen wird, dass IS-Terroristen unkontrolliert in ihre Heimatländer zurückkehren werden.«

»Entweder das, oder sie geraten zwischen die Fronten und sterben in einem Krieg, bei dem sie nicht sterben wollten.«

»Ich verstehe. Das Kalifat ist besiegt. Aber der Islamische Staat lebt in den Köpfen der Menschen weiter.«

»Sie werden sich neue Ziele suchen. Möglicherweise einen neuen Kalifen ausrufen, der ein neues Herrschaftsgebiet beanspruchen wird. Und wir alle wissen, dass denen die ganze Welt gehört und wir nur ihre Gebiete besetzt haben.«

»Und deswegen glauben Sie, dass Attila sich ein neues Betätigungsfeld gesucht hat?«

»Der Junge wird es uns verraten. Und dafür sind Sie da. Gehen Sie rein, und bringen Sie ihn zum Singen.«

Wiebke presste die Lippen aufeinander. Sie dachte daran, sich zu weigern, denn es war falsch, einen Menschen zu foltern. Aber wenn sie es nicht tat, würde Stefan die *Befragung* in die Hand nehmen. Sie musste es beenden. Nur wie? Verdammt, wie stelle ich das an?

»Soll ich übernehmen?« Stefan verschränkte die Arme hinter dem Kopf. »Brauchen Sie eine Pause?«

Wiebke schüttelte den Kopf. Sie ging den Gang hinunter bis zur Tür, hinter der Gregor litt. Als sie den Raum betrat, wurde der Strom abgeschaltet. Gregors schwitzender Körper sackte in sich zusammen, Speichel tropfte aus seinem Mund. Er lachte wie irre. »Sie sind gekommen, um mich zu töten. Richtig?«

»Ich will nur, dass Sie ein paar Fragen beantworten. Wahrheitsgemäß«, sagte Wiebke. »Machen Sie es Ihnen und mir nicht so schwer.«

Wieder dieses Lachen. »Bekommen Sie auch Stromschläge?«

»Beantworten Sie meine Fragen, dann bekommen Sie keine Stromschläge mehr.«

Gregor schüttelte den Kopf. »Allahu akbar. Allah wird mich leiten. Der wahre Gläubige hält den Grausamkeiten der Kuffar stand.«

Musste das sein? Wiebke atmete tief ein. Ein Wink von ihr, und der Strom würde wieder eingeschaltet werden. Immer und immer wieder. So lange, bis sie gehört hatte, was sie hören wollte. Und genau das war das Problem der Folter. Irgendwann redete jeder, und der Folterer bekam das zu hören, was er hören wollte. Aber war das auch die Wahrheit? Oder nur Worte, um dem Schmerz der Folter zu entgehen? Auf der anderen Seite hatte Gregor Kontakt mit einem Waffenhändler aufgenommen, der jahrzehntelang terroristische Gruppierungen mit Sprengstoff versorgt hatte. Unwahrscheinlich, dass es bei der Kontaktaufnahme um etwas anderes gegangen war. Sprengstoff in den Händen von Islamisten war keine schöne Vorstellung. Attila und Gregor planten etwas. Etwas, wobei viele unschuldige Menschen sterben würden.

Aber trotzdem. Mit welchem Recht folterte und erniedrigte Wiebke einen anderen Menschen? War es nicht das Merkmal eines Rechtsstaats, sich ohne solche Methoden gegen extreme gesellschaftliche Strömungen zu wehren? So unverständlich es auch war, wenn Leibwächter von hochrangigen Terroristen wieder ins Land geholt wurden, weil gesetzliche Voraussetzungen nicht beachtet wurden. Aber als Bürger musste man sich auf Recht und Gesetz verlassen können. Wer hier lebte, musste damit klarkommen.

Aber manchmal forderte es grausamen Tribut.

Es war jedoch nicht an Wiebke, diesen Tribut einzufordern. Sie hob die Hand. »Deine Lieblingsfarbe?«

Gregor blickte sie mit trüben Augen an. Wiebke sah, dass er gebrochen war, dass er keinen einzigen Stromstoß mehr aushalten würde. Aber auch, dass er nicht kooperierte.

Denn Gregor lächelte.

Wiebke hob die Hand. Gregors Körper verkrampfte sich, er wartete auf den Stromschlag.

»Deine Lieblingsfarbe?«, fragte Wiebke noch einmal.

»Fick dich, Christenschlampe.«

Das veränderte alles. In Wiebke kochte die Wut. Sie brauchte nur die Hand ...

»Nein.« Sie nahm die Hand runter. Der Stromschlag blieb aus. Gregors Körper entspannte sich und begann dann zu zittern. Eine unheimliche Stille schlich sich in den Raum. Wiebke ließ sich die Wand hinuntergleiten. Die Arme legte sie auf die angewinkelten Knie und betrachtete ihre Handflächen. Wie viele Menschen hatte sie direkt oder indirekt mit diesen Händen getötet? Und wie vielen Menschen hatte sie Leid und Schmerzen zugefügt? Es waren unzählbar viele.

Sie knabberte an ihrer Unterlippe. Wenn sie eins gelernt hatte, dann dass Gewalt zu Gewalt führte, die zu Gewalt führte, die wiederum vergolten werden musste. Es war eine Spirale, die sich immer weiter drehte und immer schneller wurde. Ihrem Sog konnte man nicht entkommen.

Die Stahltür knallte gegen die Wand. Gregor zerrte vor Schreck an seinen Fesseln. Wiebke zuckte nicht einmal mit der Wimper. Ihr war bewusst, dass Stefan nach dem Rechten sehen würde, wenn die Folterungen aufhörten.

»Was ist hier los?«, schrie er.

»Das Richtige ist hier los«, sagte Wiebke.

»Sagen Sie das auch den Angehörigen der Opfer des Bombenanschlags, den dieser Wichser und sein Eselficker vorbereiten? Sagen Sie denen, dass wir es nicht verhindern konnten, weil die Wattebäusche zu weich waren?«

Wiebke stand auf. »Ich sage gar nichts, weil wir den Anschlag verhindern werden.«

Den islamistischen Terror bekämpfte man nicht immer mit harten Fakten. Selten hatte man mehr als eine Ahnung, einen vagen Hinweis, der alles, aber auch nichts bedeuten konnte. Wiebke beneidete die Ermittler, Analysten und Agenten nicht im Geringsten. Sie bekamen eine Glaskugel in die Hand und mussten daraus lesen. Und wenn etwas schiefging, wurde die Verantwortung von oben nach unten gegeben. Erst wuschen sich die Politiker rein und distanzierten sich, dann die Vorgesetzten. Scheiße fiel immer nach unten.

Und von den Frauen und Männern unten hatte Wiebke gelernt zu täuschen, zu blenden, zu lügen und zu betrügen, um das zu bekommen, was sie wollte.

»Benehmen Sie sich nicht wie Graf Koks von der Gasanstalt«, fuhr sie Stefan an.

»Spinnen Sie jetzt?«

Wiebke griff nach dem Haufen Kleidung, der in der Ecke lag, und ging zu Gregor. »Und du hast recht«, sagte sie zu ihm.

»Was meinst du?« Gregor blinzelte.

»Du bist der Falsche. Du kannst gehen.« Sie löste die Fesseln.

Gregor richtete sich auf. Er rieb sich die Handgelenke. »Und jetzt?«

Wiebke drückte ihm seine Kleidung in die Hand. »Du kannst gehen. Wir brauchen dich nicht mehr.«

Über Gregors Gesicht huschte Ungläubigkeit. »Das ist ein Trick, oder? Ein Spiel.«

»Ist es nicht. Wir verschwenden unsere Zeit mit dir.« Sie blickte Stefan an. »Er ist nur ein Laufbursche. Entbehrlich. Für alle Seiten.«

Stefan presste die Lippen aufeinander und nickte kaum merklich. »Wahrscheinlich. Schmeißen Sie den Blödmann raus. Dann kümmern wir uns um die richtigen Männer.«

Wiebke atmete tief ein. Stefan hatte zum Glück verstanden und spielte mit.

»Wo sind wir überhaupt?«, fragte Gregor.

»In Polen. Ein paar Kilometer von der Grenze entfernt.«

»Und wie soll ich nach Hause kommen?«

Wiebke zuckte mit den Schultern. »Ruf doch deinen Freund Attila an. Vielleicht kommt er dich holen.«

»Verfickte Scheiße. Das mache ich. Und dann hetzen wir euch die Bullen und Anwälte auf den Hals.«

»Das ist dein gutes Recht. Aber erst mal muss Attila dich holen kommen.«

»Das wird er.« Gregor suchte aus dem Kleidungsstapel seine Unterhose heraus.

»Vielleicht solltest du dich erst einmal waschen.« Wiebke deutete auf das Waschbecken an der Wand. Immerhin hatte er in seinem eigenen Urin gelegen. »Weiß du, an wen du mich erinnerst?«

»An wen denn?«

»An Sven«, sagte Wiebke.

»Sven? Wer ist das?«

»Der war bei mir in der Klasse. Ein netter Junge. Trotzdem hatte er Pech, weißt du. Beim Sport zum Beispiel suchte die Lehrerin die zwei stärksten Jungs raus, die sich dann selbst eine Mannschaft zusammenstellen durften. Nacheinander wurden die anderen Jungs gewählt, dann kamen die Mädchen dran. Und zum Schluss ...«

»Es interessiert mich nicht.«

»Zum Schluss, wenn die Mannschaften vollzählig waren, saß nur noch Sven auf der Bank. Dann entbrannte ein Streit, welches Team Sven nehmen musste. Meist war es die Mannschaft, die in Überzahl war. Als Ausgleich dafür bekam sie Sven. Verstehst du, was ich sagen will?«

Gregor runzelte die Stirn. »Was ist das für eine Scheißgeschichte? Warum erzählst du mir das?«

»Weil du wie Sven bist.«

»Ich? Ich bin kein Loser.«

»War er auch nicht. Aber niemand traute ihm was zu. Traut Attila dir was zu?«

»Das geht dich nichts an.«

»Natürlich tut er das nicht. Er hat die ganzen coolen Jungs nach Syrien zum Kämpfen geschickt. Warum bist du hier? Was hat er dir erzählt?«

Gregor blickte zu Boden. »Er hat mir nichts erzählt.«

Wiebke war sicher, auf dem richtigen Weg zu sein. Da war so ein Ausdruck in seinen Augen. Verletzter Stolz.

»Er ist der Meinung, dass du es nicht schaffst, dass du nicht über die Grenze kommst. Stimmt's?«

»Halt's Maul.« Gregors Stirnader schwoll an.

»Wusste ich es doch. Dafür bist du jetzt sein Laufbursche. Und Laufburschen gehen immer leer aus. Was hat Gonzales zu dir gesagt?«

In Gregors Gesicht war die Überraschung deutlich zu erkennen. Er fragte sich sicher, woher sie das mit Gonzales wusste. Aber er schwieg.

»Er hat dich ausgebootet.« Wiebke erinnerte sich an die Beobachtung, wie der dürre Mann nach oben geschaut und mit seinen Fingern eine Pistole geformt hatte. »Sie wollen dich nicht mehr dabeihaben.«

»Woher willst du das wissen?«

»Ich bin lange genug im Geschäft. Dir ist schon klar, dass Attila das jetzt allein durchzieht, dass er den Lohn, den er für das Geschäft bekommt, nicht mit dir teilen wird?«

»Du kennst Attila nicht.«

Wiebke reichte Gregor sein Handy. »Ruf ihn an. Er wird sich mit dir treffen wollen. Aber nicht an einem Ort, an dem ihr euch üblicherweise trefft. Es wird ein abgelegener Ort sein. Einsam. Perfekt für einen Mord.«

Gregor hatte sich vollständig angezogen. Er riss Wiebke das Telefon aus der Hand. »Das ist Schwachsinn.«

»Du bist für ihn nichts weiter als eine Spur, die zu ihm führen könnte. Und Leute wie er beseitigen Spuren.«

»Niemals.« Gregor ging zur Tür und von dort nach draußen. Wiebke und Stefan blieben im Flur stehen.

»Sie wissen hoffentlich, was Sie da machen«, sagte Stefan.

»Er wird zurückkommen.«

»Sollen wir wetten? Wenn er zurückkommt, lade ich Sie zum Essen ein.«

»Sie könnten gleich fragen, ob wir ficken.«

»So direkt?«

Wiebke legte den Kopf schief. »Die Antwort auf beide Fragen ist Nein.«

»Zu schade.«

Fünf Minuten später stand Gregor im Türrahmen. Er starrte fassungslos auf das Handy in seiner Hand. »Woher wusstest du das?«

Wiebke lächelte. »Wir können dich beschützen.«

»Attila will sich mit mir in einem Waldstück treffen. Ich soll alleine kommen. Will er mich umbringen?«

»Wir sind jetzt die einzigen Menschen, die deinen Arsch retten können«, sagte Wiebke.

52

London, 08:31 Uhr BST

ES KLOPFTE AN DER Bürotür. Eric Stalker setzte seine Teetasse ab. Er hasste es, beim Frühstück gestört zu werden. Mit einer kurzen Handbewegung schob er den Teller mit Croissants und Erdbeermarmelade beiseite. Englisches Frühstück hasste er noch mehr als derartige Störungen. Wer, in drei Gottes Namen, aß zum Frühstück schon gebratene Würstchen, gebackene Bohnen und gegrillte Tomaten? Ganz zu schweigen von Black Pudding, gebratener Blutwurst. Widerwärtig. Es gab nur ein Essen, das schlimmer als Black Pudding war: Haggis. Aber das aßen die Schotten zum Glück nicht zum Frühstück, auch wenn er es den Provinzlern zutrauen würde.

Es klopfte noch einmal.

»Herein«, sagte er so mürrisch er konnte.

John öffnete die Tür. In der Hand hielt er einen Aktendeckel. Wahrscheinlich hastig zusammengestellt. Zwischen der Pappe lugten unordentlich geheftete Zettel hervor. Stalker erkannte einen Kaffeefleck.

»Wissen Sie, was ich noch mehr hasse als englisches Frühstück und eine Störung beim Essen, John?«

»Nein, Sir.«

»Unordentliche Akten. Die zeugen von schludriger Arbeit.«

»Oder von einer durchgearbeiteten Nacht, Sir.«

Stalker neigte den Kopf zur Seite. »Schneid haben Sie, das muss ich Ihnen lassen. Was gibt es denn so Wichtiges am frühen Morgen?«

»Ich habe etwas über diesen Maddissi Abu Mohammed el Sarka herausgefunden.«

»Dann lassen Sie mal hören.«

John öffnete den Aktendeckel und entnahm einen handgeschriebenen Zettel.

Stalker winkte ab. »Langweilen Sie mich aber nicht mit Details wie Geburtsdatum und Ort. Ich will einen kurzen und präzisen Bericht.«

John räusperte sich. »Wir haben herausgefunden, dass die Firma MAWW vor Maddissis Einstieg seinem Vater gehörte. Damals war sie ein verlässlicher Partner für Öl fördernde Betriebe im Nahen Osten. Maddissi kommt also aus gutem Hause. Sprichwörtlich mit dem goldenen Löffel im Mund geboren. Das spiegelt sich auch in seiner Ausbildung wider. Er besuchte Hochschulen in der ganzen Welt. In Bonn Bad-Godesberg besuchte er die Islamschule. Danach nannte er sich Islamgelehrter. Nach dem Tod seines Vaters kehrte er den Geisteswissenschaften aber den Rücken und übernahm die Firma. Anscheinend ist er allerdings kein guter Geschäftsmann. Die Firma ging fast pleite. Maddissi musste verkaufen. Ungesicherten Geheiminformationen zufolge saß er 1993 als politischer Gefangener ein. Von da an verliert sich seine Spur. Er tauchte erst 2010 wieder auf, als er die Firma seines Vaters zurückkaufte. Seitdem unterstützt MAWW angeblich karitative muslimische Projekte.«

»Das ist alles nicht neu.«

John grinste. »Ich konnte Maddissis Kreditkartennummer ermitteln.«

Stalker lehnte sich in seinem Stuhl zurück. Die Kreditkartennummer war ein wundersamer Schlüssel zum Leben eines Menschen. John hatte gut gearbeitet, er war tüchtig und fleißig. Gepaart mit seiner überragenden Intelligenz hatte er sicher eine große Karriere im Geheimdienst Ihrer Majestät vor sich. Stalker war versucht, dem jungen Agenten einen Tee anzubieten, was er sonst nie tat, nicht einmal dem Premierminister. Der Queen vielleicht, aber Eric war sicher, dass die Queen niemals sein Büro betreten würde.

John irritierte das lange Schweigen seines Vorgesetzten anscheinend. Er knibbelte an einer Ecke der Akte herum und bog sie mehrmals hin und her, bis er sie abriss.

»Soll ich weitermachen?«, fragte er leise.

»Unbedingt.« Stalker goss sich eine Tasse Tee ein und entschied, John keine anzubieten. Noch nicht ...

»Er könnte nicht nur hier in London sein.«

»Was? Was haben Sie da gerade gesagt?«

»Ich habe herausgefunden, dass mit der Kreditkartennummer ein Zimmer für drei Tage im Crowne Plaza am Kings Cross gebucht wurde. Es wurden aber auch Zimmer im Hotel Balzac in Paris und im Kempinski in Berlin gebucht.«

»Alle Hotelzimmer für drei Tage und alle im gleichen Zeitraum?«

John nickte. »Es gibt verschiedene Theorien darüber.«

»Welche ist aus Ihrer Sicht die wahrscheinlichste?«

»Er will seine Spuren verwischen. Da bin ich mir sicher.«

»Warum sollte er dann in so teuren Hotels einchecken? Den gleichen Effekt erziele ich mit günstigeren Zimmern.«

»Da widerspreche ich, Sir. Man erzielt nicht den gleichen Effekt. Bei extrem teuren Hotelzimmern wollen wir nicht glauben, dass die gemietet wurden, um eine Spur zu verwischen. Wir wollen glauben, dass die Zimmer für Geschäftspartner gebucht wurden. Vielleicht für Mitwisser.«

Stalker lächelte. »Ich übertrage Ihnen die Leitung des Sondereinsatzes. Tun Sie alles Notwendige, um herauszufinden, ob Maddissi in London ist.«

»Sehr wohl, Sir.« Seine Wangen färbten sich rötlich, und Stalker hatte das Gefühl, als wäre Johns Brust stolzgeschwellt. »Ich werde sofort mit der Operation beginnen.«

Stalker griff zum Telefonhörer.

»Darf ich fragen, wen Sie da anrufen?«

»Eigentlich nicht.« Stalker hielt inne. Sollte er auflegen und damit John zeigen, dass er zu weit gegangen war? Oder ... »Ich bestelle neue Croissants und dann Sauerkraut. Sie verstehen, was ich meine?«

John dachte kurz nach. Er knabberte an seiner Unterlippe und schüttelte dann lächelnd den Kopf.

»Hab's verstanden, Sir.«

»Dann an die Arbeit. Wir müssen diesen Maddissi kriegen. Wir müssen wissen, was er vorhat.«

53

Marrakesch, 10:02 Uhr WEST

HITZE STAUTE SICH im Souk. Die Sonne blinzelte zwischen den Holzstreben durch, die über die engen Gassen gespannt waren. Grellbunte Farben mischten sich mit würzigen und ledrigen Gerüchen. Und die Touristen mischten sich mit den Einheimischen. Es war laut. David hörte zwischen dem Kauderwelsch aus Arabisch, Englisch und anderen Sprachen dennoch eine laute Stimme heraus.

»Jallah. Jallah. Attention. Attention. Jallah. Jallah.«

Er drehte sich um und erblickte einen mit Colakisten bepackten Esel, der auf ihn zustürmte. Die Menschen stoben auseinander, David drückte sich gerade noch rechtzeitig in einen Hauseingang. Als das graue Lastentier an ihm vorbeirannte, spürte er den Luftzug. Hinter dem Esel rannte ein alter Mann, der in seinem wüstengelben Djellaba wie ein Dschinn aussah. »Jallah. Jallah.« Der Rohrstock klatschte im Takt auf die Hinterläufe des Esels. »Attention. Attention.«

Dann waren Mann und Esel verschwunden.

David schüttelte den Kopf. Er klopfte den Staub von seiner Jeans und tauchte wieder in das Gewirr der Gassen. Kurz darauf erreichte er sein Ziel.

Djemaa el-Fna, die Versammlung der Toten. Im 12. und 13. Jahrhundert waren auf dem Platz öffentlich Hinrichtungen vollzogen worden. Angeblich hatten die Sultane die Köpfe der Enthaupteten auf Spießen aufstellen lassen. Heute war Djemaa el-Fna der zentrale Marktplatz in Marrakesch. Nirgendwo spürte man die Magie des Orients mehr als hier zwischen all den Geschichtenerzählern, den Tänzern und Schlangenbeschwörern, zwischen den Marktständen, wo gebratenes Fleisch und frisch gepresster Orangensaft angeboten werden. Und dann waren da noch diese Wasserverkäufer in ihrer roten Tracht und den hohen bunten Hüten. Für ein paar Dirham füllten sie den Einheimischen einen Schluck Wasser in einen Messingbecher. Die Touristen erhielten ihr Wasser in einem glänzenden Metallbecher. Für ein paar Dirham mehr gab es die Fotoerlaubnis, und die Wasserverkäufer wurden unglaublich oft fotografiert.

David schob sich an den Verkaufsständen vorbei bis zum Eingang des Café Argana. Er war schon einmal hier gewesen. Vor dem Anschlag 2011. Nur eine kleine Schwarz-Weiß-Fotografie erinnerte an die Toten und Verletzten. Ansonsten erstrahlte das Café Argana im neuen Glanz.

David betrat über eine Außentreppe die Terrasse und ergatterte einen Platz. Der Holzstuhl war überraschend bequem, also lehnte er sich zurück und blickte über den Platz. Aus der Hemdtasche kramte er eine Filterlose. Eine alte Gewohnheit, die er gehofft hatte hinter sich zu haben. Aber man wurde nicht alle Tage einfach mal für tot erklärt. David Teitelbaum gab es nicht mehr. Er sog den blauen Dunst ein.

Jetzt war er ein Niemand.

»Qu'est-ce que vous voulez?« Der Kellner trug eine schwarze Hose und ein weißes Hemd. David bemerkte, dass er gedankenverloren seine Zigarette angestarrt hatte. Etwas verschämt lächelte er den Kellner an. »Thé à la menthe«, sagte er dann. Der Kellner nickte und ging.

Es dauerte nur kurz, bis er wieder an Davids Tisch zurückkehrte und ein Glas auf den Tisch stellte, in dem mehrere Minzblätter waren. Schwungvoll goss er dampfendes Wasser aus einer verzierten Kanne in das Glas, und während er goss, zog der Kellner die Zinnkanne einmal nach oben und senkte sie dann wieder zum Glas. Ein Ritual aus der maghrebinischen Teekultur.

David rührte zwei Würfelzucker hinein und ließ den Tee ziehen. Zwischenzeitlich zündete er sich eine zweite Zigarette an.

So ganz stimmte das nicht, dass er ein Niemand war. Laut gefälschtem Pass hieß er Brian Meyers. Geschäftsmann aus der Computerbranche. Der weitere Hintergrund für Brian Meyers war nicht ausgearbeitet worden. Hatte er eine Frau? Oder war er geschieden? Witwer? Was war mit Kindern? War er Vater? Was machte er in Marokko? Geschäftsreise? Eine magere Tarnung für einen ehemaligen Agenten des Mossad, der er nun nicht mehr war. Kaltgestellt. Von den eigenen Leuten. Verraten. Von der eigenen Regierung. Geflohen. Aus seinem Heimatland, das er zu schützen geschworen hatte.

Er steckte sich die Kippe zwischen die Lippen und kramte die Telefonnummer heraus, die Rabin ihm gegeben hatte. Die zwölf Stunden waren längst abgelaufen. War die Tür noch geöffnet? Konnte er noch hindurchgehen? Mit zitternden Fingern fischte er das Mobiltelefon, das er einem Touristen gestohlen hatte, aus seiner Hosentasche. David wischte sich die Fingerkuppen am Jeansstoff ab und wählte die Nummer. Die Leitung knackte. Ein Freizeichen war nicht zu hören. David legte auf. Er hatte seine Chance vertan.

Plötzlich spielte das Mobiltelefon eine Melodie, die David nicht kannte. Etwas Klassisches. Bach? Vielleicht Beethoven. Es könnte auch die spanische Nationalhymne sein, schließlich hatte der beklaute Tourist ein Trikot vom FC Barcelona getragen.

David nahm das Gespräch an.

»Sie haben sich viel Zeit gelassen.«

Die Stimme war kultiviert. Zwischen die Wörter schlich sich ein texanischer Akzent, den der Sprecher zu unterdrücken versuchte.

»Ich wäge Angebote unbekannter Auftraggeber lieber sorgfältiger ab. Die letzten Ereignisse haben mich ... sagen wir mal ... vorsichtiger gemacht.«

»Das kann ich verstehen. Deshalb ließ ich die Telefonnummer länger aktiv als geplant.«

Das war eine glatte Lüge. David war darin ausgebildet worden, die Klangfarben eines Sprechers zu erkennen. Die Klangfarbe seines texanischen Gesprächspartners hatte sich gewandelt. Der Dialekt war stärker geworden. Ein Zeichen dafür, dass er sich eher auf das Lügen als auf die Unterdrückung seiner sprachlichen Unzulänglichkeit konzentrieren musste.

»Was wollen Sie von mir?«, fragte David.

»Ihre Dienste. Ihren Einsatzwillen. Ihre Fähigkeiten.«

»Sie kennen mich doch gar nicht.«

»Da wäre ich nicht so sicher. In meinem Geschäft sind Informationen mehr wert als Gold.«

Und Menschenleben, setzte David gedanklich hinzu. »Sie wissen um meine Situation?«

»Ihr Versagen? Davon habe ich gehört, und ich habe Ihrem Vorgesetzten direkt meine Hilfe angeboten. Gute Leute findet man nicht auf Bäumen. Meist liegen sie auf der Straße.«

Pause. David schluckte. Eine treffende Umschreibung seiner Situation. Er lag auf der Straße. Das Bargeld reichte kaum eine Woche. Und was war dann? Ohne vernünftigen Lebenslauf war es ihm nicht möglich, einen guten Job zu bekommen, Geld zu verdienen. Rabin hatte gewusst, dass David keine Alternative hatte, als diese Nummer zu wählen. Und der Anrufer hatte das auch gewusst. Deswegen war die Nummer noch aktiv. Was bedeutete, dass dieser unbekannte Mann ihn unbedingt wollte. Aber warum?

»Kommen wir ins Geschäft?«, fragte der Texaner.

»Nicht am Telefon.«

»Das dachte ich mir. Wo sind Sie jetzt?«

»Ich hatte ein Flugticket.«

»Dann sind Sie tatsächlich in Marrakesch? Der Perle des Südens. Ich wette, Sie blicken gerade von der Sonnenterrasse des Café Argana auf den Djemaa el-Fna und genießen Tee.«

Unwillkürlich suchte David in seiner Umgebung nach dem Texaner. Wahrscheinlich hatte er David die ganze Zeit beobachtet. Oder beobachten lassen.

»Suchen Sie mich nicht. In dem Menschengewühl ist es vergebens. Es reicht, wenn ich Sie sehe.«

»Dann kommen Sie doch hierher. Wir trinken Tee und reden über das, was Sie von mir wollen.« David presste die Lippen aufeinander.

»Kennen Sie das Hotel Les Jardins De La Koutoubia? Sehr luxuriös und nur ein paar Gehminuten von Ihrem Aufenthaltsort entfernt.«

»Mir ist nicht nach Luxus zumute. Ich suche mir ein einfaches Hotel, und wir treffen uns hier im Café.«

»Auch gut. Morgen früh. Wir werden Sie erkennen. Ich bin ab jetzt nicht mehr über diese Nummer zu erreichen.«

»Ich auch nicht.«

»Das dachte ich mir. Es sei denn, Ihr Name wäre José Scariolo. Wohnhaft in Vallirana, Carrer la Font 3. Sind Sie Fan des FC Barcelona?«

David ließ ein freudloses Lachen hören. Sein Gesprächspartner war gut, und er hatte technische Möglichkeiten, die weit über eine Wald-und-Wiesen-Organisation hinausgingen.

»Wir treffen uns morgen«, sagte er.

Sie beendeten das Gespräch.

David hatte das Gefühl, als stünde er vor einem Aufbruch in eine neue Zukunft. Eine gefährliche und ungewisse Zukunft. Er trank seinen Tee und verließ das Café. Auf dem Weg zurück in die Souks nahm er das Mobiltelefon auseinander. Die SIM-Karte warf er auf einen Haufen vergammelter Orangen, das Gerät ließ er ein paar Meter weiter fallen und zertrat es.

54

Cala Ratjada, 11:06 Uhr MESZ

MAN NANNTE IHN Helados. So hatten ihn die Kameraden von Terek genannt. So nannte sich Minkael Nikolaiev noch heute. Trotz der ganzen Scheiße, die passiert war. Minkael war es bei der tschetschenischen Geheimpolizei gut gegangen. Bis zu jenem Tag, an dem sein Leben zerbrochen war. Wo er nur noch das nackte Überleben hatte. Und seine Skrupellosigkeit, ohne die er längst von Würmern zerfressen worden wäre. Aber nicht er. Er war aufgestanden wie Phönix aus der Asche und wie ein Rachegott niedergefahren. Noch war nicht alle Blutschuld beglichen. Doch das störte Helados nicht. Er hatte Zeit. Aber leider nicht für die zwei knackigen Ärsche, denen er hinterherstarrte. Er nahm einen Schluck aus der Wasserflasche, die er lässig zwischen Daumen und Zeigefinger baumeln ließ. Die Schlampen betraten eine Poolbar. Harte Bässe, zuckende Körper und schwitzende Menschen. Helados blickte noch einmal auf die schlanken Beine und die sandigen Füße, die in bunten Flip Flops steckten. Er hatte wirklich Lust zu ficken. Mit dem Daumen wischte er sich über die Lippen. Nachher. Zuerst das Geschäft. Wenn Ivan einen Namen brauchte, besorgte Helados die Information. Entweder durch Schmiergeld, oder er prügelte es aus den Klienten heraus. Helados lächelte bei dem Gedanken. Ivan bestand darauf, sämtliche Menschen, mit denen sie es zu tun hatten, als Klienten zu bezeichnen. So bekam das zutiefst unmoralische Handeln zumindest einen Hauch von Seriosität. Das klappte auch bei Banken und Staaten, wobei Letztere die Klienten als Wähler bezeichneten.

Helados blickte wieder zur Poolbar und stellte fest, dass er die beiden aus den Augen verloren hatte. Er zuckte mit den Schultern. Das einzig Gute an Mallorca war, dass es überall williges Fleisch gab.

Das Mobiltelefon brummte. *Fahrzeug steht bereit.* Darunter folgte eine Adresse ganz in der Nähe. Helados schlenderte die Strandpromenade entlang. Neben einem mallorquinischen Fischrestaurant war eine Bar, die in großen Lettern für deutsches Bier warb. Von dort war es nur noch ein kleines Stück in Richtung Son Moll. Dort parkte der schwarze Porsche. Die Fahrertür öffnete sich per Fingerabdrucksensor. Das Innere des Fahrzeugs war angenehm temperiert. Im Handschuhfach fand er eine Walther P99. Stangenmagazin. Fünfzehn Schuss. Durchgeladen. Ivan hatte wirklich an alles gedacht.

Der Motor startete. Augenblicklich fuhr das Navigationsgerät hoch und zeigte einen blinkenden Punkt auf der Landkarte. Sein Ziel, eine verlassene Windmühle, lag im Inselinneren. Die weibliche Computerstimme sagte: »Bitte bei der nächsten Möglichkeit wenden.«

»Alles, was du willst«, sagte Helados und grinste. Eigentlich hörte er nie auf das, was eine Frau sagte.

Die Fahrt führte durch einen Kreisverkehr, an dem die Computerstimme ihn auf eine Sehenswürdigkeit hinwies, irgendein Castello. Helados war in seinem ganzen Leben nur einmal in einem Museum gewesen. Im Foltermuseum in Prag. Der Porsche schnurrte weiter durch die Landschaft. In einiger Entfernung ging eine Schotterstraße von der Hauptstraße ab.

»Sie haben Ihr Ziel erreicht«, sagte die Computerstimme.

Helados stoppte den Wagen am Straßenrand und ging ein

Stück zu Fuß, bis hinter einer verfallenen Sandsteinmauer die Windmühle auftauchte. Zwischen zwei Steinsäulen führte ein kleiner Weg zu einem Gebäude. Ein verwittertes Holzschild wies darauf hin, dass die Windmühle früher ein Restaurant gewesen sein musste. »Don Quichotte, Tapas y mas.« Er steckte die P99 in den Hosenbund und überprüfte, ob er sein kleines Lieblingsspielzeug dabeihatte. Seine Wenn-ich-draufgehe-stirbst-auch-du-Versicherung. Er grinste sein Haifischgrinsen.

Unter seinen Schuhsohlen knirschte der Kies. Eine kleine Eidechse wurde aufgescheucht und verschwand schnell zwischen halb verdorrtem Gestrüpp. Das Auge einer Überwachungskamera erfasste ihn, surrend folgte das Gerät seinem Weg zur Eingangstür. Jetzt bloß keinen Fehler machen, dachte Helados. Er spürte seinen Herzschlag im Hals. Soviel er gehört hatte, war aus seinem Kontaktmann ein echter Schweinehund geworden. Schlimmer geht immer. Helados klingelte. Ein Rauschen drang aus dem Lautsprecher neben dem Messingknopf.

»Was wollen Sie?« Die Stimme klang hart und abgehackt.

»Ich möchte Umut sprechen.«

»Hier gibt es keinen Umut.«

»Hör auf mit dem Scheiß. Sag ihm, dass Helados da ist.«

Das Rauschen hörte auf. Jetzt konnten genau zwei Dinge geschehen. Entweder öffnete sich die Tür, oder Helados starb im Kugelhagel.

Der Türöffner summte.

Ein seltenes Gefühl erfasste seinen Körper und ließ jeden Muskel, jede Sehne vibrieren. Schweißperlen krochen seinen Rücken hinab. Sein Mund wurde trocken.

Er hatte Angst.

Die Empfangshalle lag im Halbdunkel. Er konnte drei Gestalten erkennen. Helados ließ seine Hand in die Hosentasche gleiten und versuchte, diese Bewegung so zufällig wie möglich aussehen zu lassen.

Die Männer hatten sich strategisch günstig aufgestellt. Nicht nur die drei Männer, die er wahrgenommen hatte, sondern auch die vierte Person, die sich nun in seinem Rücken befand und ihm einen Schlag versetzte. Helados sackte auf die Knie. Augenblicklich spürte er kalten, runden Stahl in seinem Nacken. Aus dem Augenwinkel konnte er die Konturen der vierten Person erkennen. Breite Schultern. Quadratischer Kopf. Kalaschnikow. Messer am Gürtel. Eindeutig ein Tschetschene. Und wenn er hier war, war es kein regierungstreuer Tschetschene. Die Sache entwickelte sich unschön. Helados hielt den Atem an. Kalter Schweiß perlte ihm über die Stirn.

»Was du wollen?«, fragte die tschetschenische Wache.

Helados dachte fieberhaft nach. Mindestens vier Wachen. Dazu Umut. Und vielleicht noch ein oder zwei Bodyguards. Schwierig, aber machbar.

»Du nix willkommen«, sagte der Tschetschene.

»Und warum wurde ich dann eingelassen?«

»Du Tschetschene. Richtig?«

Helados presste die Lippen zusammen. Von allen Fragen dieser Welt war es diese eine Frage gewesen, die er in diesem Moment nicht hören wollte. Er antwortete nicht.

»Natürlich bist du das.« Die Wache beugte sich vor und starrte Helados ins Gesicht. »Ich dich kennen. Du Stiefellecker vom Usimarov. Du präsidententreu.«

»Halt deine verdammte Fresse, und bring es endlich zu Ende. Oder kannst du nicht mal im Stehen pissen, ohne danebenzutreffen?«

Der Tschetschene lachte kurz auf. »Verdammtes Schwein.«

Helados konnte förmlich spüren, wie der Zeigefinger am Abzug gekrümmt wurde. Gleich würde es vorbei sein. Er dachte noch kurz an die Schlampen mit den knackigen Ärschen. Ein Schauder durchlief seinen Körper. Die eine Hand hatte er immer noch in der Hosentasche. Wenn er schon draufging, sollte sein Mörder auch verrecken.

Helados löste den Sicherungsbolzen der Handgranate. Es war klar gewesen, dass er irgendwann einmal seine finale Versicherung brauchen würde.

55

London, 10:25 Uhr BST

DER FAHRSTUHL fuhr nach oben.

»Diese Information darf ich Ihnen nicht geben«, sagte der Liftboy des Crowne Plaza zu John.

»Ich will doch nur wissen, ob der Mann, der Zimmer 338 gebucht hat, tatsächlich eingecheckt hat.«

»Wer sind Sie überhaupt?«

Der Lift stoppte, und eine ältere Dame betrat die Kabine. »Erdgeschoss«, sagte sie zum Liftboy, als wäre er nichts weiter als eine Maschine.

»Sehr wohl, Madam.«

John verdrehte die Augen. Um als Liftboy zu arbeiten, musste man ziemlich verzweifelt sein. Oder von Natur aus devot. Oder beides. Der Lift hielt im Erdgeschoss, die Dame betrat die Hotellobby.

»Schönen Abend, Madam«, sagte der Liftboy, ohne auch nur weiter beachtet zu werden. Der Lift wurde sofort wieder angefordert und fuhr in die zwölfte Etage. John atmete tief ein. »Egal was ich Ihnen erzähle. Sie glauben es ja doch nicht.«

»Zumindest sind Sie kein schwuler Toyboy. Das hätte ich sofort erkannt.«

»Genau das wollte ich Ihnen eigentlich erzählen.« John

blickte zum Display. Der Fahrstuhl hatte die sechste Etage erreich. Viel Zeit blieb ihm nicht mehr. Er konnte ja nicht den ganzen Abend mit dem Lift umherfahren.

Er setzte alles auf eine Karte. »Geheimdienst. Ich bin vom Geheimdienst.«

Der Liftboy lachte kurz. »Mit Lizenz zum ...«

»So etwas gibt es nur im Fernsehen.«

»So ganz glaube ich Ihnen das nicht.«

»Würde ich auch nicht«, sagte John.

Der Fahrstuhl ruckelte und kam zum Stehen.

»In einer halben Stunde habe ich Pause. Treffen Sie mich im Sandwichladen auf der anderen Straßenseite. Vielleicht habe ich was für Sie«, sagte der Liftboy.

Die Türen glitten auf, John verließ die Kabine. Für den Weg nach unten nahm er dieses Mal das Treppenhaus. Durch die Hotellobby verließ er das Gebäude und ging über die Straße. Der Sandwichladen war nicht zu verfehlen. In den Regalen lag reichlich Auswahl. Er entschied sich für ein Sandwich mit gekochtem Ei und Bacon. Das Gleiche nahm er für den Liftboy, der bereits ein paar Minuten später den Laden betrat.

»Woher wussten Sie, dass ich kein Vegetarier bin?«

»Nur so eine Ahnung«, sagte John.

»Oder eine Fähigkeit, die man beim Geheimdienst lernt?«

»Wie Sie wollen. Haben Sie was für mich?«

Der Liftboy schaute sich verstohlen um, dann legte er einen geknickten Zettel auf den Tisch. »Das haben Sie aber nicht von mir, klar?«

»Wenn Sie vergessen, dass ich hier war und was ich gefragt habe.«

Der Liftboy lächelte. »Alles klar.«

Zum Abschied klopfte er auf den Tisch und verließ den Laden. John faltete das Papier auf. Ein Name. Handschriftlich und hastig geschrieben. »Omar Mullah. Gast in 338«

Über die gesicherte Leitung kontaktierte John die Zentrale. Er war überrascht, Eric Stalker sofort am Apparat zu haben.

»Und Sie sind sicher, dass es nicht Maddissi Abu Mohammed el Sarka ist?«

»Das Hotel wurde rund um die Uhr observiert. Es ist ausgeschlossen, dass unsere Zielperson das Gebäude betreten hat. Dafür aber ein arabisch aussehender Mann um die dreißig. Schwarze Haare. Teure Kleidung. Augenklappe.«

»Das könnte tatsächlich Omar Mullah sein.«

»Sie kennen ihn?«, fragte John.

»Er steht unter Terrorverdacht. Vor einiger Zeit gab es eine Interpol Blue Notice. Sein genetischer Fingerabdruck wurde an einem Sprengkörper gefunden, der vor acht oder neun Jahren bei einem Angriff auf amerikanische Einrichtungen im Irak benutzt worden war. Mehr ist nicht bekannt.«

»Eine Blauecke? Wohnt er in Großbritannien?«

»In London, um genau zu sein«, sagte Stalker.

»Und warum bezieht man ein Zimmer in einem der teuersten Hotels der Stadt, wenn man hier wohnt?« John dachte kurz nach. »Er ist ein Lockvogel. Mullah ist interessant genug, dass wir ihn uns ansehen.«

»Aber nicht interessant genug, um gegen ihn Maßnahmen der Terrorabwehr zu treffen.«

»Wenn wir etwas unternehmen, weiß die Gegenseite, dass die Geheimdienste an ihr dran sind.« John wurde heiß. Es waren immer nur kleine Mosaiksteinchen, doch das Bild wurde klarer. Ein Anschlag stand bevor.

»Wir müssen etwas unternehmen«, sagte John.

»Ich habe unsere Partner in Frankreich und Deutschland informiert. Wir stehen im ständigen Austausch.«

»Gott schütze die Königin«, sagte John.

»Gott schütze uns alle«, sagte Stalker.

56

Cala Ratjada, 11:29 Uhr MESZ

HELADOS BEREITETE sich aufs Sterben vor. Er lockerte den Griff um die Handgranate in seiner Hosentasche.

Drei. Zwei. Eins. Er schloss die Augen.

»Aufhören! Sofort!« Die Stimme durchschnitt den Raum. Sie klang trotz des Befehlstons warm und kultiviert und hatte ein leichtes Kratzen.

Helados kannte diese Stimme. Das war eindeutig Umut.

Mehrere Herzschläge vergingen, in denen nichts passierte. Helados festigte den Griff um die Handgranate. Der Tschetschene spuckte auf den Boden und knurrte, ließ aber die Kalaschnikow sinken. »Bastard«, murmelte er zähneknirschend.

»Ich liebe dich auch, Dreckschwein.«

Der Tschetschene zuckte und hob wieder die Waffe.

»Aufhören habe ich gesagt!«

Das Licht wurde eingeschaltet. Helados blickte zum Treppenabsatz. Umut trug eine Anzughose und ein halb aufgeknöpftes weißes Hemd. Zwischen den Brusthaaren glänzte eine Goldkette mit Säbelanhänger. Er lächelte.

»Du kannst froh sein, dass du noch lebst«, sagte er.

»Bereitest du jedem deiner Freunde einen so netten Empfang?«

Umut drehte das Whiskyglas in seiner Hand. Die goldgelbe

Flüssigkeit schimmerte im Licht. »Ich wusste nicht einmal, dass wir Freunde sind. Was willst du hier?«

Es war schon immer sinnlos, Umut anzulügen. »Informationen«, sagte Helados.

»Und wenn ich die Antworten kennen sollte, springt was für mich dabei heraus?«

»Eine fürstliche Bezahlung.«

»Du glaubst, ich lasse mich kaufen?«

»Wie sonst könntest du dir diese Residenz hier leisten? Und die vielen Wachen, die sicher nicht aus Liebe zu dir hier arbeiten.«

Umut lachte. »Komm nach oben. Ich habe einen guten Drink für dich. Und vergiss nicht, den Sicherungsbolzen zurück in die Handgranate zu stecken. Es soll ja nicht gleich alles in die Luft gehen, oder?«

Helados stand auf. Er sah, dass der Tschetschene neben ihm bei der Erwähnung der Handgranate kreidebleich geworden war. Mit einer geschickten Handbewegung brachte er den Sicherungsbolzen zurück an seinen Ort, dann stieg er die Treppe hinauf. Umut führte ihn in ein ausladendes Büro mit Blick auf einen gepflegten Garten.

»Was willst du wissen?«, fragte Umut.

»Kennst du Ben el-Fna?«

Umuts Mundwinkel zuckten kurz, dann setzte er ein Pokerface auf. Helados versuchte Hinweise darauf zu erhaschen, ob Umut den Namen schon einmal gehört hatte, aber die Gesichtszüge blieben stumm.

»Kennst du ihn?«, hakte Helados nach.

»Vielleicht. Vielleicht nicht. Auf jeden Fall ist diese Information teuer. Extrem teuer.«

»Das spielt keine Rolle.«

Umut lehnte sich zurück. »Dann hör genau zu.«

57

In der Nähe von Afrin, 14:15 Uhr OESZ

DER FAHRER LENKTE den Jeep mit sicherer Hand durch halsbrecherische Kurven. Eine falsche Lenkbewegung und der Jeep würde in die Tiefe stürzen. Khaled krallte sich am Sitzpolster fest. Er wollte nicht irgendwo im Nirgendwo sterben. Er wollte nicht ...

Der Pfad schlängelte sich zwischen dem Abgrund und der steil aufragenden Felswand entlang. Verdorrtes Gestrüpp schlug gegen das Blech. In einer scharfen Kurve verloren die Reifen des Jeeps auf einer Seite den Bodenkontakt. Khaled hielt den Atem an und schloss die Augen. Staub wirbelte auf. Steinchen schlugen ihm gegen die Wangen.

Als er die Augen wieder aufschlug, sah er das zahnlose Grinsen des Fahrers im Rückspiegel. Und dann, ganz plötzlich, ertönte ein ohrenbetäubender Knall. Der Fahrer stoppte den Jeep. Abu Kais drehte sich zu Khaled um. »Hörst du das, mein Bruder?«

Khaled nickte. »Was war das?«

»Unsere Feinde suchen uns mit Flugzeugen. Sie nennen es Friedensmission. Ich frage mich, was daran Frieden ist, wenn sie unseren Luftraum ungefragt mit Düsenjets verletzen, wenn sie ungefragt unseren Krieg kämpfen.«

»Werden sie uns finden?«

»Nein. Der Knall ist ohrenbetäubend und erscheint nah. In Wahrheit sind sie weit von uns entfernt, wenn wir den Schall hören.«

Abu Kais schaute den Fahrer an und sagte ein paar Worte, die Khaled nicht verstand, dann öffnete er die Tür des Jeeps. »Komm, Khaled. Lass uns ein Stück gehen.«

Khaled streckte sich. Die lange Fahrt hatte seine Beine schwach werden lassen. Erst langsam kehrte kribbelnd das Leben zurück. Khaled stöhnte, hob seine Arme und gähnte. Abu Kais war erstaunlich flink. Sicher und schnell erklomm er den steinigen Anstieg. Nur selten musste er sich abstützen. Und wenn er dies tat, zeichneten sich sehnige Muskeln unter der sonnengebräunten, ledrigen Haut ab. Als Khaled außer Atem auf der Anhöhe ankam, saß Abu Kais schon auf einem Stein. Mit einem Lächeln lud er Khaled dazu ein, sich neben ihn zu setzen. Eine Zeit lang schauten beide über die weite karge Landschaft, die sich im Dunst verlor.

»Findest du dieses Land schön?«, durchbrach Abu Kais das Schweigen.

»Wieso fragst du?«

»Ich möchte wissen, ob du dieses Land schön findest.«

Khaleds Blick wanderte über das braungrüne Gestrüpp, das sich keck einen Platz zwischen Steinen und Sand erkämpft hatte. Eine Echse wuselte über einen großen Brocken und blieb kopfüber hängen, um Sonne zu tanken.

»Ich weiß nicht einmal, wo wir sind.«

»Das ist egal, denn Grenzen sind egal. Jeder Quadratzentimeter ist Allahs Land, denn es ist alles so, wie er es wollte.«

Khaled erinnerte sich an die zerschossenen Panzer und auseinandergerissenen Fahrzeuge, die den Weg in diese Einöde gesäumt hatten. War wirklich alles so, wie Allah es wollte?

»Abu Kais?«

Der Ältere schaute ihn an und forderte ihn so auf zu sprechen.

»Mich beschäftigt etwas. Darf ich fragen?«

»Wissen und verstehen ist ein hohes Gut.«

»Ist wirklich alles so, wie Allah es wollte? Ich meine ... ich denke ... es geht um die zerstörten Panzer am Wegesrand. Hat Allah sich das Land so vorgestellt?«

Abu Kais beugte sich vor und starrte zu Boden. Khaled konnte sehen, wie die Kiefermuskulatur zuckte und die Halsschlagader pulsierte. Abu Kais griff an seinen Gürtel und nahm die zerbeulte Wasserflasche.

»Möchtest du einen Schluck?«

Khaled nahm dankend die Flasche und spülte das lauwarme Wasser seine trockene Kehle hinunter. Er gab die Flasche zurück.

»Hat es gut getan?«

Khaled war verwirrt. »Was meinst du?«

»Deine trockene Kehle war sicher unangenehm, oder?«

»Ich weiß nicht, worauf du hinauswillst.«

»Und du willst nicht bestreiten, dass sowohl das Wasser als auch die trockene Kehle ein Werk Allahs sind?«

Khaled bemerkte das gefährliche Glitzern in Abu Kais' Augen. Er war sich sicher, dass sein Begleiter ihn testen wollte.

»Natürlich ist das Wasser eine Schöpfung, so wie alles eine Schöpfung ist.« Er leckte sich über die spröden Lippen.

»Und was ist mit der trockenen Kehle?«

»Das ist Allahs Wille und Schöpfung. Er hätte den Menschen auch ohne Durst erschaffen können, wenn er gewollt hätte.«

»Hat er aber nicht«, stellte Abu Kais nüchtern fest.

»Ich verstehe den Sinn dieses Gesprächs nicht.«

»Hat Allah sich etwas dabei gedacht, als er das Wasser erschuf und den Menschen mit unbändigem Durst ersann?«

»Du meinst, dass er das extra gemacht hat? Er wollte, dass alles auf der Erde einen Sinn hat ...« Nach einer kurzen Pause setzte Khaled hinzu: »Mehr als einen Sinn, denn im Wasser leben ja auch die Fische, die wir essen.«

»Genau. Die Sache ist etwas komplizierter, aber du hast es auf einen einfachen Nenner gebracht.«

Khaled schoss das Blut ins Gesicht. »Aber was ist mit meiner Frage?«

»Kannst du die nicht selbst beantworten?«

Eine Pause entstand. Irgendwo raschelte eine Echse im vertrockneten Gestrüpp.

»Ich glaube schon. Wir haben den wahren Glauben. Und Allah hat den Unglauben ersonnen, damit wir uns beweisen und zeigen können, dass wir wahrhaft gläubig sind.«

Abu Kais lachte. »Dieses wundervolle Land gehört den Muslimen. Es ist reich an Bodenschätzen. Der Drache hat uns dieses Land weggenommen. Aber das war Allahs Wille, weil er wollte, dass wir nicht selbstzufrieden sind. Er will, dass wir stolz sind, auf diesem Land leben zu dürfen. Dafür sollen wir kämpfen und, wenn es sein muss, ehrenvoll in den Tod gehen. Allah ist wahrhaftig, und Mohammad ist sein Prophet.«

»Gott ist groß. Erst jetzt, mit dir auf diesem Hügel, erkenne ich seine wahre Größe und die Ehre, die hinter meiner Mission steht.«

Khaled kniete sich vor Abu Kais. Die Stirn presste er auf den staubigen Boden.

»Verzeiht meine Zweifel. Sie sind weggewischt. Ich will ein Märtyrer sein und für den wahren Glauben kämpfen und sterben.«

Abu Kais packte Khaled am Arm. »Steh auf. Du bist ein stolzer Mudschahedin, und ein Mudschahedin beugt seine Knie nur vor Allah.«

Khaleds Augen brannten, als er wieder auf die Füße kam. Er hatte das Gefühl, dass sein Kreuz breiter geworden war. Mudschahedin Khaled. Ein Lächeln zauberte sich auf sein Gesicht.

»Danke, Abu Kais. Ich bin stolz, dass du mich als würdig er-achtest.«

Abu Kais antwortete damit, dass er dem zitternden jungen Mann auf die Schulter klopfte.

»Es ist noch ein gutes Stück Weg. Lass uns fahren.«

58

Cala Ratjada, 13:20 Uhr MESZ

ES GIBT NUR EINE Ideologie, dachte Helados. Die Ideologie des Geldes. Das kannte er aus seiner Heimat, wo sich Regierungstreue einen erbitterten Kampf mit den Wahhabiten lieferten. Der Kampf tobte nicht nur in Tschetschenien, sondern überall da, wo die beiden Lager aufeinandertrafen. Nur dann nicht, wenn man gemeinsam Geld mit Drogen, Menschen und Mord verdienen konnte. Da wurden Feinde zu Verbündeten.

Bei Umut war es nicht anders. Er selbst war Islamist und Dschihadist, und doch war er bereit gewesen, einen Bruder in der Ideologie für eine hohe Summe zu verraten.

So lief die Welt heute. Traue niemandem.

Helados wählte eine Nummer aus seinem Kurzwahlspeicher. Nach dem zweiten Freizeichen nahm Ivan das Gespräch an.

»Wie ist es gelaufen?«

»Umut hat bestätigt, dass Ben el-Fna und Maddissi Abu Mohammed El Sarka ein und dieselbe Person sind.«

»Ich frage mich, warum Fitzgerald diese Information so teuer kauft. Um was geht es ihm?«

»Um einen Anschlag auf einen Zug. Der Attentäter soll schon auf dem Weg nach Frankreich sein.«

Ivan ließ ein heiseres Lachen hören. »Für diese Information wird Fitzgerald noch einmal die gleiche Summe bezahlen müssen.«

»Nur, wenn ich ein Stück von dem Kuchen abbekomme.«

»Das wirst du, alter Freund, das wirst du.«

59

In der Nähe von Afrin, 15:31 Uhr OESZ

DER REST DER FAHRT führte Khaled, Abu Kais und den Fahrer wieder in ein Tal. Bis auf eine Ziegenherde, die den Pfad versperrte, verlief die Fahrt ereignislos. Die Ziegen konnten erst durch den Hirten, einen alten zahnlosen Mann, vertrieben werden. Er fuchtelte wild mit einem Stock herum. »Jallah. Jallah.«

Der Jeep fuhr an dem Hirten vorbei. Abu Kais grüßte mit einem Nicken, und der Fahrer hupte zwei-, dreimal. Dann waren sie am Ende der Reise.

Der Pfad schlängelte sich zwischen hohen Felswänden hindurch. Erst im letzten Moment erkannte Khaled die vier Männer, die in sandbraune Djellabas gehüllt waren und halb hinter Felsbrocken hockten. Jeder von ihnen richtete ein Schnellfeuergewehr auf den Jeep.

Abu Kais hob eine Hand. Zum Gruß und als Zeichen für den Fahrer, den Jeep zum Stillstand zu bringen. Abu Kais kletterte vom Beifahrersitz und hinkte auf einen der Männer zu. Dieser richtete das Maschinengewehr zu Boden.

Eine andere Mündung zielte jedoch weiterhin auf Abu Kais, während die beiden anderen in Richtung Jeep gehalten wurden.

Abu Kais blieb stehen und streckte die Arme vom Körper. Er

wechselte ein paar Worte mit einer der Wachen, dann drehte er sich um und winkte Khaled heran.

Khaled blieb sitzen. Erst als der Fahrer ihn grob anstieß und auf Abu Kais zeigte, stieg er aus. Er blickte den Fahrer an und sagte zum Abschied »Danke«. Er wusste nicht, warum er das gesagt hatte, aber es war ihm ein Bedürfnis. Der Fahrer hatte ihn ohne Umschweife und auf dem direkten Weg in die Hölle gefahren. Schweiß tropfte von Khaleds Nasenspitze. Trotzdem fröstelte er.

»Wo sind wir hier?«, fragte Khaled, als er Abu Kais erreicht hatte.

»Ein Lager. Hier treffen sich die Mudschahedin aller Länder. Hier werden Pläne gemacht und Freiheitskämpfer ausgebildet. Das Lager ist die letzte sichere Station vor deinem Kreuzzug ins Land der Ungläubigen.«

Während sie sprachen, gingen sie den schmalen Weg weiter, der durch schroff ansteigende Felswände vor neugierigen Blicken geschützt war.

»Was soll ich hier?«

»Du sollst dich ausruhen und vorbereiten. Wir werden dein Vermächtnis aufzeichnen und es weltweit im Fernsehen ausstrahlen lassen, nachdem du deinen vernichtenden Schlag ausgeführt hast.«

Khaleds Hals wurde trocken. Er versuchte mehrmals zu schlucken. So viel Ehre hatte er nicht erwartet.

»Wir werden gleich Abi Sahan treffen. Er ist der Vorsteher dieses Lagers. Sei höflich und stell keine Fragen. Abi Sahan ist ein guter Freund aus glorreichen Tagen.«

»Ich werde ihn ehren.«

»Das hoffe ich.« Abu Kais legte ihm die Hand auf die Schulter. Sie fühlte sich schwer an.

Nach der letzten Biegung gaben die Felsen den Blick frei auf das Lager. Khaled sah mehrere Zelte, deren sandfarbene Planen leicht im Wind wehten. Zwischen den Zelten liefen Männer mit geschulterten Schnellfeuergewehren im Laufschritt. An einer anderen Stelle machten Männer mit freiem Oberkörper Liegestütze im Takt, den ein Ausbilder vorgab. Die Muskeln glänzten in der Sonne. Khaled sah ein grob gemauertes Steinhaus, das sich an der Felswand abstützte. Vor dem schiefen Eingang standen zwei Vermummte mit Schnellfeuergewehren. Nicht weit davon entfernt hockten drei Männer im Sand und beschäftigten sich mit einem Raketenwerfer. Zahlreiche Einzelteile lagen verteilt auf Holzkisten, in die schwarz *US-Army* eingebrannt war. Darunter hatte jemand mit roter Farbe »Hunde« geschrieben.

Ein Mann kam auf Abu Kais und Khaled zu. Er war hoch gewachsen, und sein Gang glich dem eines Balletttänzers. Abi Sahan schien über den Boden zu schweben. Er trug einen grauschmutzigen Djellaba, und sein Gesicht war mit einem Tuch verdeckt. Um die Taille hatte er einen Gürtel geschlungen. An dessen Leder hingen eine Pistole und zwei Handgranaten. Ein Scharfschützengewehr baumelte lässig über der Schulter.

»Salam aleikum«, begrüßte Abi Sahan die Neuankömmlinge.

Abu Kais grinste. »Aleikum salam. Wir haben uns lange nicht gesehen, Bruder.«

Die beiden Männer umarmten sich.

»In diesen wahrlich finsteren Zeiten bleibt keine Muße für die angenehmen Dinge des Lebens. Die hündischen Kreuzfahrer nisten sich ein wie die Maden.«

»Wir schlagen zurück.«

»Davon habe ich gehört.« Abi Sahan blickte mit seinen hellblauen Augen zu Khaled. »Ist das der Glückliche?«

»Das ist Khaled. Er wird unsere Botschaft in die Welt tragen.«

Abi Sahan ergriff Khaleds Hand. »Es ist mir eine Ehre, dich kennenzulernen. Mein Lager ist dein Lager. Sei willkommen.

Du würdest mir eine Freude bereiten, wenn wir gemeinsam Shay in meinem Zelt trinken würden.«

Abu Kais ergriff das Wort. »Wir nehmen deine Einladung sehr gerne an, Bruder.«

Im Zelt roch es angenehm nach Pfefferminze. Abi Sahan bedeutete seinen Gästen, es sich auf den bunten Kissen bequem zu machen. Die Kissen waren um einen kleinen Teetisch gruppiert. Abi Sahan stellte drei einfache Teegläser auf die Silberplatte und goss aus einer Kanne mit langem Ausguss eine goldfarbene Flüssigkeit in die Gläser. Beim Eingießen hob er die Kanne weiter und weiter in die Höhe, nur um kurz vor dem Absetzen schlagartig wie ein Falke nach unten zu schnellen. Als Abi Sahan die drei Gläser gefüllt hatte, setzte er sich zwischen Khaled und Abu Kais.

Khaled schaute Abi Sahan an. »Du bist Marokkaner?«

Der Angesprochene nickte. »Wie kommst du darauf?«

»Du hast den Pfefferminztee nach marokkanischer Art eingegossen.«

»Gut beobachtet.«

Zum Trinken zog Abi Sahan das Tuch zum Hals hinunter. Khaled erschrak, als er das Gesicht sah. Große, schlecht verheilte Narben überzogen die Wangen. Eine große Narbe teilte die Lippen in vier Stücke. Dort, wo eine Nase sein sollte, klaffte ein Loch.

»Ich trinke auf den neuen Mudschahedin. Möge Allah deiner Taten gewahr werden, denn deine Taten bedeuten das sofortige Paradies.«

»Und genau das will ich. Es wird mir eine Ehre sein, im Paradies auf alle mir folgenden Märtyrer zu warten und sie freudig und mit stolzgeschwellter Brust zu begrüßen.« Die Worte sprudelten nur so aus Khaled heraus.

Abu Kais hob sein Teeglas. »So sei es.«

Der Pfefferminztee war erfrischend. Khaled merkte sofort,

dass der Shay mit frischen Minzblättern aufgebrüht worden war. Der Tee war leicht gesüßt. Mit Honig vielleicht?

»Wie sieht dein weiterer Plan aus, Bruder Kais?«

»Ich habe in Damaskus noch einiges zu erledigen. Aus diesem Grund muss ich euch morgen vor Sonnenaufgang verlassen. Ich habe aber etwas ...« Abu Kais kramte einen zerknickten Umschlag aus seiner Innentasche und hielt ihn den anderen beiden hin. Abi Sahan streckte die linke Hand aus. Khaled riss die Augen auf, denn an dieser Hand hatte Abi Sahan nur zwei Finger und den Daumen. Jetzt hielt Abu Kais' Mahnung nicht mehr. »Darf ich etwas fragen, Abi Sahan?«

Er blickte direkt in das entstellte Gesicht, als Abi Sahan ihn ansah und milde lächelte. »Du willst sicher fragen, wer mir das angetan hat.«

Khaled presste die Lippen fest zusammen und verfluchte seine Neugier. Er spürte die strafenden Blicke von Abu Kais und nickte dennoch langsam. Dann schaute er zu Boden, ganz so, als ob er sich für das bunte Muster des Berberteppichs interessierte. Auch Abi Sahan merkte die Blicke seines langjährigen Freundes.

»Lass nur, Abu Kais. Er ist jung, und Neugier ist ein Geschenk Allahs an die klugen Köpfe.«

»Es ist dir sicher unangenehm ...«

Abi Sahan schüttelte den Kopf. »Es ist schnell erzählt und schmerzt nicht mehr so stark in der Seele.« Nun blickte er Khaled unverhohlen an. »Es war in Afghanistan. Die Russen starteten eine Großoffensive auf ein Lager der Mudschahedin am Hindukusch. Das Feuergefecht dauerte die ganze Nacht. Die Russen drückten uns mit einer Übermacht an die Felswand, doch wir blieben standhaft und brachten dem Bären riesige Verluste bei. Fast hätten wir mit unserem Mut die Schlacht für uns entschieden, doch dann setzten die feigen Hunde einen Kampfhubschrauber ein, der wie ein Raubvogel über unserer

Stellung kreiste. Der Hubschrauber spuckte Feuer. Viele meiner Brüder fielen. Ich griff mir eine Panzerfaust und feuerte auf das Ungetüm. Im selben Moment schoss der Pilot eine Salve seines schweren Maschinengewehrs in meine Richtung. Es gab eine gewaltige Explosion, und mein Gesicht wurde in Fetzen gerissen. Die Russen stürmten das Lager und nahmen mich gefangen. Ich wäre lieber tot gewesen.«

Khaled nickte und nippte an seinem Tee. Es erschreckte ihn, wie Abi Sahan so sachlich über die Schrecken der Besatzungsmächte erzählen konnte.

Abi Sahan verzog den Mund, was sein Gesicht noch grotesker aussehen ließ. »Die Schmach der Gefangenschaft wird dir erspart bleiben. Deine Mission ist eine göttliche Mission.«

»Ich weiß.«

Abu Kais stellte sein leeres Teeglas ab. »Bevor ich mich von dir verabschiede, möchte ich dich fragen, ob du einen speziellen Wunsch hast, den wir dir erfüllen können.«

Khaled fuhr sich mit der Hand durchs fettige Haar. Sein Herz raste. Das Gesicht seiner Mutter erschien ihm.

»Ich möchte, dass ihr euch nach meiner Mission um meine Mutter und meine Familie kümmert. Es soll ihnen an nichts fehlen ...«

»Deine Familie ist unsere Familie. Deine Tat wird sie reich belohnen. Wir werden deiner Mutter und deiner Familie den Aufenthalt auf dieser Erde so angenehm wie möglich gestalten. Wenn ihre Zeit zu Ende geht, werden sie dir ins Paradies folgen. Dort kannst du sie begrüßen und dich selbst um sie kümmern.«

»Es muss noch ein Fußballtor fertiggestellt werden.«

Die beiden Männer lachten.

»Auch darum wird sich jemand kümmern«, sagte Abu Kais.

»Darf ich noch Tee haben?«, fragte Khaled.

Ohne ein weiteres Wort zu verlieren, goss Abi Sahan marokkanisch nach.

»Was wird passieren, wenn ich mein Leben für den Freiheitskampf gegeben habe?«, fragte Khaled.

Diesmal antwortete Abi Sahan. »Ein Engel wird kommen und dich über die Brücke As-Sirat zur Dschanna führen.«

»Ein Engel? Wie sicher ist das?«

»So sicher wie unser Glaube. Du wirst es sehen.«

Khaled schwieg.

»Denk immer daran: Du bist derjenige, der die Welt verändern wird. Wir werden stolz auf dich sein. Allah wird stolz auf dich sein, denn das, was du im Begriff bist zu tun, ist sein unumstößlicher Wille.« Abu Kais nahm Khaled in den Arm und drückte ihn trostspendend.

»Sehen wir uns wieder?«, fragte Khaled.

Abu Kais lächelte ihn an. »Inschallah. Wir sehen uns im Paradies.«

60

Valdemossa, 14:59 Uhr MESZ

FITZGERALD SCHLÜPFTE in die neuen Badeschlappen. Er konnte sich nicht erinnern, wann er das letzte Mal welche gekauft hatte. Die alten Schlappen hatte er über zwanzig Jahre gehabt und leider vor zwei Monaten irgendwo in einem Motel im mittleren Westen der USA vergessen. Die neuen Schlappen hatte er vor ein paar Tagen in London gekauft, bevor er in den Flieger Richtung Mallorca gestiegen war. Die Sonneninsel hatte ihn sogleich mit einem dicken Regenschauer begrüßt. Fitzgerald hatte sich verflucht. Hätte er doch besser einen Regenschirm gekauft.

Noch am Nachmittag herrschte eine nasse Schwüle. An einigen Stellen dampfte der Boden. Die Sonne zog die Feuchtigkeit des Regenschauers wieder in den Himmel. Als Fitzgerald aus dem Fenster schaute, musste er unweigerlich an ein Gedicht von Goethe denken. *Des Menschen Seele gleicht dem Wasser. Vom Himmel kommt es, zum Himmel steigt es.* Er gönnte sich noch einen Schluck Whisky und schlappte dann in Richtung Pool. Die Hitze traf ihn wie ein Schlag, als er durch die gläserne Schwingtür nach draußen trat. Der Alkohol schien in seinen Blutkreislauf zu schießen. Durch die halb zugekniffenen Augen konnte er Ivan erkennen, der an einem runden Tisch nahe dem Pool unter einem Schirm mit Eisreklame saß. Der Russe bot ein groteskes Bild. Sein weißes Bein steckte in bunten Hawaiishorts. Die Prothese war dunkelgrau und erinnerte deshalb nur ihrer Form wegen an ein Bein. Das T-Shirt mit aufgedruckten Palmen, einer lachenden Sonne und der Aufschrift »Souvenir Mallorca« verriet, dass Ivan es kurz nach seiner Ankunft auf der Insel erworben haben musste. Fitzgerald verzog das Gesicht. Wahrscheinlich hatte der Russe sonst nur Fellmützen und Häkelunterwäsche in seinem Kleiderschrank.

Auf dem Tisch standen eine Flasche Wodka und ein Schachspiel. Ivan kratzte sich den Kopf und zog den weißen Läufer, dann den schwarzen Springer, nur um diesen mit dem Turm zu schlagen. Wie als Rache schlug die schwarze Dame den Springer und setzte den weißen König ins Schach.

»Schickes T-Shirt«, sagte Fitzgerald und trat an den Tisch. Ivan zog die weiße Dame und schützte so den König. Ein schlauer Zug, denn der König schützte die Dame, und diese bedrohte die schwarze Figur.

»Soll ich dir verraten, wo ich es herhabe?« Ivan behielt das Spielbrett fest im Blick.

»Nicht ganz mein Stil.«

Ein heiseres Lachen drang aus der Kehle des Russen. »Setz dich.«

Fitzgerald zog den Plastikstuhl ein wenig nach hinten und ließ sich im Schatten nieder. Mit einem Bierdeckel fächerte er sich Luft zu. »Ganz schön heiß hier.«

»Ist immer noch besser als der letzte Treffpunkt. Wie geht es deinem Angestellten. Wieder aufgewacht?«

»Der sucht sich gerade einen neuen Job.«

Ivan zog die schwarze Dame zurück. »Gutes Personal ist heute kaum zu finden.«

»Man muss manchmal nur nachhelfen.« Fitzgerald grinste.

Jetzt schaute Ivan doch auf. »Hab ich schon gehört.«

»Ich weiß nicht, wovon du redest.«

»Tu nicht so. Du hast dir einen Top-Agenten des Mossad geangelt. Dafür mussten viele Menschen sterben.«

»Damit habe ich nichts zu tun. Der fehlgeschlagene Einsatz kam mir nur gerade recht, und da ich bei den Israelis noch etwas guthatte ...«

»Der Junge hat echt Potenzial.«

Fitzgerald nickte. »Du weißt, dass die offizielle Version der Rettungsaktion nur eine Geschichte ist, die mit einer heißen Nadel gestrickt wurde?«

»Meine Informanten teilten mir mit, dass es darum ging, einen Topterroristen zu liquidieren.«

»Ich wusste nicht einmal, dass Abu Kais wieder aktiv geworden ist.«

»Abu Kais?« Ivans Augen wurden größer.

»Das hast du nicht gewusst?«

In diesem Moment trat ein Kellner in einem durchgeschwitzten weißen Hemd an den Tisch. »Darf ich den Herrschaften noch etwas bringen?«

Ivan schüttelte den Kopf und zeigte auf die Wodkaflasche.

»Ich hätte gerne einen Kaffee«, sagte Fitzgerald.

»Sehr wohl, der Herr.« Der Kellner wollte gerade kehrtmachen, als Ivan ihn am Hemdsärmel zupfte.

»Bringen Sie dem Herrn bitte noch ein Glas.«

»Auch das.«

Fitzgerald schüttelte den Kopf. »Um diese Zeit trinke ich keinen Wodka.«

Ivan schob die Unterlippe nach vorne. »Aber Whisky.«

»Das ist was anderes.«

»Du weißt, dass Russen sehr gastfreundlich sind und es eine Beleidigung ist, wenn du diese Gastfreundschaft ausschlägst.«

»Das Wort Freundschaft ist für unsere Art von Beziehung ein sehr bizarres Wort.«

»Diese Zeiten sind doch vorbei, oder?«

»Vielleicht. Eigentlich schade. Es war ein gutes Gefühl, mit Finesse und Heimlichkeiten die Weltpolitik zu bestimmen.«

Ivan musste wieder lachen. »Ach ja ... die Königsmacher der CIA. Aber soweit ich mich erinnern kann, waren die Einsätze nur dann Erfolge, wenn Glück und Gewalt mit im Spiel waren. Dulles war ein unfähiger Lügenbaron.«

»Allen Dulles war Mitbegründer der CIA und einer der innovativsten Präsidenten der Firma. Unter seiner Leitung haben wir den Kommunismus während der Anfänge des Kalten Krieges in die Schranken gewiesen.«

»Der Staatsstreich im Iran war ein Erfolg, das gebe ich zu. Aber er wurde mit Blut und der wichtigsten und mächtigsten Waffe der CIA erkauft.«

»Wir hatten wenigstens Bargeld.«

Jetzt mussten beide lachen. Der Kellner stellte etwas irritiert die Tasse Kaffee und ein leeres Glas auf den Tisch und ging wieder hinter seine Theke.

»Euer Bargeld hat euch aber nicht vor Fehlschlägen in Indonesien und auf Kuba geschützt«, sagte Ivan.

»Es hat aber den Berliner Tunnel ermöglicht ...«

»Von dem wir von Anfang an gewusst haben. Es war spaßig, euch mit geheimen Fehlinformationen zu füttern.«

Fitzgerald nippte an seinem Kaffee und verzog das Gesicht. Der Kaffee schmeckte wässrig und dünn. Instantkaffee.

Ivan schraubte die Wodkaflasche auf und goss in beide Gläser ein.

»Das ist besser als alles andere.«

Resigniert stellte Fitzgerald den Kaffee zurück und griff zum Glas. Er wusste, dass dies ein Fehler war.

»Was hat dein Bluthund herausgefunden?«, wollte Fitzgerald wissen.

Ivan hob das Glas. »Пусть в твоей жизни не будет горьких

минут, солёных шуток и кислых улыбок. Выпьём за сладкие стороны жизни!«

Fitzgerald nahm einen kräftigen Schluck. »Was heißt das?«

»In deinem Leben soll es keine bitteren Momente, gesalzene Witze und saure Lächeln geben. Trinken wir auf die süßen Seiten des Lebens!«

»Als ob russische Witze nicht gesalzen wären.« Fitzgerald leerte das Glas.

Der Russe grinste breit. »Ich habe sogar eine Zusatzinformation für dich.«

»Welchen Preis muss ich dafür zahlen?«

»Jetzt beleidigst du mich aber. Wir stoßen auf unsere neue Art der Beziehung an, und du bekommst die Informationen völlig kostenlos.«

»Welche neue Art der Beziehung?«

Ivan füllte nach und hob sein Glas. »Wie wäre es, wenn wir unsere alte Feindschaft begraben und uns zur Abwechslung wie erwachsene Männer benehmen?«

»Einverstanden.« Fitzgerald hatte kein Interesse an der Freundschaft. Er war auch sicher, dass Ivan das nicht ernsthaft in Erwägung zog. Sie waren zu verschieden. Sie würden sich früher oder später in die Quere kommen. »Was hast du zu berichten?«

Ivan erzählte, dass Ben el-Fna und Maddissi Abu Mohammed ein und dieselbe Person waren. Und er berichtete von dem bevorstehenden Anschlag. Doch der interessierte Fitzgerald nicht, denn er wusste bereits davon. Und er hatte vor, dies zu seinem Vorteil zu nutzen.

61

Brandenburg, 15:08 Uhr MESZ

GREGOR ZOG AN der Zigarette. Der Rauch kratzte die Luftröhre hinunter und stach wie ein Messer in die Lunge. Verdammte polnische Kippen. Was hatten die da reingemacht? Sicher keinen Tabak. Eselsscheiße vielleicht? Auf dem Weg von Berlin zu diesem gottverlassenen Wanderparkplatz, der irgendwo zwischen Groß Mehßow und Crinitz lag, hatte er sich einen Kaffee besorgt und dafür ein Heidengeld bezahlt. Zehn Euro! Inklusive umweltfreundlichem Keep-Cup und drei Refills. Als ob er jemals wieder hierherkommen würde. Das Schlimmste daran war, dass der Kaffee schon kalt war.

Immer wieder schaute er auf die Uhr. Attila hätte vor gut dreißig Minuten hier eintreffen sollen. Nicht dass es ihn gewundert hätte, denn Attila war in all der Zeit niemals pünktlich gewesen.

Die Anspannung ließ ihn schwitzen. Nein, keine Anspannung. Das war pure Angst. Sein Leben stand auf Messers Schneide. Die Frau nannte sich Eva, was nicht ihr richtiger Name sein konnte, denn der Mann hatte sich Adam genannt. Sie hatten alles erklärt. Sie hatten gesagt, dass er ein Sicherheitsrisiko wäre, eine Spur zu einer Straftat. Und Täter beseitigen Spuren. Immer. In seinem Fall, so sagte Eva, würde Attila rigoros handeln. Endgültig. Unauffindbar. Wahrscheinlich würde es schnell gehen, hatte sie noch gesagt, aber nur, wenn Attila nicht herausfand, dass er ihn verraten hatte. In dem Fall würde es schmerzhaft werden.

»Schmerzhafter als die Stromstöße?«, hatte Gregor gefragt.

Eva hatte nur schräg gelächelt. Adam hatte in den Rückspiegel gestarrt.

Wenn Adam und Eva seine einzigen Freunde waren, so war er vollkommen am Arsch.

»Wo bist du gewesen?« Attilas Stimme ertönte unvermittelt. Gregor zuckte zusammen und drehte sich langsam um. Attila war nicht alleine gekommen. Neben ihm stand ein Mann wie ein Bär. Genauso groß. Genauso behaart. Finsterer Blick. Die Hände in den Jackentaschen vergraben. Der Stoff war ausgebeult. Was hatte Eva gesagt? »Die werden bewaffnet kommen. Renn also nicht weg. Du bist niemals schneller als eine Kugel. Verstanden?«

Nicht gerade gute Aussichten, dachte Gregor und starrte auf den ausgebeulten Jackenstoff.

»Ich habe dich was gefragt«, sagte Attila.

»Untergetaucht.« Seine Zunge fühlte sich an, als wäre sie ein Fremdkörper. »Ich musste weg.« Nur nicht zu viel erzählen, sonst bemerken deine Gegner die Lüge zu früh, hatte Eva ihm kurz vor dem Aussteigen gesagt. Benimm dich ganz natürlich. So wie immer.

Das hier war aber nicht wie immer.

Für ihn fühlte es sich wie der Jüngste Tag an.

»Warum bist du untergetaucht?«

»Dieser Gonzales hat mir Angst gemacht. Er hat mir zu verstehen gegeben, dass ich zu viel weiß und dass er mir nicht vertraut.«

Attila schwieg.

»Vertraust du mir?«

»Das Geschäft ist in der heißen Phase«, sagte Attila. »Wir müssen extrem vorsichtig sein.«

Gregor wurde heiß und kalt. Eva hatte recht gehabt. Attila war noch dabei. Er hatte gelogen. Ihn weggeworfen wie benutztes Klopapier.

»Erledige ihn«, befahl Attila.

Der Killer grinste und zog eine Pistole mit Schalldämpfer aus der Jackentasche. Renn nicht weg. Du bist niemals schneller als eine Kugel. Eine logische Feststellung, die aber sein Körper nicht akzeptierte. Er wollte rennen, wollte weg von hier. Weg von der ganzen Scheiße. Der Killer kam mit einem breiten Grinsen auf ihn zu. Gregor hielt es nicht mehr aus. Er wollte wegrennen. Er musste wegrennen. Der Killer streckte seine Pranke nach ihm aus. »Komm zu Daddy. So geht es am schnellsten.«

Im letzten Moment duckte er sich weg. Und dann rannte er los. Bis ein Schuss durch die Luft peitschte, gefolgt von einem zweiten. Er taumelte, spürte Schmerzen in der Schulter. Sein Fußgelenk knickte zur Seite. Mit letzter Kraft fing er den Sturz am nächsten Baumstamm ab. Ein dritter Schuss fiel.

Und dann war Eva da. Das Scharfschützengewehr hielt sie in der Hand. Sie blieb neben ihm stehen, das Gewehr im Anschlag. Nach kurzem Zielen peitschte ein vierter Schuss durch die Luft.

»Verdammte Scheiße«, schrie Wiebke. »Was ist an ›nicht bewegen‹ so schwer zu verstehen?« Sie tippte sich gegen das Ohr. »Hier Canis 2. Objekt 1 gesichert. Ein Ziel ausgeschaltet. Hauptziel flüchtig. Ich wiederhole: Hauptziel flüchtig.«

»Was ... was ist passiert?«

Wiebke half Gregor auf. »Du bist passiert.«

Er sah sich um. Der Killer lag ausgestreckt am Boden.

»Wenn du dich nicht bewegt hättest, hätte ich ihn mit dem ersten und deinen Freund Attila mit dem zweiten Schuss erledigt. Wenn du dich nicht bewegt hättest, hätte sich der Killer nämlich auch nicht bewegt.«

»Sag mal, Eva, bin ich Objekt 1?«

»Ein Schwachkopf bist du«, antwortete Wiebke.

Zweige knackten. Stefan quälte sich aus dem Unterholz. Kopfschüttelnd kam er auf Wiebke zu. »Ich dachte, Elitesoldaten schießen niemals daneben.«

»Ex-Elitesoldatin«, konterte Wiebke.

Stefan versuchte, ihr den Arm um die Schulter zu legen, doch sie wich aus und lehnte sich mit verschränkten Armen an einen Baumstamm. Sie brauchte keinen Trost. »Attila konnte entkommen?«

Stefan presste die Lippen aufeinander und nickte. »Ich habe gerade unseren Nachrichtendiensten einen Tipp gegeben. Die sind derzeit mit etwas anderem beschäftigt. Es gibt eine Anschlagswarnung von den Briten.«

»Wie konkret?«

Stefan sah sie lange und intensiv an. »Es ist davon auszugehen, dass wir am richtigen Netzwerk dran waren. Es ist also mit einem Anschlag zu rechnen.«

»Die Frage ist nur, wann und wo«, sagte Wiebke.

»Die Frage ist nur, wann und wo«, sagte Stefan.

»Was machen wir mit ihm?« Sie deutete mit einem Kopfnicken zur Tür.

»Neue Entscheidung. Wir werden Gregor dem Bundesnachrichtendienst übergeben. Die haben andere Möglichkeiten als der Verfassungsschutz.«

»Und was ist mit dem toten Killer?«

Stefan lächelte. »Darum kümmere ich mich.«

62

Syrien, 06:35 Uhr OESZ

ABI SAHAN HATTE Khaled gesagt, dass er nach dem Fadschr zu Nedved gehen sollte. Der Tschetschene wartete im Wellblechschuppen auf ihn.

»Bist du der Auserwählte?«, fragte Nedved.

Khaled nickte stumm. »Ich sollte hierherkommen.«

»Es erfüllt mich mit Stolz, dich kennenzulernen, Bruder. Deine Tat ist die Tat eines wahrhaften Muslims.«

»Was soll ich hier?« Khaled spürte die Anspannung. Jede Sekunde hier im Lager machte ihm deutlich, dass er bald sterben würde.

»Setz dich.« Nedved deutete auf die Kissen, die auf dem Boden lagen. An der Wand hing eine schwarze Flagge mit dem Glaubensbekenntnis und dem Siegel des Propheten.

»Lies das hier vor«, sagte Nedved. Er gab Khaled einen Zettel. »Lass mich aber zuerst die Kamera einschalten.«

Das rote Licht leuchtete. Khaleds Mund fühlte sich trocken an, als Nedved ihm ein Zeichen gab.

»Es gibt keinen Gott außer Gott.« Das Glaubensbekenntnis. Der Zettel in Khaleds Hand zitterte. Warum musste der Weg ins Paradies über Tod und Gewalt führen? Warum war der Terrorakt die Tat eines wahrhaften Muslims? Khaled blickte zu Nedved, der ungeduldig wurde. Er forderte ihn mit einer Handbewegung auf weiterzusprechen. Khaled leckte sich über die Lippen. »Ich schwöre Abu Ayman al-Iraqi von der Katibat Abou Dujana die Treue. Ich erkenne ihn als Kalifen und damit als legitimen Nachfolger des Propheten an. Ich werde ihm mein Blut, meinen Schweiß und meine Tränen opfern. Meine Tat wurde von ihm legitimiert, und damit ist sie legitim vor Gott. Allah ist mein Zeuge und Mohammed sein Prophet.« Khaled schluckte. »Viel zu lange haben die imperialistischen Mächte des Westens den Krieg, das Leid und die Zerstörung in unser Land getragen. Viel zu lange hat nur das Volk Allahs unter der Gewalt gelitten. Unsere Häuser wurden durch amerikanische Bomben zerstört. Unsere Frauen und Kinder durch britische Kugeln getötet. Unsere Krieger durch französische Soldaten gedemütigt. Niemals mehr soll die satanische Macht der Ungläubigen über unser Land kommen. Wir werden uns wehren. Vielleicht sind wir militärisch unterlegen. Vielleicht sind unsere Waffen nicht so modern, aber wir haben etwas, was die imperialistischen Soldaten nicht haben. Wir haben den Glauben und den Willen, für diesen Glauben zu sterben.«

Khaled holte Luft. Er blickte unsicher zu Nedved, der nur lautlos nickte.

»Ich, Khaled Haj Mohamad, bin bereit, für unser Land und für unseren Glauben zu sterben. Wir sind überlegen, weil wir selbst die Waffe sind. Ich bin eine Waffe und gehe den Weg des Märtyrers. Ein Engel wird mich ins Paradies holen. Ich bin ein stolzer Mudschahedin. Mit meinem von Gott gewollten Angriff werde ich direkt in das Herz der reitenden Hure auf dem Stier stoßen. Meine Familie wird stolz auf mich sein. Es wird keine Tränen außer Freudentränen geben. Ich stehe hier zum Kampf bereit. Im Namen Allahs, des Barmherzigen und Dankbaren, das ist erst der Anfang. Die Löwen des Islam beginnen ihre Attacken auf alle Kreuzritter. Allah ist mein Zeuge und Mohammed sein Prophet. Allahu akbar.«

Khaled ließ den Zettel fallen. Nedved ließ die Kamera sinken und nickte anerkennend. Dann verschwand er hinter der nächsten Tür. Abi Sahan applaudierte.

»Ich habe dich nicht kommen sehen, Bruder«, sagte Khaled.

»Ich bin die ganze Zeit hier gewesen. Deine Worte haben mich berührt. Sie werden nach deiner Tat ein Trost für diejenigen sein, die dir folgen werden. Unsere jungen Krieger werden dir nacheifern wollen.«

»Deine Worte erfüllen mich mit Stolz, Abi Sahan.« Khaled blickte zu Boden.

»Es geht sofort für dich weiter. Der Wagen steht schon bereit.«

Khaleds Herz verkrampfte sich. »Wohin?«

»Über die Türkei in die Stadt der Liebe.«

63

Köln, 14:41 Uhr MESZ

PETER HATTE KEINE Ahnung, warum es »Deutsches Eck« hieß, denn eine Eckkneipe war es nicht. Es war ein alter Flachdachbau aus den Siebzigern mitten zwischen heruntergekommenen mehrstöckigen Häusern. Der Schankraum war mit Eichenholz vertäfelt, und an der Wand hingen Bleiteller mit Motiven von irgendwelchen Schutzpatronen und Heiligen. Der Geruch von Bier und Schweiß erfüllte den Raum. Das Gedudel des Geldspielautomaten vermischte sich mit dem Geplärre des Fernsehgeräts. Die Wirtin starrte zum Bildschirm. Es lief eine Reportage über Russlanddeutsche.

»Vor drei Generationen hat Familie Deutschland verlassen. Deutsche haben gute Kultur. Ich will, dass meine Kinder die Kultur kennenlernen. Deshalb sind wir wieder hier.«

»Der hatte doch nur einen deutschen Schäferhund.« Monika stellte ein Glas auf das Abtropfgitter.

Das Wort »Deutsch« im Kneipennamen hatte sich erklärt.

»Führst du Selbstgespräche?« Peter lehnte sich an die Theke und grinste Monika an.

Monika lächelte zurück. »Hab dich gar nicht kommen gehört.«

Im Fernsehen sagte der Deutschrusse: »Aber was ist von der deutsche Kultur übrig? Wo sind die Dichter und Denker? Wenn ich die ausländerfeindlichen Übergriffe in den Nachrichten sehe, denke ich, dass einige aus der Vergangenheit nicht gelernt haben. Deshalb kann die Jugend nicht lernen.«

Peter beugte sich über die Theke und küsste die Wirtin auf die Wange. »Ist Eddi da?«, fragte er.

Sie nickte. »Im Clubraum.«

Peter musste durch eine schäbige graue Eisentür und dann die Kellertreppe hinunter. Es roch nach Desinfektionsmittel. Neben der Herrentoilette war eine weitere graue Eisentür. Der Raum dahinter war in das diffuse Licht von Computerbildschirmen getaucht. Eddi saß davor und starrte auf bunte Bilder. Er bemerkte Peter nicht.

Neben den Bildschirmen hing eine Pinnwand mit unzähligen Zeitungsartikeln.

»Ist der Ausschnitt neu?«, fragte Peter und las »Skandal! Asylrecht schützt U-Bahn-Schläger«.

Eddi schaute kurz auf und nickte. »Das ist echt ein Witz. Ich würde lachen, wenn es nicht so ernst wäre.« Er schnaubte. Eddi schnaubte immer, wenn er sich aufregte.

»Trink ein Bier und vergiss es«, sagte Peter.

»Was denkst du, was ich hier mache?«

Peter zuckte mit den Schultern. »Arbeiten?«

»Ich suche mir gerade eine neue Zugverbindung heraus.«

»Was soll mir das jetzt sagen?«

»Weißt du, Peter, ich fahre jeden Morgen mit dem Zug zur Arbeit.«

»Na und?«

»Seit ein paar Wochen steht auch immer so eine Lady mit am Bahnsteig. Und die blöde Kuh labert mich immer voll. Hab schon versucht, sie zu ignorieren ...« Eddi schnaubte. »Das war schon am Rand der Unhöflichkeit.«

»Hat's geklappt?«

»Nein! Verdammt! Die Olle geht mir voll auf die Nüsse. Was

interessiert mich, dass sie beruflich viel reist? Oder dass sie mit ihrer Mutter jetzt eine gelbe Tapete ausgesucht hat?«

»Die braucht einfach einen Schwanz zwischen die Beine.«

Eddi schlug mit der flachen Hand auf den Tisch. Der Aschenbecher hüpfte hoch und verteilte Asche auf die Tischplatte und Computertastatur. »Verdammt! Du hast recht. Die ist wahrscheinlich chronisch untervögelt ...«

»Und jetzt suchst du dir eine neue Zugverbindung heraus?«

»Ich will die nicht vögeln. Das ist selbst mir zu schäbig.«

Peter setzte sich. »Und was macht dein anderes Projekt?«

»Du meinst *Deutsche für Deutschland*?«

»Wow. Hört sich gut an.«

Eddi drückte die Kippe aus und zündete sich eine neue an.
»Soll es ja auch. Wir haben schon wieder eine Anfrage.«

»Das fluppt ja.«

»Bisher sind wir dreizehn.«

»Nicht schlecht.«

»Ja, und ich habe das Gefühl, dass es täglich mehr werden. Die Menschen haben die Schnauze gestrichen voll, und die Politik reagiert nicht. Die Bullen kriegen das auch nicht hin. Sieh dir doch mal die Situation in Kalk oder Mülheim an.«

»Ich bin nicht sicher, ob du das nicht doch der Polizei überlassen solltest. Die haben bessere Logistik und sind dafür ausgebildet, weißt du?«

»Quatsch! Die stehen in der Ecke und schauen zu, wie ausländische Jugendliche wie die Kings durch die Straßen laufen und den großen Macker markieren. Wir müssen uns wehren, und wir werden uns wehren. Mit oder ohne Logistik. Willst du nicht auch mitmachen?«

Peter schüttelte den Kopf. »Eine Bürgerwehr? Ist nichts für mich.«

»Komm schon. Wir brauchen noch gute Leute wie dich.«

Peter lehnte sich zurück. »Ich will einfach nur zwei Bier trinken. Céline ist bei mir, und morgen fahren wir ins Disneyland Paris.«

»Wo hast du nur die Kohle her?«

Nach dem dritten Bier steckte sich Peter einen Kaugummi in den Mund und machte sich auf den Heimweg.

64

Berlin, 19:12 Uhr MESZ

ATTILA ZITTERTE. Er saß auf einem Stuhl. Jeder seiner Sinne lief auf Hochtouren. Er spürte die harte Sitzfläche, der Kellerraum roch nach Schimmel und Unrat. Er schmeckte diesen Geruch förmlich auf der Zunge. Nur sehen konnte er nicht gut, denn das Licht der Stehlampe blendete ihn. Alles dahinter lag im Dunkeln. Ganz sicher wartete dort jemand. Sie würden ihn nicht alleine lassen. Das helle Dreieck des Türspalts erschien in der Dunkelheit, gefolgt vom Quietschen der Scharniere. Schwere Schritte näherten sich.

»Gonzales ist bereit, weiter mit uns zusammenzuarbeiten«, sagte der Mann.

»Das ist gut. Sehr gut«, sagte Attila. »Ich habe das Geschäft so gut wie möglich vorbereitet. Warum sollten die Spanier abspringen?«

»Die Polizei ist in heller Aufregung. Auch die Geheimdienste suchen nach dir, Bruder«, sagte der Mann.

»Ich verschwinde. Nach Tschetschenien oder nach Syrien. Die werden mich dort niemals finden.«

»Nicht die Zukunft ist das Problem, Bruder, sondern das Hier und Jetzt.«

Attila leckte sich über die Lippe. Darum ging es also. Er wusste, dass er um sein Leben feilschen musste.

»Ich habe viele Kämpfer nach Syrien gebracht«, sagte er schnell. »Ich habe Kontakte, ein Netzwerk, aus dem ich mich bedienen kann. Der Weg wird gefährlich sein, aber ich schwöre bei Allah, dass die Kuffar mich niemals kriegen werden. Ich gebe nicht kampflos auf.«

Der andere schwieg. Attilas Herzschlag raste. Dieses Schweigen drückte sich unerträglich in den Raum.

»Hast du deinen Frieden mit Allah gemacht, Bruder?«

Attilas Arme fielen kraftlos herunter. Er schloss die Augen, in denen Tränen zu brennen begannen.

»Es gibt keinen Gott außer Gott«, sagte er.

Ein metallisches Klicken durchbrach die Stille, als der Spannhahn einer Pistole betätigt wurde.

65

Paris, 20:39 Uhr MESZ

KHALED STAND in der Schlange, die sich vor der Einreisekontrolle gebildet hatte. Er hatte einen Koffer dabei, der nicht sein eigener war, aber der grauhaarige Türke in Istanbul hatte gemeint, dass ein Tourist ohne Koffer auffällig wäre. So hatten sie am Flughafen Sabiha Gökçen den nächstbesten Koffer gestohlen.

»Suivant, s'il vous plaît.« Die Stimme der Grenzbeamtin. Khaled war an der Reihe. Er schob sich vor, setzte ein Lächeln auf und überreichte den gefälschten türkischen Pass. Die Beamtin betrachtete das Dokument sehr genau.

»Der Grund Ihrer Reise?«, fragte sie.

Khaled verstand nicht, was die Frau sagte, aber der grauhaarige Türke hatte ihm gesagt, dass sie bei der Kontrolle fragen könnten, warum er einreisen wollte.

»Tourist«, sagte Khaled, so wie es ihm der grauhaarige Türke während der Fahrt von Gaziantep nach Istanbul beigebracht hatte. Dann zeigte er die handgeschriebene Postkarte mit der Adresse. »Freund«, sagte Khaled.

Die Beamtin gab ihm Zettel und Pass zurück.

Draußen atmete Khaled die abgasgeschwängerte Luft ein. Er überlegte, einfach abzuhauen und mit den gefälschten Papieren Asyl zu beantragen. In Deutschland vielleicht. Oder in

Schweden. Er brauchte nur eine gute Geschichte, die seine Flucht begründete. Und dass er von den Schleusern gefälschte Papiere bekommen hatte, um in die EU einreisen zu können. Wäre das die Lösung? Abu Kais und Abi Sahan würden ihm ihre Bluthunde hinterherschicken. Sie würden ihn finden und bestrafen. Grausam bestrafen. Und wenn sie ihn nicht fanden? Khaled hatte nie mit Abu Kais darüber gesprochen, aber er war sich sicher, dass sie dann Blutrache an seiner Familie nehmen würden. An Khaleds Geschwistern. An Uma Khaled. Das hatten sie nicht verdient. Wegen seiner Feigheit grausam zu leiden. Wegen seines Mangels an Glauben. Gott ist groß, dachte Khaled, und er wird mir den Weg weisen.

Khaled winkte ein Taxi heran. Der Fahrer brachte ihn in ein Viertel, das die Stadt der Liebe von einer anderen Seite zeigte. Von einer, die man nicht auf Postkarten sah.

Von einer dunklen Seite.

Hier drängten sich hässliche Wohnbunker aneinander. Die grauen Wände waren entweder trist oder dreckig oder beschädigt oder grellbunt mit Graffiti beschmiert. Der Müll lag offen auf der Straße. Vor den Geschäften stapelten sich aufgeweichte Kartons und Müllsäcke. Es roch nach Unrat und verschimmelten Lebensmitteln. Zwischen diese Gerüche mischte sich der Geruch von gebratenem Lammfleisch, der aus unzähligen wenig besuchten Imbissbunden auf die Straße drang. Zwischen den Betonbunkern und am Straßenrand parkten verrostete Autos. Auf manchen Motorhauben lungerten Jugendliche, die rauchten oder tranken oder Musik hörten – oder alles zusammen. Das waren keine Franzosen. Khaled tippte auf Marokkaner, Algerier und Nigerianer. Franzosen würden sich sicher nicht in dieses Viertel verirren, es sei denn, sie wollten Falafel oder Schawarma essen.

Khaled schaute noch einmal auf den Zettel. Er stand vor dem Haus mit der Nummer 23. Er erklomm die Betonstufen und blickte auf das halb herausgerissene Klingelbrett. Ibrahim wohnte im 4. Stock. Khaled stieß die angelehnte Haustür auf und schlüpfte in den Hausflur. Trostlosigkeit empfing ihn. Die Wände waren weiß gekachelt, doch viele der Fliesen waren abgeplatzt oder zumindest beschädigt. Über den verbeulten Alubriefkästen hing ein ›Rauchen verboten‹-Schild. Durchgestrichene Zigaretten sind international verständlich, dachte Khaled. Trotzdem ein Witz.

Am Fuß der dritten Treppe stand ein Urgestein. Ein alter Franzose mit einem Schweinsgesicht. Eine dicke Zigarre klemmte zwischen den spröden Lippen, und die Haut des Alten war mit dem Leder der braunen Baskenmütze vergleichbar, die schräg auf seinem Schädel thronte. Unter dem speckigen Leder drängten sich widerspenstig feine Haarbüschel in die Freiheit. Einige graue Strähnen klebten an der Stirn. Der Franzose wischte die dicken Schweißtropfen weg und kratzte mit der Hand über seinen nackten Bauch. Danach klemmte er die Finger wieder in die Hosenträger.

Der Alte musterte Khaled von oben bis unten und von unten bis oben. Dann schüttelte er den Kopf und spuckte in die Ecke. »Merde«, presste er zwischen den Lippen hervor und zog an der Zigarre. Khaled musste sich an ihm vorbeidrängeln. Der Alte schaute ihm unverhohlen hinterher, und Khaled hörte ein erneutes »Merde«.

Dann war er aus dem Sichtfeld verschwunden und stand vor einer grau gestrichenen Tür, die so aussah, als wäre ein höchst gewalttätiger, völlig betrunkener Ehemann eifersüchtig nach Hause gekommen und hätte festgestellt, dass sein Weib mit einem anderen Mann fickte. Khaled klopfte und hörte kurz darauf Geräusche aus dem Flur. Schlurfen. Geflüsterte Worte. Arabisch. Zu leise, um sie verstehen zu können. Rascheln. Stille. Khaled klopfte ein zweites Mal. Nun öffnete sich die Tür. Ein dicker, junger Mann füllte den Rahmen aus. Die schwarzen Haare waren kurz geschoren, er kratzte sich den Flaum am Kinn.

»Ja?« Wahrscheinlich ist das Ibrahim, dachte Khaled, stellte sich vor und erzählte, woher er kam.

»Das kann jeder behaupten. Hast du ein Andenken aus der Türkei?«

»Eine Postkarte von Adana«, sagte Khaled. »Ich habe deine Adresse von einem grauhaarigen Türken. Er meinte, dass ich hier ein wenig arabische Gastfreundschaft im kalten Paris finden könnte. Ist das so?«

Ibrahim neigte den Kopf zur Seite. »Sei willkommen.«

»Inschallah.«

Ibrahim trat zur Seite, Khaled gelangte in einen schäbigen Flur. Der graue Teppich hatte Flecken, und die gemusterte Tapete hing in Fetzen herunter. Ansonsten war der Flur leer. Nur am hinteren Ende stand ein athletischer Mann mit Stiernacken. Als Khaled eintrat, sah er, wie der Athlet eine Pistole in den Hosenbund steckte und lächelte.

»Aleikum salam«, begrüßte er Khaled.

Ibrahim führte ihn in ein Zimmer. Auf dem Boden waren unzählige Teppiche ausgebreitet. Das einzig Wertvolle war ein niedriger Teetisch mit silberner Platte, auf der eine marokkanische Kanne und vier Gläser standen. Es roch nach Pfefferminz, was Khaled an zu Hause erinnerte. Mit zusammengebissenen Zähnen ließ er sich im Schneidersitz nieder. Den Koffer hatte er im Flur stehen lassen.

»Wie war die Reise?« Ibrahim goss ungefragt Tee ein. Khaled nahm das Glas und trank einen Schluck.

»Anstrengend. Ich bin froh, mich ausruhen zu können, bevor sich meine Mission dem Ende nähert.«

Ibrahim und der andere tauschten Blicke. Khaled runzelte die Stirn. »Was? Ist etwas nicht in Ordnung?«

Der Unbekannte schüttelte den Kopf. »Die Teufel sind

uns auf der Spur. In Deutschland hätten sie uns fast gekriegt.«

»Faouz ist über die Sache informiert worden. Wir müssen uns beeilen«, ergänzte Ibrahim.

»Ist denn schon alles vorbereitet?« Khaled merkte, dass etwas in seinem Hals immer größer wurde und ihm den Atem raubte.

Faouz nickte. »Der Koffer mit dem Schwert Allahs steht schon hier in der Wohnung.«

»Wann geht es für mich los?«

»Morgen früh. Deine Zugfahrkarte liegt auch schon bereit. Ich werde dich zum Bahnhof bringen.« Ibrahim stand auf.

»Was hast du vor?«, fragte Faouz.

»Couscous mit Gemüse kochen. Khaled hat sicher Hunger.«

Schon morgen? Immer wieder rasten diese zwei Worte durch Khaleds Kopf. Anscheinend merkte Faouz etwas. Er legte den Kopf zur Seite, und seine Stimme wurde warm. »Du bist ein großer Mann, Khaled. Ibrahim betet dich förmlich an. Sei ein großer Mann. Trage das Schwert, und stoße es in das Herz des Feindes.« Er stupste Khaled mit einem zerfledderten Buch an. Es war der Koran. Der Trostspender. Khaled blätterte und las: *Allah erweitert und beschränkt die Mittel zum Unterhalt, wem Er will. Sie freuen sich des irdischen Lebens, doch das diesseitige Leben ist im Vergleich mit dem jenseitigen nur ein vergängliches Gut. Und jene, die ungläubig sind, sagen: Warum ist ihm von seinem Herrn kein Zeichen herabgesandt worden? Sprich: Allah lässt zugrunde gehen, wen Er will, und leitet die zu Sich, welche sich bekehren. Es sind jene, die glauben und deren Herzen Trost finden im Gedenken an Allah. Wahrlich, im Gedenken Allahs werden die Herzen ruhig. Denen, die da glauben und gute Werke tun, wird Glück und eine treffliche Heimstatt zuteil sein.*

»Beruhige dein Herz. Allah ist bei dir.« Faouz verließ den Raum.

Khaled musste immer wieder an das unfertige Fußballtor denken. Seine Arme wurden schwer. Er ließ den Koran sinken. Er weinte still und heimlich und allein.

66

Paris, 08:16 Uhr MESZ

RENÉ DEBEUF JAGTE den Peugeot RCZ am morgendlichen Stau vorbei. Das Einsatzhorn quäkte. Sie hatten einen Tipp bekommen. Von den dämlichen Inselaffen, die immer noch glaubten, das britische Empire wäre der Nabel der Welt. Verdammte Ignoranten. René mochte die Engländer nicht. Die einzig wahre Nation der Welt war Frankreich. Vive la France!

Plötzlich waren da zwei Passanten auf der Straße. René schaltete in den vierten Gang, sodass der Motor des Sportwagens heulend protestierte. Die Verzögerung reichte, um die Passanten auf den Gehweg springen zu lassen.

»Wir wollen noch ankommen, Süßer«, sagte Katja, die entspannt auf dem Beifahrersitz saß.

»Der Wagen liegt wie ein Brett auf der Straße. Und ich kann fahren, weißt du.«

»Sicher.« Katja nickte. »Wissen das auch die anderen?«

Der Peugeot schlitterte um eine enge Kurve. Mit einem geschickten Lenkmanöver hielt René das Auto auf der Straße.

René leckte sich über die Lippen. »Sag mal, was hältst du davon? Von diesem Tipp, meine ich. Nicht abwegig, oder?«

Wie kein anderes europäisches Land war Frankreich vom islamistischen Terror gebeutelt worden. Vierundzwanzig Anschläge seit dem Angriff auf die Satirezeitschrift Charlie Hebdo.

Der Ausnahmezustand galt seither permanent, er war sogar gesetzlich fixiert. Kein Wunder, dass die Sicherheitskräfte sehr sensibel reagierten. Heute Morgen erreichte die Direction générale de la sécurité intérieure eine Nachricht der Grenzpolizei über eine verdächtige Einreise am Flughafen. Ein junger Türke hatte sich als Tourist ausgegeben. Beim Scan seines Gepäckstücks fand man im Koffer auch Frauenkleider. Zunächst ja nichts Ungewöhnliches. Transsexuelle gab es überall auf der Welt. Erst recht in den Ländern, die behaupteten, die Transsexuellen bis zum Grund bekämpft zu haben. Aber dann war eine Anschlagswarnung vom MI5 gekommen. Der Ausnahmezustand verlangte, dass jeder ungewöhnlichen Beobachtung nachgegangen werden musste. Und das war Renés und Katjas Job. Zum Glück hatte sich die Zollbeamtin an die Adresse erinnert, die der eingereiste Türke ihr gezeigt hatte. Ein anonymes Haus in einem anonymen Departement von Paris. Wenn man René fragte, wohnte dort nur lichtscheues Gesindel.

»Hast du diesen Ibrahim Bassir gefunden?«

Katja nickte. »Wir haben einen Prüfvorgang. Ibrahim wurde vor etwa einem Jahr an der türkischen Grenze zu Syrien festgenommen. Er hatte sich dort illegal aufgehalten.«

»Von dort kann man prima in ein Terrorcamp gehen«, sagte René.

»Das konnten unsere Ermittlungen nicht bestätigen.«

»Wann kann man das überhaupt? Meinst du, die Terroristen bekommen eine Teilnehmerurkunde?«

Katja lachte hell. »Das hätten zumindest unsere Politiker gerne.«

»Wir sind gleich da.«

Sie fuhren von der Hauptstraße ab und kamen in eine trostlose Gegend. Graue Betonbauten. Dreckige Straßen. Herumlungernde Jugendliche. René biss sich auf die Lippe. Er war überzeugt, dass man sich mit den Arabern und Afrikanern mehr Probleme nach Frankreich geholt hatte, als das Land verkraften konnte. Vor einer Imbissbude stellte er den Peugeot am Straßenrand ab. Es roch nach gebratenem Hähnchen und frischem Brot. Zumindest gutes Essen kam mit ihnen ins Land.

Katja und er stiegen aus und liefen prompt einem grauhaarigen Hünen in die Arme. Dieser nahm die qualmende Zigarre aus dem Mund, während sein Schweinsgesicht einen unnachgiebigen Ausdruck bekam.

»Sind Sie von der Polizei?«, wollte der Hüne wissen. Er wartete die Antwort nicht ab. »Es wird auch Zeit, dass Sie kommen.«

»Wer sind Sie überhaupt?«, fragte René.

»Frank Bruhni. Ehemaliger Fremdenlegionär. Zehn Jahre in Algerien stationiert.«

»Und warum glauben Sie, dass wir Polizisten sind, Monsieur Bruhni?«

»Ich kann Bullen meilenweit riechen.« Er tippte sich lachend gegen die Nase. »Genauso, wie ich Terroristen riechen kann.«

»Terroristen?« René runzelte die Stirn.

»Ich wohne in einem hellhörigen Haus. Und gestern habe ich zwei Ölaugen gesehen, die ich nicht kenne.«

»Was hat das mit der Hellhörigkeit Ihres Hauses zu tun?«

»Die haben die ganze Nacht Koranverse gesungen. Die ganze Nacht! Können Sie sich das vorstellen?«

»Und wo wohnen Sie?«

Monsieur Bruhni zeigte auf einen grauen Betonbunker. »Im Haus Nummer 23.«

Renés Herzschlag setzte kurz aus. Das war die Adresse von Ibrahim Bassir. Und die Adresse, die der Türke mit Frauenkleidern bei der Einreise gezeigt hatte.

»Merde!« Er rannte los.

Katja folgte ihm. Im Rennen zog sie ihre Pistole. René war schon zu oft für rein gar nichts zu einer verdächtigen Adresse gefahren. Dieses Mal war er sicher, dass er an der richtigen Adresse war.

»Dritte Etage«, rief Bruhni ihnen hinterher.

67

Paris, 08:17 Uhr MESZ

ICH GLAUBE, DASS Allah die Menschen zu Kriegern macht. Schon im Bauch der Mutter.« Ibrahim stützte sein Kinn auf die Hände und blickte sich im Café um, in dem sie saßen.

Khaled schloss die Augen. Es war eine sanfte Geste. Großmütig. Wie eine Mutter, die um ihr verstorbenes Kind trauert. »Nein«, sagte er. »Nur Menschen machen Menschen zu Kriegern. Gott hat damit nicht das Geringste zu tun.«

»Aber du opferst dich für die Freiheit. Allah wird stolz auf dich sein.«

Khaled nippte am Tee. Der Aufguss schmeckte scheußlich und fade, passend zum Ambiente des Cafés. Weiß gekachelte Wände, Rauchglasspiegel, tief hängende Lampen, weiß gekachelte Theke, altes Mobiliar. Es roch nach Kaffee und aufgeschäumter Milch, nach Gebäck und geschmolzenem Käse. Die hübsche junge Frau mit den kurzen blonden Haaren und der Falkennase trug ein weißes Poloshirt mit einem Rückenaufdruck. Café de la Masure. Das jedenfalls hatte Ibrahim zu Khaled gesagt.

»Ich tue das, weil die Menschen uns dazu zwingen. Ich werde zum Krieger, weil die Ungläubigen unseren Glauben bedrohen. Allah wird es gefallen.«

Ibrahim schaute auf die Uhr. »Wir haben noch zehn Minuten. Dann müssen wir zum Bahnsteig.«

Khaled versteckte sein Gesicht hinter der breiten Tasse, als er trank.

»Soll ich dir gleich noch eine Flasche Wasser besorgen? Falls du im Zug Durst bekommst«, fragte Ibrahim.

Khaled schwieg, nickte aber.

Ibrahim beugte sich leicht vor und flüsterte: »Bist du stolz?«

Khaled musste erst überlegen, was Ibrahim meinte, und nachdem er es verstand, musste er überlegen, was er antworten sollte. War er stolz? Menschen würden sterben, und nicht nur die Menschen, die in seiner unmittelbaren Nähe im Zug waren, sondern auch die Menschen, die weit weg lebten und hofften, dass er wiederkommen würde. Khaled entschied, nichts zu sagen und zu schweigen. Ein Nicken würde genügen. Tat es aber nicht.

»Ich möchte auch ein Krieger sein.«

Khaled stellte die Tasse hin. »Bist du doch. Nur mit deiner Hilfe komme ich hier zurecht. Der Krieg hat viele Formen.«

»Das, was ich tue, könnte jeder. Du bekommst den Ruhm.«

»Ich werde für dich sprechen, mein Bruder.«

Ibrahim schien erleichtert zu sein. Lächelnd stand er auf und bezahlte. Sie traten durch die gläserne Schwingtür auf die Straße.

68

Paris, 08:21 Uhr MESZ

RENÉ STAND SEITLICH vor der Wohnungstür, die Pistole im Anschlag. Die Tür sah nicht besonders stabil aus. Ein Tritt würde sie bestimmt aus den Angeln brechen. Katja hatte sich direkt davor postiert. Er roch ihr Lavendelparfüm und ihren süßen Schweiß.

»Auf drei«, flüsterte René.

Katja nickte.

René hob drei Finger und zählte ruhig herunter.

Bei zwei kamen Schüsse von innen. Die Tür splitterte. Katjas Körper wurde durch die Wucht der Treffer nach hinten gerissen. Sie schlug auf die Stufen und blieb am Fuß der Treppe reglos liegen.

»Merde!«, schrie René. Er trat gegen das beschädigte Holz, sodass die Tür aufschwang. Ein kurzer Blick in den Flur, dann wieder Deckung. Er war sauber, aber es gab drei Türen. Also verdammt viele Versteckmöglichkeiten. René ging rein. Eine Schweißperle lief seinen Nacken hinab. Blick ins erste Zimmer. Das Bad. Sauber. Plötzlich sah er im Augenwinkel eine Bewegung. René hechtete gerade rechtzeitig ins Bad. Eine Kugel prallte gegen die Wand, wo gerade noch sein Kopf gewesen war. Geduckt wartete er zwei Atemzüge, dann lehnte er sich in den Flur. Er wartete darauf, dass sein Gegner die Deckung verließ, um erneut zu schießen. Doch nichts tat sich. René griff in die Jackentasche und erfühlte sein Mobiltelefon. Das Modell gefiel ihm sowieso nicht und war noch dazu ein Geschenk von seiner Ex. Er warf es gegen die Flurwand. Der Gegner löste sich aus der Deckung und schoss. René schoss ebenfalls. Ein erstickter Schrei ertönte, als er seinen Gegner traf. Jetzt musste es schnell gehen. René sprang auf und rannte ins Wohnzimmer, wo ein blutender Mann auf dem Boden lag. Er lebte. René richtete die Waffe auf ihn.

»Keine Bewegung! Französischer Geheimdienst.«

Der Mann am Boden lächelte und spuckte Blut.

»Allahu akbar«, sagte er und zog ein Kampfmesser. René wich zurück und zielte auf die Hand des Mannes.

»Hör mit der verfickten Scheiße auf!«

»Aschhadu an la-ilaha-ill-allah wa aschhadu anna muhammadan rasulullah.« Das Schahada, das Glaubensbekenntnis. Es gibt keinen Gott außer Allah, und ich bezeuge, dass Muhammad der Gesandte Allahs ist. René wischte sich mit der Hand über den Mund. Er brauchte den Terroristen lebend, denn Tote konnten keine Fragen beantworten.

»Lass das Messer fallen!«, befahl er.

Als Antwort kam wieder dieses Lächeln. Der Mann rammte sich die Klinge in die Kehle. Er zuckte kurz, bevor er leblos liegen blieb.

»Merde.« René holsterte die Pistole, kramte eine filterlose Gitanes aus der Schachtel und zündete sie an. Der kräftige Rauch des schwarzen Tabaks kratzte im Hals.

»Merde«, sagte er noch einmal, bevor er sich umsah. Das Wohnzimmer war spartanisch eingerichtet. Viele abgewetzte Teppiche und ein niedriger Tisch mit Teekanne. Darauf lag eine Postkarte aus Adana. René erkannte die Sabanci-Zentralmoschee an ihrem Kuppelbau und den sechs Minaretten. Er hatte keine guten Erinnerungen an die Stadt, denn Adana war das Ziel der ersten gemeinsamen Reise mit Louisa gewesen, seiner Ex. Auf der Postkarte stand Ibrahims Adresse in arabischen und lateinischen Wörtern.

»Schön, dass du mir hilfst«, sagte Katja. Sie humpelte ins Wohnzimmer, während sie eine Hand auf den Bauch presste.

René zuckte mit den Schultern. »Ich weiß doch, dass du eine Weste trägst.«

»Hättest mir trotzdem helfen können.«

»Weißt du eigentlich, dass du die gleiche Frisur wie Louisa hast?«

»Du wünschst also, ich wäre gestorben?«

René zuckte wieder mit den Schultern und drückte die aufgerauchte Zigarette an der Wand aus. »Wir müssen Hinweise auf die anderen Terroristen finden.«

Katja krümmte sich. »Ich merke schon, dein Mitgefühl ist grenzenlos. Scheiße, tut das weh.«

In der Küche stand ein aufgeklappter Laptop auf dem Tisch. René startete das geöffnete Video. Der Mann saß vor einer schwarzen Flagge mit arabischen Schriftzeichen und einem weißen Punkt. »Es gibt keinen Gott außer Gott. Ich schwöre Abu Ayman al-Iraqi von der Katibat Abou Dujana die Treue. Ich erkenne ihn als Kalifen und damit als legitimen Nachfolger des Propheten an. Ich werde ihm mein Blut ...«

»Ein Bekennervideo.« René wurde heiß und kalt. Ja, sie waren hier verdammt richtig.

Neben dem Laptop lag ein Computerausdruck. Der Fahrplan des Thalys von Paris nach Köln. Abfahrt um 08:45 Uhr.

»Ich kenne das Anschlagsziel.« René blickte auf die Uhr. »Wir können es noch schaffen.«

Katja hatte schon ihr Mobiltelefon in der Hand.

69

Paris, 08:24 Uhr MESZ

CÉLINE SAH in ihrem dunkelblauen Kleid wunderschön aus.

»Wie eine Prinzessin. Anna, richtig?«, fragte Peter.

»Papa!« Céline stemmte die Arme in die Hüften. »Ich bin doch nicht Anna. Ich bin Elsa!«

Peter lächelte über das resolute Auftreten seiner Tochter. Er streichelte ihr über den Kopf und setzte ihr einen Haarreif mit Minnie-Maus-Ohren auf.

»Hat es dir gefallen?«

Sie sagte nichts, sondern begann vergnügt, über den Bahnsteig zu hüpfen. Das war für Peter Antwort genug.

»Pass auf«, rief er ihr hinterher. »Der Zug fährt gleich ein.«

»Du bist der beste Papa der Welt.«

»Hat dir der Besuch im Disneyland gefallen?«

Céline lachte hell. »Ich möchte immer bei dir bleiben. Darf ich? Darf ich, Papa?«

»Bei mir? Das geht nicht. Wirklich nicht.«

»Warum nicht, Papa?«

»Mama wird sicher traurig sein.«

Céline drückte die Unterlippe vor. »Bitte.«

Dieser winzige Moment änderte alles. Peter wurde sich bewusst, dass er sein Leben weggeworfen hatte. Und er glaubte daran, dass es doch möglich war. Es war möglich, dass Céline zu ihm zog. Peter würde ein neues Leben beginnen. Er würde ein Ziel haben. Der Thalys fuhr ein. Sie mussten zurück nach Köln. Doch gleich morgen würde er seine Frau anrufen. Auf dem Weg zum Zugabteil ging er an zwei arabisch aussehenden Männern vorbei. Der eine war dick und sagte irgendetwas zu einem dünneren, der einen alten Koffer in der Hand hielt.

70

Paris, 08:45 Uhr MESZ

»**MERDE.**« René berührte mit den Fingerspitzen den anfahrenden Thalys.

»Wir müssen den Zug anhalten. Sofort.« Katja krümmte sich. Sie war außer Atem. Ihr Gesicht schmerzverzerrt.

»Willst du, dass unsere Zielperson wegen eines unplanmäßigen Halts die Bombe zündet? Er ist nicht unter Kontrolle.« René prüfte den Fahrplan. Der nächste Halt war Brüssel.

»Haben wir Agenten in Brüssel?«, fragte er Katja, die sich mittlerweile wegen ihrer Schmerzen auf den Boden gesetzt hatte.

»Ich werde Madame Cartier unterrichten.«

»Cartier? Du hast die Nummer der Chefin?«

»Wer kann, der kann«, antwortete sie.

»Dann muss ich mich gut mit dir stellen. Darf ich deine Schuhe küssen?« René zwinkerte.

»Leck mich.«

»Ich maile das Bekennervideo nach Brüssel. Unsere Leute dort sollten den Attentäter so erkennen können.«

71

Brüssel, 10:17 Uhr MESZ

BERNHARD BEOBACHTETE, wie der Thalys in den Bahnhof Bruxelles-Midi einfuhr. Der Agent wischte sich mit der Hand über den Mund. Jetzt galt es. In dem Zug war ein junger Araber mit einer Bombe. Höchste Vorsicht war geboten. Beim kleinsten Fehler würden Menschen sterben. Das war Bernhard klar, und ganz sicher auch seinem Kollegen Frank, wenn Bernhard dessen angespannte Gesichtszüge richtig deutete.

»Der Zug ist gerade eingefahren. Sicher, dass wir nicht versuchen sollten, die Fahrgäste so unauffällig wie möglich zu evakuieren?« Bernhard hatte den französischen Kollegen am Telefon.

»Und wie willst du das anstellen? Wir sind schon nervös. Was glaubst du, wie nervös ein Mann ist, der weiß, wann er sterben wird?« René war in Paris zur Untätigkeit verdammt. Er konnte nichts mehr tun.

»So nervös wie du, Kollege?«

»Wie wir alle. Mach es, wie wir es besprochen haben. Versuch, den Attentäter zu identifizieren und dann isoliert auszuschalten.«

»Vor all den Fahrgästen?« Bernhard war nicht überzeugt von Renés Plan.

»Was glaubst du, wie scheißegal mir das ist. Von diesem Mann geht eine tödliche Bedrohung aus.« René räusperte sich. »Das Bekennervideo hast du bekommen?«

»Ich bezweifle, dass ich unser Ziel anhand dieses Videos eindeutig erkennen kann. Die Bildqualität ist grottig.«

»Du schaffst das.« René beendete das Gespräch.

Bernhard stieß Frank an. Das Zeichen zum Aufbruch. Gemeinsam betraten sie einen der Waggons. Die Klimaanlage lief auch Hochtouren, es war beinahe schon zu kalt. Bernhard schlug den Kragen seines Polohemds hoch. »Wie machen wir das? Teilen wir uns auf?«

Frank nickte. »In dreißig Minuten treffen wir uns wieder hier. Ich hoffe, wir können den Drecksack identifizieren.«

Bernhard ging zu den Abteilen in Richtung Triebwagen. Nach dem vierten Abteil hatte er drei Personen lokalisiert, bei denen es sich möglicherweise um den Attentäter handeln könnte. Schlussendlich waren es fünf potenzielle Terroristen. Das war denkbar ungünstig. Fünf Möglichkeiten. Ein Team. Sie mussten sich entscheiden. Und das taten Bernhard und Frank. Sie entschieden sich, einen jungen Araber zu observieren, der einen blauen Kunststoffkoffer voller Aufkleber unter dem Sitz verstaut hatte und einer Frau gegenübersaß, die der Traum eines jeden Fußfetischisten war. Barfuß in hohen Korksandalen, dazu eine weiße Dreiviertelhose. Sie mussten warten, bis sich der junge Araber auffällig verhielt. Nötigenfalls bis dieser die Bombe zünden wollte, was wahrscheinlich bei der Einfahrt in einen Bahnhof passierte, denn da war die Publicity am größten. Und letztendlich ging es bei Terroranschlägen nur darum.

Bis zur Endhaltestelle Köln Hauptbahnhof waren es noch acht Stationen.

72

Im Thalys, 12:31 Uhr MESZ

PETER STRICH mit einer vorsichtigen Geste, die an den Flügelschlag eines Schmetterlings erinnerte, die goldgelbe Locke aus Célines Gesicht. Seine Tochter hatte ihren Kopf gegen die Fensterscheibe gelehnt und schlief. Peter lächelte. Er knetete mit den Fingerkuppen die Handballen, sein Daumen fuhr über den Knöchel des Zeigefingers. Céline war seine Rettung. Ganz sicher war sie das. Sie war ein Ziel, das er mit sehr viel besseren Taten zu erreichen suchte. Sie bewegte sich, schmatzte im Schlaf. Peter zog seine Hand zurück. »Papa?« Sie war aufgewacht und rieb sich den Schlaf aus den Augen. »Ich muss mal.«

»Soll ich mitgehen?«

»Ich bin doch kein Baby mehr.« Sie hüpfte vom Sitz und drängelte sich an Peter vorbei.

»Warte mal!«

Sie blieb stehen.

»Die Toilette ist im Waggon hinter uns. Also die andere Richtung.« Er zeigte mit dem Daumen über seine Schulter. »Kein Baby mehr, ja?«

Céline kicherte.

73

Im Thalys, 12:47 Uhr MESZ

MIT DEM DAUMEN strich Khaled über den Auslöser, dann hielt er inne. Sein Herz blieb stehen, er schloss die Augen. Jetzt!

»Was machst du da?« Die helle Stimme eines kleinen Mädchens. Gedanklich hatte er die Brücke vom Diesseits zum Jenseits beinahe überquert. Nur noch ein paar Schritte, dann bin ich in der Ewigkeit. Dann zählt nichts mehr. Keine Wut, kein Hass, keine menschliche Emotion. Nur noch die Liebe zu Allah.

Khaled musste sich anstrengen, die Augen zu öffnen. Es fühlte sich an, als wäre sein Bewusstsein schon mit der Ewigkeit verwoben. Das Mädchen war höchstens acht Jahre alt. Eine kleine Prinzessin. Ihr Lächeln stach Khaled ins Herz. Er senkte den Blick zu Boden. Der Zünder in der Hand fühlte sich plötzlich falsch an.

»Shukran djazilan«, sagte Khaled. Herzlichen Dank.

Er lächelte zurück.

»Mit einer Verspätung von vierzig Minuten erreichen wir Köln Hauptbahnhof ...« Die Durchsage ließ Khaled zusammenzucken. Seine Mundwinkel fühlten sich an, als würden sie zu einer Leiche gehören. Die Starre breitete sich weiter über das Gesicht aus und von dort in den ganzen Körper. Selbst die

Finger in seiner Hosentasche zitterten nicht mehr. Der Zünder war ein Fremdkörper. Sein Auftrag irreal. War es Gottes Wille, ein unschuldiges Mädchen zu töten? Konnte das wirklich sein? Oder war das Mädchen nicht unschuldig? Musste sie sterben? Die Kleine lächelte ihn immer noch an, und dann zuckte sie mit den Schultern und sagte etwas. Khaled verstand die Worte nicht. Höhnte sie? Fluchte sie? Machte sie sich über ihn lustig? Oder war es Freundlichkeit?

Khaled löste den Griff. Der Zünder rutschte tiefer in die Tasche, doch die Hand nahm er nicht aus der Hose. Irgendetwas hielt ihn zurück. Er musste es tun. Nein, er konnte es nicht. Allah hatte ihm ein Zeichen gesandt. Es war nicht Gottes Wille. Sein mörderischer Auftrag war geboren aus der Verblendung der Menschen. Aus Intoleranz. Aus Hass. Er, Khaled, ging den falschen Weg. Der Weg des Kriegers führte nicht über Mord und Blut zum Erfolg. Sein Dschihad war ein anderer Dschihad. Ein Kampf mit der Waffe der Verständigung. Die Ungläubigen mussten überzeugt werden, dass sie den falschen Weg gingen. Dass sie den falschen Gott anbeteten und sich durch Macht und Gier und Reichtum leiten ließen. Khaled sackte zusammen. Er wusste, dass die Mühen der letzten Zeit nicht umsonst gewesen waren, denn sie waren nötig, um ihn auf den rechten Pfad zu leiten. Abu Kais und seine Lügen konnten ihm gestohlen bleiben. Nedved war ein Krüppel, weil er nicht gehört hatte. Das war die gerechte Strafe Gottes.

Khaled packte den Koffer und schob ihn beiseite. Das Mädchen lächelte und ging an ihm vorbei. Doch dann blieb sie neben dem Koffer stehen.

In diesem Moment passierte es.

Sekunden veränderten die Welt.

Wieder einmal.

Zwei Männer in Anzügen stürzten auf Khaled zu. Er hatte sie nicht kommen sehen. Der eine zückte eine Pistole.

Sie waren hier, um ihn zu töten. Panik ergriff Khaled. Der andere Mann stieß gegen das Mädchen. Der kleine Körper prallte gegen Khaled, der aus Reflex wieder die Hand um den Zünder gelegt hatte.

74

Berlin, 13:30 Uhr MESZ

»DEUTSCHLAND IST ERSTARRT«, sagte die Reporterin. Hinter ihr war ein brennender Zug zu sehen. Verzweifelt versuchten Feuerwehrleute, das Feuer in den Griff zu bekommen. »Der Thalys hatte Augenzeugenberichten zufolge gerade die Hohenzollernbrücke passiert, als es in einem der Waggons zu einer Explosion kam. Dreiundzwanzig Frauen, Männer und Kinder sind hierbei offiziellen Angaben zufolge ums Leben gekommen. Zahlreiche weitere wurden zum Teil schwer verletzt.«

Wiebke schaltete auf einen anderen Sender. Das gleiche Bild, ein anderer Reporter. Sie schaltete weiter. Das gleiche Bild, eine andere Sprache.

»Sie bringen es überall«, sagte Stefan. »Verdammt überall.«

Da war wieder dieses Gefühl, das Wiebke so verhasst war. Nicht nur, weil es sie bis tief in die Seele schmerzte, sondern weil sie an die Menschen denken musste, die wegen ihres Versagens litten. Es war einer der Gründe, warum sie bei der »Schnellen Krisenintervention« das Handtuch geworfen hatte. Nein, nicht nur einer der Gründe, sondern der Hauptgrund. Wiebke hatte nie wieder verantwortlich für solch ein Leid sein wollen. Und jetzt war sie es doch. Sie hatte das Leben ihrer Zwillingsschwester retten wollen, da sie nicht wahrhaben wollte, dass Saskia tot war. Wiebke hatte ein Leben gegen viele Leben aufgewogen. Wieder einmal. Aber war es das wert?

»Wir haben versagt«, sagte sie mit trockener Stimme.

»Ja, wir haben versagt«, sagte Stefan. Er legte ihr eine Hand auf die Schulter. Sie ließ es zu. Die Geste schmälerte ihr Schuldgefühl zwar nicht, aber die Berührung tat in diesem Moment sehr gut.

Sie schaltete zurück auf den ersten Sender. Das Gesicht der Reporterin hatte sich verändert. Eine völlige Schockstarre hatte sich über ihre schönen Gesichtszüge gelegt und das Gesicht zu einer Fratze werden lassen. Offensichtlich rang sie um die nächsten Worte. Ihre Unterlippe bebte. »Wie wir erfahren haben, sind unsere schlimmsten Befürchtungen wahr geworden. Gerade hat die Polizei offiziell bestätigt, dass man von einem Terroranschlag ausgeht. Ein Bekennervideo ist im Internet aufgetaucht. Eine islamistische Organisation, die Katibat Abou Dujana, bekennt sich zu dem Anschlag. Noch ist die Authentizität des Videos nicht bestätigt. Noch kann es sich auch um ein schreckliches Unglück handeln, aber die Zeichen deuten in eine andere Richtung. Ich bin Brigitta Wittlich für WDR aktuell.«

Wiebke lehnte sich im Sessel vor. »Katibat Abou Dujana?«

»Haben Sie von dieser Terrorzelle schon einmal gehört?«

»Allerdings.« Wiebke nickte. »Katibat ist das arabische Wort für eine Brigade, und Abou Dugan soll ein Gefolgsmann des Propheten gewesen sein. Die Katibat hat sich 2012 in Deir Hafir gegründet. Sie war von Anfang an islamistisch und hochgradig gewaltbereit. Es gab immer wieder verlustreiche Kämpfe gegen das elfte Bataillon der Liwa-al-Tawhid um die Vorherrschaft in der syrischen Region Deir Hafir.«

»Liwa-al-Tawid?«, fragte Stefan.

»Ich mache hier keinen Unterricht, aber gut. Die Liwa-al-Tawid war ein Zusammenschluss ehemaliger Regierungssoldaten und hochrangiger Offiziere, die sich mit dem Ziel, einen moderaten islamischen Staat zu gründen, gegen den syrischen Präsidenten stellten. Aber die moderate Einstellung verlor sich, je länger der Bürgerkrieg dauerte. Und nach einer Annäherung der Liwa-al-Tawid an die Jabhat-al-Nusra und den sogenannten Islamischen Staat war es dann völlig vorbei mit der humanitären Hilfe für die Not leidende Bevölkerung.«

»Haben Sie zusammen mit der Liwa-al-Tawid gegen Terroristen gekämpft?«

Wiebke blickte Stefan an. »Humanitäre Hilfe und grausame Kriegshandlungen schließen sich in diesem Fall nicht aus.«

»Das beantwortet meine Frage nicht.«

»Und ich frage mich, wie es eine lokal gebundene Terrorzelle geschafft hat, den Terror nach Deutschland zu tragen. Was ist da passiert? Die Katibat Abou Dujana hatte das Ziel, die Region um Deir Hafir mit Schariarecht zu kontrollieren.«

»Fast ein Jahrzehnt ist vergangen«, sagte Stefan. »Diese Zeit reicht, um aus Monstern größere Monster zu machen.«

»Das sind keine Monster«, sagte Wiebke. »Das sind Menschen. Das macht die Sache viel schlimmer.«

75

Syrien, 14:52 Uhr OESZ

ALLAHUMME ENTESSELAMU ve min kes-selam, te-barekte ya zel-celali vela ikram.« Abu Kais fuhr sich mit beiden Händen über das Gesicht und erhob sich. Schmerz durchfuhr sein Knie. Er stützte sich an der Wand ab und griff zu seinem Stock, auf den er sich stützte, wenn niemand in der Nähe war. Mit dieser Hilfe schlich er schon fast aus dem Raum, dessen einziges Fenster nach Osten zeigte. Dieser Raum diente ihm nur für Gebete. Der Rest seiner Habseligkeiten befand sich im Nebenraum. Ein Schlafsack und ein Rucksack mit wenigen persönlichen Dingen. Und ein Satellitentelefon. Es klingelte.

»Salem aleikum.«

»Aleikum salam. Es ist vollbracht.«

Das Gespräch war beendet. Ein Lächeln schlich sich auf Abu Kais Lippen. Das Lächeln ließ aber nicht nur den Mund lächeln. Es breitete sich über das gesamte Gesicht bis in die Augen aus. Und sein Herz lächelte mit.

Khaled war der richtige Mann gewesen. Khaled, der Zweifler. Das jedenfalls hatten andere Befreiungskämpfer über den nun großen Mann gesagt. Sie hatten Abu Kais davon abgeraten, Khaled zu schicken, um der Hure auf dem Stier das Schwert Allahs in die Brust zu treiben. Er, Abu Kais, hatte aber immer an Khaled geglaubt. Khaled hatte dieses Vertrauen nicht missbraucht.

Abu Kais brannte darauf, weitere Neuigkeiten zu erfahren. Er würde später mit Abu Mohammed sprechen. Doch vorher galt es noch etwas anderes zu tun. Es war ein Versprechen, das eingelöst werden musste. Es war aber auch der schwerste Gang, den die Zurückgebliebenen gehen konnten. Heute war es Abu Kais Aufgabe, diesen Weg zu gehen. Ein letztes Mal. Er schlug die alte Decke zur Seite. Zwischen dem braunen Stoff lugte ein feinerer grüner Stoff hervor. Die Fahne hatte die Farbe des Islam und trug das Zeichen Mohammeds. In sie war eine Kiste eingewickelt, die er nun Uma Khaled überreichen würde. Er machte sich auf den Weg, und nach kurzer Zeit stand er vor der Metalltür. Abu Kais klopfte. Sein Herz schlug ihm bis zum Hals. Er fühlte sich wie ein Schauspieler, der sein letztes Bühnenstück aufführte und Lampenfieber wie am ersten Tag verspürte. Sein Mund wurde trocken. Uma Khaled öffnete die Tür nur einen Spalt. Ihre Augen waren rot, das Gesicht aufgedunsen. Sie hatte ihren Stolz verloren und ihre Schönheit hinter einer zerbröckelten Mauer versteckt. Als sie Abu Kais sah, zog sie ihr Kopftuch enger. Ihr kam kein Gruß über die Lippen.

»Salam aleikum, Uma Khaled. Stolz erfüllt uns, und auch du solltest dein Haupt aufrecht tragen.«

»Er ist tot, oder? Ich fühle, dass Khaled tot ist.«

Abu Kais nickte. »Er war erfolgreich bei seiner Mission.«

»Erfolgreich? Khaled ist tot.«

»Viele Ungläubige haben ihre gerechte Strafe erhalten.«

Sie schüttelte den Kopf. »Ich habe es geahnt, als du das erste Mal unser Haus betreten hast. Ich hätte Khaled aufhalten sollen.« In ihren Augen glitzerte Zorn. »Was willst du noch? Einen weiteren Sohn?«

Abu Kais schlug die braune Decke zurück und ließ sie zu Boden gleiten. Die Kiste war immer noch in die grüne Fahne eingeschlagen. Abu Kais reichte ihr das Paket.

»Was ist das?«

»Ein Geschenk. Wir Muslime kümmern uns um die Angehörigen der Helden. Es wird eine Zeit lang zum Leben reichen.«

Uma Khaled starrte Abu Kais an. Ihre Lippen bebten, ihre Augen glänzten, und ihre Hände zitterten.

»Bringt mir das meinen Sohn zurück?«, fragte sie.

Nur der Straßenlärm durchbrach die schwere Stille.

Abu Kais schüttelte den Kopf.

Uma Khaled schloss wortlos die Tür.

EINEN MONAT SPÄTER

»Gegenterror bewirkt nichts gegen Terror.«
Hassan Mohsen (* 1983), Gerontologe und Essayist

76

Berlin, 14:41 Uhr MESZ

WIEBKE LIEF im Hotelzimmer umher. Sie blieb am Fenster stehen und blickte nach unten auf den Hotelparkplatz. Seit einer Stunde hatte sich das Bild kaum verändert. Bis auf den grauen Caddy, aus dem eine dreiköpfige Familie ausgestiegen war. Stefan wollte schon längst hier sein. Was hatte ihn aufgehalten? Oder vielleicht kam er gar nicht? Hatte er die Vereinbarung vergessen? Sie half ihm bei den Terroristen, danach half er ihr bei der Suche nach Saskias Mördern.

Niemand hatte den Anschlag verhindern können, denn alle Beteiligten hatten auf ganzer Linie versagt. Nicht nur Stefan und Wiebke. Alle beteiligten Geheimdienste. Khaled Haj Mohamad, der Name des Attentäters war mittlerweile in den Medien breitgetreten worden, hätte niemals seine letzte Reise von Paris nach Köln antreten dürfen.

Aber er hatte es geschafft.

Und im Namen Allahs unschuldige Menschen ermordet.

Das hatte ein politisches Beben ausgelöst. Europaweit wurde Kritik an den Nachrichtendiensten laut. Selbst linke Politiker forderten den Aufbau eines EU-Geheimdienstes.

Wiebke stieß sich von der Wand ab und ging zu ihrer Reisetasche, die gepackt auf dem Bett lag. In den Außenfächern suchte sie die Visitenkarte des Agenten, dem sie Gregor übergeben hatten. Uwe Templer. Wohl sein Arbeitsname. Sein Vorgesetzter hatte anscheinend eine Affinität für mittelalterliche Ritterorden, denn seine Kollegin hatte sich bei der Übergabe mit Lazarus vorgestellt.

Wiebke tippte mit dem Rand der Visitenkarte gegen ihre Unterlippe. Sollte sie ihn anrufen? Aber wie konnte er ihr helfen, wenn nicht einmal Stefan etwas herausbekam? Und der hatte angeblich immerhin mit Saskia zusammengearbeitet.

Egal. Wiebke griff zum Mobiltelefon, das auf dem Nachttisch lag, und wählte Uwes Nummer.

Bevor sich die Verbindung aufbaute, klopfte es. Wiebke unterbrach den Verbindungsaufbau und öffnete die Hotelzimmertür. Stefan stand mit herunterhängenden Schultern im Flur. »Darf ich reinkommen?«

Sie trat zur Seite und ließ ihn vorbeigehen.

Nachdem sie die Tür geschlossen hatte, zog Stefan einen brauen Umschlag aus der Manteltasche.

»Mehr kann ich nicht tun.« Er warf den Umschlag aufs Bett. »Ich komme einfach nicht weiter.«

»Was heißt das?«

»Saskias Dateien wurden mit einem Satzschutz belegt. Allerhöchste Geheimhaltungsstufe. Zugriff nur durch die Leiter des BfV und BND. Ich habe alles versucht, aber das zuständige Ministerium mauert.«

»Ich will keine Entschuldigungen. Ich will die Mörder meiner Schwester finden.«

»Das will ich auch. Wirklich, das will ich auch.«

»Sie hätten Schauspieler werden sollen, aber für mehr als eine Soap hätte es nicht gereicht. Gar nichts haben Sie getan. Und das von Anfang an.« Wiebke hatte das Gefühl, wieder einmal benutzt worden zu sein. Das Gefühl kannte sie nur zu gut. Noch ein Grund, warum sie der Division den Rücken gekehrt hatte.

Stefan leckte sich über die Lippen. »Das muss ich mir nicht sagen lassen. Ich kann nichts dafür.«

»Die Ausrede eines Lügners. Es gibt immer Möglichkeiten, an Informationen zu kommen.« Wiebke deutete auf den Umschlag. »Was ist da drin?«

Es dauerte ein paar Sekunden, bis Stefan antwortete. Anscheinend musste er sich beruhigen. »Etwas Bargeld. Genug für einen Neustart in ein Leben ohne Geheimdienste. Das ist es doch, was Sie wollten.«

»Bevor Sie mich rekrutiert haben.«

»Sie können dieses Leben wieder leben.«

»Und wenn ich es nicht will? Es ist viel passiert.«

»Hören Sie!« Stefans Stimme hatte einen harten Unterton. »Das Hotelzimmer ist noch für eine Woche bezahlt. Ihr Mobilfunkvertrag läuft fast noch ein Jahr. Gehen Sie weg. Ins Ausland. Suchen Sie sich einen Job. Vielleicht im Securitygewerbe. Gute Leute werden da immer gesucht. Wenn Sie möchten, rufe ich ein paar Bekannte an.«

»Das war's also?«

»Das war's.« Stefan strich den Mantel glatt. »Ich wünsche Ihnen alles Gute.«

Beim Vorbeigehen stieß Wiebke ihn mit der Schulter an. Er blieb stehen, starrte sie an und nickte. Offensichtlich hatte er verstanden.

Für Wiebke war es nicht das Ende. Sie würde weitersuchen, bis sie die Mörder ihrer Schwester zur Rechenschaft gezogen hatte.

77

Stuttgart, 22:16 Uhr MESZ

DIE FAHRT VON BERLIN nach Stuttgart dauerte
sieben Stunden. Zum Glück hielt ihn kein größerer Stau auf. In
die Mittelkonsole hatte Stefan einen Tablet-PC geklemmt, auf
dem ein Nachrichtensender lief. Eine Reportage über den Terroranschlag auf den Thalys fasste die aktuellen Erkenntnisse
zusammen. Achtunddreißig Menschen waren ums Leben gekommen. Die Nachrichtensprecherin berichtete, dass neusten
Umfragen zufolge die politische Landschaft in Deutschland
wegen des Anschlags ein Erdbeben erleben würde. Rechts-
populistische Parteien erhielten stetig Zulauf. Verlierer waren
die etablierten Parteien, die Liberalen und die Linken. Es gab
eine Liveschaltung zu einem Herrn Helland, ein älterer Herr
in Janker und blau-weiß gestreiftem Hemd. Einer der Partei-
vorsitzenden der KfDdP. Kompromisslos für Deutschland –
Die Partei. Rechtspopulist. Irgendjemand hielt diesem Mann
ein Mikrofon hin und gab ihm dadurch die Bühne, die er brauchte. Herr Helland lächelte, bevor er sprach. Es war ein Haifisch-
lächeln.

»Wieder einmal hat der Rechtsstaat versagt«, sagte er. »Die
etablierte Politik hat versagt. Die Sicherheitsbehörden, allen
voran die Polizei und die Nachrichtendienste, haben versagt.
Deswegen sind Bürger unseres Landes ums Leben gekommen.

Ist es nicht die Aufgabe der Regierung, das Leben der Bürger zu schützen? Haben die hohen Damen und Herren, allen voran die Kanzlerin und ihre Minister, nicht unter Eid geschworen, uns zu schützen?«

Tosender Applaus brandete auf.

»Aber wir von der KfDdP werden es dieses Mal nicht hinnehmen. Wir werden aufstehen und uns wehren. Wir werden die kriminellen Ausländer jagen, die sich wie eine Made im Speck in unser schönes Land eingenistet haben. Wir werden das Geschwür aufschneiden. Sie werden von unserer Gerechtigkeit geblendet werden, bevor wir sie verjagen. Wir werden sie vor uns hertreiben.«

Wieder tosender Applaus. Die Kamera schwenkte in die Menge. Stefan registrierte beinahe ohne Gefühl, dass sich unter den Zuhörern nicht das übliche Nazipack befand. Menschen aus der Mittelschicht standen dort. Rentner, Arbeiter, Angestellte, Hausfrauen, aber auch Frauen und Männer, die ihrem Habitus und ihrer Kleidung zufolge höhere berufliche Stellungen innehatten. Sie alle applaudierten. Sie alle sogen die Worte in sich auf.

Stefan konnte es ihnen nicht verdenken. Die sogenannte Flüchtlingskrise hatte alle überrannt. Aus einem menschlich nachvollziehbaren Misstrauen gegenüber allem Fremden war Furcht vor den Frauen und Männern aus den kriegsgebeutelten Ländern geworden. Furcht, die sich in Angst gewandelt hatte. Dank Fake News und Statistiken, die Zahlen abbildeten, aber nicht die Wirklichkeit. Angst wurde zu Panik. Zur Islamophobie. Und jetzt, angeheizt durch einen mörderischen Anschlag und Reden von rechten Politikern, wurde Angst zu Hass. Auch nachvollziehbar, aber der falsche Weg. Es war einfacher, den dubiosen Fremden die Schuld an der derzeitigen Sicherheitslage zu geben, denn das bedeutete, sich nicht mit seinen eigenen Fehlern und dem Unwissen auseinandersetzen zu müssen. Mit dem eigenen Unvermögen, auf andere zuzugehen. Niemand wollte sich mit seinem eigenen Versagen auseinandersetzen. Erst recht nicht Politiker.

Und trotzdem hatten der Rechtsstaat und der Sicherheitsapparat versagt. Trotz aller Bemühungen der Frauen und Männer, die tagtäglich den Staat schützten und unendlich viele Überstunden anhäuften. Immer wieder wurden sie zum Sündenbock, wenn es zu so einem schrecklichen Ereignis kam. Da wurden plötzlich Untersuchungsausschüsse aus dem Boden gestampft und absolut menschliche Versäumnisse zu eklatanten Fehlern hochgeredet. Die Vergangenheit wurde durchleuchtet, um für die Zukunft gerüstet zu sein. Dann wurden erweiterte Gesetze erlassen. Größere Befugnisse für Polizei und Nachrichtendienste sollten die Probleme lösen. Aber es wurden keine Voraussetzungen für die Menschen geschaffen, die mit den erweiterten Befugnissen arbeiten mussten.

Und genau das war es, was Stefan so ankotzte. Das war es, was er nicht mehr hinnehmen wollte. Genau deswegen war er auf dem Weg von Berlin nach Stuttgart. Zu einem herrschaftlichen Haus am Stadtrand. Er wollte mit Marten Hendriks sprechen. Mit dem Mann, der Stefan vor ein paar Jahren angerufen hatte. Damals hatte Stefan abgelehnt. Hendriks hatte beinahe traurig genickt und gesagt, dass Stefan bald zu ihm kommen würde. Stefan hatte das nicht geglaubt.

Aber heute war nun doch genau dieser Tag.

Hendriks stand schon oben an der Treppe unter dem verzierten Balkon. Stefan parkte seinen Wagen direkt neben dem riesigen Springbrunnen. Ein Mann in roter Uniform öffnete ihm die Tür.

»Mein Valet wird Ihren Wagen in die Tiefgarage fahren«, sagte Hendriks. Stefan hätte dem zerbrechlich wirkenden Mann eine so laute Stimme gar nicht zugetraut. Er gab dem Bediensteten in der roten Uniform die Autoschlüssel und wartete, bis dieser seinen Wagen weggefahren hatte. Dann erklomm er die Stufen zum Haupteingang.

»Das ist doch eine reine Vorsichtsmaßnahme.« Stefan deutete in die Richtung, in die sein Auto gefahren worden war.

»Was würden Sie an meiner Stelle tun?« Hendriks machte keine Anstalten, Stefan ins Haus zu bitten, daher lehnte er sich gegen eine der Säulen, die den Balkon trugen. »Und jetzt?«

Hendriks starrte in die Ferne. Es dauerte, bis er antwortete. »Das Leben ist eine Reihe von Entscheidungen, aufgefädelt auf einem langen Schicksalsfaden«, sagte er. »Wissen Sie, was ich meine, Stefan?«

»Ich hatte keinen Philosophieunterricht in der Schule.«

»Es gibt unwichtige Entscheidungen im Leben. Welche Farbe die Fliesen im Bad haben sollen zum Beispiel. Und dann gibt es die wichtigen Entscheidungen.«

»Worauf wollen Sie hinaus?«

Hendriks blickte Stefan nun direkt ins Gesicht. »Ich will darauf hinaus, dass es Entscheidungen gibt, die weltverändernd sind. Unumkehrbare Entscheidungen.« Er deutete zur Eingangstür. »Wenn Sie hier durchgehen, ist das eine dieser weltverändernden Entscheidungen. Ich möchte nur, dass Sie bereit sind. Sind sie es?«

Stefan blickte zu Boden. Er war sicher, dass er in die Schatten gehen musste, um das Richtige zu tun. Die Zeit der Regeln war vorbei.

Die Zeit des Redens war vorbei.

Die Zeit der Rechtmäßigkeit war vorbei.

Stefan nickte.

»Das dachte ich mir«, sagte Hendriks. Er machte eine einladende Geste.

Stefans Herz hämmerte in seiner Brust, als er über die Türschwelle trat. Ein älterer Mann wartete dort auf sie.

»Sie sind Stefan?«, fragte dieser. »Nennen Sie mich Fitzgerald. Lassen Sie uns reden.«

78

Köln, 22:19 Uhr MESZ

DER RAUM WAR KALT. Wasser floss die Wände hinunter und wusch die Fugen der uralten Brandsteine immer weiter aus. Bald würde der Raum einstürzen. Tonnenschwere Gesteinsmasse, morsches Gebälk und poröse Ziegel würden seinen Körper unter sich begraben und das Leben aus ihm herausquetschen.

Würde er etwas davon merken? Vielleicht wie das scharfkantige Holz in seinen Bauch drang? Wie würde es sich anfühlen, wenn sein Kopf zerquetscht wurde? Würden seine Schreie vom Getöse des einstürzenden Gebäudes übertönt werden? Oder würde er lautlos sterben? Ihm war es egal. Er hatte sein Leben wie einen Jeton gesetzt und gewonnen. Dann hatte er mehr gewollt – zu viel – und alles verloren. Sein Leben. Seinen Weg. Seine Liebe. Er hatte sich zurückgezogen und aus den Erinnerungen ein Gefängnis gebaut.

Die Angriffe seiner Ex setzten ihm zu. Sie machte ihn für das verantwortlich, was passiert war. Das Ende seines Lebens vor ein paar Tagen. Oder waren es schon Wochen? Monate? Jahre? Oder sogar nur Stunden?

Peter wachte mit einem Schrei auf. Er hatte im Schlaf auf das Bettlaken gesabbert. Speichelfäden klebten an seiner Wange. Er schwitzte, und gleichzeitig ließ Schüttelfrost seine Glieder zittern. Die rote Anzeige des Digitalweckers tanzte, das Bett schwankte. Peter kotzte auf den Boden. Als sich sein Körper wieder entkrampfte, liefen die Tränen. Er schluchzte. Irgendwann stand er auf und wankte in die Küche. Bei einer Zigarette und einem Kaffee kam er zu dem Entschluss, dass etwas unternommen werden musste.

Und es musste radikal sein.

79

Stuttgart, 22:21 Uhr MESZ

EIN AUTO KURZZUSCHLIESSEN war eine von Wiebkes leichtesten Übungen. Aber vielleicht hätte sie nicht den Caddy nehmen sollen. Stefan war wie ein Berserker über die Autobahn gerast. Fast hätte sie ihn verloren, aber dank des kurzen Staus hatte sie dranbleiben können. Und nun parkte sie am Straßenrand und beobachtete das herrschaftliche Haus, in dem er verschwunden war. Näher heran kam sie nicht. Jedenfalls nicht, ohne die patrouillierenden Wachen auszuschalten, was jedoch Aufmerksamkeit bedeuten würde. Und Aufmerksamkeit war etwas, was Wiebke gar nicht brauchte.

Sie war sicher, dass Stefans Anwesenheit hier kein Höflichkeitsbesuch war. Höflichkeit brauchte keine Wachen. Hier braute sich etwas zusammen, und sie war fest entschlossen herauszufinden, was Stefan vorhatte. Aber dafür brauchte sie Hilfe. Sie kramte das Mobiltelefon aus ihrer Reisetasche, die auf dem Beifahrersitz lag. Es war nicht das Gerät, das Stefan ihr gegeben hatte. Das lag eingeschaltet im Hotelzimmer. Wahrscheinlich war eine Trojanersoftware aufgespielt worden, die sämtliche Gespräche aufnahm und brav Wiebkes Standort pingte. Überprüft hatte sie es nicht, aber sie an deren Stelle hätte eine solche Software aufgespielt. Und wenn Stefan halb so gut war, wie er tat, hatte er es auch.

Flink tippte sie die Telefonnummer ein, die sie mittlerweile auswendig gelernt hatte. Nach dem dritten Freizeichen kam die Verbindung zustande.

»Ja bitte?« Eine rauchige Männerstimme.

»Können Sie sich an mich erinnern?«

»Wer könnte Sie schon vergessen?« Uwe Templer lachte.

»Das ist gut, denn ich brauche Ihre Hilfe.«

Ab jetzt würde Wiebke Stefans Schatten sein. Sie war überzeugt, dass er mehr über Saskias Mörder wusste, als er zugab. Und sie hatte das Gefühl, dass Stefan etwas vorhatte.

Und ihrem Gefühl hatte sie bisher immer vertrauen können.

80

Köln, 09:30 Uhr MESZ

BIRGITTA WITTLICH reagierte erst beim dritten Läuten der Türklingel. In ihren rosafarbenen Stoppersocken flitzte sie über das staubige Parkett. Der Blick wanderte kurz in die Küche, wo sich das Geschirr vieler Tage im Spülbecken und auf der Arbeitsplatte stapelte. Sie war nach der Reportage über den Anschlag auf den Thalys nicht mehr dazu gekommen, in der Wohnung klar Schiff zu machen. Ein Interview jagte den nächsten Gesprächstermin. Sie öffnete die Tür. Da stand Johannes. Ausgerechnet Johannes. Er drehte ihr den Rücken zu.

»Was willst du?«, fuhr sie ihn an.

»Mit dem falschen Fuß aufgestanden?« Er drehte sich zu ihr um. Sie blickte in sein zartes Gesicht, und ihre Knie wurden weich. Sie hielt sich am Türblatt fest. Denselben Fehler sollte man niemals zweimal machen.

Er lächelte, und sein Gesicht zeigte Falten. Wie lange hatte sie ihn nicht mehr gesehen? Vier Jahre? Fünf?

»Ich habe was für dich«, sagte er. »Eine Story.«

»Das letzte Mal hast du mich reingelegt.«

»Dieses Mal ist es anders. Ehrlich.«

»Warum kommst du zu mir?«

Er faltete die Hände vor dem Bauch. »Willst du mich nicht reinbitten? Dann können wir reden.«

Brigitta zögerte, dann trat sie zur Seite. »Geh ins Wohnzimmer. Die Küche ist das reinste Chaos.«

»Wie immer?«

Im Wohnzimmer breitete Johannes einen Ordner aus.

»Was ist das?«

»Computerausdrucke, Fotos, Zeitungsausschnitte und Blogeinträge. Meine Recherchen.«

Brigitta runzelte die Stirn. Sie blätterte die unordentlich zusammengehefteten Blätter durch. Es ging ausschließlich um Übergriffe auf muslimische Einrichtungen in Toulouse, London, Rotterdam, Mailand und anderen europäischen Städten.

»Und was soll das? Das kommt seit dem Anschlag regelmäßig in den Nachrichten.«

»Was, wenn ich dir sage, dass ich weiß, wo so etwas demnächst in Köln passieren wird?«

»Das weißt du?« Brigitta knetete ihr Kinn. »Woher?«

Johannes lehnte sich auf der Couch zurück. »Kommen wir ins Geschäft, oder kommen wir ins Geschäft?«

»Du musst damit zur Polizei.«

»Und mir damit eine lukrative Story durch die Lappen gehen lassen?« Er schüttelte den Kopf. »Bist du verrückt?«

»Und warum kommst du damit zu mir?«

»Weil du die Beste bist.«

Brigitta überlegte. Was, wenn Menschen zu Schaden kämen? Wenn rauskäme, dass sie nicht zur Polizei gegangen waren. Aber andererseits ... Sie wusste nicht, ob es stimmte, was Johannes erzählte. Sollte sie es herausfinden?

»Scheiß drauf«, sagte sie. »Wir sind im Geschäft.«

»Dann hör genau zu.«

81

Köln, 10:19 Uhr MESZ

DAS »DEUTSCHE ECK« sah noch heruntergekommener aus als ein paar Wochen zuvor. Nichts hatte sich verändert. Fast nichts. Peter trat näher an das neue Messingschild neben der Eingangstür.

Haus der Bürgerwehr stand dort in Sütterlinschrift eingraviert. Es war nicht die einzige Veränderung. Am Tresen saßen die üblichen Verdächtigen, aber es waren auch neue Gesichter dazugekommen, die Peter erst mit glasigen Augen anstarrten und dann den Blick niederschlugen.

Ja, verdammte Scheiße. Er hatte den feigen Anschlag auf den Thalys überlebt. Und er war der Vater des Kindes, das in unmittelbarer Nähe gestanden hatte. Céline. Der Gedanke trieb ihm wieder Tränen in die Augen. Er wischte sie aus den Augenwinkeln, bevor er zur Wirtin ging, die gerade Gläser polierte.

»Bist lange nicht da gewesen«, sagte sie.

»Hatte viel um die Ohren.«

»Kann ich mir vorstellen.« Sie stellte ein Glas weg. »Wenn du Eddi suchst, der ist im neuen Clubraum. Treppe hoch, rechte Tür.«

»Ist hier der Wohlstand ausgebrochen?«

Monika zuckte mit den Schultern.

Der neue Clubraum roch nach Farbe, nach neuen Möbeln und Raumerfrischer mit Jasmin. Eddi saß vor einem nagelneuen Laptop. Er schaute auf, als Peter eintrat und langsam näher kam.

»Hey«, sagte er.

»Hey«, antwortete Peter.

Danach brach Schweigen aus. Célines gewaltsamer Tod stand zwischen ihnen. Eddi suchte anscheinend nach Worten. Beileidsbekundungen und Floskeln. All das hatte Peter in den letzten Wochen viel zu häufig gehört. Neben den Anschuldigungen seiner Ex, die ihn für Célines Tod verantwortlich machte. Er fühlte sich auch so schuldig genug.

»Du brauchst nichts zu sagen.« Peter blickte zu Boden.

»Okay«, sagte Eddi.

Wieder Schweigen.

»Woher hast du das ganze Geld für das hier?« Peter machte eine ausladende Geste in den Raum.

»Von mir.« Die Stimme war kalt und gehörte zu einem hochgewachsenen Mann mit militärischer Ausstrahlung. Sie kam nicht nur von seinem kahl geschorenen Kopf. Er bewegte sich mit raubtierhaften Bewegungen auf Peter zu.

»Ich bin Jean«, sagte der Mann. »Sie sind also Peter Meier?«

Peter nickte und reichte ihm die Hand. Jean stellte sich neben Eddi und blickte auf den Laptop.

»Was macht ihr hier?«, fragte Peter.

Eddi blickte Jean an und wartete, bis dieser knapp nickte. »Jemand muss etwas tun«, sagte Eddi.

»Und was habt ihr vor?«

»Uns gegen die Islamisierung wehren. Die Schweine müssen brennen.« Jean stemmte die Fäuste in die Hüften.

»Sie brennen lassen?«

»Du weißt, was ich meine.«

Peter schloss die Augen. Die Trauer der letzten Wochen hatte sich in Hass verwandelt. »Ich will mitmachen.«

Jean lachte und klopfte Peter auf die Schulter. »Dann heute Abend. Bei mir.« Er steckte Peter einen Zettel zu.

82

Berlin, 17:17 Uhr MESZ

STEFAN LENKTE den BMW an den Straßenrand, als sein Mobiltelefon klingelte.

»Fitzgerald hier.«

»Ich bin vor Ort.« Stefan blickte zu den Ruinen der alten Eisfabrik an der Köpenicker Straße. Genau das richtige Gelände für das, was sie vorhatten. Verlassen. Im Schatten. Trotzdem zentral.

»Unser Plan ist aufgegangen. Er hat Kontakt mit unserem Agenten aufgenommen. Die Sache läuft. Heute Nacht.«

»Und das Ziel?«

Fitzgerald lachte leise. »Das haben wir schon lange im Blick. Wir melden uns.«

Fitzgerald beendete das Gespräch.

Stefan spürte die bekannte Aufregung, die ihn immer heimsuchte, wenn eine Geheimoperation begann. Aber da war noch ein anderes Gefühl. Als ob er beobachtet werden würde. Er drehte sich abrupt um, starrte aus der Beifahrerseite. Aber da war nichts Verdächtiges. Nur die Schatten der Bäume, die auf den Hof des Gebrauchtwagenhändlers fielen. Nur Schatten.

Trotzdem mahnte Stefan sich, noch vorsichtiger zu sein.

Dieses Mal stand viel auf dem Spiel.

Sehr viel.

83

Köln, 21:34 Uhr MESZ

JEAN WOHNTE in Köln-Mülheim. Es war ein kleines möbliertes Zimmer im Dachgeschoss eines Reihenhauses. Er bot Peter einen Sitzplatz an, den dieser jedoch dankend ablehnte.

»Und du bist sicher, dass du mitmachen willst?«

Peter nickte. »Wäre nicht das erste Mal.«

So etwas wie Überraschung huschte über Jeans Gesicht. Peter lächelte. »Ich habe noch nie etwas in Brand gesteckt. Jedenfalls kein Haus. Es ist doch ein Haus, oder?«

»Ein türkisches Reisebüro.«

Peter war fast enttäuscht. »Was muss ich machen?«

Jean gab ihm die Flasche, die auf dem Tisch stand. Benzingeruch drang Peter in die Nase.

»Korken raus, Stofffetzen rein, Feuer an und dann ... I am the god of hellfire.«

»And I bring you fire.«

»Ich sehe, wir verstehen uns.« Jean klopfte Peter auf die Schulter.

Unter dem Bett zog er einen olivgrünen Seesack hervor. Er zog den Reißverschluss auf und holte eine schwarze Pistole hervor. »Kannst du damit umgehen?«

»Eine Waffe? Was soll das?«

373

»Nur für den Notfall.« Jean ließ das Magazin aus dem Griff-stück gleiten. »Fünfzehn Schuss. Sollte reichen, um sich den Weg frei zu schießen.«

Er gab Peter die Waffe. Dieser prüfte die Anzahl der Kugeln im Magazin.

»Bereit?«, fragte Jean.

»Warum machst du das?«

»Was meinst du?«

»Ich meine, warum hilfst du uns?«

Jean blickte an Peter vorbei. »Wir haben mehr gemeinsam, als du denkst. Wir beide haben Menschen an Terroristen ver-loren. Menschen, die wir liebten.«

»Du meinst ... im Thalys?«

Jean nickte. »Und ich will, dass die Muslime unseren Zorn spüren. Sie sollen bluten für das, was sie uns angetan haben. Wenn nicht jetzt, wann dann?«

Peter nickte. Er steckte die Pistole in den Hosenbund. Den Molotowcocktail ließ er in einer Plastiktüte verschwinden. Sein Herz schlug ihm bis zum Hals. Die Zeit der Rache war ge-kommen. Rache für Céline.

84

Köln, 21:35 Uhr MESZ

BRIGITTA HATTE den gleichen Fehler ein zweites Mal begangen. Sie lag mit Johannes im Bett und spürte sein langsam schlaff werdendes Glied an ihrem Oberschenkel.

»So ein Tag im Bett ist auch mal schön«, sagte er und drehte sich auf den Bauch.

Brigitta blieb auf dem Rücken liegen und starrte zur Decke. »Woher hast du den Tipp?«

»Ist das wichtig?«

Brigitta nickte. »Ich muss sichergehen, dass du mich nicht wieder reinlegst.«

»Mein Redakteur wollte ...«

»Erzähl nicht so was. Ich kann es nicht mehr hören. Die ganze Sache hätte mich fast meinen Job gekostet.«

»Und trotzdem fickst du mich?«

»Was?«

»Du hast mich schon verstanden. Warst du ausgehungert? Hast du mich vermisst?« Er schlang seinen Arm um ihren Bauch. Sie wand sich aus der Umarmung.

»Ich meine es ernst, Jo. Glaubst du, ich weiß nicht, dass du hier bist, weil meine Reportage über den Anschlag auf den Thalys erfolgreich war? Du bist ein begnadeter Fotograf und Kameramann, aber du brauchst jemanden für die Reportage.«

»Jean«, sagte Johannes nach einem längeren Schweigen. »Mein Kontakt heißt Jean. Ist vor ein paar Tagen zu mir gekommen und hat mir ein Internetvideo gezeigt. Jugendliche in Belfast, die einen Araber durch die Straßen jagen und dann erschlagen. Ich meine, richtig erschlagen.«

Die Worte trieben Brigitta einen Schauder über den Rücken. Ihr Instinkt schrie, dass sie zur Polizei gehen sollte, dass sicher jemand zu Schaden käme. Aber immer dann, wenn sich der Instinkt meldete, war dort draußen eine Wahnsinnsstory. Gewalt gegen Muslime. Gescheiterte Integration. Jahrzehntelanges Versagen deutscher Politiker.

»Ich habe mich auch gefragt, ob ich das machen will«, sagte Johannes. »Ich hatte auch Angst, dass Menschen zu Schaden kommen. Aber mein Kontakt hat mir versichert, dass es keine Gewalt gegen Menschen geben wird.«

»Kannst du Gedanken lesen?«, fragte Brigitta.

Er strich ihr eine Locke aus dem Gesicht. »Ich habe dich vermisst. Wirklich.«

Sie spürte, wie sein Penis wieder steif wurde. Er beugte sich über sie und wollte sie küssen.

Ein Piepsen stoppte ihn. Johannes lachte ein Ausgerechnet-jetzt-Lachen und blickte auf das Display.

»Es geht los«, sagte er. »Jean ist gerade losgefahren. Wir müssen in die Innenstadt.«

Er gab ihr einen Kuss auf die Stirn. »Das wird unsere Story. Und dann kümmern wir uns um uns. Einverstanden? Vielleicht finden wir unser Glück doch noch.«

Brigitta nickte. Sie strich mit ihren Fingerkuppen über seinen Rücken. »Das wäre schön«, sagte sie. »Das wäre wirklich schön.«

85

Köln, 22:22 Uhr MESZ

JEAN HIELT DEN Wagen vor dem Kaufhof an.

»Alles okay bei dir?«, fragte er Peter.

»Ein bisschen nervös.« Er knetete seine Handflächen. Die Haut fühlte sich schwitzig an, als ob er Pommes mit bloßen Fingern gegessen hätte.

»Du brauchst die Fußgängerzone nur in Richtung Dom zu laufen. Das Ziel liegt auf der rechten Seite.«

»Kommst du nicht mit?«

»Dein Land. Dein Kampf. Ich suche einen guten Parkplatz. Dann komme ich zu dir.«

Peter öffnete die Beifahrertür. »Du wirst da sein?«

»Du kannst dich auf mich verlassen.«

Nachdem er ausgestiegen war, blickte er Jean hinterher, der das Auto in Richtung Neumarkt beschleunigte. Peter meinte, das Leuchten eines Mobiltelefons gesehen zu haben. Sicher war er sich aber nicht. Er zuckte mit den Schultern und ging dann die Fußgängerzone entlang.

Das Reisebüro hatte nur ein kleines Schaufenster mit grünem Schriftzug. *Ashlan wa Sashlan. Ihr Spezialist für den Zauber des Orients. Seit 2002.*

Peter blickte sich um. Niemand war zu sehen, ein günstiger Zeitpunkt. Wo blieb Jean? Er musste doch mittlerweile einen

Parkplatz gefunden haben. Egal, Peter kannte sich in der Innenstadt aus. Er würde auch ohne Jean abhauen können. Und trotzdem war da dieses mulmige Gefühl.

Er entkorkte die Flasche, und sofort stieg ihm Benzingeruch in die Nase. Er stopfte den Stofffetzen in den Flaschenhals und zündete das Feuerzeug.

»Polizei! Keine Bewegung! Feuerzeug fallen lassen!«

Peter erstarrte. Die Flamme zuckte in Richtung des benzingetränkten Stoffs.

»Fallen lassen, oder wir schießen!«

Klappernd landete das Feuerzeug auf dem Boden.

»Langsam umdrehen.«

Da standen zwei Polizisten mit vorgehaltenen Pistolen. Hinter ihnen hatten sich zwei Schaulustige eingefunden. Oder waren das etwa Reporter? Der Mann hatte eine professionell aussehende Kamera in der Hand, und die Frau sprach leise in ein Diktafon.

Wo blieb der verfickte Jean?

»So ist es gut«, sagte der Polizist. »Langsam einen Schritt nach hinten in den Hauseingang und dann wieder umdrehen. So ist es gut. Nun stützen Sie sich mit den Händen gegen die Wand. Handinnenflächen nach außen. Einen Schritt zurück. Noch einen Schritt ...«

Peter folgte den Anweisungen des Polizisten, dessen Stimme sehr jung und unerfahren klang. Zwischen den Wörtern war ein leichtes Vibrieren zu vernehmen. Unsicherheit? Aufregung? Peter überlegte kurz, ob er das zu seinem Vorteil nutzen konnte, wollte es aber doch lieber nicht ausprobieren.

»Vorsicht!«, rief eine Frauenstimme. Vermutlich die Kollegin des jungen Beamten.

Es kam keine Antwort, nur ein dumpfer Aufschlag und ein Stöhnen. Peter drehte sich um. Der junge Polizist lag am Boden. Jean drehte sich gerade zu der Polizistin. Aus dem Augen-

winkel sah Peter, dass der Typ mit der Kamera knallhart drauf-
hielt. Er filmte, wie Jean die Polizistin packte und ihr einen
Elektroschocker an den Hals hielt. Die Frau schrie vor Schmerzen, bevor sie regungslos zu Boden sackte.

»Kümmere dich darum«, schrie Jean. »Der Typ! Die Kamera!«

Filmmaterial war Beweismaterial. Der Typ ließ die Kamera
sinken. »Ganz ruhig. Ich bin von der Presse.«

Peter zog die Pistole. Sie fühlte sich schwer und kalt an.
Fremd. Mit ausgestrecktem Arm ging er auf den Typen zu.
»Kamera her.«

Der Typ packte die Frau neben sich an der Schulter. »Lass
uns gehen, Brigitta.«

Das Pärchen wich zurück. Die Kamera hielt der Mann fest im
Griff, als wenn sie sein Leben wäre.

Sirenengeheul peitschte durch die Nacht.

»Die Bullen!«, schrie Jean. »Keine Spielchen mehr.«

»Lauf!«, schrie der Kameramann.

Peter hechtete vor und rammte gegen den Körper des Kameramanns. Er griff nach der Kamera. Die Sirenen wurden lauter. Plötzlich war die Frau direkt vor ihm und kratzte ihn im
Gesicht. Blaues Licht wurde von den Hauswänden reflektiert.
Dann ertönte ein ohrenbetäubender Knall. Der Mann starrte
ihn mit weit aufgerissenen Augen an, während die Frau zurückwich.

»Los jetzt!«, schrie Jean.

Peter konnte dem Mann die Kamera entreißen und rannte
Jean hinterher. Seine Knie fühlten sich wie Gummi an. Zwischen zwei Müllcontainern in einem dunklen Hinterhof hielt
er an. Funksprüche überdeckten die Stille. Gebellte Befehle.
Noch mehr Sirenen. Peter rannte eine Treppe hinunter. Die
letzten vier Stufen sprang er. Gerade rechtzeitig, bevor Lichtlanzen die Dunkelheit hinter ihm durchstachen. Jean drückte

Peter an die Wand. Regungslos blieben sie hocken. Die Lichtlanzen tänzelten näher, wurden schon von der ersten Treppenstufe reflektiert. Nun floss das Licht über den Beton nach unten. Peter zitterte. Schweiß tropfte ihm von den Augenbrauen. Der unbändige Drang weiterzulaufen brandete in ihm auf. Das Licht hatte das Ende der Treppe erreicht. Es kroch über den Boden. Gleich hatte es Peters Schuhe erreicht. Er umklammerte den Pistolengriff. Kampflos würde er sich von den Bullen nicht schnappen lassen. Ins Gefängnis würde er auch nicht gehen. Es würde hier enden. Jetzt. Dann hörte er einen Funkspruch. Zwei Verdächtige am Neumarkt. Die andere Richtung. Das Licht wurde zurückgerissen. Schnelle Schritte hallten von den Wänden des Hinterhofs. Dann waren die Bullen verschwunden. Jean wartete einen Moment, bevor er das Metallgitter öffnete. Es gab ein quietschendes Geräusch. Kurz blieben sie stehen und lauschten. Keine Schritte, die näher kamen. Sie liefen weiter zum nächsten Hinterhof. Der Wagen stand versteckt hinter einem Müllcontainer. Gegenüber gähnte die Ausfahrt zur Straße. Kurz spiegelte sich das Blaulicht eines vorbeirauschenden Streifenwagens. Peter ging in die Hocke und wartete, bis das Motorgeräusch nicht mehr zu hören war.

Plötzlich riss Jean ihn hoch und knallte ihn gegen die Backsteinmauer. »Was war das eben?«

Peter biss sich auf die Lippen. Er schüttelte den Kopf, versuchte, die Gedanken zu ordnen, die wie Pogo tanzende Punks wild durcheinandersprangen. »Ich hab nicht abgedrückt«, sagte er. Die Worte kratzten in seinem Hals.

»Wer sonst?«, fragte Jean. »Der Heilige Geist?«

»Ich war das nicht!«

»Steig ein!«

Sie fuhren los. Jean lenkte den Wagen von der falschen Seite in eine Einbahnstraße und fädelte dann auf die Hauptstraße in den fließenden Verkehr ein.

»Wohin fahren wir?«, fragte Peter.

»Erst mal raus aus der Stadt. Dann sehen wir weiter.«

Jean jagte den Wagen auf die Zoobrücke. Von dort aus konnte man schnell das Autobahnkreuz Köln Ost erreichen und somit Fernziele wie Duisburg oder Frankfurt, aber auch das Siegerland mit seinen kleinen Dörfern und einsamen Landstraßen. Nur weg aus Köln. Peter drehte sich auf dem Beifahrersitz um. Er wollte noch einmal den Dom sehen, wie er majestätisch dastand und über die Stadt wachte. Aber der Blick blieb ihm verwehrt. Die grünen Lichter, die die gotische Kathedrale sonst anstrahlten, waren ausgeschaltet. Peter sah nur die schwarze Silhouette, die sich vor dem nachtgrauen Himmel abzeichnete.

»Meinst du, ich sehe ihn noch einmal?«

»Wen?« Jean blickte Peter an.

»Den Dom. Ich habe mein ganzes Leben hier verbracht. Und jetzt muss ich weg. Immer, wenn ich wegfuhr, habe ich zum Dom geschaut. Aber jetzt kann ich ihn nicht sehen. Meinst du, ich sehe ihn noch einmal?«

»Unwahrscheinlich.«

86

In der Nähe von Shahba, 01:49 Uhr OESZ

ABU KAIS FROR trotz der Wärme, die das Lagerfeuer spendete, und der Decke, in die er sich eingewickelt hatte. Es war eine innere Kälte, die nur eins bedeuten konnte.

Die Zeit war gekommen. Der Moment, den jeder irgendwann erlebte und für den es keine Heilung gab.

Das Piepsen des Satellitentelefons war der einzige Hält, den das Diesseits noch bot. Abu Kais griff mit zitternden Händen nach dem Gerät.

»Massa al-Khair«, sagte er mit dünner Stimme.

»Massa al-Nur. Der Abend des Lichts sei mit dir, mein Freund.« Der Anrufer sprach bedächtig, als wüsste er, dass er mit einem Sterbenden sprach.

Abu Kais hustete. Jeder Atemzug schmerzte.

»Wie geht es dir, Bruder?«, fragte der Anrufer.

»Unwichtig. Wie ist es in Europa gelaufen?«

»Gut. Sehr gut. Die Hure rast vor Wut nach dem Bombenanschlag. Unsere Brüder und Schwestern werden von den Kuffar angegriffen, und selbst gemäßigte Imame predigen wieder den wahren Willen Allahs. Bald wird es keine Hinwendung zur westlichen Welt mehr geben. Keine Integration. Unsere Brüder und Schwestern in der Welt werden wieder wahre Muslime. Es wird Krieg geben. Wir werden jede Schlacht gewinnen.«

»Ein voller Erfolg. Ich kann erhobenen Hauptes ins Paradies gehen.«

»Sag so etwas nicht. Wir brauchen dich noch, wenn der letzte Plan fehlschlagen sollte.«

»Maddissi?«

Kurzes Schweigen. Die Leitung rauschte. »Er wird sich unwissentlich für Allah opfern.«

Abu Kais nickte. Sie hatten alles sorgsam vorbereitet und falsche Informationen an den jordanischen Geheimdienst gestreut. Informationen, die Maddissi verdächtig machten, Khaleds Anschlag finanziert zu haben. Zwei Fliegen mit einer Klappe. Maddissi hatte Einfluss, den er aber für die falsche Sache einsetzte. Nämlich für eine Koexistenz aller Religionen. Für eine westlich geprägte Auslegung des Korans. Maddissi behauptete, dass der Dschihad, der fest in den Suren des Korans verankert war, im geschichtlichen Kontext betrachtet werden müsste und nicht in die jetzige Zeit übertragbar wäre. Das Alte Testament sei ebenfalls voller Gräueltaten, doch hätten die Christen es geschafft, diese religionsimmanente Gewalt in einem anderen Licht zu betrachten. Und das wollte Maddissi für den Islam auch erreichen. Dafür hatte er sein Geld und seinen Einfluss verwendet. Er war auf einem guten Weg. Die besten Islamwissenschaftler waren auf seiner Seite, die großen religiösen Autoritäten würden ihm möglicherweise bald folgen. Aber sie würden verstummen, wenn der Kopf verstummte. Ermordet durch diejenigen, zu denen er sich hinwenden wollte. Bei seiner Festnahme würde es Probleme geben. Verursacht durch Gläubige in Maddissis Umfeld. Es würden Schüsse fallen. Maddissi wird in dieser Sekunde sterben.

Wenn der Plan funktionierte.

»Es wird funktionieren«, sagte Abu Kais.

»Dann lass uns Allah danken, dass er uns den richtigen Weg gezeigt hat. Fi amanillah. Soll ich auch für dich beten, Bruder?«

»Es gibt keinen Gott außer Allah, und Er hat keinen Partner, und Ihm gehört die Herrschaft, und Er ist der Höchste, und Er ist zu allem fähig.«

»Al-Hamdu li-Llah. Was wirst du jetzt tun?«

»Audhubillah. Ich werde bei Allah Zuflucht suchen. Bi idhnillah. Mit seiner Erlaubnis.«

Abu Kais beendete das Gespräch. Das Atmen fiel ihm schwer. Sein Herz schlug langsam. Er hatte gekämpft, sein ganzes Leben war ein einziger Kampf gewesen. Doch der letzte Feind war erbarmungslos. Es gab keine Verteidigung, er war machtlos. Abu Kais wollte nicht gehen, aber ihm wurde bewusst, dass er gehen musste. Und davor hatte er Angst. Gleich werden sie kommen, die Todesengel. Munkar, der Negative, und Nakir, der Verwerfliche. Sie werden ihn fragen, ob er den geraden Weg Allahs gegangen ist oder ob er von Shaytan in die Irre geführt wurde.

Abu Kais hustete. Es fühlte sich an, als würden scharfe Klingen seine Lungen zerreißen.

»Allah, erbarme dich meiner.« Die Stimme krächzte aus seiner Kehle und hörte sich an, als würde der Körper nicht mehr ihm gehören, als wandle er zwischen dem Diesseits und dem Jenseits. Über jene schmale Brücke As-Sirat, die zur Dschanna führt, zum Paradies. Darunter brennt die Dschahannam. Wer dort hineingerät, wird ewige Qualen erleiden.

Das Lagerfeuer zeichnete irre Schattenbilder auf die groben Höhlenwände. Abu Kais meinte, eine Gestalt zu erkennen, die sich aus diesen Schatten löste. Nun war es so weit. Die Engel des Todes würden ihn holen. Doch als Abu Kais sie willkommen heißen wollte, sah er, dass es kein Engel war, der zu ihm kam. Es war ein alter Mann, dessen Hässlichkeit unübertroffen war. Sein Erscheinen konnte nur eins bedeuten: Die Engel würden Abu Kais nicht über As-Sirat in die Dschanna führen. Der Alte würde bei ihm verweilen, bis zum Jüngsten Tag.

»Ich verfluche dich. Im Namen Allahs. Ich verfluche dich«, sagte Abu Kais. »Was willst du hier? Ich bin nicht dein. Alles, was ich im Leben tat, tat ich für den wahren Gott.«

Der Alte lachte ihn an. Aus seiner Kehle strömte der Geruch von Fäulnis und Verwesung. »Du hast gemordet. Auch Frauen und Kinder. Deine Taten haben großes Leid über die Menschheit gebracht. Was du tatest, tatest du in deinem Namen. Nicht im Namen Allahs. Und deswegen werden wir bis in alle Ewigkeit gemeinsam kochendes Wasser trinken und die bitteren Früchte des Baums Az-Zaqoom essen.«

Abu Kais erwachte aus seinem Dämmerzustand. Er sah das Lagerfeuer. Die irr tanzenden Schatten an der Wand. Er spürte die Kälte. Er spürte die Angst.

»Warum ist da nichts? Allah, warum ist da nichts?«

87

Rastplatz Obergassel, 00:52 Uhr MESZ

EIN SCHUSS FIEL. Er sah das schreckerstarrte Gesicht des Kameramanns. Er sah, wie die anklagenden Augen leer wurden, als das Leben aus ihnen wich. Er sah hinunter zu seinen blutverklebten Händen. Sooft er sie auch wusch, die Schuld blieb kleben. Er hatte ihn aus nächster Nähe erschossen. Dabei hatte er doch gar nicht abgedrückt. Aber wer sonst hätte ihn erschießen können?

Peter schreckte auf. Sofort spürte er den Schmerz im Nacken und in den Beinen. Er musste auf dem Beifahrersitz eingeschlafen sein. Durch die Windschutzscheibe sah er einen halb verlassenen Parkplatz. Ein paar Lastkraftwagen schlummerten im Dunkel. Nur die Lampe des Toilettenhäuschens spendete Licht.

»Da hätte Blut sein müssen«, sagte Peter zu Jean, der auf dem Fahrersitz saß und eine Zigarette rauchte. Den Rauch blies er aus dem halb geöffneten Seitenfenster. Von draußen wehte lauwarme Luft in den Wagen. Und mit ihr das typische Rauschen der Autobahn.

»Was?« Jean schnippte die Kippe weg.

»Ich stand direkt vor ihm, als der Schuss fiel. Das Blut muss doch wie verrückt gespritzt sein. Aber da ist nichts.« Peter betrachtete seine Hände und sein Shirt.

»Und wer hat dann geschossen?«

»Hast du eine Waffe?«

»Klar.« Jean zeigte mit dem Daumen Richtung Kofferraum. »Was brauchst du? Eine Uzi? Eine AK-47? Ich hab auch waffenfähiges Uran da. Reicht für ein oder zwei Bomben.«

Jean war schnell. Verdammt schnell. Er packte Peter am Shirt und knallte ihn gegen die Innenverkleidung. »Akzeptier es endlich! Du bist ein Killer.«

Peter hatte nicht einmal die Kraft, sich aus Jeans Griff zu befreien. Er schüttelte den Kopf. »Ich könnte nie einen Menschen töten.«

»Es war im Affekt.« Jean ließ das Shirt los und setzte sich wieder gerade hin. »Zähl nach«, sagte er ruhig. »Zähl die Patronen in deinem Magazin.«

Wieder schüttelte Peter den Kopf. Der Rotz lief ihm aus der Nase.

»Wir sollten weiterfahren. Musst du pissen?« Jean deutete zum Toilettenhäuschen.

Peter nickte. Offensichtlich wusste Jean, was zu tun war. Er wirkte so abgeklärt und professionell.

»Hast du es mal getan?«, fragte er Jean.

»Was meinst du?«

»Einen Menschen getötet.«

»Nein.«

Peter blickte ihm in die Augen. Es gab kein Anzeichen für eine Lüge. Kein Zögern bei der Antwort. Und trotzdem waren da Zweifel, denn Jean wirkte auch wie ein Mann, dem man das Lügen antrainiert hatte. Und dann blieb die Frage, was von alledem hier die Wahrheit war.

Und was manipuliert.

»Wenn du nicht pissen musst, dann fahre ich jetzt.« Jeans Stimme riss ihn aus seinen Gedanken. Peter leckte sich über die Lippen. »Ich gehe ja schon.«

Die Toilettenanlagen waren sauber. Ein anderer Mann betrat den Raum. Er trug eine rot-gelbe Leuchtjacke. Auf dem Brustteil stand »Rettungssanitäter«.

Wo kam der denn so plötzlich her?, dachte Peter.

Der Glatzkopf nickte ihm zu und stellte sich an ein Pissoir.

»Meine Fresse. Ich muss schon seit Stunden pinkeln wie ein Elch«, sagte der Rettungssanitäter.

Peter hatte keine Lust auf Small Talk. Er brummte irgendeine Antwort, zog den Reißverschluss seiner Hose zu und ging zum Waschbecken. Nachdem er sich die Hände gewaschen hatte, ließ er etwas Wasser in die hohlen Hände laufen. Er beugte sich vor und erfrischte sein Gesicht. Als er wieder in den Spiegel schaute, sah er den Rettungssanitäter direkt hinter sich. Und er sah die Spritze. Der Stich fühlte sich an, als würde sein Blut kochen. Peter wirbelte herum. Sein Atem kam stoßweise, dann würgte er.

»Arschloch«, stieß er hervor. Peter sackte auf die Knie und kotzte braune Brühe auf die Fliesen. Die Stimme des Rettungssanitäters hörte sich an, als käme sie aus einer Blechdose. »Notfall! Schnell, der muss ins Krankenhaus.«

Da war noch ein weiterer Mann. Peter konnte die Clogs sehen. »Was hat der denn?« Ein Lkw-Fahrer mit niederländischem Akzent. Das bedeutete Hilfe. Peter versuchte, ihn am Hosenbein zu ziehen, doch der Trucker wich zurück.

»Ist einfach zusammengebrochen. Ein Glück, dass ich auch pinkeln musste«, sagte der Sanitäter.

»Jean«, lallte Peter, aber seine Zunge fühlte sich taub an.

Der Sanitäter packte ihn. Peter stemmte sich mit der ihm verbliebenen Kraft dagegen. Da schlug ihm der Sanitäter mit voller Wucht ins Gesicht.

Es blieb nur Dunkelheit.

88

Alte Eisfabrik Berlin, 07:00 Uhr MESZ

DIE NACHRICHT *Ware eingetroffen* hatte Stefan erreicht, lange bevor der Wecker geklingelt hätte, was ihn nicht störte, da er so oder so nicht geschlafen hatte. Die Aufregung, oder war es das Gefühl, beobachtet zu werden? Das hatte Stefan nicht mehr losgelassen. Deshalb war er nicht durch den Hauseingang gegangen, sondern hatte sich über die Hinterhöfe zur Hauptstraße durchgeschlagen. Von dort hatte er ein Taxi zur Köpenicker Straße genommen. Und nun stand er im Flur vor einer geschlossenen Tür. Anscheinend telefonierte der Mann im Zimmer. Gesprächsfetzen drangen leise an Stefans Ohr. Zu leise, um sie verstehen zu können. Zu laut, um sie gar nicht zu hören. Dann endete das Telefongespräch. Stefan klopfte und betrat das kleine Zimmer, das früher wahrscheinlich das Büro eines Abteilungsleiters gewesen war. Jetzt lagen verbeulte Bierdosen auf dem Boden, und die Wände waren voller Graffiti. Zumindest funktionierte das Licht noch. Fitzgerald stand hinter dem Schreibtisch.

»Ein schönes Versteck haben Sie hier gefunden. Es gibt mehr Ratten als in Rom.« Fitzgerald sprach mit breitem texanischem Akzent. Ganz anders als gerade beim Telefonat.

»Hier wurde bis 1995 künstliches Eis hergestellt. Jetzt kommen nur noch Junkies und Hausbesetzer her.«

»Wie ich sagte: Ratten.«

Stefan überlegte, ob er sich auf einen der Stühle setzen sollte, die herumstanden, entschied sich aber dagegen.

»Ist alles vorbereitet?«, fragte er.

Der alte Mann nickte. »David hat unseren Mann aus Köln hierhergebracht.«

»Wo ist er jetzt?«

»Wir haben ihn in den Keller gesperrt. Er schaut gerade Nachrichten.« Ein breites Grinsen huschte ihm übers Gesicht.

»Dann lassen Sie uns gehen. Ich will keine Zeit verlieren.«

Das Licht im Keller war milchig. Hier war mehr Schatten als Licht. Vor einer Metalltür wartete ein Mann. Jede seiner Bewegungen verriet, dass er Soldat war.

»Das ist David Teitelbaum. Ein großartiger Mensch«, stellte Fitzgerald ihn vor.

David nickte zur Begrüßung, dann öffnete er die Metalltür. Der Kellerraum roch feucht und moderig. Peter saß auf einer fleckigen Matratze und starrte auf den Fernsehbildschirm.

»Gestern Abend kam es in Köln zu einer Tragödie«, sagte der Nachrichtensprecher. »Ein Polizeieinsatz endete tödlich. Bisherigen Informationen zufolge löste der anonyme Hinweis auf einen Brandanschlag diesen Einsatz aus. Eintreffende Polizeikräfte fanden den mutmaßlichen Täter. Gleichzeitig mit einem Reporterteam, das offenbar ebenfalls einen anonymen Hinweis auf den Brandanschlag bekommen hatte. Der mutmaßliche Täter bedrohte das Reporterteam mit einer Pistole, ein Schuss löste sich. Hierbei wurde ein Kameramann tödlich verletzt. Wir schalten jetzt live ins Polizeipräsidium.«

Eine Frau in Uniform erschien auf dem Bildschirm. Sie blickte mit müden Augen in die Kamera. Eine Einblendung identifizierte sie als Pressesprecherin.

»Können Sie uns etwas zu dem mutmaßlichen Täter sagen?«, fragte eine Stimme aus dem Off. Der Pressesprecherin wurde ein Mikrofon hingehalten.

»Über die genauen Umstände darf ich aus ermittlungstaktischen Gründen keine genauen Angaben machen. Ich kann Ihnen aber mitteilen, dass unsere Ermittlungen darauf hindeuten, dass es sich bei dem mutmaßlichen Täter um Peter Meier handelt.« Ein Bild von Peter wurde eingeblendet.

»Die Polizei fahndet nach ihm. Hinweise, die zu seiner Ergreifung führen, nimmt jede Polizeidienststelle entgegen.« Jetzt zeigte der Fernseher wieder das Gesicht der Pressesprecherin.

»Angeblich soll es im Zusammenhang mit dem Brandanschlag zu Festnahmen gekommen sein. Können Sie das bestätigen?«

Die Polizistin nickte. »Es gab Hinweise auf eine Gruppierung aus Köln-Mülheim. Diese Männer und Frauen schlossen sich zu einer Bürgerwehr zusammen.«

»Und planten mehrere Anschläge auf ausländische Einrichtungen?«

»Wir haben eine große Menge Sprengstoff und Unterlagen gefunden, die darauf hindeuten, dass diese Bürgerwehr möglicherweise eine schwere staatsfeindliche Gewalttat vorbereitet hat.«

»Hatte Peter Meier Kontakte in diese Szene?«

»Wir stehen gerade am Anfang der Ermittlungen. Darüber kann ich derzeit keine Aussage machen.«

Stefan beobachtete Peter. Wenn die Berichterstattung ihn berührte, so zeigte er es nicht.

»Herr Meier?«

Peter blickte zu Stefan. »Wer sind Sie?«

»Das spielt keine Rolle. Ich bin hier, um Ihnen zu helfen.«

»Warum sollte ich Ihnen trauen? Dieser Jean hat mich verarscht. Sie werden es auch tun.«

David hatte sich für Jean ausgegeben. Stefan strich sich durchs Haar. »In Ihrer Situation würde ich auch niemandem trauen. Ihre Lage ist nicht gut. Gar nicht gut.«

»Und was hält mich davon ab, Ihnen den Schädel einzuschlagen? Ich bin ein Mörder.« Peter sackte in sich zusammen. Seine Haltung strafte die Drohung Lüge.

»Sie würden lange im Gefängnis schmoren.«

»Ist mir egal. Mir ist alles egal.«

»Auch, dass der Verantwortliche für den Mord an Ihrer Tochter frei herumläuft?«

Peter zuckte mit den Schultern.

»Er wird weitere Anschläge planen. Unschuldige Kinder töten. Wollen Sie das?«

»Céline ist tot«, sagte Peter.

»Das kann Ihnen nicht egal sein. Hören Sie tief in Ihr Herz. In das Herz eines Vater.«

»Was kann ich schon machen? Ich habe eigene Probleme.«

Stefan grinste. »Wenn Sie mir helfen, kümmere ich mich um Ihre Probleme.«

»Das können Sie nicht.«

»Okay.« Stefan holte ein schwarzes Ledermäppchen hervor, klappte es auf und hielt Peter einen Ausweis hin. »Ich gebe Ihnen einen Vertrauensvorschuss. Ich arbeite für die Bundesregierung, und ich habe die Macht, Ihre Probleme zu regeln. Ihnen zur Flucht zu verhelfen. Nach Venezuela? Auf die Malediven?«

»Das ist sicher nicht umsonst, oder?«

»Im Leben ist nur der Tod umsonst.«

Peter verengte die Augen. »Was soll ich für Sie tun?«

»Den Mann umbringen, der für den Tod Ihrer Tochter verantwortlich ist.«

»Das kann ich nicht.«

»Sie haben in Köln einen Kameramann ermordet.«

»Ihr seid wahnsinnig. Ich ... das ... das war ein Unfall. Der Schuss hat sich beim Gerangel gelöst. Ich habe das nicht absichtlich gemacht.«

»Und doch hatten Sie die Pistole in der Hand. Warum?«

Peter sackte wieder in sich zusammen.

»Aus meiner Erfahrung kann ich sagen, dass man nur eine Pistole in die Hand nimmt, wenn man bereit dazu ist, einen anderen Menschen zu töten«, sagte Stefan.

»Nein!« Peter schrie und hämmerte mit der Faust gegen die Wand. Einmal. Zweimal. Dreimal. Dann lehnte er sich mit der Stirn gegen den kalten Beton. Er knabberte an seiner Unterlippe. Stefan stand ungerührt mitten im Raum. Ein schweres Schweigen breitete sich aus. Peter stieß sich von der Wand ab und ließ sich auf die Matratze gleiten.

»Warum ich?«

»Weil Sie jemand sind, der den Sinn einer solchen Maßnahme versteht. Sie wissen, dass man etwas tun muss, um die Freiheit zu schützen. Sie haben alles verloren. Sie können helfen, dass anderen ein solcher Verlust erspart bleibt.«

Wieder diese Stille.

»Brasilien?«

»Wohin auch immer.«

»Welche Alternativen habe ich?«

»Gefängnis?«

Wieder diese Stille.

»Wann?«

Stefan hockte sich neben Peter. »Der Drahtzieher ist hier in Berlin. Wir wissen, wo er ist.« Das hoffte Stefan jedenfalls. Fitzgerald hatte in Stuttgart versprochen, dass er das Ziel lokalisieren würde. »Das ist Ihre Chance. Auf Rache und auf Flucht. Machen Sie mit?«

Bevor Peter antworten konnte, klingelte Stefans Handy.

Der Anrufer übersprang die herkömmlichen Höflichkeitsfloskeln. »Wir haben ein Problem. Und das Problem heißt Wiebke Meinert.«

89

Berlin, 07:05 Uhr MESZ

WIEBKE SCHRECKTE HOCH. Ihr Herz pochte wild. Sekundenschlaf. Es dauerte, bis sie sich orientiert hatte. Sofort prüfte sie, ob Stefans Auto noch dastand. Gut, sollte aber nichts heißen. Er könnte auch zu Fuß weg sein. Die lückenlose Überwachung war unterbrochen. Wiebke biss sich auf die Unterlippe. Aber wie sollte sie eine lückenlose Überwachung alleine hinbekommen? Die Grenze der Belastbarkeit hatte sie schon lange erreicht. Trotzdem, es musste weitergehen. Stefan hatte etwas vor. Sie würde es verhindern.

Dieses Mal gab es kein Versagen. Dieses Mal nicht.

Wiebke kramte einen Energydrink aus dem Seitenfach der Fahrertür. Sie würgte den letzten Schluck runter, schüttelte sich und warf die leere Dose nach hinten zu den anderen.

Ein Blick auf die Uhr. Uwe sollte sie vor fünf Minuten treffen. Am Telefon hatte er gesagt, dass er Neuigkeiten hätte, die er nur persönlich besprechen wollte. Wiebke hatte ihm die Adresse genannt, wo sie mit dem gestohlenen Caddy parkte. Und dass er Kaffee mitbringen sollte. Schwarz und stark. Viel Zucker.

Ein Klopfen am Seitenfenster der Beifahrertür riss sie aus ihren Gedanken. Uwe öffnete die Tür und setzte sich. Der Geruch frischen Kaffees mischte sich unter die stickige Luft im Fahrgastraum.

»Sie sollten mal lüften.« Uwe Templer reichte ihr den Kaffeebecher, den sie dankbar annahm.

Er zog eine silberne Flasche aus der Tasche und schüttete eine braune Flüssigkeit in seinen Kaffeebecher.

»Was ist das? Weinbrand? Um die Zeit?« Sie legte den Kopf schief.

»Mein Leben ist nicht spurlos an mir vorbeigegangen.« Uwe steckte den Flachmann wieder ein.

»Was haben Sie für mich?«

»Das mit Ihrer Schwester tut mir leid«, sagte er.

»Sie konnten auf die Dateien zugreifen?« Wiebke kämpfte die Erinnerungen nieder. Sie durfte keine Schwäche zeigen.

»Wussten Sie, dass Saskia kurz vor ihrer Ermordung in Stockholm gewesen ist? Dort soll sie etwas von einem Professor Liebknecht bekommen haben. Einen Schlüssel.«

»Einen Schlüssel? Professor Liebknecht? Wovon sprechen Sie?«

»Also nicht.«

»Verdammt noch mal! Was für einen Schlüssel?«

Uwe leckte sich über die Lippen, als ob er darüber nachdenken wollte, was er ihr sagen sollte.

»Haben Sie je von den Old Men gehört?«

»Ich habe Sie gebeten, etwas über meine Schwester in Erfahrung zu bringen. Über alte Männer will ich nichts wissen.« Sie hörte ihr Blut in den Ohren rauschen.

»Nach Ihrem Anruf habe ich mich gefragt, warum ich Ihnen helfen sollte, aber dann habe ich recherchiert und gedacht: Wow, wenn das stimmt, ist das ein großer Scheißhaufen. Ein ziemlich großer.« Er trank einen Schluck. »Die Old Men sind eine Gruppe pensionierter Geheimagenten. Sie treffen sich regelmäßig, aber leider nicht zu Kaffeekränzchen, um über alte Zeiten zu plaudern. Sie mischen sich aktiv ins Weltgeschehen ein. Die ganze Scheiße, die in der Welt so passiert, ist anscheinend nicht spurlos an denen vorbeigegangen.«

»So wie bei Ihnen?« Sie deutete auf den Coffee-to-go-Becher.

Uwe lachte. »Ja, so wie bei mir.«

»Was hat das mit Saskia zu tun?«

»Um das herauszufinden, brauche ich den Schlüssel.«

»Und wie soll ich den beschaffen?«

Er zog einen Briefumschlag hervor und legte ihn auf die Mittelkonsole. Wiebke riss das Papier auf und fand unzählige Zeitungsausschnitte. Ausschreitungen in Porto. Brennende Autos an der Themse. Ein Großeinsatz der Polizei in Paris.

»Wir leben in einer schlimmen Welt«, sagte Uwe.

»Sie wollen mir doch nicht wirklich weismachen, dass eine Gruppe altgedienter Agenten dafür verantwortlich ist?«

Er starrte sie an und schüttelte den Kopf. »Ich hatte gedacht, dass Sie die Gefahr längst erkannt hätten. Oder warum sind Sie hier?« Er deutete in Richtung Stefans Auto.

»Was meinen Sie?«

»Um ihre Ziele zu erreichen, benötigen die Old Men die antimuslimische Stimmung in Europa. Dementsprechend gießen sie Öl ins Feuer. Sie sind wie Sturmkrähen, immer dort, wo Krieg geführt wird. Und derzeit tobt die Schlacht in den europäischen Großstädten.«

»Warum erzählen Sie mir das alles?«

»Sie überwachen einen unserer Agenten. Übrigens ein weiterer Grund, warum ich Interesse habe, Ihnen zu helfen. Warum genau sind Sie hier?«

Wiebke presste die Lippen aufeinander. Und dann entschloss sie sich, Uwe von der geheimen Mission unter Stefans Führung zu erzählen. Die Ermordung von Attilas Leibwächter ließ sie aus. Der Bundesnachrichtendienst musste nicht alles wissen. Uwe hörte aufmerksam zu. Manchmal legte er die Stirn in Falten. Dann wiederum nickte er oder massierte sich die Nasenwurzel.

»Und deswegen bin ich hier.« Wiebke trank einen Schluck Kaffee, der extrastark war. Nur war zu wenig Zucker drin.

»Wussten Sie, dass Stefan den mutmaßlichen Drahtzieher des Anschlags auf den Thalys lokalisiert hat?«

Wiebke ballte die Hände zu Fäusten.

»Er hat es Ihnen nicht gesagt?«

»Stefan hat mir viele Dinge nicht gesagt. Ich frage mich nur, was er vorhat.«

»Vielleicht hilft Ihnen das weiter?« Er reichte ihr einen Zeitungsausschnitt von der tödlichen Nacht in Köln. Sie überflog den Artikel. Dass ein Kameramann zu Tode gekommen war, interessierte sie nur am Rande. Aber dass ein Peter Meier in diesem Zusammenhang gesucht wurde, ließ sie plötzlich verstehen. Warum Stefan in Stuttgart gewesen war. Was er bei der alten Eisfabrik wollte. Warum er sie kaltgestellt hatte. Das alles galt nur einem einzigen Zweck.

»Stefan wollte nie eine Festnahme«, sagte sie mehr zu sich selbst als zu Uwe.

»Was meinen Sie?«

»Er will ein Zeichen setzen. Verdammter Mist! Wo wurde der Drahtzieher lokalisiert?«

»Er ist Stammgast eines türkischen Cafés in Kreuzberg.«

»Geben Sie mir die Adresse. Vielleicht kann ich das alles noch verhindern.«

»Was verhindern?«

»Geben Sie mir die Adresse, verdammt!«

Vielleicht hätte sie Uwe um Unterstützung bitten sollen. Hatte sie aber nicht. Nachdem er ihr die Adresse des Cafés gegeben hatte, warf sie den BND-Agenten förmlich aus dem Caddy und fuhr los. Sie hatte keine Zeit für weitere Erklärungen. Sie hatte keine Zeit, bis Uwe eine Truppe zusammengestellt hatte. Was jetzt kam, musste schnell gehen. Sehr schnell. Aber die Zeit war knapp. Sie musste Stefan unter Druck setzen, denn wer unter Druck stand, machte Fehler. Im Fahren wählte sie die Nummer des Entwicklungsministeriums. Saskias Büronummer.

Nach dem ersten Freizeichen kam eine Bandansage. »Sie haben die Nummer des Entwicklungsministeriums gewählt. Sie werden in Kürze verbunden. Bitte beachten Sie, dass Ihre Rufnummer trotz Rufnummernunterdrückung ermittelt werden kann.«

Saskia arbeitete definitiv nicht als Entwicklungshelferin, denn Wiebke kannte eine ähnliche Bandansage vom Bundesnachrichtendienst. Zwei Freizeichen. Dann hörte sie eine Stimme, die ihr bekannt vorkam. Die Stimme gehörte dem Mann, der ihr vor Wochen den Umschlag mit Saskias Hilferuf gegeben hatte. Saskias Partner. »Ja bitte?«

»Sie wissen, wer ich bin. Sie kannten meine Schwester ...« Bei dem Wort schnürte es ihr die Kehle zu. »Und Sie kennen Stefan. Da bin ich sicher. Sagen Sie ihm, dass ich auf dem Weg zu ihm bin. Sagen Sie ihm, dass er damit nicht durchkommt. Verstanden?« Wiebke beendete das Gespräch.

90

Alte Eisfabrik Berlin, 07:32 Uhr MESZ

UND SIE SIND SICHER, dass die Meinert hierherkommt?«, fragte Stefan den Anrufer.

»Ganz sicher«, sagte Dogan. »Soll ich Ihre Drohung wiederholen?«

»Dann müssen wir uns beeilen.« Stefan beendete das Telefonat. Er blickte David an, der neben der Tür stand.

»Wer ist diese Meinert?«

»Ein Problem, das beseitigt werden muss.«

»Glauben Sie, dass sie Beweise hat?«

»Selbst wenn nicht, müssen wir das prüfen. Es darf nichts schiefgehen. Wir sind schon zu tief drin.«

David stieß sich von der Wand ab. »Sie sind tief drin.«

David lachte rau und ging. Stefan riss an seiner Schulter. Die beiden Männer starrten sich wie zwei Kampfhähne an.

»Ihr könnt mich jetzt nicht hängen lassen.«

Mit einer schnellen Handbewegung befreite sich der ehemalige Mossadagent aus Stefans Griff.

»Wir kümmern uns um die Sache. In fünf Minuten sind sie abfahrbereit. Entweder mit ihm ...« David deutete mit seinem Kopf in Richtung Tür. »... oder ohne ihn. In letzterem Fall hilft das.« David hielt Stefan eine Pistole hin.

»Kümmern Sie sich um die Angelegenheit.« David ließ Stefan allein. Er ließ die Pistole in den Hosenbund gleiten, atmete noch einmal durch und betrat wieder den Raum. Peter saß noch immer zusammengesunken auf der fleckigen Matratze. Er schaute hoch, als Stefan die Tür schloss. Der Blick fixierte den Pistolengriff. »Wollen Sie mich erschießen?«

Stefan schüttelte den Kopf. »Ich erhielt gerade einen Anruf. Die Polizei ist hierher unterwegs. Wenn Sie nicht kooperieren, werden Sie den Rest Ihres Lebens hinter Gittern verbringen.«

Peter schüttelte unendlich langsam den Kopf. Er blickte wieder zu Boden, und es schien, als würde ein leichtes Beben durch seinen Körper fahren.

»Meine Welt ist zusammengebrochen. Ich weiß nicht, was ich machen soll. Ich bin kein Mörder.« Er schaute Stefan direkt an. »Was soll ich Ihrer Meinung nach tun?«

»Kommen Sie mit mir.«

»Sie verlangen Unmögliches. Ich bin kein Mörder.«

Vom Flur hörten sie Geräusche. David und seine Leute räumten auf. Die Zeit wurde knapp. In diesem Moment wog die Automatik in Stefans Hosenbund mehrere Tonnen. Auch er war kein Mörder. Noch nicht.

»Was ich verlange, ist die einzige Möglichkeit, die Sie haben. Denken Sie daran, dass dieses Schwein hinter dem Anschlag steckt. Ihre Tochter ...« Stefan musste nachdenken. »... Céline ist dabei umgekommen. Sie ist nicht mehr da. Ihr Leben liegt in Trümmern, und das Schwein kommt davon.«

»Die Justiz ...«

»Ach! Die Justiz. Wir haben keine gerichtsverwertbaren Beweise gegen den Mann. Alles, was wir haben, dürfen wir nicht benutzen. Es wird keine Anklage geben. Sie schmoren im Knast, während Célines Mörder frei herumläuft. Mitten unter uns.«

Peter schwieg. Immer wieder schüttelte er den Kopf.

Stefan hörte Stimmen und Schritte. Die Türklinke bewegte sich. Die Zeit war um.

»Kommen Sie. Entscheiden Sie sich. Jemand muss etwas tun. Sie sind derjenige, der Rache üben kann.«

Die Tür ging auf. David stand im Türrahmen. Hinter seinem Oberschenkel hatte er eine Pistole verborgen.

»Tun Sie es für Céline«, sagte Stefan.

David hob die Waffe und zielte.

Peter starrte zu Boden. Der Finger am Abzug krümmte sich. Mit diesem Schuss würde der gesamte Plan zunichtegemacht. Stefan hatte gehofft, dass es funktionieren würde. Frustration machte sich in ihm breit. Er hätte der Demokratie so gerne gezeigt, dass die Zeit der Worte vorbei war, dass nur noch Taten zählten. Nun stand er vor dem Aus.

Der Abzugshahn bewegte sich nach hinten. Gleich hatte er seinen Scheitelpunkt erreicht und würde nach vorne schnellen. Der Bolzen würde dann die Treibladung in der Patrone zünden und das Projektil ein wahrscheinlich hässliches und tödliches Loch in Peters Schädel reißen.

»Ich mach's«, sagte Peter. David reagierte sofort und lockerte den Druck auf den Abzug. Er verbarg die Pistole wieder hinter seinem Oberschenkel, bevor Peter auch nur aufsah.

»Gute Entscheidung«, sagte David. »Hier sind die Schlüssel. Der VW-Bulli steht zwei Straßen weiter.«

Stefan fing den geworfenen Schlüsselbund auf. »Alles vorbereitet?«

David nickte. »Die Pistole und die Schussweste sind hinten auf der Ladefläche in einer Kiste.«

»Schussweste?«, fragte Peter.

»Wir wollen ja nicht, dass dir was passiert, mein Freund.« David lachte.

Stefan nahm David zur Seite. »Was ist mit Wiebke Meinert?«

»Darum werde ich mich kümmern. Jetzt verschwindet.«

91

Berlin, 07:53 Uhr MESZ

WIEBKE HOFFTE, NICHT zu spät zu kommen. Sie raste wie eine Wilde durch Berlin und ging die Einzelheiten ihres Plans noch einmal durch. Punkt eins war, dass sie keinen Plan hatte. Punkt zwei war, dass sie vorsichtig sein wollte. Und Punkt drei war ... der würde sich schon noch finden.

Was war nur in diesen Stefan gefahren? Wann war er zu dem geworden, der er jetzt war? Sie hatte Hochachtung vor seinem Enthusiasmus gehabt. Don Quijote hatte sie ihn scherzhaft genannt. Offensichtlich hatte der Kampf gegen die Windmühlen seinen Preis gefordert. Er war zum Verräter der Demokratie geworden, die er unter Eid zu schützen geschworen hatte. Damit, und da war Wiebke sich völlig sicher, verriet er nicht nur die Bundesrepublik Deutschland und die freiheitlich demokratische Grundordnung, sondern strafte sein früheres Leben eine Lüge. Er hatte für den Schutz der Demokratie einiges geopfert. Wiebke fragte sich, wie ein so glühender Verfechter so tief fallen konnte.

Sie war sich sicher, dass der Auslöser in Köln lag: der Anschlag auf den Thalys. Hatte Stefan dabei einen geliebten Menschen verloren? Wohl eher nicht. Wahrscheinlich gab es keine geliebten Menschen mehr in seinem Leben. Stefan hatte sich ganz dem Geheimdienst verschrieben. Die Bundesregierung hatte immer vor einem Anschlag auf deutschem Boden gewarnt und beteuert, dass man Vorkehrungen getroffen habe. Nun war etwas passiert, und die Bevölkerung musste durch die Medien erfahren, dass die Vorkehrungen darin bestanden, die Verantwortlichkeit für den Anschlag von sich zu weisen und auf die Sicherheitsbehörden zu schieben. Gerade hörte Wiebke im Radio ein Interview mit dem Bundesinnenminister. Der Reporter warf ihm vor, dass von politischer Seite nicht alles unternommen worden wäre, einen Anschlag in Deutschland zu verhindern. Der Politiker reagierte verärgert.

»Das ist eine Unterstellung. Die Bundesregierung hat selbstverständlich alles getan, um einen Anschlag zu verhindern. Wie schulen unsere Sicherheitskräfte schon lange in besonderem Maße, um ihnen die Fähigkeiten zu vermitteln, die Vorbereitungen zu einem Terroranschlag zu erkennen und zu vereiteln.«

»Wo liegt denn Ihrer Meinung nach der Grund für das Versagen?«

»Wie gesagt, die Mitarbeiter des Verfassungsschutzes und des Bundeskriminalamts wurden besonders geschult.«

»Also haben die deutschen Sicherheitskräfte versagt?«

»Es muss davon ausgegangen werden, dass dort Fehler gemacht wurden, die zu dem tragischen Anschlag geführt haben. Von politischer Seite wird es mit absoluter Sicherheit Konsequenzen geben. Wir werden die Sicherheitsprogramme noch einmal evaluieren und dann neu gestalten.«

»Neu gestalten? Mit neuen Köpfen an den Spitzen der Bundesbehörden?«

»Falls nötig, ja.«

»Wie sieht Ihr weiterer politischer Werdegang aus?«

Der Bundesinnenminister räusperte sich. »Was meinen Sie damit?«

»Nun ja. Wenn Ihre Sicherheitsbehörden versagt haben,

müssten doch auch für Sie Konsequenzen folgen. Die Opposition ...«

»Guter Mann«, fuhr der Minister dazwischen. »Ich gehe davon aus, dass ich mein Amt noch mindestens zwei Jahre bekleide. Die Verantwortlichen werden lokalisiert werden. Danach werde ich zusammen mit der Bundesregierung mit Nachdruck für eine Evaluierung der europäischen Anti-Terror-Gesetze kämpfen.«

Wiebke schüttelte den Kopf. Der Bundesinnenminister hätte auch einfach sagen können, dass die Planungen für diesen Anschlag weitestgehend im europäischen Ausland und somit außerhalb der Kompetenzbereiche der genannten Dienste erfolgten. Nur damit hätte er auch zugegeben, dass das vor einiger Zeit ausgehandelte europäische Anti-Terror-Gesetz nicht griff.

Im Radio gab es eine Einspielung. Professor Liebknecht wurde zu den neuen Terrorgesetzen befragt. Wiebke horchte auf. Liebknecht? Woher kannte sie den Namen? Hatte Uwe den Professor nicht im Zusammenhang mit Saskias letztem Auftrag erwähnt? Was war es noch? Na klar, von Liebknecht soll Saskia diesen ominösen Schlüssel bekommen haben!

»Im EATG sollte eine bessere Zusammenarbeit zwischen den europäischen Polizeidienststellen in Bezug auf die Anti-Terror-Fahndung verankert werden«, drang Liebknechts Stimme aus dem Radio. »Griechenland und Spanien hatten sich gegen diesen Vorschlag gestellt, da sie um ihre staatliche Integrität fürchteten. Der Bundesinnenminister hatte in diesem Fall klein beigegeben. Die verankerte Zusammenarbeit wurde aus dem Gesetz gestrichen, und der Bundesinnenminister feierte das als Erfolg. Ohne diese Streichung wäre das Gesetz nie verabschiedet worden. Die Bürger fühlten sich sicherer. Nur Insider wissen, dass dieses Gesetz so wirksam ist wie ein stumpfes Schwert.«

Vielleicht hatte Stefan sich daraufhin veranlasst gefühlt, die Sache selbst in die Hand zu nehmen. Wiebke fragte sich, ob das der richtige Weg war. Einfach *Mensch ärgere Dich nicht* zu spielen und dabei wie die anderen Mitspieler die Regeln zu vergessen und zu schummeln. Nur so konnte man gewinnen. Aber was wird passieren, wenn die Zielperson liquidiert wurde? Der Terrorismus ist wie eine Hydra. Schlägt man ihr den Kopf ab, wachsen zwei neue Köpfe nach. Und der Mörder müsste nicht nur gegen die äußere Bedrohung kämpfen, sondern auch gegen seine Schuldgefühle, die ihn mit absoluter Sicherheit tiefer in den Strudel aus Gewalt und Mord ziehen würden. Und was unterscheidet dann einen solchen gefallenen Krieger von den Menschen, die er zu jagen geschworen hat? Er würde selbst zum Gejagten werden. Wiebkes Hochachtung vor Stefans Lebensweg schwand. Seine Schuld wurde immer deutlicher. Er hätte vielleicht straucheln, aber nicht fallen dürfen. Er musste aufgehalten werden.

Sie schlug mit den Handflächen auf das Lenkrad.

Hoffentlich kam sie nicht zu spät.

92

Berlin, 07:55 Uhr MESZ

STEFAN FUHR mit moderater Geschwindigkeit. Eigentlich hätte er lieber das Gaspedal durchgetreten, aber er hielt sich zurück. Die Aufmerksamkeit der Verkehrspolizisten konnte er gerade wirklich nicht gebrauchen. Niemals hätte er denen erklären können, dass auf der Ladefläche des alten VW-Bulli ein gesuchter Mörder saß, noch dazu mit einer Schussweste bekleidet und einer Pistole in der Hand. Peter sprach während der Fahrt kein Wort. Immer wieder wischte er sich den Schweiß von der Stirn. Manchmal zuckte er auch kurz zusammen.

Stefan lenkte den Bulli an den Straßenrand und parkte vor einem orientalischen Lebensmittelladen. Von hier aus waren es etwa zweihundert Meter bis zum Zielort. Stefan drehte sich nach hinten um und legte seinen Arm über die Rückenlehne des Beifahrersitzes.

»Ab jetzt gilt es.«

»Ich bin bereit.«

»Wir machen das wie besprochen.«

»Ich hab's kapiert.«

»Gut.« Stefan stieg aus. Er blickte kurz zum Schaufenster des Lebensmittelladens und nahm sich vor, nach dem erfolgreichen Einsatz ein gutes Essen zu genießen. Er richtete seine leichte Jacke und ging auf der gegenüberliegenden Straßenseite an dem Kulturcafé vorbei. In Höhe eines persischen Restaurants blieb er kurz stehen und tat so, als würde er die Speisekarte studieren, die im Schaufenster hing. Links und rechts neben der Speisekarte hatten die Restaurantbesitzer reich verzierte Spiegel aufgehängt. Auf diese Weise konnte er unauffällig den Eingang des Kulturcafés beobachten. Es dauerte etwas, aber dann sah er ihn. Maddissi Abu Mohammed. Die Zielperson hatte sich im Bereich des Eingangs niedergelassen, vor ihm stand eine Shisha. Fitzgerald hatte nicht gelogen. Maddissi blickte rauchend zu einem alten Röhrenfernseher hinauf, der in einer Ecke an der Decke hing. Stefan ging weiter und zückte dabei ein Mobiltelefon.

»Ja?« Peter klang hektisch.

»Sie müssen ruhig bleiben. Es hängt von Ihnen ab. Die Zielperson ist im Café. Der Fette direkt am Eingang. Ein leichtes Ziel.«

»Wann soll ich los?«

»Wie ich es Ihnen gesagt habe. Ich brauche etwa fünf Minuten. Sie zerstören jetzt die Prepaidkarte und lassen das Mobiltelefon im Bulli. Nach fünf Minuten gehen Sie los. Ich halte Ihnen den Rücken frei. Verstanden?«

Peter bestätigte und beendete das Gespräch. Fünf Minuten waren ausreichend, Maddissi würde in der Zeit nicht gehen. Eine Shisha zu rauchen dauerte etwas. Und wenn er seinen Platz verlassen sollte, dann nur, um zur Toilette zu gehen. Peter würde Maddissi auch dort liquidieren können.

Stefan brauchte nur eine Minute, um die konspirative Wohnung im ersten Stock zu erreichen. Er klingelte bei Hadischi. Einmal lang und zweimal kurz. Um in dem durch arabische Bevölkerung dominierten Viertel keine Aufmerksamkeit zu erregen, hatte er sich eine Mappe mit dem Logo eines Energieversorgers unter die Achseln geklemmt. Bis die Haustür summend aufgedrückt wurde, schaute Stefan geschäftig in die Akten. Ab und zu schüttelte er den Kopf.

Die Wohnungstür war nur angelehnt. Er betrat den Flur und ging sofort durch zum Wohnzimmer. Die dortige Fensterfront zeigte direkt auf den Eingang des Kulturcafés. Ein junger Mann, den man von Weitem für einen Nordafrikaner halten könnte, hockte hinter den schäbigen Gardinen.

»Wie läuft es?« Er sparte sich Höflichkeitsfloskeln, da er den Agenten erst kurze Zeit kannte und auch keine Lust hatte, sich weiter mit ihm zu beschäftigen.

»Unsere Zielperson sitzt seit einer halben Stunde auf seinem Platz. Es gab keinen Kontakt zu anderen Personen. Nur der Mann an der Theke hat ihm die Shisha und einen Mokka gebracht.«

»Keine Telefonate?«

Der junge Agent schüttelte den Kopf. »Er hat sich nicht mal am Arsch gekratzt.«

Stefan schaute auf seine Armbanduhr. Noch sechzig Sekunden. Er hockte sich neben den jungen Mann auf das Sofa. Die Wohnung gehörte eigentlich einem alleinstehenden Tunesier. Stefans Leute hatten ihm ein paar Drogen untergejubelt, und nun saß der Mann wegen Drogenbesitz und Verdacht auf Drogenhandel in Untersuchungshaft. Es war nicht das erste Mal, dass dieser Tunesier wegen Drogenhandel aufgefallen war. Nach Ende eines Einsatzes kamen die Unschuldigen normalerweise wieder aus dem Gefängnis, dafür sorgte er. In diesem Fall würde er das nicht tun.

Noch vierzig Sekunden.

»Haben Sie Kaffee da?«

»Nur löslichen.«

Stefan verzog das Gesicht. Fünfundzwanzig Sekunden noch.

»Na ja. Besser als gar kein Koffein. Würden Sie mir eine Tasse aufbrühen? Sie kennen sich hier besser aus.«

Der junge Mann verzog das Gesicht. »Kein Wunder. Ich wohne ja schon fast hier.«

Stefan schaute auf die Uhr. Noch zwanzig Sekunden.

»Schwarz oder mit Milch und Zucker?«

»Mit Milch und Zucker, bitte.«

Noch zehn Sekunden. Aus dem Augenwinkel sah Stefan, dass offensichtlich die Uhr von Peter vorging. Er kam aus Richtung Bulli und zog aufgrund seiner Schussweste die Blicke der Passanten auf sich. Unten auf der Straße näherte er sich dem Café. Ein junger Türke mit Basecap, Sportpullover und Jogginghose zückte sein Mobiltelefon und tippte drei Zahlen ein. Den Notruf. Gleich würde es hier von Bullen nur so wimmeln.

Der junge Agent stürzte aus der Küche und starrte aus dem Fenster. »Was macht der Mann mit der Schussweste da?«

»Ist das eine Schussweste? Kann das auch eine Anglerweste sein? Ich kann das nicht genau erkennen.«

Der junge Agent holte einen Feldstecher hervor und starrte aus dem Fenster. Unten näherte sich Peter dem Café.

»Scheiße«, entfuhr es dem jungen Agenten. Er setzte den Feldstecher ab und starrte Stefan an. »Der Typ hat eine Pistole in der Hand!«

»Verflucht!« Stefan hatte das vermeiden wollen. Außergewöhnliche Situationen erforderten drastisches Handeln. Er zog die Pistole mit dem Schalldämpfer, während der junge Agent wieder durch den Feldstecher blickte. Stefan atmete ruhig aus, dann schoss er dem Agenten in den Kopf. Keine Zeugen, hatte Fitzgerald gesagt.

Stefan blickte auf die Straße. Peter stand vor Maddissi. Er hielt die Pistole in der Hand. Jetzt würde sich zeigen, wie gut David Bomben bauen konnte. Wie gut die als Schussweste getarnte Sprengstoffweste wirklich war. Wie gut der Zünder funktionierte. Stefan schluckte und hielt die Luft an. Er wartete noch eine Sekunde. Zwei. Vor dem Café hatte sich eine

Menschentraube um Peter gebildet. Maddissi hatte die Hände gehoben und redete auf Peter ein.

Die Zeit der Worte war vorbei.

Taten zählten.

Stefan öffnete das Telefonbuch des Mobiltelefons. Es war nur eine Nummer eingespeichert. Die der SIM-Karte in Peters Sprengstoffweste. Man brauchte nur die Wahlwiederholung zu drücken, und dann ...

Ein schepperndes Geräusch riss Stefans Aufmerksamkeit wieder auf die Straße. Ein Caddy war mit voller Geschwindigkeit gegen die geparkten Autos geknallt. Eine junge Frau rollte sich neben dem Chaos auf der Straße ab, kam sofort auf die Füße und sprintete zu Peter. Sie sprang gegen ihn. Stefan erkannte Wiebke sofort.

Hektisch drückte er die Wahlwiederholung.

93

Berlin, 08:14 Uhr MESZ

WIEBKES PLAN war einfach: Sie hatte keinen und handelte instinktiv. Das war kompletter Wahnsinn, das wusste sie. In der Ausbildung lernte man etwas anderes.

Mit Vollgas lenkte sie den Caddy direkt in die parkenden Autos. Als sie die Fahrertür öffnete, wischte unter ihr die Straße vorbei. Nur nicht drüber nachdenken. Sie sprang. Und dann war sie im Zentrum des Chaos. Um sie herum flirrten Glasscherben. Das Kreischen von verbiegendem Metall. Der Aufprall. Wiebkes Körper schrie vor Schmerzen.

Sie rollte sich ab und kam auf die Füße. Sie fokussierte den Mann mit Schussweste, registrierte die Pistole in seiner Hand. Eine Walther P99. Keine außen liegende Sicherung. Sofort schussbereit. Wiebke nutzte die Fliehkräfte, wuchtete sich in Richtung Café und spürte den Zusammenstoß mit dem Mann. Gemeinsam schlitterten sie durch die Tür ins Café. Er knallte gegen ein Stuhlbein. Wiebke stemmte sich hoch. Der Mann zu ihren Füßen krümmte sich vor Schmerzen. Aus der Schussweste ragten Kabel. Eine Sprengstoffweste! Verfickte Scheiße! Obwohl sie jede Sekunde die Detonation erwartete, dachte sie fieberhaft nach. Das Scheißding muss irgendwie entschärft werden können. Die Uhr tickte.

Doch nichts passierte. Niemand flog in die Luft.

»Ich knall dich ab, du Schlampe.« Die Pistole in Peters Hand zitterte. Er würde niemanden erschießen, sonst hätte er schon längst abgedrückt. Deshalb konzentrierte sich Wiebke weiter auf die Bombe. Ich hätte die Bombe längs hochgehen lassen. Sie runzelte die Stirn. Es sei denn ... Sie blickte zu den Kabeln. Aber natürlich!

»Weißt du eigentlich, dass du eine Sprengstoffweste trägst?«

»Erzähl keinen Scheiß.«

»Schau dir die Kabel an.«

»Da sind keine Kabel.« Trotzdem tastete er mit der freien Hand die Weste ab.

»Ein Stück tiefer. Ja, genau da.«

»O mein Gott! Was machen wir jetzt?« Peter ließ die Waffe sinken.

»Erst einmal ruhig bleiben. Noch hat niemand die Bombe gezündet. Und ich habe eine Theorie, warum.« Wiebke griff in die Hosentasche. Sie hoffte, das Mobiltelefon hatte den Stunt überlebt. Peter richtete wieder die Waffe auf sie.

»Ganz ruhig. Ich muss was überprüfen.« Langsam zog sie das Gerät aus der Hosentasche. Das Display zeigte keine Risse. Sie drückte einen Knopf. Kein Netz. Sie ließ das Telefon in die Tasche zurückgleiten.

Wie sie vermutet hatte. Mit Sicherheit hatte Stefan den Sprengstoffgürtel gezündet, aber das Signal war nicht angekommen, weil es im Café keinen Handyempfang gab. Glück gehabt. Verdammtes Glück. Es bedeutete aber auch, dass die Bombe hier entschärft werden musste. Sollte Peter in einen Bereich mit Empfang kommen, würde die Bombe sofort explodieren. Sie musste sich etwas einfallen lassen. Im Augenwinkel nahm sie eine Bewegung wahr, einen Schatten. Dann fiel ein Schuss. Peters halber Hinterkopf spritzte auf den Boden.

94

Berlin, 08:16 Uhr MESZ

DAVID HATTE NICHT einmal gewartet, bis Stefan mit Peter von der alten Eisfabrik losgefahren war. Wiebke würde nicht dorthin kommen. Nicht, wenn sie wusste, wo Stefan in Aktion treten würde. Und David rechnete damit, dass sie es wusste. Anscheinend war diese Wiebke Meinert eine harte Gegnerin. Aber er würde härter sein. Das türkische Café lag nicht weit von der alten Fabrik entfernt. Für David war es ein Kinderspiel, vor Stefan dort zu sein und draußen einen Beobachtungsposten zu finden. Als dann der Caddy gegen die geparkten Autos raste, war David klar, dass Wiebke den Anschlag verhindern würde.

Er war von Wiebkes Aktion tief beeindruckt. Es gab nicht viele Menschen auf der Welt, die einen solchen Stunt draufhatten und wahnsinnig genug waren, ihn auch durchzuführen. Und es gab noch weniger Menschen, die eine solche Aktion auch überlebten. Doch Wiebke durfte nicht überleben. Es war Davids Job, genau dafür zu sorgen, und so näherte er sich dem Café. Die Bombendetonation blieb aus. Sie hatte es offenbar in so kurzer Zeit geschafft, auch noch die Bombe zu entschärfen. Unglaublich. David grinste. Schade, dass er Wiebke nie richtig kennenlernen würde.

Mit gezogener Pistole betrat er das Café. Peter lag auf

dem Rücken, Wiebke stand über ihm. David zögerte keine Sekunde. Er schoss Peter in den Kopf. Wiebke wirbelte herum. Eine minimale Handbewegung reichte, und er hatte die Waffe auf ihren Oberkörper gerichtet. Der Finger am Abzugshahn krümmte sich. Doch dann ... Das kann nicht sein! Er zögerte ... Das darf nicht sein! David verharrte in der Bewegung.

Wiebke hatte anscheinend sein Zögern registriert.

»Was ist los?«, fragte sie. »Skrupel gekriegt?«

David leckte sich über die Lippen und hielt den Druckpunkt der Pistole. »Sie kennen das doch: In jedem Film kostet der Bösewicht seinen Triumph bis zum Ende aus.«

Er hatte das mit Bestimmtheit sagen wollen, merkte aber selbst, wie brüchig seine Stimme war.

»Klingt nicht überzeugend«, sagte Wiebke.

David folgte ihrem Blick zur Walther P99, die nur eine Armlänge von ihr entfernt neben Peters Leiche auf dem Boden lag.

»Das würde ich lassen.«

»Fick dich, Arschloch.«

»So garstig? Ich hatte etwas mehr Anstand erwartet.«

Hätte Lydia in so einer Situation Anstand gehabt? David spannte seine Kiefermuskulatur an. Was hätte sie getan? Er blickte der Meinert ins Gesicht. Dieses fremde und doch zugleich so vertraute Gesicht. Rein statistisch war das unmöglich. Er hatte mal gelesen, dass jeder Mensch sieben Doppelgänger hatte. Twin Strangers. Bei fast acht Milliarden Menschen auf der Welt traf man seine Twin Strangers nie, geschweige denn die der eigenen Frau.

Aus der Ferne waren Sirenen zu hören. Ganz schwach drang das Gejaule bis ins Café.

»Die Kavallerie?«, fragte David.

»Bei der Nummer, die ihr hier abgezogen habt, ist es kein Wunder, dass die Bullen auftauchen. Aber ich freu mich. Ich stehe auf Uniform.« Sie spannte sichtbar die Muskeln an. »Wir

415

vergessen das hier, und Sie helfen uns. Stefan ist auf dem Holzweg.«

»Das vermag ich nicht zu entscheiden.«

Die Sirenen wurden lauter. Gleich müssten die Polizeikräfte eintreffen. David wollte nicht hier sein, wenn das passierte. Wiebke blickte wieder zur Walther. Selbst in dieser Situation überlegte sie, wie sie ihn ausschalten konnte. Sie war wie eine Wildkatze, anmutig und absolut tödlich. Er bewunderte sie dafür. Und diesen Moment der Unaufmerksamkeit nutzte sie gnadenlos aus. Geschmeidig sprang sie zur Seite, rollte sich ab und hatte plötzlich die Pistole in der Hand.

Ein Schuss donnerte durch das Café.

Wiebkes Körper wurde nach hinten gerissen. Sie schrie nicht einmal, sondern blieb bewegungslos liegen.

David hatte das Gefühl, als würde seine Seele in Stücke gerissen. Er hatte Lydia ein zweites Mal verloren. Nein, mahnte er sich. Sie ist nicht Lydia. Lydia ist schon lange tot. Niemand kommt von den Toten zurück.

David näherte sich mit vorgehaltener Waffe dem reglosen Körper und hockte sich daneben. Ihr Atem war flach, der Puls kaum fühlbar. Sie stirbt. Jede Hilfe kommt zu spät. Von draußen hörte er laute Stimmen und Schritte. Das Knistern von Funkgeräten.

Er musste hier weg. Ein letztes Mal blickte er Wiebke ins Gesicht.

Rein statistisch war es unmöglich, den Twin Stranger eines anderen Menschen zu sehen. Es sei denn, man suchte ihn aktiv. Aber manchmal half das Schicksal nach.

95

Berlin, 01:20 Uhr MEZ

DIE ÄRZTE HATTEN ihr keine Überlebenschance gegeben. Kollabiert war sie mit dem Hubschrauber angekommen. Die Notoperation hatte sich über Stunden hingezogen. Anschließend lag Wiebke Meinert in einem künstlichen Koma. Zweimal hatte ihr Herz aufgehört zu schlagen. Zweimal war es der Nachtschwester zu verdanken, dass Wiebke noch lebte. Jetzt, drei Monate nach dem Anschlag auf den Thalys, konnte sie zumindest im Bett sitzen. Dies verursachte immer noch heftige Schmerzen, aber es war ein Fortschritt.

Neben ihrem Bett war der Nachttisch mit allerlei Zeitungsausschnitten und Nachrichtenmagazinen zugemüllt. Als sie aus dem künstlichen Koma erwacht war, hatte es noch zwei Wochen gedauert, bis sie wieder etwas lesen konnte. Nur per Zufall hatte sie von der Bombe Christi gehört. So hatte man Peter nach dem vereitelten Attentat auf das türkische Café in der Presse genannt. Wiebke hatte mehr erfahren wollen, aber die Weltpolitik hatte sich anderen Themen zugewandt, und Deutschland kämpfte wie das europäische Ausland mit einem Anstieg der Ausländerkriminalität und Übergriffen von rechten Gruppierungen. Zwar war der Krieg in den Straßen ausgeblieben, aber die Zustände in den Großstädten waren nicht rosig. Wiebke war also auf die alten Zeitungen und Zeitschriften angewiesen. In diesem Moment spürte sie die Einsamkeit, die gelegentlich dank der Gespräche mit Schwester Ina verdrängt wurde. Wiebke nahm sich vor, die junge Frau später einmal zum Essen einzuladen. Als Dankeschön für die Mühen, die Ina sicher gehabt hatte. Und vielleicht ... aber daran wollte Wiebke gar nicht denken.

Die für ein Krankenhaus typische Geräuschkulisse wurde empfindlich gestört. Wiebke horchte auf. Schritte. Mitten in der Nacht. Leise Schritte. Das war kein Arzt. Das Geräusch verstummte vor ihrer Zimmertür. Die Klinke bewegte sich nach unten. Ganz langsam.

Wiebke griff zum Alarmknopf.

David öffnete die Tür. Sein Blick erfasste ihre Hand. »Das würde ich lassen.«

Wiebke hielt inne.

»Ich bin bewaffnet«, sagte David. »Und ich scheue mich nicht, die Pistole noch mal gegen Sie zu benutzen. Holen Sie jemanden zu Hilfe, werde ich mir den Weg frei schießen.«

Sie ließ den Knopf los und funkelte Teitelbaum böse an. »Was wollen Sie? Ihren Auftrag zu Ende führen?«

Er schüttelte den Kopf. »Ich möchte Ihnen helfen.«

»Ich kann auf Ihre Hilfe gut verzichten.«

Er holte ein kleines Netbook aus seiner Umhängetasche. »Hierauf können Sie aber nicht verzichten.«

»Was ist das?«

David wandte sich zur Tür. »Unser gemeinsamer Freund Stefan konnte seinen Kopf elegant aus der Schlinge ziehen. Auch dank der Unterstützung des Bundesnachrichtendienstes, der Beweise *hatte*, dass der versuchte Sprengstoffanschlag auf das Konto einer militanten rechten Gruppierung geht.«

»Wie der Nationalsozialistische Widerstand?«

»So etwas in der Art. Auf dem Netbook ist ein kleiner Film. Vielleicht gibt es irgendwann doch noch Gerechtigkeit.«

»Eins noch«, sagte Wiebke. »Warum haben Sie mich nicht erledigt?«

Er blickte sie an. Seine Augen waren voller unendlicher Traurigkeit. Voller Schmerz. Nur eine Sekunde, wie eine flüchtige Erinnerung, dann zuckte er mit den Schultern und verließ das Zimmer.

Wiebke startete den Videoplayer des Netbooks. Sie schluckte. Sie musste hier raus. Sofort.

96

Stuttgart, 12:09 Uhr MEZ

HIER WOHNT ER ALSO. Wiebke zog die Augenbrauen zusammen. Sie hatte viel erwartet, aber nicht das. Stefan wohnte zwischen akkurat geschnittenen Hecken, klar zugeteilten Parkplätzen und einem Bataillon Gartenzwergen. Eine schöne heile Welt. Und er war das Krebsgeschwür.

Sie öffnete das Gartentürchen. Ein gerader Weg führte zwischen Lavendel und Rosen zum Hauseingang. Unter ihren Schuhsohlen knirschte der Kies. Sie klingelte und wartete. Das Schlagen einer Tür war zu hören. Hinter der Milchglasscheibe erschien ein Umriss. Kurz darauf öffnete Stefan die Tür. Er trug einen abgewetzten Jogginganzug. Die Haare lagen wirr um den Kopf, und am Kinn zeigte sich ein Drei-Tage-Bart. Ganz anders als sonst. Sie hatte ihn als einen Mann kennengelernt, dessen Krawattenknoten morgens um sechs genauso aussah wie abends um acht.

»Ich bekomme selten Besuch. Meistens klingeln nur die Zeugen Jehovas bei mir«, sagte er leise, schien aber trotzdem nicht überrascht, dass Wiebke ihn gefunden hatte. Er machte einen Schritt nach hinten und ließ sie eintreten. Gemeinsam gingen sie ins Wohnzimmer. Auf dem Kaminsims standen gerahmte Fotos. Sie zeigten eine Frau und ein kleines Mädchen.

»Meine Familie«, sagte Stefan. Er setzte sich auf die Couch und bot Wiebke einen Platz an.

Sie blieb stehen.

»Warum sind Sie hier?«, fragte er.

»Ich habe gehört, dass Sie die Beteiligung an dem versuchten Attentat auf das Café vertuschen konnten. Aber ich werde Sie zu Fall bringen.«

»Sie sind eine glänzende Soldatin. Der Grund, warum ich Sie engagiert habe. Mir war klar, dass mir das zum Verhängnis wird. Wenn wir weiter zusammengearbeitet hätten, wären Sie eine fantastische Agentin geworden.«

»Warum das alles? Warum mussten unschuldige Menschen sterben?«

Stefan stand auf und ging zum Kaminsims. Er nahm einen Bilderrahmen und betrachtete das Bild gedankenverloren.

»Meine Frau und Eva, meine Tochter. Sie sind tot. Es war ein Autounfall vor sechs Jahren.«

»Hören Sie mir überhaupt zu?«

»Nein, vor sieben Jahren. Dieser verdammte Tag hat mein Leben zerfetzt. Ich bin damals in ein tiefes Loch gefallen. Ich war ein Gefangener meiner selbst. Aber dann, dann habe ich mich in die Arbeit gestürzt.« Er stellte das Bild zurück auf den Sims. »Ich wollte sie vergessen. Können Sie sich das vorstellen? Ich wollte die Liebe meines Lebens vergessen.«

Wiebke schwieg. Sie dachte an Saskia. Dachte daran, dass sie nur mit Stefan zusammengearbeitet hatte, um eine Spur zu ihrer Schwester zu finden.

»Wahrscheinlich nicht«, sagte Stefan. »Für mich fühlte sich das richtig an. Ich wäre zerbrochen, wenn ich das nicht gemacht hätte.«

»Sie sind an Ihrer Arbeit zerbrochen.«

Nun schaute Stefan ihr direkt in die Augen. »Habe ich mich verrannt? Glauben Sie das wirklich?«

»Ihr Fanatismus hat Sie in eine Sackgasse geführt.«

»Und? Gibt es einen Ausweg?«

Wiebke holte einen USB-Stick aus ihrer Handtasche und legte ihn auf den Couchtisch. »Sie müssen sich dem hier stellen.«

»Was ist das?«

»Eine Videodatei. Aufgenommen von der Überwachungskamera eines orientalischen Lebensmittelladens.« Wiebke presste die Lippen aufeinander. »Sie wissen, was darauf zu sehen ist?«

»Ich kann es mir vorstellen. Sie wären nicht hier, wenn es kein belastendes Material gäbe.«

Sie nickte. »Ihnen ist klar, was ein Gerichtsprozess für Sie persönlich bedeuten würde?«

»Ihnen ist klar, dass Sie der Bundesrepublik Deutschland großen Schaden zufügen würden, wenn das Material an die Öffentlichkeit gelangt?«

»Auf solche Spielchen lasse ich mich nicht ein. Sie waren es, der einen gebrochenen Mann beinahe zu einem Attentäter gemacht hätte.«

»Wie kommen Sie darauf? Es war seine Entscheidung. Er hat seine Tochter bei einem Terroranschlag verloren und wollte Rache. Ich habe ihm dabei nur geholfen.«

»Er hätte sich nicht freiwillig in die Luft gesprengt. Ich war bei ihm, als er starb. Ich habe verhindert, was er niemals gewollt hätte. Sie waren es. Sie sind ein krankes, perverses Schwein.«

Stefan lachte kurz. »Glauben Sie, dass ein Überwachungsvideo das alles beweisen wird?«

»Ich habe noch mehr. Ein unerwarteter Freund hat mir Daten zugespielt. Vom Mobilfunkmast in der Nähe des persischen Restaurants. Und da gibt es eine Ungereimtheit. Ein Anruf von einem eingewählten Handy an einen Empfänger, der nicht im

Mobilfunknetz angemeldet war, aber in einem Moment auftauchte. Und danach nie wieder. Es war Ihr erfolgloser Einwahlversuch. Wir können gerne die Nummern und die Standortdaten noch einmal prüfen.«

Lange blickte er ihr ins Gesicht. Prüfend, als ob er Anzeichen dafür suchen würde, dass Wiebke log, dass sie im Grunde keine Beweise hatte, dass die verwendeten Telefonnummern nicht zu seinem Standort in der konspirativen Wohnung führten. In diesem Moment konnte jedes Anzeichen, sei es nur ein unbewusstes Muskelzucken, dazu führen, dass dieses Gerüst aus Lügen zusammenbrach. Offensichtlich hielt Stefan den Blickkontakt nicht mehr aus. Er lachte. »In der ganzen Zeit habe ich nur zwei Fehler gemacht.«

»Die aber ausreichen, um Sie zum Schafott zu führen.«

Stefan senkte den Kopf. Wiebke verließ das Wohnzimmer und ging durch den Flur zur Haustür. Als sie auf dem Kiesweg war, hörte sie Stefans Stimme.

»Frau Meinert? Was soll ich jetzt machen?«

Sie zuckte mit dem Schultern. »Ihre Entscheidung.«

97

Stuttgart, 12:36 Uhr MEZ

STEFAN BETRACHTETE das Überwachungsvideo. Es war eine grobkörnige Schwarz-Weiß-Aufnahme mit Blick auf die Straße. Genau dort, wo er den Transporter am Morgen des Anschlags geparkt hatte. Er sah sich, wie er ausstieg, sich kurz im Schaufenster betrachtete und dann wegging. Vier Minuten lang passierte nichts. Dann öffnete sich die Schiebetür, und Peter stieg aus. Er wirkte nervös. Der Idiot hatte da schon die Pistole in der Hand. Ein fataler Fehler.

Stefan schaltete das Video aus. Dann saß er einfach nur da. Seine Gedanken kreisten, folgten keinem erkennbaren Ziel. Ihm wurde klar, dass er erledigt war, denn ihn umgab ein kompliziertes Geflecht aus Lügen, das er gemeinsam mit den Verantwortlichen des BND aufgebaut hatte. Aber das Video auf dem USB-Stick war wie eine Abrissbirne. Zusammen mit den Mobilfunkdaten, die Wiebke anscheinend besaß, würde die ganze Tragweite seines Handelns deutlich. Leugnen zwecklos.

Kraftlos zog er den USB-Stick aus dem Laptop. In der Küche nahm er einen Fleischklopfer und schlug mit voller Wucht zu. Die Einzelteile spülte er die Toilette hinunter. Dann setzte er sich in den Sessel, in dem seine Frau so gerne gesessen hatte, und betrachtete das Bild von ihr und Eva.

Ohne weiter nachzudenken, steckte er sich den Lauf seiner Dienstwaffe in den Mund. Er schloss die Augen und umklammerte das gerahmte Foto.

Seine Gedanken wurden schwarz.

EPILOG

DIE DUNKELHEIT war fühlbar. Fesseln schnitten tief ins Fleisch. Es gab keine Stelle am Körper, die nicht vor Schmerzen schrie. Sie hatte jedes Zeitgefühl verloren. Ich kann nicht mehr. Der Wunsch nach dem eigenen Tod wuchs. Sie biss sich auf die Unterlippe. Nicht aufgeben. Du schaffst das. Nicht aufgeben.

Sie konzentrierte sich auf die Umgebung. Da war das Rauschen von Reifen, die schnell über den Asphalt rollten. Sie hörte das leise Schnurren eines Motors. Ich bin in einem Auto. Im Kofferraum. Gefesselt.

Ihre Gedanken überschlugen sich.

Wo werde ich hingebracht?

Was haben die mit mir vor?

Wer sind die?

Und warum? Warum passiert das alles?

Vier Fragen, keine Antworten. Nur Spekulationen. Sie sollte nicht umgebracht werden. Man hatte sie angegriffen und betäubt. Sie hatte nicht den Hauch einer Chance gehabt. Absolute Profis. Wenn man sie hätte umbringen wollen, wäre das in der Tiefgarage passiert. Niemand machte sich die Mühe, jemanden zu entführen, um ihn irgendwo im Nirgendwo zu ermorden. Also was wollen die?

Dann wurde es ihr schlagartig klar.

Informationen. Sie wollen Informationen.

Und damit wusste sie, dass es noch lange nicht vorbei war, dass der Wunsch nach dem eigenen Tod unter den erlittenen Schmerzen noch weiter wachsen würde. Das war das Gesetz ihrer Welt. Eine Welt, in der Informationen mehr wert waren als Menschenleben. Eine Welt, in der Grau die vorherrschende Moralfarbe war.

Das Rauschen der Reifen und das Schnurren des Motors erstarben. Absolute Stille. Sie horchte. Da waren Schritte. Gedämpfte Worte. Unverständlich. Und dann das Klicken des Kofferraumschlosses.

Sie hielt den Atem an. Der Herzschlag war im Hals zu spüren. Grelles Licht blendete sie. Es dauerte, bis sie das Gesicht der schwarzhaarigen Schönheit klar erkennen konnte. Ihr Lächeln war scharf, als könnte man sich an den Lippen schneiden. »Wir werden viel Spaß miteinander haben.«

»Nein!« Wiebke wachte schreiend auf. Der Albtraum waberte wie ein feuchter Nebel im Halbdunkel. Nicht mehr ganz da, aber auch noch nicht verschwunden. Schweißtropfen krochen ihr über den Nacken.

»Saskia!«, flüsterte sie. »Du bist nicht tot. Ich weiß es.«

Man sagt Zwillingen eine fast magische Verbundenheit nach. Das, was ein Zwilling fühlt, fühlt auch der andere.

Und Wiebke fühlte, dass Saskia litt.

Tote leiden nicht.

DANK

DIE WELTBESTE TIERÄRZTIN, Frau Riepe, hat mir erzählt, dass sie Danksagungen liest. Ich habe das ehrlicherweise noch nie getan. Während der Arbeit an diesem Text fiel mir jedoch auf, wie wichtig es ist, mit anderen in den Dialog zu kommen. Mir wurde klar, dass es mir so wichtig ist, dass ich auch »Danke schön« sagen möchte.

Zuallererst möchte ich Ihnen Danke sagen, liebe Leserin und lieber Leser. Ich hoffe, der Text hat Sie unterhalten. Wenn ja, dann sagen Sie es weiter. Wenn nicht, dann sagen Sie es mir.

Auf meinem schriftstellerischen Weg gab es viele Hindernisse, die mich verzweifeln ließen. Ich kann gar nicht mehr zählen, wie oft ich mit dem Schreiben aufhören wollte. Aber immer dann, wenn ich aufgeben wollte, war meine Frau da, die mir den Kopf wusch und mir Mut zusprach. Dafür möchte ich mich bedanken. Du bist immer da, wenn ich dich brauche.

Mein Dank geht auch an einen großen Geschichtenerzähler und Menschen. In einer seiner Anthologien ist meine erste Kurzgeschichte veröffentlicht worden. Leider ist er nicht mehr bei uns, aber ich bin sicher, dass Malte S. Sembten es irgendwie mitbekommt, dass ich ihm danken möchte.

Und ich kenne noch einen großartigen Autor, der mir immer wieder schonungslos in den Hintern getreten hat, wenn ich aufgeben wollte. Danke, Andreas Gruber, für diese gewaltfreie Motivation.

Ich möchte auch Markus Michalek und dem Team der AVA-Literaturagentur Danke sagen. Für die Mühe. Für das Vertrauen. Für die Hilfestellung. Danke, dass ihr es mit mir versucht habt.

Tief verneigen möchte ich mich auch vor Regine Schmitt vom Piper Verlag, die mich ans Händchen genommen und durch die für mich völlig unbekannte und deswegen spannende Verlagswelt geleitet hat. Und natürlich auch für das hervorragende Lektorat.